# Les enfants du blizzard

Melanie Benjamin

# Les enfants du blizzard

roman

*Traduit de l'américain*
*par Patricia Barbe-Girault*

Albin Michel

*À Alec*

# PARTIE 1

# PERTURBATION À L'OUEST

# NEBRASKA
*et*
# TERRITOIRE DU DAKOTA
## 1 8 8 8

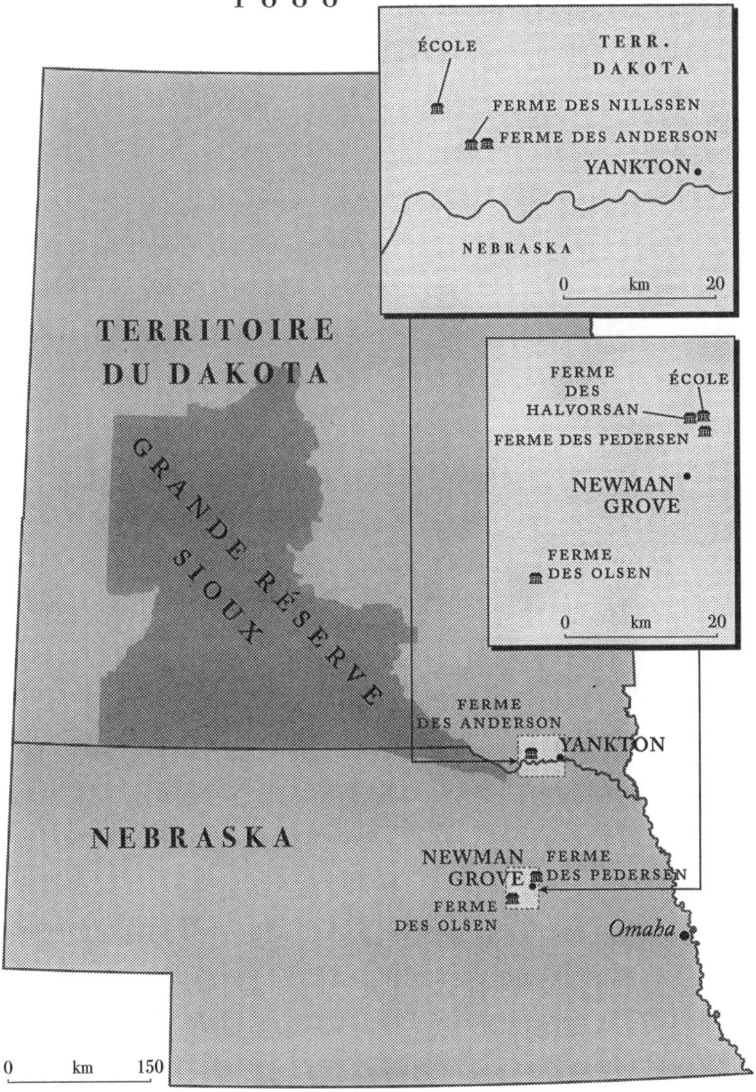

*Ils étaient venus en bateau, en train, par grandes vagues ininterrompues – les pauvres, les exclus, les prospecteurs, les rêveurs. Des paysans de deuxième et troisième génération vivotant sur de petits bouts de fermes divisées entre de trop nombreux fils. Des fauteurs de troubles devenus* persona non grata *dans leur pays. Des hommes jeunes refusant l'enrôlement dans l'armée d'un roi. Des couples mariés désireux de s'installer. Des célibataires quittant leur ville où les femmes étaient une denrée rare. Des prolétaires entassés dans des logements à l'air si vicié qu'ils ne pouvaient respirer, encore moins rêver.*

*Le Nebraska vous tend les bras ! Le Territoire du Dakota vous tend les bras ! Le Minnesota ! Venez dans les Grandes Plaines d'Amérique !*

*Les brochures étaient mystérieusement apparues dans les villages de leurs pays d'origine. Ou dans les villes devenues portail vers l'Amérique. Des brochures distribuées, passées de famille en famille jusqu'à ce que leurs pages deviennent aussi fines que de la soie. Des brochures lues et relues, qui faisaient l'objet de prières, causaient des nuits blanches et des jours entiers de planification, d'analyses, de calculs : Combien vais-je pouvoir obtenir de ce lopin de terre épuisé par des générations de labour ? Combien va coûter la traversée ? Combien de jours mettra-t-on pour atteindre ces Grandes Plaines ? Est-ce que ma vieille mère y survivra, est-ce que le nouveau-né s'en sortira, est-ce que je peux emmener ma vache, mon chariot, le rouet de ma femme ?*

*Et ils étaient venus.*

*Des villages entiers plièrent bagage. Des immeubles se vidèrent. Ils débarquèrent du bateau, traversèrent la grande ville et montèrent dans un train. LE train. Ce formidable cheval de fer s'ébrouant et piaffant sur des kilomètres de voies plein ouest. Ils se serrèrent sur les bancs spartiates des wagons, avec des provisions pour le trajet, pain, saucisses et fromage, quand bien même ils auraient préféré du* bløtkake, *du* stollen *et du* kannellängd.

*Ils étaient robustes, ces immigrants qui avaient traversé l'océan, plus que leurs compagnons de voyage citadins au corps voûté, à la peau pâle, aux poumons encrassés. Les nouveaux venus avaient la carrure et la santé, avec un visage ouvert, des sourcils nordiques, des dents blanches. Les femmes avaient d'abondantes tresses enroulées haut sur la tête. Les hommes, la barbe rousse. Les enfants, des cheveux blonds presque blancs. Et des yeux bleus, si bleus.*

*D'autres yeux les regardaient descendre des trains, des yeux plus sombres sur une peau plus sombre. Le regard tragique d'un peuple à qui ces terres avaient appartenu. Mais personne ne leur prêtait attention : les guerres indiennes étaient terminées. Les Blancs avaient accaparé leur domaine.*

*Ils étaient venus chercher fortune, exploiter la terre sur des hectares – des dizaines d'hectares ! – qui resteraient dans la famille pendant des générations. Ils étaient le nouvel espoir de l'Amérique. Le seul moyen pour que ce pays s'apaise et se développe, territoire par territoire, État par État, était de le peupler d'immigrants.*

*Ils étaient venus.*

*Pleins de promesses.*

*Sur la foi d'un mensonge.*

*Ce qui advint d'eux par la suite n'intéressait guère les villes industrielles de l'Est, ni le gouvernement, trop heureux de prendre leur argent tout en comptant les corps, ni les promoteurs des États du Midwest qui les acclamèrent à la descente du train, ni les actionnaires des compagnies ferroviaires qui dépendaient de ce flot humain pour vivre…*

*Et qui n'y pensèrent jamais plus.*

12 janvier 1888, 00 : 15
Service des transmissions,
ministère de la Guerre, Saint Paul

Prévisions pour 24 h à compter de 7 h ce matin.

POUR SAINT PAUL, MINNEAPOLIS ET LES ENVIRONS :
Redoux et chutes de neige, vent du sud frais et variable.

POUR LE MINNESOTA :
Redoux et chutes de neige, vent du sud frais et variable pouvant devenir violent.

POUR LE DAKOTA :
Neige et températures en hausse, suivies dans la partie ouest d'un temps plus froid, avec un vent du nord violent à prévoir.
Lourdes chutes de neige dans le Minnesota et le Dakota en journée et ce soir; le vent du nord va refroidir l'atmosphère et souffler fort cet après-midi et cette nuit.

*Nord-est du Nebraska,*
*début d'après-midi,*
*12 janvier 1888*

# Chapitre 1

L'air était en feu.

La prairie se consumait, craquait et crépitait, et des étincelles volaient dans toutes les directions, propulsées par le vent torride. Des étincelles grosses comme des flocons de neige, qui en retombant trouaient les vêtements et piquaient la peau nue. Ses yeux étaient secs et la grattaient, ses cheveux libérés des épingles lui tombaient dans le dos, et quand elle en ramassa une par terre, elle se brûla.

*Tout* était brûlant, même les sacs de jute mouillés qui leur servaient à étouffer le feu grésillaient. En regardant vers la maison, Raina vit le reflet de la danse cauchemardesque des flammes sur les fenêtres.

« Au nord ! » cria son père, et elle courut, jambes et pieds nus, en souffrant le martyre au contact de la terre chaude comme un poêle rougeoyant. Elle aspergea une flamme qui avait eu l'audace de franchir le fossé creusé à la hâte faisant office de coupe-feu. Au-delà, les hautes herbes de la prairie sifflèrent ; certaines explosèrent, mais l'incendie ne semblait pas vouloir s'étendre.

« Gardes-en un peu pour les autres, Raina », s'exclama son père, et même dans l'air chargé de fumée et à cette distance – il était posté à l'ouest –, elle devina le pétillement dans ses yeux. Brusquement, il se tourna et indiqua le sud du doigt. « Gerda ! À toi ! »

Raina vit sa grande sœur bondir vers une autre flamme téméraire et l'étouffer avant qu'elle ne puisse faire de dégâts. C'était presque un jeu en réalité, un jeu de cour de récré. Qui se dégonflerait en premier, le feu ou les Olsen ? En dix ans de vie à la ferme, les Olsen avaient toujours gagné.

Gerda se retourna pour faire signe à Raina, un sourire triomphant aux lèvres, il n'y avait entre elles qu'une vulnérable rangée de blé haut d'une dizaine de centimètres. Dans ces moments-là, quand l'air était suffocant, Raina ne se sentait pas aussi insignifiante et minuscule que par beau temps. Certains matins frais de début d'été, la prairie lui donnait l'impression qu'elle était le plus petit des insectes, piégé sous un immense dôme de ciel bleu pâle, les herbes ondulant comme les vagues de la mer vers un horizon sans fin. Raina savait que sa sœur aînée ne se sentait jamais ainsi. Gerda était plus forte, plus robuste. Gerda était intouchable, même quand la prairie du Nebraska s'embrasait, au printemps et à l'automne. Gerda savait quoi faire en cas d'incendie, ou de gel. Ou d'hommes. Gerda…

Gerda n'était pas là.

Raina cligna les yeux, regardant d'un air hébété le manuel de lecture dans ses mains. Elle n'était pas dans la prairie ; elle était dans une école. *Son* école. La classe débitait la leçon d'un ton monotone :

*Dieu a créé les oiseaux pour chanter,*
*Et d'arbre en arbre se poser ;*
*C'est lui qui au printemps les envoie*
*Afin qu'ils chantent pour vous et moi.*

Raina se redressa, le dos bien droit et la nuque allongée, mais c'était peine perdue : elle restait plus petite que le plus grand des garçons assis au dernier rang. De ses élèves – précieux esprits qu'elle avait le devoir de former, ainsi qu'il était indiqué dans le courrier accompagnant son diplôme –, le plus âgé avait quinze ans, soit un an de moins qu'elle seulement. Et la manière dont il la regardait la faisait frissonner, lui évoquait un puits abyssal, dont le fond demeurerait à jamais mystérieux.

Non, ce n'étaient pas les yeux du garçon qui lui inspiraient cette métaphore ; ils étaient bleus, posés, et s'il y avait une sauvagerie en eux – parfois seulement, car il était bien élevé –, c'en était une que Raina devait pouvoir dompter.

Les yeux de celui à qui elle pensait étaient marron chocolat, d'une douceur bienveillante dont jamais Raina n'aurait cru avoir besoin. Jusqu'à ce qu'elle tombe sur ce regard insondable.

Gerda ne se sentirait pas aussi bête. Gerda ne s'autoriserait pas à être si… compréhensive. Mais Gerda enseignait dans sa propre école de l'autre côté de la frontière, en Territoire Dakota, à trois jours de voyage, où elle logeait dans une famille. Une famille qui n'était pas du tout comme les Pedersen, avec qui Raina se retrouvait à partager un toit, des repas et une atmosphère de plus en plus polluée par les regards, les soupirs, les larmes. À partager des lits, à l'étage, au rez-de-chaussée. Des lits sans frontières, sans murs, beaucoup trop exposés à ces regards et à ces soupirs.

Sa mère aurait dû la préparer à cela, songeait parfois Raina. Elle aurait dû lui expliquer, la mettre en garde de la même manière que dans son enfance elle lui avait dit de ne pas s'aventurer trop loin dans les herbes hautes, de ne jamais toucher un poêle chaud, de ne pas manger les baies de raisin d'Amérique qui mûrissent à la fin de l'été ; elle aurait dû l'empêcher…

De quoi ? De sortir dans le vaste monde ? C'était le rêve le plus cher de sa mère : que Raina et Gerda n'aient jamais à cultiver la terre, qu'un jour elles puissent étudier, devenir professeures et habiter en ville. Mais la vie dans ce nouveau pays était dure et chère et ils n'avaient pas de famille sur qui compter. Les deux sœurs devaient d'abord enseigner, et économiser sur leurs salaires.

Raina le savait : sa mère n'aurait rien pu empêcher. Pas quand on avait rencontré son futur mari alors qu'on sortait à peine de l'enfance. Elle était douce et espiègle, de la meilleure façon qui soit – elle aimait chanter et inventer des jeux en travaillant. Cette femme n'était pas faite pour les travaux de la ferme, les climats rudes et les coups du sort ; toute la famille tentait de la protéger du mieux possible dans ce lieu rudimentaire, un lieu de vie, de mort et pas grand-chose d'autre hormis des corvées harassantes.

Quant à son père… pour tout dire, Raina n'arrivait même plus à croiser son regard quand il la ramenait à la maison le week-end. Steffen Olsen était un homme mais également un dieu, un dieu nordique, intouchable, impossible à connaître autrement qu'à travers ses perles de sagesse et ses prodigieux exploits physiques. Il était capable de fixer une clôture en barbelé d'un kilomètre et demi en une matinée. De planter un champ entier de blé en une journée. De faire des dîners gargantuesques et au crépuscule de s'endormir du sommeil du juste, pour se réveiller frais et dispos à la première lueur de l'aube.

Son père n'était pas un homme, c'était un mythe.

Gunner Pedersen, lui, était bien *réel* : tout en chair, en sang et en muscles. C'était le genre d'homme que le père de Raina ne serait jamais, du genre à s'introduire dans vos rêves et vos désirs. Qu'on pouvait imaginer prendre dans ses bras. Un homme qui s'arrêtait de travailler le temps de raconter une histoire drôle à une jeune femme effrayée de ne pas dormir chez elle pour la première fois de sa vie. Un homme qui garnissait un verre de massettes et d'herbes de la prairie, parce qu'il trouvait ça joli, et le lui offrait sans un mot, juste un regard gentil pour dire qu'il savait à quel point elle se sentait seule.

Un homme dont l'épouse voyait et enregistrait toutes ces choses. Tout comme Raina. Dans quel but ? Ni l'une ni l'autre, au début, n'auraient su le dire.

Mais après les événements de cette semaine…

Un bruit comme un coup de tonnerre la fit sursauter. La petite Anette Pedersen avait laissé tomber son manuel. Celle-ci redressa vivement la tête, une marque rouge sur sa joue, là où elle l'avait pressée contre le pupitre. Elle avait encore dû s'assoupir.

Voilà une autre chose à laquelle personne n'avait préparé Raina, qui n'avait pas été mentionnée dans les livres, ni à l'examen qu'elle avait réussi haut la main. De toutes ses études, on ne lui avait jamais expliqué comment réagir quand une élève était si maltraitée et surchargée de travail qu'elle s'endormait en classe.

Raina se leva ; les enfants rangèrent leurs manuels et la regardèrent. Avec soin, dans son meilleur anglais, elle leur demanda de sortir en récréation : il faisait assez bon, en ce jour de janvier, pour qu'ils prennent l'air. Ce temps était tellement inattendu ! Comme un cadeau, avec des températures proches de zéro et un beau soleil, même si le ciel commençait à se couvrir. Cela leur ferait du bien de jouer dehors.

Raina ne savait jamais si tous les enfants la comprenaient. Elle brûlait de leur parler en norvégien, même à ceux qui étaient suédois ou allemands. Ils saisiraient forcément un mot ou deux, les langues étaient si proches. Mais le directeur l'avait prévenue, c'était la règle la plus importante pour une maîtresse des Grandes Plaines : *De l'anglais, rien que de l'anglais*. Ces fils et filles d'immigrants devaient apprendre ; leurs parents ne pouvaient pas leur inculquer la langue.

Les enfants se levèrent, allèrent sagement au vestiaire – en réalité un minuscule appentis, grand comme un placard à balais, accolé à l'unique salle de classe – et décrochèrent leurs manteaux de mi-saison et leurs châles légers. Il y avait eu un tel redoux ce matin-là qu'ils étaient venus à l'école habillés comme si on était en mai et non en janvier. Après la vague de froid de la semaine précédente qui avait obligé tout le monde à rester cloîtré, cette journée avait des airs de vacances. Bavardant avec animation dans un mélange de langues, les enfants sortirent par petits groupes dans la cour nue, que le plus grand, Tor Halvorsan, avait balayée sans qu'on le lui demande. Raina sourit en voyant Fredrik Halvorsan, son petit frère, tirer sur le tablier d'Anette pour le défaire, puis partir en courant.

Raina mourait d'envie d'aller les rejoindre. Un an plus tôt seulement, elle-même était encore élève et passait ses récréations sur une souche avec ses amies à parler garçons et patrons de robes, quand elle ne jetait pas sa dignité aux orties pour aller jouer à chat avec les petits. Elle se sentait encore raide et mal à l'aise de rester assise seule au bureau pendant que ses élèves jouaient dehors. Elle aurait dû sortir, humer un peu l'air frais ; après le cauchemar suffocant de la semaine précédente, elle en avait bien besoin. Mais elle avait l'impression d'être une intruse parmi eux. Ils devenaient timides dès qu'elle s'aventurait dans la cour, craignant d'être eux-mêmes devant la maîtresse.

Et puis Raina avait mal à la tête, un élancement qui irradiait de la nuque jusqu'au sommet du crâne, déjà douloureux à cause du lourd empilement de tresses. Elle se mit à arpenter la pièce fébrilement, regrettant que ce ne soit pas déjà le printemps, la saison des plantations, le moment où les cours terminés, elle pourrait repartir à la maison. Loin du regard triste et affamé d'Anette.

Loin de *lui*.

C'était l'été quand elle l'avait rencontré. L'été, quand la fumée des incendies imprégnait l'air au point que les nerfs étaient à vif et picotaient – qu'on s'impatientait. Pour la première fois de sa vie Raina portait une robe longue, confectionnée par sa mère une semaine plus tôt. Elle se sentait comme déguisée avec son chignon élaboré en haut de la tête, au lieu des tresses ramassées sur la nuque ou des cheveux flottant dans le dos. Elle s'était pincé le poignet pour réprimer le gloussement qui montait. Elle avait l'impression d'être un imposteur. Ridicule.

C'était l'été, et les fermiers du Nebraska avaient bon espoir cette année, contrairement à l'année précédente, à l'année d'avant et à l'année *encore* d'avant, d'arriver à moissonner leurs champs avant qu'une tornade, une nuée de sauterelles, un feu ou un orage de grêle ne les décime. Ou que le manque de pluie ne les dessèche.

L'été, et les fleurs de la prairie que Raina adorait étaient partout – même les incendies ne parvenaient pas à les tuer, elles repoussaient crânement sur la terre brûlée. Alors, quand il lui avait rapporté un bouquet d'églantines, de rudbeckies et de pieds-d'alouette violets, Raina avait fait « Oh ! » et manqué d'applaudir.

« Maîtresse ! »

Raina fit un bond derrière son bureau, le cœur battant. Fredrik Halvorsan se tenait devant elle, haletant.

« Venez voir ! Venez voir le ciel, Maîtresse ! »

Raina frissonna – le vent avait dû se lever, il faisait nettement plus froid. Elle le suivit dans la cour.

Anette Pedersen avait fait la course avec Fredrik dès que Maîtresse les avait libérés. Il n'y avait qu'en restant assise sans bouger qu'elle avait des crampes aux jambes et que la fatigue la submergeait, cette fatigue écrasante qui était une compagne fidèle depuis son arrivée chez les Pedersen.

Et il n'y avait qu'en courant qu'elle était heureuse. Et puis aussi chaque fois que Fredrik Halvorsan venait la voir, lui racontait une blague ou l'aidait à apprivoiser cette langue étrangère si disgracieuse dans sa bouche.

Maîtresse aussi essayait de l'aider : une chance qu'elles logent dans la même maison ! disait-elle souvent. Sauf qu'Anette lisait toujours une certaine confusion dans son regard. Et elle se demandait bien comment on pouvait parler de *chance* pour décrire la maison des Pedersen.

« On part en visite », avait annoncé la mère d'Anette un an et demi plus tôt, par un matin d'été, et elle lui avait ordonné d'emporter ses maigres possessions – quelques jupons, deux robes aux couleurs passées et bientôt trop petites, deux paires de bas rapiécés, un manteau, des mitaines, sa poupée de chiffon – et de monter dans le chariot. À dix ans, Anette n'avait pas pu s'empêcher de remarquer que ses quatre demi-frères ne faisaient pas leurs bagages, eux ; et que son beau-père avait eu un rire moqueur quand elles avaient quitté la hutte.

Sa mère n'avait pas dit un mot du trajet, pas même quand elles s'étaient arrêtées pour reposer les chevaux et déjeuner, et Anette non plus. Elle avait la sensation d'avoir fait une bêtise. Avait-elle regardé son beau-père de cet air dont il l'accusait ? « Comme une demeurée », disait-il dès qu'il la surprenait bouche bée et le regard dans le vide. S'était-elle écartée trop vivement une fois où il s'était approché d'elle en douce ? Avait-elle fini par énerver sa mère, en ne s'occupant pas assez bien de ses frères ou en étant simplement elle-même, Anette la moche, Anette la grêlée, les marques de la variole encore trop visibles sur ses pommettes saillantes ?

Elle ne savait pas, n'avait pas osé demander, et le soir venu elle s'était retrouvée dans une maison inconnue, bien plus grande que la hutte – une vraie maison, en bois et à étage –, son sac de voyage à ses pieds.

« Je m'en vais. Sois sage, ne t'attire pas d'ennuis. C'est tout ce que je peux te donner », avait dit sa mère, avant de sortir sans même toucher sa fille en guise d'adieu, de remonter dans le chariot, de faire faire demi-tour aux chevaux et de laisser Anette à sa nouvelle famille.

Mère Pedersen était une femme petite et belle, si belle que, pour Anette, cela dépassait l'entendement. Elle n'avait vu une telle beauté et des fossettes aussi roses qu'une fois dans sa vie, sur une carte postale. Sur une vraie personne c'était saisissant, presque insupportable. Anette avait eu envie de se protéger les yeux ou de regarder ailleurs. Mais elle n'avait pas osé : elle savait d'instinct que ce serait considéré comme un affront. Mère Pedersen avait aussi la chevelure la plus abondante qu'elle eût jamais vue, épaisse et dorée, avec quantité de tresses prises dans un chignon chargé qui flattait son joli visage fermé.

Père Pedersen était grand et beau, avec quelques cheveux grisonnants et des pattes-d'oie qui lui donnaient un air perplexe mais gentil. Et pour finir, les trois petits Pedersen, qui se déplaçaient à quatre pattes et commençaient déjà à tirer sur la robe d'Anette. « Tu es Anette Pedersen maintenant », l'avait informée Mère Pedersen en la précédant dans sa « chambre » – un rideau décoloré divisant l'étage inachevé en deux espaces meublés chacun d'un lit, d'une table de toilette et d'une natte de jonc. Pas de fenêtre, pas de papier goudronné pour isoler en hiver et pas même la chaleur d'un tuyau de poêle, qui sortait par la cuisine au lieu du toit.

Ce soir-là, Anette s'était couchée sous les combles étouffants. Elle avait pleuré, en silence, mais n'avait pas dormi. À l'aube, on l'avait réveillée au moyen d'une grosse cloche de vache et mise au travail. Aller chercher de l'eau, jeter les seaux à ordures dans le ravin derrière la maison, faire la lessive, s'occuper des enfants, coudre – Mère Pedersen avait regardé Anette rapiécer une chaussette et marmonné quelque chose d'inaudible –, cuisiner, ranger.

Cette nuit-là, épuisée, Anette avait dormi.

Quand le trimestre d'été avait commencé, avant les récoltes, on lui avait annoncé qu'elle pouvait aller à l'école tant que ses corvées étaient faites. Mère Pedersen lui avait donné une ardoise toute neuve et une gamelle brillante mais l'avait avertie : « Elles m'ont coûté dix *cents*. Dix *cents*, tu m'entends ? Si tu les perds, tu n'iras plus à l'école. Et rentre aussitôt après. Ne traîne pas. » Anette avait fait le kilomètre et demi de trajet en courant, avec l'ardoise, la gamelle et une lueur d'espoir, les préservant délicatement, terrifiée à l'idée que toutes trois lui soient arrachées ou se cassent en tombant.

En fin de compte, l'école s'était avérée n'être guère mieux que sa nouvelle maison. Anette ne comprenait pas l'anglais, à rester trop longtemps assise sur le banc ses muscles sursollicités se raidissaient, et il lui arrivait de s'assoupir sans crier gare. Les autres enfants – un groupe hétéroclite de douze Norvégiens, Suédois et Allemands – étaient polis, mais tous savaient qu'elle n'était qu'une domestique, sans famille. Ils gardaient leurs distances.

Sauf Fredrik Halvorsan. Un jour, au lieu de faire la course avec son frère et les autres comme d'habitude, il avait bifurqué, tiré sur le tablier d'Anette et crié en norvégien : « Touchée, c'est toi le chat ! » Anette l'avait rattrapé facilement, ce qui l'avait tant stupéfait (car il se targuait d'être le plus rapide de l'école) qu'il avait lâché : « On est amis maintenant. » Et il avait tenu promesse. Ils mangeaient ensemble, ils jouaient ensemble, et il faisait même parfois la course avec elle jusqu'à la ferme des Pedersen, alors que cela l'obligeait à marcher plus de deux kilomètres dans l'autre sens pour rentrer. Il était la seule bonne chose qu'Anette avait dans sa vie, quand bien même elle ne pouvait le lui dire, de peur d'engendrer trop de questions auxquelles elle n'avait pas de réponse.

Maîtresse aussi était gentille, quand on le lui permettait. Depuis son arrivée chez les Pedersen au trimestre dernier, elle cherchait à l'aider en anglais. Malheureusement, Mère Pedersen ne l'entendait pas de cette oreille. « On n'est pas en classe, avait-elle déclaré à sa pensionnaire en lui lançant un de ses regards agacés qui contrastaient tant avec la délicatesse de ses traits. Il y a des limites à ne pas franchir. Anette est à moi, ici. »

Cette femme revendiquait sans arrêt la propriété des objets, des gens. Même des idées.

Père Pedersen était différent. Il s'efforçait d'être gentil avec Anette et Maîtresse. Mais il était à l'extérieur le plus souvent, avec ses chevaux adorés. Anette avait appris à ne pas trop lui sourire, ni réagir à ses plaisanteries ou à ses histoires. Mère Pedersen avait une telle façon de la fixer, sinon, qu'Anette en perdait le sommeil à tenter de comprendre.

Maîtresse, en revanche, n'avait pas appris cela. Elle était institutrice : elle avait toutes les connaissances du monde dans sa tête. Pourtant, elle ne semblait pas remarquer les règles tacites en vigueur chez Mère Pedersen. Anette mourait d'envie de la mettre en garde. Or, elle n'avait pas les mots, même dans sa langue natale, pour exprimer son inquiétude sur l'ambiance qui régnait dans la maison à étage. L'air y était si lourd, oppressant de pensées qu'elle ne comprenait pas mais qui résonnaient quand même dans son cœur, dans sa tête, jusque dans ses os. Il y avait comme une vibration, une note aiguë, tendue comme une corde de violon pincée en permanence, et tout ce que vous pouviez espérer, c'était qu'elle finisse par casser. En même temps vous le redoutiez, vous en faisiez des cauchemars, vous rentriez la peur au ventre à l'idée que ce jour-là était celui où la note se serait tue à jamais.

Surtout après la semaine passée, quand l'école avait fermé et qu'il avait fait un froid tel que Père Pedersen ne pouvait pas toujours se sauver dans l'écurie où Maîtresse le suivait, parfois. Ils étaient tous restés cloîtrés pendant de longues journées, et les nuits avaient été plus longues encore. Anette frémit rien que d'y penser.

Par conséquent cela avait été un grand soulagement, ce matin-là, de voir que la vague de froid était finie : tout le monde à part Mère Pedersen s'était enfui. Maîtresse avait empoigné la main d'Anette et couru avec elle – ni l'une ni l'autre ne portaient leur manteau d'hiver, juste un châle épais, et Anette avait même osé mettre son jupon ordinaire, laissant celui en flanelle s'aérer sur la corde à linge où elle avait mis la lessive des enfants à sécher avant le petit déjeuner. Elles avaient traversé d'un pas aérien le pont en rondins au-dessus du ravin qui marquait la limite de la propriété, leurs bottines effleurant à peine la neige dure et tassée, leur petite école à classe unique tel un phare les emmenant loin des ténèbres de cet endroit.

Et maintenant, à la récréation, Anette et Fredrik couraient comme d'habitude, deux oiseaux rieurs se pourchassant, jusqu'à ce qu'Anette le touche enfin. Au même moment elle ressentit une piqûre cuisante, entendit un grésillement, et ils s'écartèrent d'un bond, haletants.

Puis ils regardèrent vers le ciel. Quand Anette se mit à trembler, Fredrik alla chercher Maîtresse.

# Chapitre 2

Le Nebraska vous tend les bras ! Un véritable jardin d'Éden à portée de main ! Des hectares entiers à saisir ! Des hectares d'une terre généreuse qui vous donneront à coup sûr une récolte digne des dieux. Avez-vous déjà vu le soleil se coucher derrière un paysage vert et vallonné ? Entendu l'alouette des champs pousser son magnifique chant ? Humé le parfum d'un tapis de fleurs aux pétales veloutés ? Avez-vous rêvé de la magie d'un hiver dans la prairie, d'une neige douce mais fournie qui nourrit la terre, d'un temps ni trop froid ni trop chaud, juste parfait ? Avez-vous rêvé de cultiver une terre si meuble qu'à peine labourée elle offre ses richesses ? Dans ce cas quittez vos tsars, vos rois, la ville crasseuse qui vous enchaîne, et venez dans un pays où l'air est frais et pur, un pays où chaque homme peut être son propre maître ! Nos agents des chemins de fer de l'Union Pacific vous attendront à la descente du bateau dans le port de New York et prendront les dispositions nécessaires pour que vous montiez à bord du premier train en partance pour l'ouest et le pays béni de Dieu, le Nebraska. Dans le cadre de la loi agraire Homestead Act, tout chef de famille (homme ou femme) a droit à

soixante-cinq hectares paradisiaques en échange de frais modiques. Dans cinq ans, ces hectares seront à vous et vous pourrez les transmettre à vos enfants, et aux enfants de vos enfants.
Le Nebraska n'attend que vous !

Gavin Woodson se laissa aller en arrière dans son siège. La cendre avait déjà grignoté près de trois centimètres du cigare oublié qu'il tenait entre ses doigts. Il venait de punaiser la coupure de journal « Le Nebraska vous tend les bras » au mur abîmé de son bureau encombré. Il avait taché les autres à force de les triturer, c'était la seule qu'il avait réussi à sauver. Il ne savait pas pourquoi il l'avait punaisée. C'étaient des âneries pures et simples. Peut-être avait-il décidé de l'afficher non pas comme un trophée mais comme un pied de nez destiné à lui rappeler qu'il était tombé bien bas, dans ce Trou Paumé d'Omaha.

Il aurait dû être à New York en ce moment même, dans les bureaux pleins de vie du journal *New York World*. Occupé à organiser un dîner chez Delmonico, suivi de quelques verres à la White Horse Tavern. Ou bien en promenade sur la Cinquième Avenue pour admirer les hôtels particuliers, avant d'aller regarder les jeunes patiner à Central Park, et peut-être aiderait-il une demoiselle en détresse sur la glace dans l'espoir de la ramener en calèche plus tard. Il aurait pu aussi rester à sa pension, un lieu civilisé avec de la musique au salon le soir, des parties de cartes réservées aux hommes dans la bibliothèque, une nourriture intéressante et savoureuse cuisinée par de jeunes Irlandaises à fossettes qui vous laissaient passer un bras autour de leur taille sans penser automatiquement aux fiançailles.

Au lieu de quoi, après une brouille avec le nouveau propriétaire du *World*, Joseph Pulitzer, Gavin se retrouvait coincé dans ce Trou Paumé d'Omaha. Il était incapable d'appeler cette ville autrement : ce n'était jamais juste « Omaha ». C'était un trou paumé, point à la ligne. Comme cette région, ce désert, cette prairie, ces Grandes Plaines. Et les pauvres couillons qu'il avait attirés ici grâce à sa plume étaient tout aussi paumés.

Il reporta son attention sur la coupure de journal et éclata de rire. La vache, il avait fait du beau boulot ! Le pire, c'est que c'était vraiment son boulot : écrire pour le compte des promoteurs de l'État et des investisseurs du rail. Pondre des articles de « presse » faisant de la fausse publicité sur cet endroit, articles ensuite repris par les agences et publiés dans d'autres journaux, ou utilisés comme brochures aux abords des gares. Le tout dans un seul but : vendre le Nebraska. Vendre ces milliers d'hectares, récemment pris aux Indiens, à des immigrants sans jugeote. Édifier cet État, augmenter sa population – il n'y avait pas assez d'habitants dans ce pays pour remplir une région en constante expansion, ce qui les obligeait à importer de la chair fraîche, il n'y avait pas d'autre mot – et rendre les hommes d'affaires, les compagnies ferroviaires et les actionnaires heureux. Et très riches. Parce qu'à quoi bon avoir une voie ferrée reliant la côte Est à la côte Ouest s'il n'y avait pas de villes entre les deux, du blé, du maïs et du bétail à transporter, sans parler de gens ? Mais comment s'y prendre, sinon, pour faire venir assez de corps dans un territoire afin qu'il obtienne le statut d'État ? Et donc, compagnies et promoteurs employaient des journalistes finis pour attirer ces gens par-delà un océan. Des journalistes comme Gavin.

Gavin prit son porte-plume en soupirant. Son bureau ici, à l'*Omaha Daily Bee*, était le plus petit et le plus éloigné de celui du rédacteur en chef. Il n'était pas employé par le *Bee* techniquement, mais on lui avait donné un coin où se mettre, histoire de sauver les apparences. Après tout, pour le public, il était journaliste.

Sauf qu'il n'en était pas un, et il le savait. Et si cela l'indignait avant, il voyait bien qu'il commençait à s'habituer à cette sensation ouatée d'*assentiment*. Tel un manteau en peau de bison qui lui tiendrait chaud, tout en étant lourd et pesant. Il se sentait même, après deux whiskys au Gilded Lily en bas de la rue, plutôt noble d'admettre ses faiblesses. Ne valait-il pas mieux reconnaître ses limites et trouver le moyen de vivre avec, plutôt que de se battre contre un sort fixé d'avance, comme ces paysans ignares qui avaient cru à sa prose séduisante et tentaient en vain chaque année de transformer un désert en jardin ?

Bien sûr que si, se persuadait Gavin. La plupart du temps.

« Vous écrivez un papier sur la sortie en traîneau ? » Dan Forsythe se tenait près de lui, dans son accoutrement habituel : manches de chemise élimées et tachées d'encre (il refusait de porter des manchettes de protection en papier) ; pantalon épais, comme en mettaient les fermiers ; brodequins tout aussi épais, que Gavin imaginait maculés de boue et de purin. Il n'y avait pas plus négligé et pourtant c'était le journaliste star du *Daily Bee*, le chouchou du rédacteur en chef.

« Ouaip.

– Ce ne serait pas mieux d'aller sur place, quand même ? »

Gavin fut bien obligé d'en rire. « Pour quoi faire ? Ce n'est pas pour ça qu'on me paie et vous le savez. Personne n'attend la vérité de moi. Mais pas d'inquiétude, je vais leur brosser un joli tableau : *La joyeuse bande, accompagnée d'une fanfare, a descendu Douglas Street en triomphe avant de mettre le cap vers le fleuve, les tenues en velours de ces dames – un coquet bonnet rouge attirait particulièrement l'œil – créant d'harmonieuses taches de couleur sur les talus enneigés d'un blanc pur.* »

Forsythe éclata de rire, et Gavin fut satisfait de voir de l'admiration dans ses yeux ; c'était plus fort que lui, il était fier de ses capacités d'imagination, même si elles n'avaient aucune place dans le vrai journalisme.

« Bien résumé, commenta Forsythe en riant toujours. Je les ai vus se diriger vers le fleuve, et il y avait vraiment un bonnet rouge coquet. Et une fanfare dans le dernier traîneau. Du tonnerre, cette sortie – la ville entière se sent en vacances. Il devait y avoir au moins deux cents traîneaux. Même le maire y était.

– Il faut dire que c'est une bonne nouvelle, ce pont. Ce sera bien pour tout le monde. »

Omaha se trouvait sur la rive gauche du fleuve Missouri ; Council Bluffs, en Iowa, sur la rive droite. À l'origine, Council Bluffs était la plus grande des deux villes, et en toute logique on croyait que l'Union Pacific construirait sa gare terminus là. Or c'est Omaha qui avait gagné, et une féroce rivalité avait germé entre elles. Le nouveau pont ne pouvait qu'améliorer les choses. Jusqu'à présent, les attelages devaient traverser en ferry l'été et s'aventurer sur la glace en hiver. L'unique pont existant était le ferroviaire.

« Je crois bien que je vais aller me promener », annonça Forsythe en se grattant la nuque. Gavin savait ce qu'il entendait par là : se rendre au bar, très probablement au Gilded Lily. Il décida de l'accompagner ; il pourrait toujours écrire son article en dix minutes et le donner aussitôt à composer. Il avait largement le temps, même après un verre ou deux.

Les deux hommes prirent leurs manteaux et sortirent. Les rues de ce Trou Paumé d'Omaha étaient, comme d'habitude, un chaos de boue piétinée et transformée par le gel en ornières, elles-mêmes recouvertes d'une neige tassée jaunie par le crottin. Dans le quartier commerçant de Douglas Street, de larges planches avaient été disposées pour le confort des marcheurs, bien qu'elles soient aussi traîtresses, et ce en toute saison. Il y avait des voies à cet endroit pour le tramway, électrifié par un câble en équilibre instable sur son toit, qui passait en faisant tinter joyeusement sa cloche à chaque arrêt ; la ville en était excessivement fière, et il était tout le temps bondé. Au loin, sur Farnam Street, l'hôtel Paxton ne possédait pas moins de quatre étages, et le nouvel immeuble du *Daily Bee*, en construction à côté de la mairie, le dominerait avec six. Il y avait des restaurants, des magasins, des comités d'entraide féminins faisant la joie des commères, des églises, un opéra, des écoles, des banques, et même un quartier de prostituées pour les hommes en fonds et aux penchants un peu spéciaux, mais Omaha restait quand même un patelin de bouseux. La puanteur des parcs à bestiaux imprégnait l'air en été et même les vents d'hiver les plus déchaînés ne réussissaient pas à la chasser totalement. Des bandes de chiens sauvages terrorisaient les habitants. Bagarres, raclées et fusillades n'étaient pas rares. Et le seul plat correct qu'on pouvait y manger était un steak. Steak au petit déjeuner, steak au déjeuner, steak au dîner.

Bon sang, Gavin aurait payé cher pour avoir des huîtres fraîches.

Les deux hommes restèrent devant le Lily un moment ; le ciel pourtant bas n'était pas menaçant, des flocons tombaient doucement mais de façon si sporadique qu'ils le remarquèrent à peine. Il faisait bon aujourd'hui, bien meilleur que les jours derniers, ce qui avait permis la tenue de la sortie en traîneau. Il n'était que treize heures, l'heure du déjeuner, alors autant profiter du festin proposé par le Lily, les sempiternels œufs durs, betteraves au vinaigre et langue de bœuf en tranches. La faim de Gavin se manifesta bruyamment et il tapota son ventre gras d'un geste gêné : s'il y avait bien une certitude, c'est qu'il se laissait aller dans ce Trou Paumé d'Omaha. Il ne faisait que boire et manger, jouer aux cartes et écrire des boniments ridicules. Le jeune homme svelte, musclé et ambitieux qu'il avait été à New York n'était plus qu'un souvenir. Un souvenir narquois.

Ce Trou Paumé d'Omaha (non, ce Trou Paumé de *Nebraska*, car autant englober l'État) lui avait volé sa motivation. Cet Ouest maudit, avec ses promoteurs maudits, ses marchés louches et ses péquenauds se faisant avoir à chaque fois à chaque combine, chaque arnaque aux cartes, chaque brochure trompeuse, l'avait littéralement mis K.-O.

Et ils continuaient à venir, ces prospecteurs, ces rêveurs, ces gobeurs de mensonges. Tous les jours à la belle saison, le train les déversait par grappes entières, des familles avec des grands-mères et des bébés, des célibataires méfiants. La gare était une cacophonie de langues étrangères et de cris des bonimenteurs qui cherchaient à les délester des maigres économies qu'ils avaient pu emporter : *Chariot à vendre ! Mules pour le transport ! Remplissez la demande de titre de propriété ici, en toute discrétion !* Ils prenaient l'argent – et partaient en courant. Ou le chariot n'avait pas de roues. Ou les mules étaient tuberculeuses.

Pourtant, tous les nouveaux arrivants finissaient par quitter Omaha, destination l'ouest, le nord ou le sud, parfois à pied, parfois sur ces pauvres mules, ou dans des chariots grinçants, ballottants, cahotants. Ils partaient avec des papiers en main, une promesse que la plupart d'entre eux ne tiendraient pas.

Et tous les jours, les trains en partance pour l'est se remplissaient de ceux qui avaient jeté l'éponge, découvert une vérité qui les avait terrassés : que cette terre de sauterelles, de sécheresses, d'incendies et de blizzards monstrueux ne se laisserait pas dompter aussi facilement que Gavin et ses complices le leur avaient promis.

Pourtant, ils étaient davantage à aller vers l'ouest qu'à retourner vers l'est. Peu importe à quel point elle était dure et implacable, la terre ne manquerait jamais de candidats à sa possession. C'était puéril cette croyance, puéril et stupide. Exactement comme les péquenauds qui y croyaient.

Depuis quand exactement était-il devenu aussi cynique ? Depuis quand n'aimait-il plus son prochain ?

« Je vais marcher », annonça-t-il. Brusquement, il ne supportait pas l'idée d'être enfermé dans une pièce étouffante remplie de cyniques comme lui. Il planta son collègue là et tourna les talons.

« Quoi ? » Forsythe semblait surpris, et c'était bien normal : Gavin n'était pas du genre à faire de l'exercice, hormis celui pratiqué en chambre dans le bordel le plus proche.

« C'est agréable, ce temps, expliqua Gavin avec un haussement d'épaules. J'ai juste envie de me balader un peu, aller jusqu'au fleuve et traverser le nouveau pont, peut-être. Jeter un coup d'œil aux traîneaux.

– Comme vous voudrez. » Forsythe fit signe à quelqu'un dans le bar et referma la porte derrière lui.

Gavin fit un pas mais il se sentit attiré dans l'autre direction, à l'opposé du fleuve, vers la prairie. Quelque chose l'appelait – peut-être était-ce le vent, qui faisait doucement tourbillonner les flocons plats ; ou le désir de fuir l'endroit où il était resté cloîtré près d'une semaine ; ou alors, le fantôme de sa conscience.

Quoi qu'il en soit, il fit demi-tour. Et la suivit.

# Chapitre 3

Anette crut bien qu'elle allait pleurer.

Cela ne lui était arrivé qu'une fois. Une seule fois depuis que sa mère l'avait envoyée vivre chez les Pedersen. Elle n'avait pas pleuré le jour où elle avait eu des cloques aux mains à cause du savon à la soude caustique que Mère Pedersen lui donnait pour laver le sol. Et la semaine dernière non plus, quand elle avait vu et entendu…

La semaine dernière non plus.

Mais quand Tor Halvorsan referma la porte de la classe violemment, elle fourra son poing dans sa bouche pour étouffer un sanglot ; l'atmosphère était si pesante qu'elle avait les nerfs à vif, elle se sentait agitée, angoissée. *Ça ressemble à la fin du monde,* pensa-t-elle.

Le soleil avait disparu, englouti par le nuage qui n'était pas un nuage, mais un mur noir de fureur – la foudre le précédait, des éclairs d'électricité bleutée s'entrecroisaient sur la neige comme des traces de roues de chariot. Anette avait senti la décharge en touchant Fredrik dans la cour ; elle jurait avoir entendu aussi un sifflement. Ils s'étaient sauvés de là, rapatriant les enfants juste à temps.

Et maintenant, à l'intérieur, l'air était oppressant, il lui comprimait la poitrine, et le bruit atroce venait non seulement du vent déchaîné qui malmenait le bâtiment branlant, mais également des plus jeunes élèves qui poussaient des cris étranglés. La petite Sofia Nyquist sanglotait de façon incontrôlable, elle enroula ses bras autour des jambes de Maîtresse.

Maîtresse aussi paraissait secouée. Elle regardait fixement par la fenêtre la pénombre sinistre, les étincelles d'électricité – même le petit poêle au milieu de la pièce en émettait. Qu'est-ce qui pouvait bien être si accablant, qui donnait envie à Anette de se boucher les oreilles et de tomber à genoux ? C'était un blizzard, pas de doute – ils en avaient déjà tous connu, dans la prairie. Ils avaient tous déjà été témoins de la violence du climat dans les Grandes Plaines : les tornades au printemps, les incendies, même les sauterelles qui se transformaient en nuage vivant et avançaient implacablement en mangeant tout ce qui se trouvait sur leur route. Les inondations, quand les précipitations d'une année tombaient en une seule fois, ou que toute la neige fondait en même temps.

Mais là c'était différent, et Anette n'arrivait pas à saisir en quoi ; elle savait juste que le nuage gigantesque qui cachait le soleil et secouait la petite école à en faire vibrer les vitres et les murs en planches semblait avoir recouvert son cœur aussi. Il lui donnait envie de hurler de terreur.

Elle frissonnait, et pas seulement de peur : la température avait chuté. Maîtresse les chassa de la fenêtre pour les rassembler autour du poêle. Où il ne faisait guère plus chaud.

« Allez vous couvrir, les enfants », proposa-t-elle d'une voix anormalement aiguë et chantante.

Traînant des pieds, ils allèrent au vestiaire – il y faisait encore plus froid – et s'emmitouflèrent à la hâte avant de retourner au poêle. Anette observa ses camarades. Personne ou presque n'avait d'habits d'hiver, grandes capes ou manteaux lourds, bas ou jupons épais, bonnets tricotés, grosses écharpes, mitaines. Seuls un ou deux portaient une tenue adéquate. Les autres, dont Anette, avaient laissé leurs lainages avec joie en partant ce matin-là. Il faisait si bon…

Il avait fait si bon.

« Bien », dit Maîtresse, mais ses jolis yeux bleus trahissaient une certaine peur. Il n'y avait sans doute qu'Anette pour le remarquer : elle l'avait déjà vu, bien des fois, chez les Pedersen.

« Tor, tu peux aller chercher le reste du bois ? »

Tor retourna au vestiaire, où les bûches étaient entreposées. Il en revint avec une pleine brassée qu'il fit tomber par terre, mais quand Maîtresse lui lança un regard plein d'optimisme, il secoua la tête.

« C'est tout ce qu'on a.

– Oh », fut le seul commentaire de Maîtresse. Elle alla à la fenêtre. Les flocons tourbillonnaient en tous sens et si violemment qu'on les entendait cogner contre la vitre mince. Le lourd rideau de neige bloquant la vue ne faisait qu'ajouter à leur sensation d'oppression.

« Bon, asseyons-nous. Ça va finir par se calmer. » Elle s'arracha à la fenêtre et se dirigea vers le vestiaire, où elle mit son propre châle – elle n'avait rien pris d'autre, se souvint Anette. Puis elle revint à son bureau et ouvrit le manuel, qu'elle referma aussitôt pour retourner à la fenêtre.

Anette aurait voulu qu'elle dise quelque chose, n'importe quoi. Elle regarda les autres : tous fixaient avec espoir l'institutrice, qui devait sentir peser un poids de plus en plus lourd sur ses épaules.

Or Maîtresse resta étrangement silencieuse.

Raina s'efforçait de réfléchir, mais les tourbillons glacés au-dehors semblaient s'être immiscés dans sa tête, semant la pagaille. Les pensées tournaient et tournaient, et Raina ne parvenait à en saisir aucune. *Un blizzard. Bien. On en a déjà tous vu. Mais pas à ce moment de la journée, pendant les heures de classe. Patienter. C'est la chose à faire. Mais le bois. Il n'y a pas assez de bois. Brûler les pupitres si nécessaire. Et après, quoi ? Rien à manger. Les petits pleurent – Enid, maintenant Sofia, ils pleurent à leur pupitre, réclament leur mère. Les garçons. Envoyer les garçons chercher de l'aide ? Ou ne serait-ce qu'essayer ? Ils sont grands et forts, surtout Tor. Il est plus grand que moi. C'est un bon garçon, robuste, et sa ferme est à… quoi… moins d'un kilomètre d'ici ? Mais les gens se perdent dans un blizzard. Même les gens patients et robustes.*

Et dans ce chaos mental, une pensée, une phrase, un vœu émergea.

*Je prendrai soin de toi.*

C'était la promesse qu'il lui avait faite la semaine dernière. Après qu'Anna Pedersen les avait surpris… À ne rien faire d'autre que se regarder.

Non, ce n'était pas vrai.

Il avait attendu que Raina soit couchée, elle qui essayait

en vain de dormir, car elle imaginait ses mains puissantes et assurées la touchant à des endroits qu'elle-même n'avait jamais touchés, par honte. Anette était silencieuse – endormie, avec un peu de chance – lorsqu'il était monté sans bruit, s'était agenouillé près du lit de Raina, avait posé une main sur son épaule – la toute première fois qu'il l'effleurait – et murmuré : « Je prendrai soin de toi, quoi qu'il arrive. » Il s'était approché, ses lèvres avaient frôlé l'oreille de Raina, et elle avait frémi, tremblé…

Elle l'avait cru. Elle avait douté. Puis elle s'était remise à le croire – une chaîne entre leurs deux cœurs, voilà la sensation que cela lui donnait. Cette chaîne était si lourde, elle tirait fort, puis se détendait, puis se remettait à tirer. Oui, Raina l'avait cru : il avait les yeux humides d'émotion, les mains douces. L'occasion s'était déjà présentée et jamais il n'en avait profité pour aller plus loin ; parfois Raina brûlait qu'il le fasse, et son inaction l'agaçait tant qu'elle aurait voulu le gifler juste pour le sentir sous sa main.

Ainsi, cette nuit-là, sa conduite honorable avait inspiré confiance à Raina. C'était comme le fragile espoir de paix qui naît avant une guerre. Une paix destinée à être brisée.

Donc, forcément, il allait venir la chercher ? Les chercher elle *et* Anette – il adorait Anette, c'est vrai, encore un signe de sa bonté, il la traitait bien plus gentiment que ne le faisait sa femme… Donc il allait venir. Pour les ramener, puis il ramènerait les autres enfants chez eux. Et bien qu'elle détestât l'idée d'attirer de jeunes innocents dans cette toile, elle ne voyait pas de meilleure option pour l'instant. Ils allaient mourir d'hypothermie s'ils passaient la nuit là. En comptant les pupitres et les livres, il restait assez de combustible pour chauffer la pièce deux heures de plus. Mais qui sait combien de temps cette tempête allait durer ?

Donc. Elle était convaincue – exactement comme elle s'était convaincue à son propos la semaine dernière.

Il allait venir les chercher. *La* chercher.

« Les enfants. » Elle s'écarta de la fenêtre. « On dirait qu'on va rester à l'école plus tard que prévu. Faisons passer le temps en jouant ! » Peut-être qu'en s'activant ils se réchaufferaient. « Je vous propose une partie de chat. Ça fait si longtemps que je n'y ai pas joué ! Tor, touché… C'est toi le chat ! » Sourcils froncés d'inquiétude, l'intéressé sursauta en sentant la tape sur son épaule. Il parut surpris, puis intimidé ; il rougit. Raina comprit – elle n'était pas censée jouer, elle était *Mlle Olsen*. Tout le monde était gêné, mais elle donna un coup de coude à Tor et il obéit, se mettant à courir lentement en rond jusqu'à ce que les autres se prennent au jeu et commencent à glousser, à le poursuivre.

Tous, sauf Anette. Anette resta immobile, même quand Fredrik lui cria de venir. Elle se mordit la lèvre, secoua la tête. Elle refusait de bouger. Ses yeux bleu pâle, lents et confus en classe – alors qu'ils voyaient tout ce qui se passait à la maison avec une intelligence affolante –, s'agitaient. Elle ne cessait de regarder vers la fenêtre, puis le vestiaire, puis de nouveau la fenêtre, qui continuait à vibrer et trembler, comme l'école tout entière. Une bourrasque s'abattit si violemment sur le frêle bâtiment que la charpente parut sur le point de s'envoler – cette charpente dont les habitants de la prairie dépourvue d'arbres étaient si fiers, car c'était un investissement visible, qu'il fallait faire venir par train.

Raina regretta soudain de ne pas faire cours dans une hutte en terre, ce symbole de pauvreté pourtant plus résistant et mieux isolé que des planches et du papier goudronné achetés dans le commerce. Une hutte en terre ne s'envolerait pas dans un blizzard. Une hutte en terre – littéralement *faite* de terre, avec des murs en boue séchée et un toit en mottes d'herbe – retiendrait la chaleur.

Mais c'était aussi le signe d'une communauté de passage, qui ne s'était pas encore établie de façon permanente. Et les fermiers de Newman Grove étaient trop orgueilleux pour cela. Si bien que cette école à classe unique était certes plus pimpante que les bâtiments environnants, mais moins solide et mal chauffée, car après tout ce n'était qu'un lieu où les enfants passaient le peu de temps libre qu'on leur laissait entre deux corvées à la maison.

Raina tapa dans ses mains, à la fois pour se réchauffer et inciter les enfants à reprendre leur jeu, car ils s'étaient à nouveau tus, comme hypnotisés par le vent mugissant. Elle regarda sa montre, soigneusement épinglée à la poitrine de sa robe en calicot : treize heures quarante-cinq. Près de trois quarts d'heure s'étaient écoulés depuis le début du blizzard. Et toujours aucun secours en vue.

Mais il viendrait. Elle le savait.

« Tu es pour moi la chose la plus précieuse au monde », avait-il dit la semaine passée, durant un de ces moments volés qu'ils partageaient dès que sa femme avait le dos tourné. Sa femme, dans toute sa gloire dorée, si radieuse et terrible que c'était comme regarder le soleil dans les yeux, la chaleur en moins. Qui arpentait la maison comme une furie, ses mèches blondes prises dans des chignons sophistiqués – elle devait bien mettre une heure chaque matin à les coiffer ainsi. Sa vanité, exhibée au grand jour.

« Tu es la lumière, elle est l'obscurité », avait-il chuchoté. Il avait écrit cette phrase sur un bout de papier un jour, et l'avait donné à Raina. Quand ils croyaient qu'*elle* ne regardait pas.

Il viendrait la sauver.

Mais elle avait quand même besoin de s'en convaincre. Elle se tourna et dit dans un souffle : « Anette… »

La fillette avait disparu. Elle n'était pas à son pupitre, et ne courait pas avec les autres.

Soudain, un souffle d'air glacial les figea sur place ; Raina se rua vers le vestiaire. La gamelle d'Anette n'était plus là, et de la neige fraîche s'accumulait à la porte, qui n'était pas tout à fait fermée.

« Anette ! » Raina ouvrit la porte en grand, eut le souffle coupé, recula sous la force du vent, les flocons durs comme des cailloux contre sa peau nue et sa robe trop fine. Elle serra les dents et tenta d'ouvrir les yeux, qui s'étaient fermés tout seuls devant l'assaut de la neige. Scrutant les alentours, elle aperçut vaguement un châle rouge, le châle d'Anette, juste avant que le blanc aveuglant et tourbillonnant ne l'avale.

« Anette ! »

Que faire ? Lui courir après ? Et les autres enfants, qui ne bougeaient pas, ne jouaient plus, leurs visages n'exprimant plus que la confusion et la peur ?

Oh, Gerda ! Gerda saurait quoi faire. Gerda ferait ce qu'il fallait, ce qui était intelligent. Mais Gerda n'était pas là. Raina sentit le poids des responsabilités lui tomber sur les épaules tel un joug, et elle étouffa un cri. Ce n'était pas juste, elle était si petite, elle n'aurait jamais dû quitter ses parents, elle était trop jeune – pour le jeu dangereux qui se jouait chez les Pedersen comme pour ça. On lui avait confié des *enfants*, dont certains étaient trop petits pour réagir autrement qu'en pleurant et en appelant leur mère. Alors que le plus souvent elle ne se sentait pas capable de s'occuper d'un poussin, même le plus hardi. Il y a un an elle portait encore des tresses ! Et désormais elle se retrouvait dans une école branlante et mal isolée, sans rien pour se chauffer. Et une de ses élèves – sa préférée – était partie dans cette tempête qui ne ressemblait à aucune autre.

Gerda saurait quoi faire, Raina en était sûre.

Mais Gerda était loin, très loin.

*Territoire du Dakota,*
*début d'après-midi,*
*12 janvier 1888*

# Chapitre 4

« Allons-y ! »

Gerda dut crier pour que Tiny Svenson l'entende : elle mit ses mains en coupe autour de sa bouche, tant le vent soufflait. En gloussant, elle prit les deux fillettes par les épaules, les plaqua contre elle et se carra dans le traîneau, prête pour l'aventure.

Tiny lui fit signe de sa main gantée – elle le distinguait à peine dans toute cette neige – et serra les brides du cheval. Son cheval bai primé, dont Gerda disait pour le taquiner qu'il l'aimait plus qu'elle. Il monta à son tour, enroula les rênes autour de ses mains ; le vent les secouait tellement que le traîneau tanguait comme un esquif sur un océan turbulent. « Accrochez-vous ! » cria-t-il aux trois silhouettes derrière lui, qui grelottaient déjà. De froid pour les deux petites, Minna et Ingrid Nillssen ; d'excitation pour Gerda.

Elle avait tout prévu ce matin-là. La maison où Gerda logeait en tant qu'institutrice du secteur serait merveilleusement vide, libérée de la présence pesante des Anderson. C'était un vieux couple de fermiers, parmi les premiers à s'être installés dans le sud-est du Territoire du Dakota, près de Yankton, et ils s'inquiétaient pour leur pensionnaire comme ses parents ne l'avaient jamais fait. Par exemple, ils n'aimaient pas que Tiny – un grand gaillard sans le sou, nourri au lait de vache et malotru – courtise la maîtresse d'école, bien que tous deux soient en âge de se marier. Les Anderson avaient juré aux Olsen de protéger la vertu de Gerda par tous les moyens, et ils s'y étaient tenus, limitant les visites de Tiny à un petit quart d'heure après l'église, toujours surveillées, Père Anderson s'installant d'un air réprobateur au salon ou sous le porche, tirant sur sa pipe et se raclant la gorge dès qu'il sentait que la conversation ralentissait ou que les tourtereaux échangeaient trop de regards songeurs.

Or, les Anderson n'étaient pas là de la journée – le temps était si clément ce matin-là qu'ils avaient décidé d'aller se ravitailler à Yankton. Mère Anderson avait même dit qu'elle essaierait de trouver un beau tissu, de la batiste peut-être, pour confectionner une robe de printemps à Gerda, quelque chose à attendre durant l'interminable hiver de la prairie. Et Gerda avait détourné la tête pour cacher sa joie devant l'occasion qui se présentait. Occasion qu'elle avait révélée à Tiny quand il était venu la chercher, ainsi que les petites Nillssen de la ferme voisine, pour les emmener. Les Anderson l'y autorisaient à cause de la présence des élèves de Gerda. Et parce que leur ferme était la plus éloignée de l'école, huit kilomètres, et que Père Anderson ne pouvait pas se permettre de passer autant de temps hors de la ferme. Les Anderson n'avaient pas de fils pour les aider ; ils n'avaient pas d'enfants du tout.

« Je finirai la classe plus tôt », avait chuchoté Gerda ce matin-là dans l'oreille rougie de Tiny, pour que les petites n'entendent pas. « Viens me chercher à l'heure du déjeuner. On aura le reste de l'après-midi pour nous. Et la maison ! » C'était la dernière arme en date de Gerda dans sa lutte pour l'empêcher de partir à l'Ouest.

Car il voulait être cow-boy, Tiny. Il dévorait les romans à quatre sous sur le sujet. Wild Bill Hickok était son héros. Il n'avait que mépris pour les travaux de ferme ; lui rêvait de vastes étendues sauvages qui n'existaient plus vraiment, sauf peut-être dans le Montana ou le Wyoming. Il avait même entraîné son petit cheval bai à séparer le bétail à la manière des poneys des cow-boys. Et l'hiver dernier, il avait commandé un authentique Stetson dans un catalogue par correspondance. Gerda devait bien avouer qu'il avait fière allure avec.

Bien sûr, Tiny nourrissait aussi le désir de se battre contre les Indiens, et se plaignait sans cesse d'avoir raté sa chance. Le général Custer avait été massacré douze ans plus tôt, quand Tiny et Gerda étaient encore enfants. Tiny vénérait cet homme, qu'il considérait comme un martyr, au point de chercher à reproduire la longue moustache tombante que Custer portait sur les photographies. Mais c'était peine perdue, et Gerda avait appris à ne pas se moquer des touffes hirsutes qui, insistait-il, formeraient bientôt de somptueux poils.

Elle avait bien tenté de lui faire remarquer que la majorité des Indiens avaient déjà été vaincus, du moins dans le Dakota. Yankton était limitrophe de la Grande Réserve sioux, et Gerda avait reçu une proposition pour enseigner dans une de leurs écoles, comme celle qu'il y avait à

Genoa, non loin de la ferme familiale. Un jour, quand elle avait une dizaine d'années, papa l'avait emmenée visiter la « nouvelle école indienne » avec Raina : ce n'était qu'à une demi-journée de route, et il pensait que ce serait intéressant pour elles. Les Olsen avaient quitté l'est du Minnesota, où ils avaient émigré en 1876 (année de la mort de Custer), pour s'installer dans le Nebraska. Ils avaient peu d'interactions avec les Indiens, hormis ceux qu'ils croisaient en ville, venus vendre leurs beaux paniers à eau. Maman s'émerveillait toujours de leur savoir-faire. Et quand papa labourait ses champs, Raina et elle y trouvaient souvent des pointes de flèches finement sculptées. Mais toute une école remplie de petits Indiens, avec leurs habits en daim et leurs bijoux aux couleurs vives ! Gerda se rappelait avoir été dans un tel état d'excitation qu'elle n'avait pas réussi à dormir, la veille.

Malheureusement, rien ne s'était passé comme prévu. Les enfants ne portaient pas leurs costumes, ni leurs bijoux. Ils étaient vêtus d'uniformes sombres, veste et pantalon gris pour les garçons, robe blanche simple pour les filles. Les garçons aux cheveux noirs et brillants avaient tous une coupe au bol ; quant aux filles, elles étaient coiffées de tresses sévères, sans même une jolie plume ou des perles. Et aucun d'entre eux n'avait souri à Gerda ou Raina quand elles s'étaient mises au fond de la classe avec les autres curieux, pour les regarder réciter l'alphabet d'une voix monocorde à leurs pupitres. Pire, certains pleuraient. Une fillette en particulier, belle comme un cœur et aux grands yeux marron baignés de larmes, mordillait la pointe de sa tresse pendant que ses épaules d'oiseau tressautaient. Elle paraissait si triste que Gerda avait soudain eu envie de l'emmener avec eux.

Mais quand elle avait demandé à son père s'ils pouvaient garder la petite Indienne, la prendre chez eux et l'aider à chasser sa tristesse, il lui avait lancé un regard si lourd de reproches que Gerda en avait eu honte et même la nausée. Empoignant ses filles par le bras, il les avait traînées dehors, direction la ville, puis fait asseoir sur les marches d'une mercerie où il était entré acheter une bobine de fil pour leur mère. À sa sortie, il n'avait pas les habituels bâtons de sucre d'orge ; il leur avait ordonné d'un ton cassant de monter dans le chariot, il était grand temps de rentrer.

Rênes en main, papa avait gardé le silence, tandis que Gerda et Raina échangeaient des regards aussi perplexes qu'inquiets. D'ordinaire sur la route il chantait des chansons de la mère patrie – « *Bonden og Kråka* » était une de ses préférées – ou évoquait ses espoirs pour la ferme, même si ses interlocutrices n'étaient pas d'une grande aide. Ce n'était pas nécessaire : il appréciait juste de parler à quelqu'un d'autre que ses poules. C'est ce qu'il leur disait toujours.

Ce jour-là, il était resté mutique si longtemps que Gerda avait commencé à se ronger les ongles et Raina n'avait pu retenir ses larmes, les laissant couler en silence sur ses joues rebondies.

Le chariot cahotait sur le chemin plein d'ornières. Le soleil était dans leur dos à présent, tout baignait dans une lueur d'un rouge chaud. La pointe des herbes était déjà brun roux, mais on aurait dit des rubis dans le soleil déclinant. Il fallait avoir vécu longtemps dans les Grandes

Plaines pour en connaître les points de repère. Un nouveau venu n'y aurait vu que kilomètres de prairie ondulante, sans aucun arbre ni maison. Mais Gerda savait que ce massif violet là, du faux indigo, signifiait qu'ils n'avaient plus qu'une heure de route s'ils ne cassaient pas une roue ou un essieu ; et elle reconnaissait l'embranchement où d'autres traces partaient vers le nord, comme l'endroit où ils s'arrêtaient quand les filles avaient besoin de se soulager derrière les buissons. Elle se demanda si les tétras des prairies qui détalaient devant eux étaient les mêmes qu'à l'aller.

Finalement, papa avait poussé un si gros soupir que ses épaules s'étaient pratiquement levées jusqu'aux oreilles. Il avait tiré sur les rênes et les bœufs avaient ralenti, avant de s'arrêter ; actionnant le frein à main, il les avait laissés brouter. Puis il avait scruté Gerda si longuement qu'elle s'était mise à trembler de l'intérieur, se demandant si elle réussirait à aller se cacher dans les herbes hautes avant d'être châtiée.

« Ces enfants, là-bas, avait-il dit en ôtant son chapeau de paille pour s'essuyer le front avec sa manche. Ce n'est pas bien. L'idée me plaisait, pourtant. Une école où on éradique la sauvagerie, où on enseigne l'anglais, comment se conduire dans une société civilisée – ça ne pouvait être qu'une bonne chose. Mais je n'en suis plus si sûr. C'est dur, vous savez. D'être séparé de sa famille. »

Raina avait hoché la tête avec empressement, mais Gerda savait qu'elle ne comprenait pas. Papa parlait de lui-même, de sa mère qu'il avait laissée en Europe, de ses frères. Il ne les reverrait jamais. Pour autant c'était un adulte, et Gerda n'était pas consciente, jusque-là, qu'un adulte pouvait avoir le mal du pays. Ou de quelqu'un.

« Et ils sont tout petits », avait-il continué, regardant droit devant lui maintenant. Gerda savait que ce n'était pas la prairie qu'il voyait – il voyait son village en Norvège, niché entre de hautes montagnes, si hautes qu'elles dépassaient l'imagination de Gerda, bien qu'elle y soit née. Elle n'avait pas de souvenirs de son pays natal, hormis des bribes : un lit douillet dans une mansarde aux murs blanchis à la chaux ; un repas de Noël autour d'une table remplie d'oncles, de tantes et de cousins plus âgés la taquinant ; sa mère pleurant à chaudes larmes quand ils avaient pris la mer.

Papa pensait à sa propre mère, si loin – son père était mort depuis longtemps –, et cette idée de ne plus jamais revoir ses parents avait serré le cœur de Gerda jusqu'à lui en faire mal. « Petits, et on les a arrachés à leur famille. Même si c'est des Indiens, ce n'est pas bien. Et toi, mademoiselle… » Papa regardait à nouveau Gerda, et elle avait baissé la tête, les joues brûlantes de honte, les yeux débordant de larmes.

« Regarde-moi, Gerda. »

Elle s'était exécutée lentement, en pleurant de plus belle car papa la contemplait avec la lueur d'amour qui adoucissait souvent ses yeux bleus. Elle avait hoqueté, et senti qu'il mettait un bras autour de ses épaules et l'attirait contre lui.

« Les gens ne devraient pas être traités comme des objets. Ils ne devraient pas être achetés et vendus, retenus et enfermés. Je croyais que tu le savais, Gerda.

– Oh, papa, oui ! C'est juste que… elle avait l'air si triste.

– C'est vrai, et tu voulais qu'elle aille mieux, ce qui est tout à ton honneur. Dans ce cas, dis-toi que tu pourrais accomplir la même chose autrement. Peut-être pas pour cette fille-là, mais pour d'autres comme elle. Pense à donner, pas à prendre. »

Elle avait acquiescé, et ils étaient rentrés à la maison, où maman avait voulu tout savoir sur la nouvelle école indienne. Personne n'ayant envie d'en parler, elle avait posé son regard bienveillant sur eux et ravalé ses questions.

Gerda n'avait jamais oublié les paroles de son père, et quand elle avait entendu parler d'une autre école indienne, prochainement construite sur une réserve pour que les enfants puissent vivre avec leurs parents, elle s'était portée candidate.

Une fois que sa demande fut acceptée, pourtant, elle avait décliné. Elle ne savait pas dire exactement pourquoi – seulement que le saut dans l'inconnu lui semblait trop énorme, d'un monde qu'elle connaissait à un autre dont elle ignorait tout. Un monde qui lui faisait plus qu'un peu peur. C'est ainsi qu'elle avait pris ce poste au Dakota, trouvé à se loger chez les Anderson, et rencontré Tiny – qui voulait se battre contre un ennemi déjà vaincu. Il suffisait de voir la réserve pour le comprendre.

N'empêche, elle aimait Tiny, peut-être parce qu'il était différent des autres garçons. Des vaches placides, tous autant qu'ils étaient, bien contents de rester là et devenir fermiers. Comme si l'imagination qu'il avait fallu à leurs parents pour mettre un océan entre eux et tout ce qui leur était familier avait sauté une génération. Tiny était le seul que Gerda connaissait à avoir d'autres ambitions que de rester strictement où il était. Et elle l'aimait pour ça – tout en cherchant à l'en dissuader. Ce n'était pas qu'elle rêvait d'être fermière, mais il n'y avait pas de place pour une femme dans un convoi de bétail.

Oh, elle ne savait pas ce qu'elle voulait en réalité, à part agir exactement à sa guise ! Et elle voulait – *devait* – s'y mettre sans délai, car Dieu sait que la vie pouvait être brève et brutale. N'était-elle pas allée à l'enterrement d'une camarade qui avait succombé, un comble, à une piqûre d'abeille ? La meilleure amie de sa mère, Lydia Gunderson, n'était-elle pas morte à son sixième accouchement ? Les enfants tombaient dans des puits, disparaissaient dans les hautes herbes de la prairie. Les hommes recevaient des ruades, se faisaient mordre par des serpents à sonnette, attrapaient la dysenterie, marchaient sur un clou rouillé, tombaient dans un foyer de cheminée ouvert. Des familles entières étaient emportées par des tornades ou des crues.

La vie était dure, et courte, et à dix-huit ans il arrivait à Gerda de rester éveillée la nuit, la tête trop pleine de désirs pour dormir. Avant tout, elle désirait Tiny. Elle désirait cuisiner pour lui, cirer ses bottes, le réprimander de passer trop de temps avec ses bêtes, le forcer à se brosser les ongles, lui couper les cheveux, lui faire la lecture au coin du feu.

Dormir près de son corps musclé irradiant de chaleur, dans les profondeurs d'un lit en plume recouvert d'une courtepointe, une courtepointe de mariée confectionnée rien que pour elle. Le serrer dans ses bras, être aussi proche qu'il était possible de l'être entre un mari et sa femme, séparés juste par leur respiration, leurs soupirs, leurs murmures.

Parfois Gerda gémissait dans son lit étroit, voisin de la chambre de Père et Mère Anderson. Elle s'agitait, brûlante de fièvre, ses émotions ayant le don d'attiser le puissant brasier de son cœur, de ses poumons, de son sang. Elle avait honte dans ces moments-là, honte de ses désirs coupables. Et elle ne pouvait se consoler à l'idée qu'ils seraient bientôt absous par le mariage. Car Tiny avait beau lui prendre la main et la serrer de façon éloquente, il continuait à évoquer son départ. Pas plus tard que le dimanche précédent, il lui avait montré une illustration des montagnes Rocheuses qu'il avait découpée dans un journal.

« Ça, c'est un endroit où un homme peut respirer. Où il peut toucher Dieu ! » avait-il exulté.

C'était toujours « un homme » dans les rêves de Tiny. Juste un. En solitaire.

C'est ainsi que Gerda avait concocté un plan pour cet après-midi que la providence lui offrait en cadeau. Elle allait laisser Tiny l'embrasser sur la bouche. Et l'embrasser en retour.

Elle avait parlé de lui dans ses lettres à Raina, donnant libre cours à sa frustration. Mais les réponses qu'elle recevait ne ressemblaient pas du tout à la Raina d'avant, compatissante et enjouée : elles étaient pleines de pensées sombres et de questions auxquelles Gerda ne savait pas répondre. Pauvre Raina ! Elle traversait de toute évidence une période difficile dans son premier poste. Gerda, qui en était à sa troisième année d'enseignement, aurait aimé la conseiller. Le problème, c'est qu'elle n'avait jamais eu d'anicroche en classe, ni avec ses logeurs précédents. Et elle pouvait encore moins se plaindre des Anderson, si ce n'est d'être surprotégée : ils la traitaient comme leur propre fille. Non, Gerda n'avait absolument aucun conseil à donner à la petite sœur qui l'avait toujours admirée. À vrai dire, elle avait même prévenu ses parents que Raina était peut-être trop jeune pour aller en pension, bien qu'elle-même l'ait fait à son âge. Ils ne voyaient pas ce que Gerda voyait : que Raina ressentait trop les émotions – bonheur, tristesse, peu importe, cela lui passait dessus comme un troupeau de vaches et la laissait exsangue. Ils ne pouvaient pas – ou ne voulaient pas – comprendre que leur cadette aux cheveux blond foncé était trop confiante, qu'elle ne pensait jamais devoir regarder sous la surface des choses. Un seul sourire suffisait à la convaincre de la gentillesse de quelqu'un ; une bonne plaisanterie et son auteur était la personne la plus drôle du monde. Le cœur de Raina était trop malléable, trop pressé à la fois de recevoir et de donner.

Son cœur à elle, Gerda l'avait farouchement protégé des paysans avec qui elle avait grandi, ces fils de Norvégiens et de Suédois stoïques. Jusqu'à son installation dans le Territoire du Dakota – son père ne comprenait toujours pas pourquoi elle avait choisi d'enseigner si loin de la ferme, à quatre longs jours de route – où elle avait rencontré Tiny.

Ce jour-là, il était arrivé au son des clochettes de traîneau à midi pile, comme elle le lui avait demandé ; elle était en train d'habiller les enfants avant de les renvoyer chez eux, ayant déclaré l'après-midi libre pour cause de beau temps. Ce fut vite fait ; ils étaient tous venus en veste légère ou avec un châle, ayant laissé leurs épais manteaux sur les cordes à linge. À ce stade de l'année, la laine commençait à sentir mauvais d'avoir été portée, mouillée et séchée si souvent dans des pièces exiguës. Il n'y avait pas une fermière qui manquait l'occasion d'une belle journée d'hiver pour aérer les habits.

Gerda fermait le dernier bouton du gilet de Minna lorsqu'elle entendit Tiny pousser un grand cri. Debout, les rênes fermement en main, il regardait le nuage avancer et commencer à cacher le soleil. Gerda vit avec stupeur des étincelles jaillir des patins du traîneau, et ses élèves se mirent à crier. Elle passa à l'action.

« Filez, les enfants, dit-elle en éteignant les flammes dans le poêle ventru avec un seau d'eau. Et dépêchez-vous, il a l'air gros ! »

C'était la meilleure chose à faire. Elle avait déjà annoncé la fin de la classe, et ils étaient prêts à s'en aller. Elle ne réussirait jamais à les remettre au travail si elle les gardait à l'intérieur.

Et elle ne pourrait pas jouer aux jeunes mariés avec Tiny dans la maison douillette, ni cuisiner pour lui comme prévu – Mère Anderson avait laissé un poulet tout préparé dans la cuisine en disant qu'ils rentreraient après dîner. Il n'y aurait pas de câlins dans le grand rocking-chair. Pas de baisers destinés à prendre son cow-boy au lasso.

« Allez, rentrez chez vous ! » lança-t-elle gaiement par-dessus la plainte du vent qui avait stoppé net certains écoliers. Ils la regardèrent, des questions dans les yeux. Les enfants de fermiers comprenaient la météo. Se confiner, n'était-ce pas ça qu'on leur avait appris à faire en cas de blizzard ?

Mais on leur avait aussi appris à toujours obéir à Maîtresse.

Ce n'était pas encore un blizzard, décida Gerda, c'était seulement un nuage incroyablement grand et noir, et un vent fort qui soulevait la neige plaquée au sol. Seuls quelques flocons tombaient. En partant maintenant, tout le monde serait bien au chaud et au sec en un rien de temps. « Si vous habitez trop loin, allez chez un camarade qui vit plus près. Mais en courant, tout ira bien ! » Elle tapa dans ses mains pour mieux les convaincre, mit son châle et le bonnet bleu à pompon que Tiny adorait, empoigna Minna et Ingrid par la main et sortit à la hâte, la porte de l'école claquant derrière elle sous une bourrasque plus forte que les autres.

Elle sauta dans le traîneau avec les fillettes. Tiny l'imita, fit claquer les rênes sur les flancs du cheval et ils partirent, en espérant être plus rapides que la tempête.

Quand Gerda jeta un regard circulaire sur les silhouettes de plus en plus petites de ses élèves, elle découvrit à son grand étonnement que la neige, qui s'était mise à tomber brutalement et se mélangeait à celle décollée par le vent, les avait déjà engloutis. Elle faillit dire à Tiny de faire demi-tour. Peut-être valait-il mieux leur faire rebrousser chemin pour les garder en classe, finalement.

Mais au même moment Tiny lui fit un sourire et, même si la température semblait baisser à chaque seconde et que Gerda avait déjà des perles de glace au bout de ses cils, elle le lui rendit.

Elle éclata même de rire quand il exhorta son cheval à galoper plus vite.

# Chapitre 5

*Tu n'as pas intérêt à perdre l'ardoise ou la gamelle ! Elles m'ont coûté dix* cents. *Dix* cents, *tu m'entends ? Si tu les perds, tu n'iras plus à l'école. Et rentre aussitôt après. Ne traîne pas !*

Ces mots étaient gravés dans le crâne d'Anette comme si Mère Pedersen les avait sculptés au burin. Elle n'avait jamais perdu l'ardoise ou la gamelle, n'avait jamais traîné, et ce n'était pas maintenant qu'elle allait commencer. Elle serra fort l'ardoise contre elle sous son châle, la gamelle dans sa main, et se pencha pour affronter le vent. Impossible d'ouvrir les yeux tant il soufflait fort, et ces cailloux de glace qui lui martelaient le visage ! Mais ses pieds connaissaient le chemin – n'avait-elle pas fait ce trajet des centaines de fois ? Tout ce qui devait l'inquiéter, c'était le ravin près de la ferme. À un kilomètre et demi de là. Elle devait juste courir, c'est tout. Courir plus vite que d'habitude pour traverser ce mur de vent qui la faisait reculer à chaque pas.

Maîtresse lui hurlait de revenir. Maîtresse qui connaissait Mère Pedersen, pourtant ! Qui savait que cette femme pensait toujours ce qu'elle disait, et que si vous aviez le malheur de la contrarier, même d'un simple regard, elle faisait de votre vie un enfer. Mère Pedersen mettrait sa menace à exécution, de cela Anette était certaine : elle n'aimait pas l'envoyer à l'école. Elle le faisait uniquement parce que c'était la loi, ou quelque chose comme ça. Peut-être parce que Maîtresse logeait chez eux, Mère Pedersen ne pouvait guère empêcher Anette d'y aller. En revanche, elle parlait sans arrêt de l'argent qu'elle avait dépensé pour l'ardoise, la gamelle, les habits, et des corvées qu'elle devait faire à sa place.

Il y avait de quoi se demander pourquoi cette femme était si malheureuse. Aux yeux insatiables d'Anette, elle avait tout. Une belle maison, de beaux enfants ; même si l'aînée, qui lui ressemblait, montrait déjà des signes de convoitise pour ce qui ne lui appartenait pas. Mère Pedersen était si belle qu'Anette était bouleversée de la regarder parfois, car ensuite elle devait contempler son propre visage grêlé, ses sourcils épais, sa mâchoire carrée. Et puis Mère Pedersen avait Père Pedersen, l'homme le plus gentil du monde, si prompt à porter une lourde marmite pour Anette ou à lui ouvrir la porte quand elle avait du linge sale plein les bras. Si attentif à ce que Maîtresse ait assez de lumière le soir pour corriger les cahiers, et un petit vase de fleurs fraîches dès qu'il y en avait. Ses yeux – doux, marron – semblaient comprendre tout ce qu'on aurait pu vouloir lui dire, avant même d'ouvrir la bouche. Et il était aussi gentil avec sa femme. Il s'assurait qu'elle ait du beau tissu pour se confectionner des robes. Un jour, il avait fait la longue route jusqu'à Omaha pour trouver une étoffe précisément de la même teinte que le bleu de ses yeux (comme le bleuet, presque) ! Anette savait que la gentillesse de Père Pedersen envers elle n'était qu'un prêt, comme tout ce qu'elle avait eu dans sa vie, ses habits, le toit sur sa tête, l'attention qu'on lui prêtait, en bien ou en mal ; mais si elle avait eu un homme comme lui rien qu'à elle, jamais elle n'aurait été triste ou énervée.

Mère Pedersen était les deux. Il lui arrivait de s'arrêter en plein ménage pour s'asseoir et pleurer, et ses crises de larmes étaient si violentes que son visage donnait l'impression de vouloir se déchirer en deux, ses épaules étroites se levant et retombant brutalement. Et sa colère ! Tout comme ses cheveux dorés dont elle prenait tant soin, sa fureur faisait partie d'elle, tel un fil rigide tissé dans ses robes parfaitement ajustées. On pouvait suivre son reflet métallique dans toute la maison quand elle passait de la chambre à la cuisine puis au salon, ne restant pas en place hormis quand elle se concentrait sur la fabrication de pâtisseries délicates, si légères en bouche qu'elles semblaient incongrues dans un lieu comme la prairie. Si splendides qu'Anette était intimidée à l'idée de les manger – non qu'on lui en propose souvent. Pourtant, quand elle en goûtait, elle était toujours déçue. Elles avaient beau être sucrées, elles ne la rassasiaient jamais.

Il était rare que Mère et Père Pedersen montent à l'étage. Une fois par semaine, Mère Pedersen laissait des draps propres sur la première marche de l'escalier rudimentaire, et c'était à Maîtresse et Anette de changer les lits, vider les seaux de toilette, balayer et faire la poussière sur le peu d'endroits où il aurait pu y en avoir. Le rez-de-chaussée était joliment meublé par rapport à l'ancienne maison d'Anette (c'est drôle comme elle y pensait en ces termes maintenant), un endroit austère, avec peu de mobilier et pas même un tapis pour cacher le sol en terre battue. Elle trouvait donc curieux que l'étage se résume à deux lits séparés par un rideau. Aucun tableau. L'unique élément de décoration était les fleurs que Père Pedersen cueillait pour Maîtresse.

Or, une nuit de la semaine précédente, Anette avait été réveillée par des bruits assez peu familiers pour la tirer de son sommeil plombé par la fatigue. La veille était jour de lessive, mais il faisait si froid dehors que la pompe à eau avait gelé, et Anette avait dû prendre une pelle et rentrer de la neige pour la faire fondre dans une bassine près du poêle. Quand elle s'était réveillée, ses bras et ses épaules étaient encore si endoloris qu'elle n'avait pas bougé. Elle était restée couchée, à écouter.

Elle avait commencé par entendre Maîtresse chuchoter : marmonnait-elle en dormant ? Puis d'autres chuchotements. Différents. Une voix qui n'aurait pas dû…

Père Pedersen. Parlant si bas et doucement qu'Anette avait senti son cœur se serrer. Elle ne distinguait pas les paroles ; elle savait juste que c'était une chanson qu'elle aurait adoré entendre, si elle avait pu.

Maîtresse avait dit quelque chose qui avait été interrompu par un craquement dans l'escalier, Père Pedersen s'était dirigé vers le bruit – Anette, à ce stade, s'était relevée sur les coudes. Elle ne voyait que ses grosses bottes dégoulinant de neige. Il devait revenir de l'écurie. Pour quelle raison il y était allé au beau milieu de la nuit, elle ne se l'expliquait pas. Sur ce, les pieds nus de Maîtresse s'étaient posés sur le parquet, et Anette avait été stupéfaite de voir la peau fine et les petits orteils roses : il faisait si froid, pourquoi ne dormait-elle pas en chaussettes comme Anette ?

Cette pensée, saugrenue, gênante, l'avait décontenancée au point qu'elle avait failli ne pas entendre Père Pedersen dire : « Anna. » Un seul mot (le prénom de Mère Pedersen), mais sa façon de le dire était affreuse. Sa voix vibrait de terreur. Anette s'était redressée, serrant la courtepointe contre elle pour se protéger.

Maîtresse avait poussé un cri.

Il y avait eu un autre craquement dans l'escalier, puis un objet métallique était tombé à terre et déjà Père Pedersen descendait, et Maîtresse s'était vite recouchée. Elle sanglotait piteusement. Anette ne savait pas quoi faire. Devait-elle aller la voir ?

Puis elle avait entendu des voix s'élever en bas, le bébé pleurer dans son couffin, des portes claquer, une sorte de hurlement étouffé. Elle s'était rallongée. C'était comme si une ligne avait été tracée – un mur en briques érigé – entre les deux lits à l'étage. Ces deux lits, qui semblaient destinés à des choses si différentes. Anette ne savait pas, jusque-là, qu'un lit pouvait avoir une autre utilité que dormir.

Les jours qui avaient suivi cette curieuse nuit lui avaient donné envie de crier. La maison était trop petite pour contenir autant de personnes avec autant de problèmes. Le froid restant polaire, ils étaient pris au piège, et ils se comportaient tous bizarrement. Père Pedersen ne parlait pas à Mère Pedersen, qui ne parlait pas à Maîtresse, qui donnait l'impression d'être terrifiée par ses logeurs et à la fois plus jeune et plus âgée qu'avant. Dans cette ambiance, personne ne se souciait d'Anette. Elle se sentait comme un fantôme : personne ne la voyait, alors qu'elle voyait *tout*. Bien plus qu'elle ne souhaitait. Pour autant, elle n'était pas totalement invisible. Ces choses qu'elle ne voulait pas voir la déroutaient tant que Mère Pedersen l'avait giflée pour avoir fait déborder la casserole de lait du bébé.

Maîtresse, qui observait la scène, s'était précipitée vers Anette et l'avait prise dans ses bras.

« Vous êtes une femme cruelle, cruelle », s'était-elle emportée contre Mère Pedersen. C'était la première fois qu'elle parlait aussi vertement à son aînée, et dans sa stupéfaction Anette en avait oublié la douleur cuisante de la gifle.

« Vous ne savez rien de moi, avait froidement rétorqué l'autre. Et malgré vos stupides fantasmes, vous ne savez rien de *lui*. »

Maîtresse était montée en pleurs. Mère Pedersen avait poussé un cri de fureur étranglée, se transformant en démon sous les yeux d'Anette – le visage écarlate, les yeux lançant des éclairs, les cheveux dansant sous l'effet de l'électricité statique. Saisissant la casserole bouillante, elle avait entrepris d'aller la jeter dehors, sauf qu'elle s'était coincé la main dans la porte et effondrée comme une masse, se martelant la poitrine et répétant d'une voix mauvaise : « Cet endroit maudit, ce pays maudit. » Maîtresse sanglotait, le bébé s'était mis à pleurer et Liane, l'aînée des enfants, avait frappé son cadet Martin, qui avait répliqué en lui arrachant les habits. Anette était restée paralysée au milieu de cet enfer.

Il n'y avait pas d'issue, nulle part où aller ; elle ne pouvait même pas s'enfuir, sous peine de mourir de froid. Elle ne pouvait que fermer les yeux et tenter de penser à quelque chose de bon, et elle s'était imaginée en train de courir avec Fredrik, le pied léger comme l'air sur le sol de la prairie. Courir était l'acte le moins compliqué du monde. Il n'y avait qu'à penser à respirer et chérir la douleur dans sa poitrine, provoquée par la liberté du corps à transporter son esprit, ses pensées et ses problèmes ailleurs. Quand on courait ils étaient mobiles, jamais pesants.

Et le visage heureux de Fredrik, ses cheveux blond-roux venant chatouiller ses sourcils, ses taches de rousseur plus prononcées quand il courait avec elle en lui prenant parfois la main, comme si à deux ils iraient encore plus vite...

*Anette ! Anette !*

Elle sentit qu'on lui tirait la manche, qu'une main se glissait dans la sienne, et elle arrêta de courir, de se souvenir, et elle essaya de respirer – en vain. Elle voulut inhaler mais l'air était glacial, de minuscules grains glacés envahirent ses poumons qui se mirent à siffler, et elle se sentit oppressée, sa gorge piquait, ses narines étaient collées. Le souffle court, Anette se tourna, tenta d'ouvrir les yeux mais eux aussi étaient collés. Elle les frotta avec sa manche jusqu'à faire fondre un peu de glace, et enfin retrouva la vue.

Le monde tel qu'elle le connaissait avait disparu. Tout autour d'elle était tantôt blanc, tantôt gris, tantôt blanc. Elle se trouvait au cœur du nuage furieux et ne discernait plus rien qui ressemblât à la terre. Elle aurait pu croire que la tempête l'avait happée, tel un cyclone, si elle n'avait pas senti le sol sous ses pieds. Un sol qui se couvrait de plus en plus de neige.

« Anette !

– Fredrik ! » Elle eut du mal à prononcer son prénom, et le vent hurlait si fort que ce fut un miracle qu'il l'entende, mais il lui serra fort la main et se pencha vers elle. Le garçonnet avait les yeux écarquillés, comme s'il reconnaissait qu'il n'avait jamais rien vu de tel, ce tunnel de vent hurlant qui manquait de les faire tomber à chaque seconde, ce manque de visibilité total, la perte de tous les repères. Elle voulut crier – *Comment tu m'as trouvée ? Tu es bête ou quoi ? Retourne là-bas !*

*S'il te plaît reste, reste avec moi, je ne sais pas comment faire.*

Mais elle devait rentrer, elle n'avait pas le droit de traîner, c'était sa seule pensée cohérente alors que parallèlement elle commençait à prendre conscience que c'était stupide d'avoir agi ainsi, d'avoir voulu faire la course avec un blizzard. Une fois seulement elle songea à rebrousser chemin, mais en se tournant pour revenir sur ses pas elle vit qu'ils étaient déjà effacés par la neige, puis elle ne vit plus rien du tout hormis les yeux bleus effrayés de Fredrik.

« On y va », finit-elle par dire d'une voix rauque, puis elle le répéta en criant, et Fredrik hocha la tête.

On y va. En avant, vers la maison.

*On y va*, dit Anette dans son cœur.

Ensemble.

# Chapitre 6

Gavin venait de tourner dans Farnam Street, en chemin vers le Gilded Lily, lorsque la tempête frappa Omaha.

Sa force était telle qu'elle le souleva comme un fétu de paille et le plaqua contre un poteau ; il s'y cramponna, abasourdi. D'accord, le ciel s'était assombri au nord-ouest pendant sa promenade, raison pour laquelle il avait fait demi-tour. Mais la météo, même dans ce Trou Paumé de Nebraska, ne changeait pas à *cette vitesse*, celle d'une locomotive sur terrain plat.

Coincé là le temps de retrouver son équilibre, Gavin sentit comme une pluie de gravillons s'abattre sur sa nuque. Il se retourna, prêt à pester contre un vandale, mais ne vit personne. En y portant la main il sentit des petits cailloux de glace. Bouche bée, il vit les immeubles devant lesquels il était passé se faire gober par un gigantesque mur de neige, qui en se mélangeant à la poussière de la ville fut strié de marron, de gris et de noir.

Gavin poussa un juron. Il avait peur, alors qu'il était à quelques mètres seulement d'un abri. Et puis soudain il ne pensa plus qu'à *elle*. Cette jeune femme, qu'il avait galamment saluée il y a… bon sang, une demi-heure à peine. Mon Dieu.

Elle devait être retournée dans la prairie, elle et sa famille ; des péquenauds, suédois probablement, ou allemands. Ils arboraient cette expression ouverte, exposée, du nouveau venu dans la région. Comme des poussins à qui il faudrait tout apprendre. Les parents avaient dû venir en ville pour se ravitailler. Il les avait repérés près du cimetière catholique, qui entraient dans un petit magasin où les habitants d'Omaha n'allaient jamais à cause des prix prohibitifs. Le commerçant faisait d'excellentes affaires avec les fermiers qui étaient trop timorés pour s'aventurer plus loin en ville.

Un chariot était attaché devant, ses roues remplacées par des patins de traîneau grossiers. À l'arrière, deux garçons se battaient en baragouinant dans leur langue natale. À côté, adossée au siège du conducteur, leur sœur aînée sans doute.

Elle était jeune, dix-sept ans peut-être, qui aurait pu l'affirmer ? Certainement pas Gavin. Mais elle portait une robe longue, et ses cheveux blonds tirant vers le roux étaient coiffés en une tresse attachée bien haut sur sa tête. Elle se tenait parfaitement immobile, sourde aux cris des garnements qui se battaient sous ses yeux, les mains croisées sagement sur ses cuisses, le visage tourné vers l'ouest, une sorte de lueur d'envie dans le regard, un demi-sourire aux lèvres. Sa tenue était simple, sans recherche, sa grande cape vert sapin défraîchie. Gavin ne voyait pas ses pieds mais il l'imaginait chaussée de bottes d'homme, crottées et trop grandes pour elle. Tout ce qu'elle portait semblait être fait pour quelqu'un d'autre, d'ailleurs.

C'était sa gorge qui l'avait stoppé dans son élan, qui l'avait fait regarder, *sentir.* À sa consternation, des larmes lui étaient venues aux yeux. Cette gorge était si jeune, lisse, tendre et quelque part pleine d'espoir, si l'on pouvait qualifier une partie du corps ainsi, mais c'est bien ce qu'elle était, une gorge féminine ne ployant pas encore sous le poids des soucis, de la mort, de l'inquiétude, de la peur. Elle tenait bien droit la tête délicate de sa rêveuse propriétaire, comme la tige tient le bourgeon. Elle était désirante.

*Les gorges ne sont pas désirantes*, s'était enguirlandé Gavin. *Tu confères des émotions aux choses, ce qu'un journaliste ne doit jamais faire. Tu donnes des airs de poésie à une zone banale de l'anatomie. C'est ridicule.*

Pourtant, il était incapable d'en détacher ses yeux. Elle semblait si indifférente au manque de beauté qui l'entourait : la neige sale, le chariot vétuste. Son visage appartenait à un autre temps et à un autre lieu. Elle avait dû sentir qu'il la fixait, car elle s'était tournée et avait soutenu son regard, sans peur, ni trouble, ni même étonnement.

Il avait incliné son chapeau et elle l'avait salué comme une reine. Comme si elle l'attendait.

Et puis les parents étaient arrivés, l'air affairé, et soudain elle était redevenue une jeune immigrante parmi d'autres, occupée à prendre les paquets qu'on lui tendait, à séparer ses frères. Gavin s'était bêtement pris à espérer qu'un de ces paquets emballés dans du papier kraft contiendrait quelque chose de mignon, d'aussi frivole qu'une adolescente – un ruban, un flacon de parfum, un peigne, une bobine de fil rose, peut-être. Un objet rien qu'à elle, à placer sous son oreiller la nuit, ou à garder dans un tiroir secret.

Mais il savait qu'il n'y aurait pas de cadeau. Il connaissait ces gens mieux qu'ils ne se connaissaient eux-mêmes, pensait-il parfois. Ils n'auraient jamais mis d'argent de côté pour acheter un cadeau destiné à rendre une jolie fille plus jolie encore – à lui faire prendre conscience d'elle-même d'une façon qui n'avait rien à voir avec le labeur, le dépit, la souffrance, les sacrifices. Et un avenir identique à celui de sa mère, qui faisait vingt ans de plus qu'en réalité.

Gavin avait tourné les talons pour revenir en ville, essuyant ses larmes ridicules, se moquant de lui-même. Ce Trou Paumé d'Omaha était en train de le transformer en vieille andouille sentimentale. Il était plus que temps de boire un verre, s'était-il dit en prenant la direction du Gilded Lily.

Mais quand le blizzard frappa, il n'eut plus que la fille en tête. Là-bas. Prise dans cette tempête de neige brutale. Personne n'était habillé comme il fallait ce jour-là. Elle ne portait qu'une cape élimée, ses frères des vestes rapiécées au coude. Et maintenant ils étaient en plein dedans, et loin de chez eux sans doute.

Il regretta de ne pas lui avoir demandé son nom.

Gavin s'écarta du poteau pour se plaquer contre les immeubles à sa gauche, et entreprit de parcourir la courte distance qui le séparait du bar. Il avait deux rues à traverser, et c'était déjà périlleux. Faisant un pas dans le vide, il pria pour qu'un cheval, un chariot ou un tramway ne soit pas en train de foncer sur lui, et s'il atteignit le trottoir d'en face ce fut seulement par la grâce d'un dieu quelconque. Il continua ainsi – tel un marin ivre négociant un pont penché et glissant – jusqu'à sentir l'odeur de cigare, de clou de girofle et de bière du Lily. Pousser la porte fut facile, étant donné que le vent soufflait dans ce sens. Il surgit dans la pièce, où il faisait merveilleusement chaud, glissa sur une flaque de neige fondue et tomba sur le derrière.

Quelques hommes s'esclaffèrent, mais la plupart étaient occupés à presser leur nez sale contre les vitres crasseuses pour regarder dehors.

« Ça va, Woodson ? »

Dan Forsythe l'aida à se relever. Gavin épousseta son manteau, puis dit :

« Maintenant, oui. Mais la vache, c'est une sacrée tempête !

– Ça, elle est arrivée drôlement vite. » Forsythe le suivit au comptoir, où Old Lieutenant, le propriétaire du Gilded Lily, poussait déjà un verre de whisky vers Gavin. Celui-ci l'avala goulûment.

« Elle passera tout aussi vite, dit quelqu'un à la fenêtre. Il n'y avait pas de vague de froid prévue pour aujourd'hui, si ? »

Tout le monde se tourna vers un homme en uniforme bleu marine assis au bout du comptoir, en train de boire une bière. L'intéressé leva la tête, l'air surpris. Voire un tantinet coupable.

Il s'agissait du caporal-chef Findlay, un des tout nouveaux « indicateurs » du corps des transmissions de l'armée, dont le travail consistait à effectuer des relevés des instruments météorologiques et à les envoyer au service de Saint Paul, dans le Minnesota. Gavin avait écrit un article sur ces agents, qui étaient stationnés aux quatre coins du pays, dans des forts et des gares, et communiquaient par télégraphe directions et intensités du vent, pressions atmosphériques, températures, éclaircies, couvertures nuageuses. À Saint Paul – avant c'était à Washington – l'officier responsable, un certain lieutenant Woodruff, analysait ces relevés à différentes heures de la journée puis renvoyait par câble ses prévisions pour la région située à l'ouest du Mississippi. Le bulletin le plus important était celui transmis juste après minuit aux journaux, bureaux de poste et gares.

Cette responsabilité était assez nouvelle pour l'armée, et certains civils – qui se prétendaient scientifiques – contestaient fermement la méthode de relevé et de transmission des informations. Il y avait aussi des problèmes de corruption – mais n'y en avait-il pas toujours, dans la grande armée de la République, chez les vétérans de la guerre de Sécession ? À ce qu'on racontait, des agents établissaient l'équivalent d'une semaine de prévisions et payaient un camarade pour les envoyer pendant qu'ils partaient chasser, pêcher ou se saouler. Il arrivait souvent que les poteaux télégraphiques tombent à cause de la météo, celle-là même qu'on était censé prévoir, ce qui retardait les bulletins jusqu'à leur faire perdre toute utilité.

Mais les compagnies ferroviaires avaient voulu établir un système pour tenter de faire partir et arriver les trains à l'heure pendant l'imprévisible hiver ; et ce que les compagnies ferroviaires voulaient, le gouvernement américain était tenu de leur offrir. Après tout, c'étaient les rails qui avaient fait ce pays, qui l'avaient remodelé à coups de voies rayonnant vers le nord, l'ouest et le sud, tel le soleil. Les rails avaient donné à l'armée de quoi s'occuper après qu'elle avait maté les rébellions ; ils lui avaient offert un ennemi nouveau, plus excitant encore, avec l'Indien. À présent que ce dernier était vaincu, il fallait la mettre à contribution autrement. En prévoyant la météo, par exemple.

En hiver, la pire indication était celle d'une « vague de froid », car elle annonçait une baisse brutale des températures accompagnée d'importantes chutes de neige. Or, le bulletin du jour n'avait pas parlé de vague de froid. Il n'y avait eu aucune alerte d'aucune sorte – et quand bien même, Gavin savait que celles-ci n'étaient pas d'une grande aide, hormis quand on avait sa maison près d'une gare, ou accès à un grand journal comme le *Daily Bee*.

Les fermiers, bien entendu, n'avaient ni l'un ni l'autre.

« Les relevés d'hier soir et de ce matin ne parlaient pas de cette… cette, cette perturbation à l'ouest, bafouilla le caporal-chef Findlay. Enfin, pour autant que je sache. C'est pas moi le responsable, c'est Woodruff. Non, en fait c'est Greely, à Washington.

– Les relevés ? Qu'est-ce que c'est que ce truc ? s'esclaffa Sam Benson, un vieux fermier. Moi, je peux prédire le temps rien qu'en regardant le ciel.

– Et ça, vous l'aviez prédit ? » rétorqua Findlay.

Benson ne se mêla plus de la conversation.

« Toujours se fier à l'Indien, quand il s'agit de météo », dit Old Lieutenant en sortant un roman – *Silas Marner* de George Eliot. L'homme était connu pour lire dès qu'il ne servait pas d'alcool. Le petit livre paraissait ridicule dans ses mains géantes, couleur de boue au printemps. Il portait des lunettes perchées au bout de son nez ; avec ses cheveux gris crépus, elles lui donnaient un air d'instituteur tranquille. Un air contrastant totalement avec la rumeur selon laquelle, un jour, il aurait tué dix Indiens lors d'une patrouille, alors qu'il s'était fait mordre par un cheval et avait la main bandée. Gavin était d'avis que ces « Buffalo Soldiers », comme on surnommait les régiments noirs de l'armée, étaient des sacrés durs à cuire. Ils n'avaient pas le choix à l'époque. Et maintenant, Old Lieutenant tentait d'améliorer sa condition en lisant des livres que des types comme Gavin avaient lus il y a belle lurette, dans les couloirs silencieux d'une école de la côte Est. Il fallait bien l'avouer, c'était admirable.

« Vous en avez vu en ville aujourd'hui ? » insista Old Lieutenant, sans prendre la peine de lever le nez de son roman.

Il y eut un silence et, un par un, les clients firent non de la tête.

« Ça veut dire qu'ils savaient.

– Alors d'après toi, je serais censé organiser ma vie selon que les Peaux-Rouges se pointent ou pas ? » ironisa quelqu'un, déclenchant le rire collectif d'hommes qui d'ordinaire n'avaient pas la moindre pensée pour les Indiens, maintenant qu'ils étaient sagement rassemblés dans les réserves et ne s'aventuraient en ville que pour vendre leurs marchandises, grâce aux laissez-passer accordés par les gardes.

« Ça ne se calme pas du tout », dit Forsythe, qui allait et venait entre fenêtre et comptoir.

Findlay se leva et mit son manteau. « Je dois noter les derniers relevés et les envoyer à Saint Paul. » Il partit sans un mot de plus ; les autres ne commentèrent pas, toujours réticents à reconnaître le moindre mérite à cette nouvelle mode de prévisions météorologiques.

Évidemment, tous ceux présents admettaient que ce serait une bonne chose de savoir le temps qu'il allait faire dans les vingt-quatre heures suivantes. Mais dans les Grandes Plaines, la météo coopérait moins bien que sur la côte Est, où on pouvait jeter un œil au ciel, lever un doigt mouillé devant soi pour voir d'où venait le vent, humer l'air et décider de sa journée. Ici, l'air froid pouvait descendre du cercle polaire, l'air chaud monter du golfe du Mexique, ou progresser implacablement depuis le Pacifique, et parfois c'étaient les trois en même temps.

Aucun homme civilisé ne pouvait prévoir cela – pas même un militaire.

« Je m'demande si j'devrais pas aller à l'école, dit un commerçant, l'air soucieux. Davey arrivera jamais à rentrer seul.

– Ils ne feraient pas sortir les enfants par ce temps, le rassura quelqu'un.

– P't'être bien que si. Ce fichu instituteur vient de l'Est, il connaît rien à notre météo.

– Moi, je m'inquiète pour ma jument, dit Johnny Swanson. Je n'aime pas l'idée qu'elle soit dehors avec un vent pareil. À plus tard, messieurs. » Il mit son chapeau et son manteau, et laissa entrer un souffle d'air glacial en sortant qui en fit jurer plus d'un. D'autres, pensant à leurs chevaux attachés devant, le suivirent. Enfin le père de Davey, le commerçant, s'en alla.

« Cette sortie en traîneau, voilà à quoi je pense », dit Forsythe à voix basse en pianotant sur le comptoir.

Gavin leva vivement la tête de son deuxième whisky. « Bon sang, c'est vrai ! Ils sont toujours dehors. »

Les deux hommes échangèrent un regard. Gavin vida son verre d'un trait, jeta quelques pièces au barman et s'habilla, pendant que Forsythe en faisait autant.

« Vous aussi ? Vous voulez jouer aux héros, c'est ça ? » ricana Old Lieutenant.

Les journalistes n'étaient guère respectés dans une ville comme Omaha, où on se méfiait de ceux qui gagnaient leur vie avec des mots et non des marchandises. Gavin poussa un grognement. Fichus péquenauds.

« Pas vraiment, non. » Il imaginait déjà les titres : *Innombrables victimes ! La belle journée se termine en drame ! La sortie en traîneau se transforme en cortège funèbre !*

Et il n'avait pas à s'inquiéter que Forsythe s'approprie la une, cette fois : un tel événement était assez gros pour eux deux. Peut-être que c'était ça, ce qui allait ramener Gavin à New York, enfin. Une tempête aux proportions épiques, tragiques – les articles s'écriraient d'eux-mêmes ! Pulitzer le ferait rentrer au bercail. Déjà Gavin réfléchissait aux différentes manières de décrire le vent. *Mugissant, soufflant, martelant, malmenant, battant, sifflant, hurlant…*

Les deux hommes se tinrent prêts à affronter le blizzard, qui ne se calmait pas, Dieu merci. Peut-être qu'on allait *vraiment* assister à une tragédie !

Mais dès que la première gifle d'air glacé frappa son visage sans protection, Gavin repensa à cette fille. Combien d'adjectifs pour décrire ce qui se passait quand une jeune femme pleine d'espoir – *désirante* – mourait de froid dans la prairie ?

Gavin observa le ciel et se surprit à espérer voir une trouée dans les nuages, qui laisserait passer un faible rayon de soleil.

Il fut déçu.

# Chapitre 7

Ollie Tennant regarda ses clients partir les uns après les autres et cacha son dégoût. Pas un seul n'avait pensé à l'école où ses enfants à *lui* étaient forcés d'aller.

Mais il était habitué. Dès lors que ces idiots avaient écorché son nom et cru qu'il était un de ces « Buffalo Soldiers », dont la légende occupait encore tous les esprits dans les villes nouvelles comme Omaha, il avait compris comment s'y prendre avec eux. Il avait compris que le seul moyen d'obtenir le respect de l'homme blanc était de s'efforcer de l'être autant que lui, ce qui passait entre autres par la lecture. Et d'être plus courageux, vingt fois plus que le Blanc moyen, car l'homme de couleur partait de moins que zéro dans cette catégorie. Du moins dans l'imagination des Blancs.

Par conséquent Ollie lisait, même s'il lui arrivait de trouver les livres stupides – des histoires parlant de problèmes de Blancs, qui n'arrivaient pas à la cheville de ceux des Noirs. Il lisait surtout pour la parade, encore que parfois il se laissait surprendre, comme avec *Les Aventures d'Huckleberry Finn*. Le plus bizarre, c'est que son passe-temps tranquillisait les clients. Les rendait plus enclins à dépenser leur argent.

Et bien sûr, il avait souri de façon énigmatique quand les rumeurs avaient commencé à circuler sur lui, comme quoi il avait été soldat au sein du 9e régiment de cavalerie, célèbre pour avoir « soumis » les Kiowas et les Comanches au Texas. En réalité, tout ce qu'il avait fait, c'était acheter une veste militaire à un ivrogne dans le Missouri, parce qu'elle était plus chaude que la sienne. Il n'avait jamais proféré de mensonge, techniquement ; il n'avait fait que prendre un air impénétrable, et les Blancs en avaient d'eux-mêmes tiré des conclusions hâtives.

Un homme de couleur allait bien plus loin dans ce monde quand il n'ouvrait pas la bouche.

Il n'avait pas non plus un passé d'esclave. C'était l'autre supposition que les habitants d'Omaha faisaient dès que vous aviez la peau plus foncée qu'un Indien ou un Mexicain. Ollie avait grandi dans un petit village du nord de l'Indiana, peuplé essentiellement de Noirs qui cultivaient leur lopin de terre et restaient entre eux. Mais ce n'est pas parce qu'il n'était pas blanc qu'il ne ressentait pas, comme tant d'hommes, l'attrait irrésistible de l'Ouest. Dans ses tout premiers souvenirs, il se tournait vers le soleil couchant et avait envie de partir avec lui, de voir ce que lui voyait. Ollie avait filé dès qu'il avait été assez grand, errant d'avant-poste en avant-poste, pour finir à Omaha et investir dans ce petit saloon, qui avait très bien marché pendant un temps, quand la ville était encore minuscule, mais maintenant qu'elle était en plein essor tout avait changé.

D'abord les trains, puis les parcs à bestiaux : Omaha

était devenue un aimant pour ceux qui ne souhaitaient pas cultiver la terre mais acceptaient, et avec joie, les emplois dont beaucoup de Blancs natifs ne voulaient pas. Irlandais, Bohêmiens, Polonais, Italiens, Noirs, ils étaient prêts à passer leur temps dans un abattoir ou une conserverie, à redresser des rails tordus à coups de marteau, à endurer les vapeurs nocives d'une tannerie. Des boulots de ce genre il y en avait à revendre à Omaha, et donc ils affluaient, et les investisseurs et promoteurs déjà là s'enrichissaient sur leur dos, en leur louant des cabanes branlantes à la périphérie de la ville. Le quartier de la Petite Bohême était à deux pas. Au nord vivaient les juifs, les Italiens et les personnes comme Ollie : c'est là que les gens de couleur commençaient à s'installer.

Ollie avait acheté son local en plein centre-ville, à une époque où il n'y avait pas de centre-ville. Personne ne semblait voir de problème à être servi par un Noir, l'un des rares dans les parages en ce temps-là. Mais maintenant, la ville était *civilisée*. « Policée », d'après les journaux. La petite devanture du Lily était cernée de beaux hôtels et restaurants. Pas plus tard que la semaine dernière, le *Bee* avait écrit un article sur ce Noir de passage en ville, qui avait voulu commander un verre au bar d'un de ces beaux hôtels et avait été prié – poliment, précisait le journal – de partir.

Ollie avait été démarché à plusieurs reprises ces derniers mois par des notables qui faisaient pression sur lui pour qu'il vende. « Va dans le Nord, Ollie. La terre est bon marché, là-bas. Tu pourrais t'acheter cinq terrains avec ce qu'on est prêts à te payer pour le Lily. »

Ollie admettait volontiers qu'il était du genre têtu. Il

n'aimait pas qu'on lui dise quoi faire. À l'âge de huit ans, il avait massacré des lucioles en les saisissant dans sa grande main, alors que sa mère l'avait prévenu qu'il allait les tuer s'il serrait trop fort. La réaction d'Ollie avait été de serrer encore plus fort, et quand enfin il les avait libérées dans le bocal que sa mère lui avait donné exprès, il avait découvert qu'elle avait raison. Les lucioles n'avaient pas survécu et sa paume était légèrement tachée de poudre jaune, qui luisait encore dans la pénombre. Il les avait tuées en les voulant trop.

Depuis, il s'efforçait de ne jamais trop en vouloir.

Mais il était marié maintenant, et il avait deux enfants, et sa femme détestait vivre au-dessus du bar, dans ce quartier qui ne voulait pas d'eux – elle le ressentait bien plus qu'Ollie. Elle le harcelait pour qu'ils déménagent à North Side, où étaient toutes ses amies. (Ollie n'avait pas d'amis, et ça lui allait très bien. Il n'avait pas besoin de faire la conversation. Et il n'aimait pas non plus que des jeunes débarquent en ville et promeuvent l'égalité des droits pour les Noirs. Ollie s'en était bien sorti, non ? Pourquoi tout chambouler et énerver les Blancs ?) Pour autant, il envisageait d'accepter la dernière offre en date, parce qu'un client l'avait gentiment averti que sinon la mairie finirait par prendre un arrêté quelconque pour annexer sa parcelle au nom du progrès, et là il n'en tirerait pas un sou.

Sans compter que ses enfants allaient à l'école de North Side. Et ça faisait loin pour eux à pied. Les nouveaux tramways qui sillonnaient les grandes artères leur étaient interdits.

Ollie regarda par la fenêtre de son bar vide. Ça ne s'arrangeait pas. Le vent semblait toujours plus déterminé à punir ce qui restait encore debout. Les fenêtres grincèrent de façon inquiétante, et malgré le poêle rempli de charbon qui chauffait bien, l'air fraîchissait de minute en minute. Les petits ne réussiraient jamais à rentrer par ce temps-là. Et Ollie ne pouvait pas compter sur leur institutrice – une Blanche aussi enjouée qu'hystérique, fille d'un pasteur épiscopalien à l'âme charitable – pour les garder en sécurité.

Il s'emmitoufla dans son manteau en peau de bison, mit des gants en cuir et se prépara à aller chercher ses enfants dans le blizzard.

Parce que s'il y avait bien une chose dont il était sûr, c'est que les Blancs n'auraient pas une seule pensée pour eux.

# Chapitre 8

« Anette ! Fredrik ! Anette ! » Raina appela à s'en casser la voix. Elle resta sur le seuil aussi longtemps qu'elle le put, criant après les enfants que le blizzard avait happés. Elle ne voyait que du gris et du blanc. La neige se décollait du sol et rejoignait celle tombant du ciel dans une danse infernale. Le vent prenait un malin plaisir à la déséquilibrer. Agrippée au chambranle, elle dut se résoudre à fermer la porte. Ses yeux pleuraient et la piquaient, la faute aux projectiles glacés. Elle sentit des larmes couler.

« Non… Tor ! Non ! » Elle saisit le bras du garçon et l'écarta vivement. Il avait boutonné sa veste, prêt à sortir pour aller sauver son frère.

« Lâchez-moi », cria-t-il en se débattant. Il était plus grand qu'elle, il aurait pu facilement la maîtriser. Mais le désespoir décupla la force dans la main de Raina qui pesait sur le bras ferme. Elle ne pouvait pas le laisser partir, elle ne s'en sortirait pas toute seule.

« Lâchez-moi, j'ai dit… Fredrik ! Fredrik ! » Tor ouvrit la porte d'un geste brusque et hurla dans la tempête d'une voix déchirée par les sanglots, qu'il tenta de dissimuler à Raina. À quinze ans, il était presque un homme. Non, déjà un homme ici, dans la prairie. C'était sa dernière année d'école. Raina savait que, dans ses moments libres, un garçon comme Tor aidait son père à labourer et à accomplir les tâches les plus dures. Son corps était déjà musclé et tanné, ses mains calleuses, son nez brûlé par le soleil à force de passer ses journées aux champs en été, ses biceps durs comme le roc. Seul son esprit devait encore être cajolé pour sortir de l'enfance.

Raina avait remarqué chez lui un appétit que ne masquaient pas tout à fait ses bonnes manières, ce respect et cette obéissance dans lesquels les enfants d'immigrants étaient élevés. Il était trop poli pour demander davantage de la vie que son lot, mais Raina voyait bien à la façon dont il avalait et recrachait les leçons qu'il avait une faim d'apprendre – et une capacité – qu'elle ne serait jamais en mesure de rassasier. Ailleurs, il serait allé à l'université. Mais pas ici, pas au Nebraska. Pas l'aîné d'un fermier pauvre. Alors elle s'efforçait de lui prêter des romans en douce dès qu'elle pouvait – les siens, qu'elle avait emportés de la maison. *Ivanhoé*, *Oliver Twist*. Même *Jane Eyre* et *La Foire aux vanités*, qu'il avait paru apprécier bien que ce soient des « livres de filles ».

Pour autant, il arrivait à Raina de se sentir coupable de lui en donner plus. De quel droit attisait-elle le désir de ce garçon alors qu'il n'avait aucun moyen de l'assouvir ? Il était né dans une ferme, et il y mourrait ; il finirait par arrêter de lire et de penser pour apprendre à prévoir le temps en regardant le ciel, savoir quand la jument allait mettre bas rien qu'à sa démarche, à quelle fréquence alterner les cultures en observant la couleur de la terre.

« Je dois aller le chercher ! Maman et papa… Je dois y aller, ils ne me pardonneront pas, sinon. Vous ne comprenez pas, Fredrik est petit, c'est juste un gamin…

– Tor. » La voix de Raina les fit sursauter tous les deux. Elle avait jailli d'un endroit auquel Raina n'avait jamais eu accès jusque-là. Un puits profond de certitude et d'autorité. Elle passa au norvégien, oubliant la règle concernant l'anglais. Quand il entendit Mlle Olsen parler dans sa langue natale, Tor fut stoppé net dans son élan. Raina, voyant qu'il était aussi perplexe que curieux, saisit cette occasion pour refermer la porte. « Tor, tu pourrais te perdre, toi aussi. Tu ne réussiras peut-être même pas à les repérer – tu sais bien qu'ils filent comme des lapins, si ça se trouve ils sont pratiquement à la maison… » Elle s'interrompit, se frotta les yeux. Elle ne croyait pas à ce qu'elle venait de dire, pas avec ce vent monstrueux qui transformait le paysage, et elle savait que Tor non plus. Mais ils avaient besoin de faire comme si. « Tu dois rester, tu comprends ? » Sa voix se fit pressante, complice. « Les autres enfants… Je suis responsable de leur sécurité. Il faut penser au bien de tous. Nous allons bientôt manquer de combustible pour le poêle, et il faut trouver quoi utiliser d'autre – les pieds des bancs et des tables, peut-être. Je ne peux pas le faire sans toi. Tu comprends ? »

Les yeux de Tor, rougis d'effroi et de frustration, se teintèrent d'angoisse. Raina assista à la bataille qui faisait rage dans son cerveau : le désir de protéger son petit frère, la crainte de décevoir ses parents, la prise de conscience que Raina disait vrai. Toutes ces responsabilités – et un fils de fermier n'en avait que trop – lui accaparaient le cœur, le divisaient en petites parcelles. Le regardant droit dans les yeux, car Tor et Raina faisaient à peu près la même taille, elle vit à quel point c'était quelqu'un de bon, de solide. Des yeux bleus limpides, dénués de tromperie et de faux-fuyants. Des sourcils broussailleux, plus foncés que ses cheveux d'un brun roux. Pas de taches de rousseur, au contraire de son diablotin de frère. Une peau claire, des joues roses et le duvet au-dessus des lèvres qui commençait à épaissir.

C'était un garçon, un jeune homme – un jeune homme bon, comme son père – qui jamais n'enroberait la séduction d'un compliment. Ni ne glisserait de remarques inappropriées à une ingénue. Ou ne ferait miroiter l'espoir s'il n'y en avait pas.

Rien dans son visage honnête n'alarmait et n'embrouillait Raina. Elle ressentait juste un soulagement immense à l'idée qu'il soit là. À son jeune âge, comprenait-elle brusquement et tardivement, Tor était tout ce que Gunner Pedersen n'était pas. *Gunner*… Soudain elle eut envie de hurler ce nom aussi désespérément que Tor avait hurlé celui de Fredrik.

Tor et elle avaient le malheur d'avoir un cœur. Un cœur sur lequel certains avaient des prétentions. Raina, malgré son opinion de Gunner (ses défauts en tant que mari et qu'être moral), rêvait encore qu'il débarque sur son fier destrier et la sauve. Les sauve tous.

Elle rêvait de le voir se conduire comme l'homme qu'il aurait dû être selon elle.

Raina ramena gentiment Tor près du poêle où les enfants étaient blottis, les plus petits retenant leurs larmes, mais elle continuait à entendre le hennissement des chevaux, le cliquetis des rênes et sa voix à *lui*, musicale et taquine, qui l'appelait d'un ton charmeur. Le cœur de la jeune femme sembla même se tendre vers la cour, tant son espoir et son besoin étaient forts. Elle repensa à l'autre nuit – cette nuit-*là*, quand il avait susurré son prénom. « Tu es la chose la plus précieuse au monde pour moi. Habille-toi, ma Raina », avait-il chuchoté, et il lui avait serré la main quand elle s'était redressée en se demandant si elle rêvait, puis comprenant que non au bruit fait par Anette derrière le rideau. « Habille-toi, et retrouve-moi à l'écurie. On part. Ensemble. »

Qu'est-ce qui lui donnait le droit de s'exprimer ainsi ? Qu'avait-elle fait pour lui laisser croire que c'était ce qu'elle voulait ? Elle s'était tant évertuée à être bonne, à avoir l'air modeste ; elle priait tous les soirs pour être libérée de cet enfer de tentation et de tourment. Il lui offrait des fleurs, s'arrangeait pour être seul avec elle, lui volait ses pensées, ses rêves et jusqu'à son intimité, la suivant dès qu'elle trouvait un coin sombre où se cacher. Et il faisait tout cela si habilement, délicatement, même. Personne n'aurait pu deviner que leurs échanges n'étaient pas anodins, que leurs pensées n'étaient pas innocentes, comme cela devrait l'être entre deux personnes chastes vivant sous le même toit.

Personne sauf Anna, sa femme. Anna voyait tout et entendait tout. C'était une force de la nature, qui ne restait jamais tranquille, n'allait se cacher nulle part, semblait être partout en même temps : dans la cuisine, coupant de la viande pour le ragoût ; dans le salon, nettoyant ses précieuses lampes en porcelaine ; à l'écurie (domaine de son mari), astiquant mors et brides jusqu'à ce qu'ils brillent. S'occupant des poules, surveillant sans cesse Anette, changeant le bébé, faisant des tresses si serrées à sa fille que celle-ci en pleurait, repassant de façon obsessionnelle ses beaux habits, les seuls qu'elle ne chargeait pas Anette de laver. Se confectionnant tabliers et bonnets alors que les habits d'Anette tombaient en lambeaux, servant des plats d'artiste dans une vaisselle délicate et avec quantité de couverts, la table dressée comme s'ils étaient à l'hôtel alors qu'ils faisaient de simples repas de ferme. Elle entendait, voyait, soupçonnait, elle jetait des mots cinglants comme des cailloux pointus dans la maison, obligeant les autres à se frayer prudemment un chemin entre eux, sans jamais savoir quand viendrait la prochaine attaque.

Elle ne s'asseyait jamais, ne se reposait jamais. Pas même la nuit.

Quand Gunner était redescendu à pas de loup ce soir-là, Raina était restée longtemps sans bouger. *Je vais me rendormir*, s'était-elle dit. *Elle va peut-être m'assassiner avant l'aube mais ça m'est égal maintenant. Je dois quitter cette maison coûte que coûte.*

Raina n'avait jamais rien dit à Gunner suggérant qu'elle fût le genre de femme à fuir avec un homme marié. Mais les mots n'étaient pas le seul moyen de communiquer. Et dans son cœur malheureux, elle savait que sans l'intervention d'Anna elle serait peut-être partie avec lui. Après tout, n'avait-elle pas déjà les deux pieds par terre, prête à le suivre, lorsque Anna s'en était mêlée ?

Un fracas, des pleurs – Raina sursauta comme si on lui avait enfoncé une pointe dans les côtes. Elle entendit une vitre voler en éclats, briser du même coup ses souvenirs, et regarda autour d'elle. La plus grande fenêtre de la classe avait explosé, laissant le sol jonché de verre. Le vent insatiable s'engouffra instantanément, aussi assourdissant dedans que dehors, et Raina se boucha les oreilles pour ne plus l'entendre. Pétrifiée, elle tenta de saisir la scène : des papiers tourbillonnant en tous sens, des cris. Clara qui s'était brûlée en posant la main sur le poêle pour se réchauffer. La neige qui commençait à s'accumuler. Le froid qui les assaillait telle une armée de couteaux aiguisés. Tor s'empressa d'aller consoler la petite fille, tandis que les pointes glacées entaillaient le châle de Raina, sa robe, sa chair, ses os. Elle frissonnait, son corps tout entier grelottait. Walter Blickenstaff courut à la fenêtre pour essayer de la boucher avec son manteau, qui se fit emporter par le vent. Tor jeta le reste du bois dans le poêle d'un geste désespéré puis interrogea Raina du regard, mais elle restait paralysée, et les enfants se pressaient contre elle, tirant sur sa robe, gémissant, pleurant, hystériques.

C'est alors qu'elle sut. Ils ne pouvaient pas rester là. Ils n'y survivraient pas. Le temps d'attendre les secours était révolu.

Elle allait devoir conduire dix âmes, sans compter Tor, dehors. Dans cette tempête.

Elle le regarda, paniquée. Ils allaient devoir agir ensemble. Eux, des gamins – oui, ils n'étaient que des gamins, s'insurgea son cœur. Comme c'était déroutant de se qualifier ainsi alors que toutes ces nuits, dans les yeux de Gunner et dans ses propres désirs, elle s'était déclarée femme. L'ironie de la situation ne lui échappait pas, mais Raina se força à revenir au moment présent. Deux jeunes, de quinze et seize ans, allaient devoir emmener des enfants encore plus jeunes quelque part en sécurité.

Quelque part où ils ne mourraient pas tous de froid d'ici l'aube.

# Chapitre 9

Le traîneau ne glissait pas sur la neige aussi gaiement qu'il aurait dû. Le vent était trop capricieux, les secouant d'un côté, de l'autre, tel un boxeur se vengeant sur un adversaire indigne. Le petit cheval bai, la fierté de Tiny, continuait de lutter, l'écume à la bouche ; une pellicule de glace se formait sans cesse sur ses yeux, ce qui le faisait trébucher, et tous les quelques mètres Tiny devait stopper le traîneau, descendre et plaquer ses mains dessus pour la faire fondre.

« On est encore loin ? » cria Gerda par-dessus le bruit, tandis que Tiny tirait une fois de plus sur les rênes, se préparant à répéter son geste. L'animal hennissait piteusement.

« Deux kilomètres, peut-être trois », cria Tiny en retour, et le cœur de Gerda se serra. Cela devait faire près d'une heure qu'ils étaient partis. Les petites étaient contre elle, leur châle (bien trop fin) relevé sur la tête. Gerda les serra plus fort et les sentit trembler de façon incontrôlable. Ou bien était-ce elle ?

Et puis soudain, ils tombèrent. Le traîneau chancela, en équilibre sur un patin pendant un bref moment d'espoir, et Gerda retint son souffle. Mais l'engin s'inclina davantage et éjecta sans pitié ses occupants avant que le cheval n'arrive à le redresser. Ils tombèrent sur le sol froid de la prairie, sur une neige tassée dure, et les deux sœurs se mirent à pleurer. Gerda se releva, abasourdie, et vit Tiny bondir et s'élancer à la poursuite de sa monture, qui tentait toujours de faire la course avec le blizzard. Cheval et traîneau disparurent dans une masse tourbillonnante de neige polaire.

« Tiny ! Tiny ! » Gerda ne semblait pas s'être fait mal en tombant, mais peut-être était-elle trop engourdie pour sentir la douleur ? Elle ne l'était pas, en tout cas, pour sentir la panique : une panique qui monta depuis ses pieds, lui saisit le cœur et la gorge quand elle vit Tiny partir en criant : « Poco ! Poco ! »

Poco. Son cheval, qu'il avait baptisé d'après son propre nom, expliquant que *poco* était le mot utilisé par les cowboys pour dire « petit », et c'était peut-être vrai mais ça n'avait plus d'importance. L'important, c'était que Tiny s'était volatilisé – elle ne l'entendait même plus crier – et les avait abandonnées. Minna gémissait, cramponnée à la main d'Ingrid, et Gerda vit à sa grande horreur que ses pleurs gelaient sur ses joues. Elle approcha son pouce protégé par des gants en laine, gelés eux aussi, et entreprit de frotter les larmes glacées.

Aussitôt elle s'arrêta, prise de nausée, en voyant la peau venir avec et exposer une plaie rouge vif. Minna ne semblait pas le sentir. Elle sanglotait mais de peur, pas de douleur.

« Tiny ! » Tenant fermement les fillettes, une dans chaque main, Gerda fit quelques pas dans la direction où il était parti, sans certitude que ce soit la bonne. Par là, peut-être ? Elle se tourna, fit quelques pas de plus et s'arrêta, prise de vertige. Elle ne savait plus où était le nord, ni le sud, ni l'est, ni l'ouest. Désespérée, elle observa le sol en quête de traces laissées par le traîneau, ou leurs empreintes de pas dans la neige, qui lui évoquait étonnamment du sable. Mais il n'y avait rien. C'était comme si un balai géant avait effacé toute preuve de leur présence.

« Tiny ! » Où était-il ? Pourquoi ne revenait-il pas ? Il allait revenir, il *devait* revenir – elles l'attendraient. Il serait là dans un instant, avec Poco et le traîneau. Bien sûr. Il ne l'aurait pas laissée, pas Tiny, il était exaspérant mais on pouvait compter sur lui. Les hommes de son genre n'abandonnaient pas femmes et enfants dans une tempête pareille. Il allait revenir. Il devait revenir.

Elle s'accroupit et se pelotonna fermement contre les petites Nillssen ; il faisait un peu moins froid dans cette position au ras du sol, et il y avait un peu plus de visibilité. Quand bien même, elle n'y voyait pas à plus de cinquante centimètres.

« Chantons une chanson », proposa-t-elle aux fillettes pour chasser de leur tête le terrible engourdissement qui devait les saisir jusqu'aux os, comme il saisissait Gerda. « Petites gouttes d'eau, petits grains de sable… » Mais elle renonça ; elle ne pouvait pas continuer à crier par-dessus le vent mugissant. Alors elles restèrent accroupies aussi longtemps qu'elles le purent, au point que les genoux de Gerda se bloquèrent. Allait-elle réussir à se relever ? Finalement elle s'effondra sur la terre gelée et attira les filles contre elle, toutes trois se transformant en un seul être grelottant et pitoyable, la neige tombant avec une telle férocité qu'elle craignit qu'elles finissent totalement recouvertes, mais cela valait peut-être encore mieux que d'être exposées aux intempéries…

Elle ouvrit les yeux, le cœur battant et curieusement faible en même temps. Elle avait dû s'assoupir, et elle savait que c'était mortel. Elle secoua les filles, les pinça jusqu'à ce qu'elles crient. Les longs cils de Minna étaient collés à ses joues et Gerda souffla dessus, frotta, et un peu plus de peau tendre fut arrachée. Ingrid restait stoïque, trop stoïque. Gerda s'alarma : la grande sœur allait peut-être s'écrouler avant toute tentative de la sauver.

Car elles étaient perdues et seules. Tiny n'était pas revenu. Gerda ne savait pas depuis combien de temps elles étaient accroupies par terre, mais elle dut les extraire d'une congère qui arrivait déjà aux épaules de Minna. Elle se leva à grand-peine, puis aida les fillettes à en faire autant.

Son corps tout entier se mit à trembler, et elle eut un mal de chien à parler. « Les filles, allons-y », se força-t-elle à dire en grelottant. Elle ne pouvait plus attendre. Une dernière fois, elle le laissa envahir ses pensées : Tiny, aux épaules si larges qu'elle le taquinait en disant qu'il pourrait tirer une charrue à lui seul ; Tiny et son sourire effronté toujours aux lèvres, même à l'église ; Tiny et ses mains puissantes, qui faisaient aisément le tour de la taille de Gerda ; Tiny et sa moustache clairsemée, constellée de poils blancs, tels des éclairs, dont Gerda s'imaginait qu'ils la chatouilleraient quand elle l'autoriserait à l'embrasser.

Tiny, parti en criant après son stupide cheval, même si Gerda comprenait bien qu'un cheval était précieux dans la prairie. Tiny, seul dans ce blizzard, peut-être aussi effrayé qu'elle, bien qu'elle ait du mal à le croire.

Puis elle s'obligea à le chasser de son esprit. Elle devait se concentrer sur les filles, essayer de les emmener en lieu sûr. Même si elle ne pouvait écarter une pensée plus angoissante encore : qu'étaient devenus les enfants qu'elle avait poussés – si allègrement ! – à rentrer seuls dans une tempête déchaînée ?

Elle ne pouvait pas s'inquiéter d'eux maintenant. Elle devait bouger, trouver un refuge pour les deux âmes dont elle avait la charge. Aucune lumière ne pénétrait les nuages ; elle était incapable de dire l'heure qu'il était, et ne voyait pas de point de repère familier non plus. Au sud des fermes des Nillssen et des Anderson il y avait un ruisseau, donc s'ils avaient pris la bonne route depuis l'école, ce ruisseau, ainsi que les ormeaux qui avaient été plantés là deux ans plus tôt, se trouverait sur leur droite. Si elle réussissait à le trouver et à le longer, elle finirait par tomber sur une maison, une grange ou une meule de foin.

Gerda se sentait piégée comme une souris dans un seau : peu importe vers où elle se tournait, tout se ressemblait et était sans issue, pas de rideau magique s'écartant, ne serait-ce qu'une seconde, pour lui montrer le paysage qui pourtant l'entourait.

« Tiny… », appela-t-elle une dernière fois, mais sa voix ne porta pas, elle resta étouffée, creuse. Même le désespoir ne trouvait pas d'issue dans cette tempête.

Minna pleurait toujours, Ingrid s'y était mise aussi, et toutes deux tremblaient violemment. Gerda les tira par le bras, fit quelques pas, mais les petits pieds de Minna n'avaient pas la force pour lutter contre le vent. Alors

Gerda s'accroupit et lui dit de monter sur son dos. Elle tituba sous le poids supplémentaire, faillit tomber, mais Ingrid lui serra la main et Gerda parvint à se redresser.

« Très bien, très bien », dit-elle. Ingrid ne parlait pas, Minna non plus, mais au moins la petite se calma après avoir enfoui sa tête dans la nuque de Gerda. Celle-ci bénit la chaleur qu'elle sentait contre elle et qui la protégeait un peu du vent.

« Très bien, très bien », répéta-t-elle malgré ses dents qui claquaient si fort qu'elle craignit d'en ébrécher une. Elle devait marcher tête baissée pour ne pas accumuler de neige dans les yeux – ce qui lui rappela le cheval, et Tiny s'arrêtant pour le débarrasser de la glace gênante. La panique, qui faisait entièrement partie d'elle à présent, lui serra le cœur. Où étaient-ils ?

Où était-elle ?

# Chapitre 10

La maison commençait à perdre de la chaleur et Anna Pedersen alla chercher du bois dans l'appentis. Celui-ci était presque plein : elle se félicita d'avoir demandé à Gunner de le remplir ce matin-là, quand il faisait encore bon, après le départ des deux autres à l'école.

Elle avait failli pousser un cri de joie en les voyant partir. L'Institutrice – elle refusait de l'appeler par son nom – avait pris Anette par la main et elles s'étaient sauvées sans un regard en arrière. Si seulement elles pouvaient s'en aller pour de bon et ne jamais revenir ! Même avec la charge de travail supplémentaire, Anna serait ravie de ne plus les voir. Voulait-elle de ces intruses chez elle au départ ? Bien sûr que non. C'était son idée à *lui*.

C'était aussi l'idée de Gunner de quitter Minneapolis, qu'Anna adorait parce que cela lui rappelait Christiania, la belle capitale norvégienne, en moins grandiose. Il avait décidé de s'installer ici, dans le nord-est du Nebraska, loin de toute ville ou de tout patelin. Cet imbécile, qui était né citadin comme elle et n'avait jamais gagné d'argent de ses mains, s'était mis en tête que posséder des hectares de terre lui était dû maintenant qu'il était américain. Que vivre en autarcie, à des kilomètres du premier voisin, était le véritable test pour un citoyen de la grande Amérique. Au moins, il ne s'était pas lancé dans l'agriculture ; de cela elle lui était reconnaissante. Non, il s'en était tenu à ce qu'il connaissait, car en Norvège il faisait partie de la garde montée – ne s'était-elle pas éprise à cette époque-là de lui dans son superbe uniforme, sur son cheval noir racé ? Et Anna devait bien admettre que l'élevage de chevaux était une source de revenus fiable dans une région aussi récemment peuplée que les Grandes Plaines. Les fermiers, même pauvres, avaient besoin de montures.

Seulement, il aurait facilement pu exercer ce métier à Minneapolis. Oh, leur ancien quartier y était ravissant, un petit bout de mère patrie parsemé de boulangeries et de cafés où tout le monde parlait norvégien. Anna était heureuse, à Minneapolis : elle avait la culture, le tramway, les invitations à prendre le thé, les fêtes. Elle n'avait aucune envie d'en partir.

Qu'à cela ne tienne, il l'avait arrachée à sa famille et ses amies pour la forcer à vivre comme une paysanne. Se salir les mains du matin au soir, ne plus avoir comme compagnie que lui, élever ses enfants sans l'aide de sa mère ni de ses sœurs. Devenir presque folle de solitude, ne plus supporter ce fichu vent. Pourtant, les moments où il n'y avait aucun bruit – pas un loup hurlant à la lune, une poule grattant la terre, ou un cheval hennissant – étaient les pires. Dans ces moments-là, où seul son cœur battant lui rappelait qu'elle n'était pas piégée dans un cauchemar, qu'elle était bien vivante et vulnérable, Anna s'interrogeait sur sa santé mentale. Plus d'une fois, dans cet état, elle s'était retrouvée un couteau à la main, penchée au-dessus de ses enfants endormis, sans savoir comment ni pourquoi elle était arrivée là.

Elle sentait non seulement qu'elle perdait la raison, mais qu'elle se perdait elle-même. Sans arrêt elle se regardait dans la glace, pour s'assurer qu'elle était toujours Anna. Anna aux cheveux dorés, aux yeux pétillants, au rire éclatant et aux manières exquises qui faisaient l'envie de ses sœurs ; l'éternelle reine du bal. Anna qui avait choisi Gunner, et non le contraire. Elle avait eu des tas de prétendants, des tas d'occasions, et elle avait choisi cet homme ; à elle de faire en sorte qu'il ne l'oublie jamais. Il devait s'en souvenir chaque jour de sa vie ici, au milieu de nulle part. Il devait se rappeler qu'il avait de la chance d'avoir Anna.

Et de fait, il mesurait sa chance – par moments. Oui, il lui rapportait des cadeaux de la ville, il avait planté des fleurs pour elle dans la meilleure terre autour de la maison, reléguant son potager dans un carré ingrat et travaillant dur pour y faire pousser les légumes. Il lui chantait les chansons qu'elle aimait et lui montrait sa reconnaissance au lit, quand elle l'y autorisait.

Mais elle ne pouvait pas oublier les autres moments. Les moments où il faisait passer tout ce qui constituait ce misérable lopin de terre avant elle. Comme pour la naissance du petit dernier. Anna était allongée, grognant et haletant, et les deux grands la fixaient d'un air interloqué à l'entrée de la chambre pendant qu'elle s'évertuait à mettre une nouvelle vie au monde. Et Gunner, où était-il ? Dans l'écurie, auprès de sa précieuse jument qui mettait bas en même temps. Il y avait un problème, le poulain se présentait par le siège, et il n'avait pas hésité à enfoncer les mains dans la bête pour ramener son petit pendant qu'elle, Anna, accouchait seule. Transpercée de douleur, moite de terreur. Seule, elle avait donné naissance à son fils, l'avait tiré d'entre ses jambes avec des mains tremblantes, l'avait tenu en l'air en criant. Leur benjamin était né ainsi, boule écarlate de sang et de souffrance, et Anna n'avait pu s'empêcher de penser que ce serait le destin de cet enfant.

Ça, elle ne pouvait pas l'oublier. Encore moins le pardonner.

Ensuite il avait fait entrer ces *étrangères* dans sa maison. Il avait présenté chacune à Anna comme s'il lui offrait un beau bouquet. Avec de grands gestes, son visage angélique rougissant de plaisir. Et sans se soucier réellement des détails pratiques : qui allait les nourrir, les vêtir, qui allait devoir vivre avec elles jour après jour pendant qu'il filait à sa fichue écurie.

« Anna, mon amour, tu avais besoin d'aide alors je t'en ai trouvé, avait-il annoncé le matin où la mère d'Anette devait débarquer. J'ai entendu parler d'une femme qui voulait vendre sa fille – il y a des problèmes chez eux, si j'ai bien compris, et la mère préfère se débarrasser d'elle. Quelqu'un en ville me l'a dit, je lui ai écrit, et elle arrive aujourd'hui. Pour t'aider, mon amour ! » Il avait vu le regard d'Anna s'assombrir. Ces ténèbres qu'elle ne contrôlait pas toujours, quand bien même elle savait qu'elles déformaient ses jolis traits, la diminuaient.

« Une étrangère ? Dans *ma* maison ?

– Tu m'as dit que tu te sentais seule !

– Je me sens seule parce que ma famille, mes sœurs, mes amies me manquent. Parce que *tu* me manques. Je ne réclame pas une fille dont la propre mère ne veut pas ! Que sait-on d'elles ? Est-ce que la mère est une souillon ? La fille une bâtarde ?

– Je ne sais pas… Je ne crois pas…

– Tu n'as même pas demandé, c'est ça ? » Anna aurait pu le gifler. Cet idiot semblait surpris par ses questions, stupéfait qu'elle refuse son cadeau. Anna ne refusait jamais un cadeau.

« C'est trop tard, elles seront là dans quelques heures. J'ai promis à la mère. Elle est désespérée. Et toi aussi, si tu permets, mon Anna : tu as trop à faire entre les enfants et le ménage. Tu sais que j'ai raison.

– Et pourquoi ? Qui m'a traînée au fin fond du Nebraska ? »

Gunner n'avait pas répondu, il ne répondait jamais quand elle lui rappelait sa folie. Il s'était contenté de pincer les lèvres et de passer une main sur ses yeux, et en les rouvrant un peu de leur éclat avait disparu. Ils n'étaient plus d'un marron aussi brillant, comme lustré. Puis il était parti voir ses chevaux, les seuls êtres qu'il aimait réellement.

« Ne t'imagine pas que je serai gentille avec cette… créature, avait-elle crié. Ne t'imagine pas que je la traiterai comme ma fille ! »

Anna avait tenu parole et la tiendrait jusqu'au bout. La gamine était stupide, il n'y avait pas d'autre mot. Elle avait la manie de regarder dans le vide, l'œil vitreux. Ses joues étaient grêlées, ses cheveux marron filasse. Anna craignait que ses propres enfants, une fille et deux garçons, n'attrapent ce qui l'avait rendue ainsi, mais elle n'avait pas le choix. Et elle ne pouvait nier que la gamine travaillait dur. Simplement son travail était aussi terne qu'elle, son style laborieux, son visage vide de toute expression. Anna ne pourrait jamais s'empêcher de penser au coût de cette bouche supplémentaire à nourrir, de ce corps à vêtir, sans oublier l'école où il allait falloir l'envoyer. Pour autant, elle avait appris à vivre avec, à intégrer son statut dans le foyer : juste une domestique. Aucun lien avec la famille.

Sur ces entrefaites, l'Institutrice était arrivée. Une fois encore à cause de Gunner.

« Anna chérie, bonne nouvelle ! On m'a nommé au conseil d'établissement – ça prouve bien mon importance dans la communauté. Tu verras, un jour je me présenterai aux élections ! » Il avait bombé le torse, caressé sa moustache, il était ridicule. La vanité des hommes !

« Nous avons choisi une enseignante pour le prochain trimestre, avait-il poursuivi, éminemment satisfait de lui-même. Ce sera sa première école, mais sa sœur aînée a d'excellentes références et elle vient d'une bonne famille, les Olsen. Ils ont une ferme dans le comté voisin, ce sont des immigrants, des Norvégiens, comme nous. Le père est diacre, un homme irréprochable. Quand on est allés les voir pour leur annoncer la nouvelle, ils m'ont impressionné.

– C'est bien. » Anna était en train de lui tricoter un cache-col. De faire travailler ses belles mains pour lui. Sans se douter du poignard qu'il allait lui planter dans le dos.

« J'ai proposé qu'elle loge chez nous. J'ai pensé que c'était la chose à faire, vu que je suis nouveau au conseil. C'est un bon moyen de leur montrer ce que je vaux. Elle commence cet hiver, on l'installera avec Anette. Je pourrais isoler les combles, donner un coup de peinture…

– Certainement pas. » Si Anna avait parlé d'une voix calme et raisonnable, elle sentait le voile de ténèbres se déposer sur ses traits, les nuages épais altérer sa vue. « Certainement pas. Comment oses-tu, Gunner ? Comment oses-tu faire ça sans me consulter ? » Son mari était trop gentil, trop stupide, trop tout. Il tenait à être ami avec ces gens. Il déployait des racines alors même qu'Anna tentait de les arracher. Elle voulait rentrer *chez elle*. Et elle avait été on ne peut plus claire sur ce point, le lui répétant chaque jour. Il savait ce qu'elle souhaitait, et qu'il avait de la chance de l'avoir – mais il n'arrêtait pas de sourire, de se conduire en bon voisin et de se faire bien voir de la « communauté ». Et maintenant il voulait faire entrer une jeune institutrice dans leur foyer ? Car, bien sûr, Anna le savait, l'institutrice serait jeune et jolie. Pas autant qu'elle, mais quand même. Dans les histoires qu'elle lisait, les institutrices n'étaient-elles pas toujours jolies ?

Anna avait vu juste. Raina était menue et ressemblait à une poupée. Elle avait des reflets roux dans les cheveux, un adorable nez retroussé lui donnant un air mutin. Son charme était bien plus discret que celui d'Anna : il n'était pas tape-à-l'œil. Il enjôlait, donnait envie d'approcher pour mieux voir, plutôt que d'aveugler d'emblée.

À la seconde où elle avait posé les yeux sur l'Institutrice, et vu dans le regard de son mari une lueur qui avait disparu depuis l'époque où ils se courtisaient à Christiania, Anna l'avait méprisée. Et lui avec. Elle avait été aux premières loges, tout s'était déroulé sous son nez : les regards rêveurs, les gentilles attentions, les bouquets de fleurs en cadeau, les crayons neufs. Gunner lui tirait la chaise à chaque repas, en en faisant des tonnes. Il avait insisté pour qu'elle dîne avec eux et trouvé le courage d'exiger qu'Anette aussi, même s'il n'avait pas l'air contrarié qu'elle mange seule à l'étage jusque-là. Comme par magie, il avait commencé à se soucier de la gamine, ou du moins à *faire semblant*. Alors qu'avant, il laissait Anna agir à sa guise.

Au début, l'Institutrice s'était montrée timide, et quelque peu étonnée de cet excès d'attention. Et puis, aussi sûr que le soleil se lève le matin, elle avait commencé à s'épanouir, à rougir de façon charmante, à se faire des coiffures élaborées au lieu du chignon simple qu'elle avait à son arrivée. Et à jeter des regards noirs à Anna, à la défier en parlant anglais avec Anette, à l'aider dans ses devoirs même après qu'Anna l'avait expressément défendu. Pour autant, elle n'avait jamais été insolente. Jusqu'à la semaine précédente.

Ensuite il y avait eu cette atroce nuit où Anna avait littéralement surpris Gunner en manteau et en bottes à l'étage, agenouillé à côté du lit de l'Institutrice, prêt à l'emmener. Où, exactement ? Il était incapable de le dire.

Quel homme stupide, stupide !

Anna l'avait stoppé, elle les avait stoppés tous les deux ce soir-là. Le couteau qu'elle cachait sous le matelas depuis quelque temps avait suffi : elle n'avait eu qu'à le montrer pour que tout s'arrête. Gunner l'avait convaincue de redescendre, puis lui avait arraché l'ustensile des mains, qui était tombé avec fracas. Elle l'avait giflé et menacé de faire pareil, voire pire à l'Institutrice, mais il avait dit ce qu'il fallait : il ne savait pas ce qui s'était passé, il avait perdu la tête à rester cloîtré si longtemps, c'était à cause de cette vague de froid. Il avait besoin d'Anna ; il avait besoin de ses enfants, de sa famille. De sa réputation.

Pendant une semaine, il n'avait pas dit un mot à l'Institutrice. Ce qui n'avait pas empêché Anna de passer sa colère sur eux – et sur Anette – à la moindre occasion.

Pourquoi ces étrangères ne partaient-elles pas ? Quand donc les températures allaient-elles enfin remonter pour qu'on lui fiche la paix et la laisse respirer, réfléchir, s'organiser ?

Dieu merci le soleil était revenu ce matin-là, et il faisait si bon dans la maison que le poêle semblait émettre des vagues de chaleur. Quand l'Institutrice et Anette s'en étaient allées, Gunner ne leur avait même pas jeté un coup d'œil ; il avait poursuivi son petit déjeuner et sa discussion sérieuse avec Anna, quelque chose à propos des chevaux, elle n'écoutait jamais vraiment. Elle voulait juste savoir qu'il prêtait attention à elle et à elle seule.

Et maintenant…

« Je vais les chercher. »

Gunner se tenait devant elle dans son gros manteau, emmitouflé jusqu'aux yeux, tenant à la main une couverture en peau de bison, et en une phrase il réussit à détruire le contentement d'Anna, sa satisfaction grandissante à l'idée qu'une tempête faisait rage dehors et que, dedans, seule restait sa propre famille. Enfin. Plus d'intruses. Plus de vipères dans le nid.

« Il n'en est pas question. » Anna parla calmement, ne se laissa pas envahir par les ténèbres cette fois. Elle voyait tout clairement, presque trop. Les yeux marron de Gunner étaient trop attendrissants, la porcelaine trop étincelante, la lumière des lampes trop brillante.

Le revolver dans sa main trop argenté. Trop froid, trop lourd. Elle l'observa, surprise. Elle avait oublié qu'elle l'avait sorti, plus tôt, de la brique descellée derrière le poêle. Elle avait oublié qu'elle l'avait gardé sur elle toute la matinée, en tisonnant le feu, en mettant la table pour les enfants, en préparant sa pâte à pancakes. Il faisait partie d'elle désormais, il l'apaisait. Avec lui elle redevenait entière, rationnelle. Son pouls battait normalement.

Elle leva la main et visa son mari – visa bien son cœur.

Ce cœur qui ne pouvait appartenir qu'à elle.

# Chapitre 11

« Sainte mère de Dieu, ce blizzard ! » Gavin était en train de scruter la rue, comme les autres. Comme ils le faisaient depuis des heures. Observant le temps. Attendant un mouvement, n'importe lequel. Attendant toute information qui viendrait nourrir leurs articles. Attendant patiemment, en hommes sensés.

Il n'y avait aucune trace de la sortie en traîneau ; les participants avaient dû se terrer à Council Bluffs. La rue était vide hormis des ordures qui volaient, tournoyant ensemble telles des danseuses classiques prises de folie.

« Pourquoi vous restez plantés là comme un foutu troupeau de vaches ? » Rosewater, M. Edward Rosewater lui-même, éditeur et rédacteur en chef de l'*Omaha Daily Bee*, était arrivé en catimini. Aussitôt, tous les journalistes sauf Gavin et Dan Forsythe retournèrent à leur bureau et firent mine de travailler.

Gavin avait beau ne pas être son employé techniquement, il respectait cet homme. Edward Rosewater, de corpulence moyenne, front dégarni sur cheveux châtain foncé, moustache drue de rigueur, avait des yeux pénétrants qui voyaient tout. Il avait bâti le journal à partir de rien, n'hésitait pas à dénoncer les plus gros scandales, ni à brandir sa canne quand venaient les inévitables agressions physiques. Il était une cible, et pas seulement à cause de ses unes ; c'était aussi un juif dans une ville qui n'en comptait guère, et les habitants, en majorité protestants, se méfiaient des quelques-uns qu'ils connaissaient.

Mais Rosewater se fichait de tout sauf du *Bee* et de lui-même. Malgré ses fréquentes altercations, relatées avec jubilation par la concurrence, il se pavanait en ville comme s'il en était le propriétaire. Et de fait, l'immeuble le plus haut d'Omaha accueillerait bientôt au coin de la rue son journal en pleine expansion.

« Forsythe ! » beugla Rosewater, et Dan haussa un sourcil à son intention. En tant que star de l'équipe, il pouvait se permettre d'agir comme s'il ne craignait pas le chef.

« Rosewater ? »

Gavin sourit. Il n'y avait que lui pour omettre « monsieur » sans être inquiété.

« Bouge tes grosses fesses et va faire le boulot pour lequel je te paie ! Du journalisme. Retrouve-moi cette foutue sortie en traîneau – elle est là, l'histoire. Le gratin d'Omaha, pris dans un blizzard comme on n'en a pas vu depuis un bail. Voilà ce qui va faire vendre.

– Et ceux que la tempête a surpris dans la prairie ? » intervint Gavin timidement.

Rosewater posa son regard pénétrant sur lui. « Ça, c'est pile le contraire, mon garçon ! Quelques fermiers qui perdent leur bétail et trépassent dans une meule de foin ? Grands dieux, et alors ? Non, ce que les gens veulent lire, c'est le péril encouru par les gentes dames, les demoiselles en détresse dans leurs beaux atours, les dandys avec leurs moustaches en guidon de vélo qui se transforment en héros.

– Je ne suis pas sûr d'être d'accord.

– Je me fous de votre opinion. Vous ne travaillez pas pour moi. Votre bureau ici, c'est par pure courtoisie de ma part. »

Rosewater en avait fini avec lui. « Encore là, Forsythe ? » fit-il à Dan, qui sourit, enfila lentement son manteau et les salua.

« À votre service », dit-il, et il sortit affronter les intempéries. Par la fenêtre, Gavin le vit disparaître dans la nuit tombante.

« Vous ! » Rosewater parlait à Gavin.

« Oui ?

– Si vous voulez écrire un article que ces foutus promoteurs daigneront me payer, qu'il soit drôle ! Vous savez, comme quoi ça va cailler pour aller aux cabinets au fond du jardin, ou que les réserves de glace sont assurées après ça. Un truc mignon. Même si je hais tout ce qui est mignon. Mais les lecteurs adorent, alors foncez ! Vous êtes doué pour ça, en plus. »

Gavin grimaça en regardant le chef monter, deux marches à la fois, et s'enfermer au premier. Oui, c'est vrai qu'il était doué pour ça, en plus.

Il alla s'asseoir, mit ses manchettes, prit un flacon neuf d'encre de Chine dans le tiroir du bas. D'un geste véhément, il le déboucha et éclaboussa le bureau d'une grosse tache noire. Il frotta jusqu'à la faire pénétrer dans le bois, tel un souvenir de guerre.

Écrire des niaiseries. Voilà ce pour quoi il était doué.

*Entendu dans la rue après la tempête monstre d'hier : deux hommes attachant leurs chevaux se sont fait la réflexion que les réserves de glace étaient assurées pour l'année…*

Gavin lâcha son porte-plume, déchira ses manchettes, froissa la feuille en boule et la regarda fixement. L'idée absurde lui vint qu'il devrait la manger, ce symbole de ses médiocres efforts, cet emblème de ce qu'il était devenu. Il y avait des gens dehors en train de mourir. De tout perdre. De lutter pour survivre à cette nuit. Et lui était bien à l'abri dans des locaux chauffés, occupé à écrire des *blagues*.

Car c'était ce que les immigrants étaient devenus pour Rosewater et les promoteurs qui les avaient comptés, un par un, à la descente du train. Privés de leur humanité, ils avaient été réduits à des chiffres, et maintenant à des anecdotes amusantes.

Et ce par Gavin aussi – jusqu'à cet après-midi-là.

La jeune femme. Il n'arrivait pas à se l'ôter de l'esprit. Était-ce parce qu'il mettait enfin un visage, un vrai visage, sur les péquenauds anonymes qui étaient la cible de ses moqueries ?

Tout ce qu'il savait, c'est qu'en la voyant les fausses promesses qu'il écrivait l'avaient rempli de honte. Car pour cette jeune femme vivante, respirante – désirante – et les autres comme elle, la terre que Gavin vendait à coups de mensonges ne leur volait pas juste la vérité, elle leur volait la vie. Oh, bien sûr c'était tentant, ces couchers de soleil dorés en été et ce blé nouveau donnant l'illusion de l'abondance et de la fertilité. Jusqu'au jour où la grêle, les sauterelles ou les deux en même temps se déversaient du ciel, piétinaient ce même blé et brisaient le cœur de ceux qui assistaient à la scène, désespérés, depuis la porte d'une misérable hutte en terre.

Aujourd'hui, Gavin avait enfin vu leurs visages. Dont celui de la mère, comme une promesse, ou plutôt un présage, de l'apparence qu'aurait sa fille dans dix ans : les traits tannés et ridés, la peau rêche, la bouche pincée. Les épaules voûtées à force de porter des poids. De s'inquiéter. Et ces gens étaient là-bas, dans la prairie, par cette tempête.

S'adossant à son siège, Gavin se frotta énergiquement les joues, encore et encore – le geste d'un homme bientôt bon pour l'asile. Sa jambe gauche remua toute seule. Il était consumé par l'envie d'agir, de faire quelque chose, n'importe quoi. Tout sauf raconter des blagues. Ou un énième mensonge. Il avait besoin d'un acte sincère, héroïque. Il se leva, envoya voler les feuilles blanches. Il remonta son pantalon, déterminé.

Et puis il vit son reflet dans la vitre. Ses bajoues, la panse qui tendait ses bretelles. Il se rassit, perdu. Agir ? Mais comment ?

Son unique valeur résidait dans son stylo et son imagination. Et il ne voyait pas comment les utiliser à bon escient, pas tant que le vent soufflait.

Bon sang, il donnerait cher pour boire un verre. Peut-être que le Lily n'avait pas fermé, car qu'est-ce qu'un homme comme Old Lieutenant avait de mieux à faire que rester ouvert pour les pauvres couillons sans réelle utilité dans ce monde ?

Les couillons comme lui.

# Chapitre 12

Couvert de neige, ses longs cils perlés de glace, Ollie Tennant poussa la porte du petit local vitré où ses enfants avaient classe. Sous la force du vent tyrannique, il faillit s'étaler de tout son long.

Il fit une pause pour reprendre son souffle, laisser ses poumons atrophiés se remplir d'air sec et vaguement plus chaud, puis cligner ses yeux voilés afin de voir de nouveau. Le trajet jusqu'au nord de la ville, même pour un géant comme lui, l'avait ébranlé. Il ne s'était pas perdu mais, pour sûr, la tempête lui avait joué tous les tours possibles : dissimulant les carrefours, étouffant les bruits de chariots, le chatouillant dans le dos avec ses doigts glacés, le secouant et le malmenant si bien qu'il avait dû avancer au pas et se cramponner au premier poteau venu.

Mais il avait réussi, et il se rendait compte à présent qu'il était scruté par une poignée d'enfants noirs, dont deux lui ressemblaient et portaient son nom. Et par une jeune Blanche terrée dans un coin de la pièce, loin de ses élèves, les yeux remplis de terreur. Si elle avait pu fusionner avec le mur derrière, elle l'aurait fait.

Finalement les enfants d'Ollie se fendirent d'un grand sourire, crièrent joyeusement « Papa ! » et s'empressèrent de l'amener près du petit poêle ventru qui diffusait un peu de chaleur.

« Papa ! Tu es venu !

– Pourquoi, ce n'est pas le cas des autres ? » Les habits d'Ollie commençaient à dégeler et à goutter par terre. Il alla à la rangée de patères vides – tous les manteaux, vestes et châles étaient sur les enfants – et y accrocha sa lourde pelisse. Puis il revint au poêle, se frotta les mains devant et compta : six, dont les siens. Plus la maîtresse.

« Le papa de Grayson est venu le chercher lui et sa sœur, et Jenny et Charles sont rentrés parce qu'ils habitent en bas de la rue et nous on est restés même si Maîtresse nous a dit qu'on pouvait partir mais nous on voulait pas et maintenant tu es là ! » Le petit Francis, neuf ans, s'arrêta enfin pour reprendre son souffle. Ollie passa une main dans les cheveux de son fils et lui tira doucement l'oreille, signe qu'il devait se taire maintenant. Francis était connu pour sa capacité à dire quantité de choses avec très peu d'air.

« Maîtresse vous a dit que vous pouviez partir ? Par ce temps ? » Ollie regarda sa fille Melissa, onze ans. Elle hocha la tête, ses tresses recourbées aux pointes comme deux petits sourires venant souligner son propos.

« Mademoiselle ? » Se rappelant ses bonnes manières, Ollie ôta son chapeau et secoua la neige qui fondait dessus. Il fit un pas vers l'institutrice – il n'avait aucune idée de son nom, c'était le domaine de sa femme – mais s'arrêta en la voyant se recroqueviller encore plus dans le coin où elle semblait avoir établi son camp.

Elle était très jeune. À peine sortie de l'adolescence. Menue, pas encore de formes, mais vêtue comme une femme : une longue jupe verte, une ceinture noire, un chemisier blanc avec un camé au niveau de la gorge et un grand châle à motif cachemire serré contre elle. Elle écarquillait les yeux de peur, et encore plus à chaque pas qu'Ollie faisait vers elle. Reconnaissant une réaction trop souvent rencontrée – celle d'une Blanche terrifiée à l'idée de se retrouver aussi près d'un Noir –, il adoucit d'instinct ses gestes. Il ne devait lui donner aucune raison de le craindre, car qui sait comment elle pouvait réagir ? Il avait vu des hommes dont la vie avait été détruite – ou s'était terminée au bout d'un nœud coulant – parce qu'ils n'avaient pas décodé les signes à temps.

C'était presque comme se mesurer à un animal blessé. Il fallait se mettre dans sa tête, anticiper ses mouvements, sa panique. Il fallait savoir quand reculer, se baisser, traverser la rue, détourner le regard.

« Mademoiselle… » Ollie se tourna vers Francis pour demander discrètement : « Comment elle s'appelle ?

– Mlle Carson ! » répondit-il trop fort, et Ollie grimaça de gêne.

« Pardon, mademoiselle Carson, c'est bien ça ? Je suis monsieur Tennant, le père de Francis et Melissa. Comment allez-vous ? Les enfants ont-ils pu déjeuner ? Et vous, vous avez mangé ?

– Ne vous approchez pas de moi », dit Mlle Carson d'une voix étranglée. Elle replia les genoux contre sa poitrine et se blottit encore plus contre le mur, ce qu'Ollie n'aurait pas cru possible. « Je ne sais pas… Cette tempête est atroce… Je vous interdis de faire un pas de plus, vous… vous… »

En silence, Ollie se détourna pour ne plus voir la terreur dans le regard de la jeune femme – et pour cacher l'écœurement dans le sien. C'était donc *ça* qui enseignait à ses enfants ? Une fille qui les détestait et avait peur d'eux ? Réussissait-elle à cacher son dégoût devant la couleur de leur peau parce qu'ils étaient petits et ne pouvaient pas lui faire de mal ? Il tenta de se remémorer ce qu'il savait de cette école, récemment ouverte. Légalement, ses enfants pouvaient aller dans les écoles blanches, mais ils n'y étaient pas les bienvenus avec le nombre de Noirs qui augmentait. Les écoles qui se montaient à North Side venaient simplement répondre aux besoins d'une population en pleine expansion. Ollie avait entendu dire qu'il y avait une seule institutrice de couleur dans toute la ville d'Omaha, et elle était en poste dans un petit lycée. C'est ainsi que les plus jeunes se retrouvaient avec des maîtresses blanches, qui se portaient volontaires ou qu'on portait volontaires à leur place. Ollie n'y avait jamais pensé sous cet angle, mais c'était vrai : instruire ses enfants était considéré comme un acte de charité. Et il connaissait assez bien le genre humain pour savoir que celui qui accomplit un acte charitable porte rarement de l'amour ou de l'estime à ses bénéficiaires.

« Je dois rentrer chez moi ! » Mlle Carson se leva brusquement. Elle grelottait de la tête aux pieds. « Je dois rentrer, ils vont s'inquiéter, je ne peux pas rester, je me fiche de… Vous pouvez les prendre, les emmener ! Vous tous, partez !

– Allons, mademoiselle, écoutez-moi. » Ollie était

capable de prendre une voix douce comme le miel quand il le voulait, et c'est ce qu'il fit. « Ce n'est pas possible, pas dans cette tempête. Où habitez-vous ?

– Pourquoi vous voulez le savoir ? » Ses yeux se plissèrent, ses lèvres pâlirent.

« C'est juste que… De ce côté-ci de la ville ? Ou ailleurs ?

– Près de Fremont, l'église épiscopale. Mon papa est le pasteur. C'était son idée que je vienne ici.

– Ah, fit Ollie, qui n'était pas surpris. Eh bien, mademoiselle, ce que j'essaie de vous dire, c'est que vous n'y arriverez pas. Il n'y a plus de trams, la plupart des réverbères sont éteints, ce vent n'est digne ni d'un homme ni d'une bête. Vous allez vous perdre, vous pourriez vous blesser… On n'y voit rien, même pas un cheval débarquer à un carrefour. Vous allez devoir rester ici le temps que ça passe.

– Rester ici ? Toute la nuit ?

– Au moins le temps que ça passe.

– Vous allez ramener ces… les enfants chez eux ?

– Non, mademoiselle. C'est ici qu'on est le plus en sécurité.

– Oh ! » Elle ferma les yeux et tourna la tête vers le mur pour mieux cacher son visage.

Ollie recula afin de lui laisser le temps de digérer la nouvelle. Les enfants, qui se tenaient par la main autour du poêle, observaient la scène avec de grands yeux. Il les rejoignit, se réchauffa à la faible source de chaleur et réfléchit.

La pièce était petite. Il y avait deux rangées de bancs mais pas de tableau ni de bureaux. *Pas pour les enfants de couleur*, songea-t-il gravement. *Dites-leur qu'ils peuvent apprendre mais surtout ne leur donnez pas les outils pour.* Quelques manuels, et il en déduisit qu'ils devaient les partager. Si ses enfants avaient des ardoises, il savait par sa femme que ce n'était pas le cas de tous et qu'elle envisageait d'organiser une quête pour en acheter. Hormis les images et dessins punaisés sur les murs blanchis à la chaux, c'était un lieu sans joie, mal éclairé par quelques lampes à pétrole poussiéreuses.

Il ne voyait aucun tas de bûches ou seau à charbon.

« Où gardez-vous le combustible pour le poêle ? demanda-t-il par-dessus son épaule, l'air dégagé.

– On n'en a plus depuis une heure. C'est tout ce qu'il reste », expliqua-t-elle, et depuis l'autre bout de la pièce toujours plus glaciale, il entendit sa respiration s'accélérer, telle celle d'une bête prise au piège.

Il se leva, faisant mine de s'étirer, mais en réalité il cherchait quoi brûler. Il y avait les manuels. Une pile de vieux journaux dans un recoin, sans doute réservés aux latrines, dehors. Et le lourd bureau de la maîtresse (à cylindre, comme dans les banques) ainsi qu'un comptoir contre le mur du fond. Malheureusement tout cela avait l'air massif, pas du genre à céder si Ollie le cassait à main nue.

Il s'intéressa aux bancs. Nonchalamment, les mains dans les poches, il s'approcha du premier. Il donna un coup dedans : le banc bougea, il n'était pas fixé. Ni solide, il s'agissait simplement de planches clouées sur quatre pieds.

Les six enfants l'avaient suivi. Il prit conscience que la maîtresse les avait terrorisés à se comporter ainsi. Maintenant qu'il était là, ils n'avaient plus peur, même s'ils allaient probablement rester collés à lui jusqu'à ce qu'il puisse les ramener chez eux. Il s'immobilisa, et ils en firent autant.

Il se retourna, les regarda gentiment, puis sourit.

« Qui veut jouer à un jeu ? »

Certains visages s'éclairèrent, et son fils se mit à applaudir quand Ollie leur montra comment détruire les bancs, en donnant d'abord des coups de pied puis en cassant les planches avec leurs petites mains. Un acte de vandalisme autorisé – le rêve de chaque écolier. L'instant d'après tout le monde riait et poussait des cris. Cela leur faisait du bien de courir, d'activer la circulation sanguine, de se réchauffer un peu. Ollie se demandait combien de temps la flambée allait durer, même avec cette nouvelle source de combustible.

« Vous ne pouvez pas… Mais enfin, ils ne peuvent pas faire ça ! C'est mal ! » Mlle Carson s'éloigna de sa cachette à pas prudents, scandalisée. « Ce n'est pas à vous, ça appartient à la ville !

– Je rembourserai, ironisa Ollie. Mademoiselle, il faut bien brûler quelque chose, sinon on va geler. Vous avez une autre idée ?

– Oui. Rentrez chez vous ! Tous autant que vous êtes… Retournez là d'où vous venez ! Moi je m'en vais. Parfaitement ! » Avec un cri bestial elle se dirigea vers la porte, et Ollie dut faire un choix : l'en empêcher en posant les mains sur une Blanche au risque de sa propre vie…

Ou laisser partir cette folle vers une mort certaine.

« Mademoiselle Carson ! » La voix d'Ollie était aussi capable, quand il le voulait, de remplir une pièce. Sa femme disait souvent qu'elle aurait pu remplir une église. L'écho se répercuta dans l'espace presque vide, et il se posta fermement entre l'institutrice aux yeux hagards et la sortie.

Elle s'immobilisa à deux mètres de lui, et c'est ainsi qu'il put enfin la voir de près. Elle était blanche de terreur – plus blanche que tous les Blancs qu'il avait vus de sa vie. Même ses lèvres étaient blêmes. Mais elle avait les joues rondes, derniers vestiges de l'enfance. Et son menton pointu tremblait, comme celui de la petite Melissa quand elle était triste ou épouvantée.

Ollie avait eu des enfants sur le tard. Il n'avait pas cherché à fonder une famille, n'avait pas vraiment de projet de vie, mais c'était arrivé, et il ne se rappelait pas avoir eu tellement le choix. Il avait rencontré une femme, la douce et futée Alma, qui ne voyait pas de problème à ce qu'il ait un bar et, plus important, n'insistait pas lourdement pour qu'il l'accompagne à l'église. Avec ses allusions subtiles par-ci par-là, c'était un modèle de retenue comparé aux bigotes qu'Ollie connaissait. Elle l'avait apprivoisé autrement, en lui donnant deux bébés qui avaient changé son cœur en guimauve dès leur naissance, quand il les avait tenus dans ses bras. L'un après l'autre, ils avaient tambouriné de leurs minuscules poings sur la poitrine de leur père et crié victoire.

Depuis, Ollie le savait, les enfants faisaient ce qu'ils voulaient de lui. Tout en eux l'enchantait, leurs émotions excessives, leur énergie débordante suivie, sans prévenir, d'un sommeil que rien n'aurait pu interrompre. Leur potentiel, surtout. Qui peut dire quel genre d'adulte un enfant deviendra ? Certains se targuaient de le savoir, pourtant. Alma, par exemple, portait des jugements à l'emporte-pièce : « Quel bavard ce Francis, il deviendra pasteur ! » Ou : « Tu sais, le petit Peter Thompson ? Il toise les gens d'une façon… Je parie que ce sera un vaurien. »

Ollie, lui, gardait espoir pour chacun d'eux.

Ce qui fit la différence, c'est le menton tremblant de cette fille qui n'avait pas plus de quinze ou seize ans – cette fille qui, il devait bien le reconnaître, avait certainement été envoyée là par un père abusif, convaincu de cocher une case sur sa propre liste de bonnes actions à accomplir pour monter au paradis. Si elle avait été plus âgée, Ollie l'aurait laissée partir sans hésitation, car il ne croyait pas à la bonté et à la capacité de changement chez les adultes. Il n'était pas là pour sauver la maîtresse. Il était là pour sauver les enfants.

Il ne s'attendait pas à ce que la maîtresse en soit une elle-même. Cependant, c'était le cas, et il devait agir.

« Vous ne pouvez pas sortir, mademoiselle, dit-il d'une voix redevenue douce. Vous allez mourir. Je ne veux pas que ça arrive, et vos élèves non plus. Regardez-les. »

L'institutrice, serrant son châle si fort qu'elle en fit gonfler ses articulations, se tourna vers eux. Aucun ne réagit ; ils se contentèrent de lui rendre son regard, visage neutre. À l'évidence, ce n'était pas le grand amour. Ollie fit un signe à Francis, qui comprit aussitôt et s'avança d'un pas, les mains jointes sur la poitrine telle l'actrice qui incarnait la petite Eva dans *La Case de l'oncle Tom* au théâtre l'été précédent, et son père réprima un sourire. Ce garçon, alors ! Peut-être qu'Alma avait raison : peut-être son avenir était-il sur scène, que ce soit dans une église ou sur les planches.

Cependant Ollie garda son sérieux, car ce n'était pas un jeu : c'était une question de vie ou de mort.

« S'il vous plaît, mademoiselle Carson, s'il vous plaît, ne partez pas, dit Francis d'une voix remplie de tristesse et d'émotion. Vous devez rester avec nous ! S'il vous arrivait malheur on serait tellement tristes ! »

Mlle Carson, qui n'était pas tombée de la dernière pluie, l'observa d'un air sceptique. Puis elle parut envisager la situation sous un autre angle. Elle inspecta la rue plongée dans l'obscurité. Les lampes ne projetaient qu'une faible lueur dehors et ne rendaient pas pleinement compte de la fureur du blizzard. Par chance, le vent changeant choisit ce moment-là pour pilonner la façade vitrée. Même Ollie laissa échapper un cri de surprise. Ce fut un petit miracle que la vitre tienne.

Mlle Carson avait sursauté aussi ; elle se remit à pleurer, tortillant les pointes de son châle dans ses mains menues. « Je ne sais pas… Je ne peux pas rester ici… Je veux rentrer ! Mes parents me manquent ! Pourquoi personne ne vient ? » Les joues baignées de larmes, elle s'autorisa enfin à croiser le regard d'Ollie.

« Moi je suis venu. Je suis là. Allons nous asseoir près du poêle. Il fait drôlement froid, vous ne trouvez pas ? » Ollie – il ne toucherait pas cette femme, pas question – tenta de l'attirer par sa voix, ses gestes. « Je crois que je vais remettre mon manteau, oui, c'est ce que je vais faire. » Il lui laissa un peu d'espace pendant qu'il allait décrocher son habit trempé et l'enfilait. Il faisait froid, pas de doute.

Elle s'approcha lentement du poêle, tout en jetant des regards méfiants aux enfants, qui reculèrent machinalement pour lui laisser le coin le plus chaud. Elle s'y mit, malheureuse, reniflant, se mouchant de temps à autre dans son châle.

C'est alors que Francis s'avança, main tendue. « Mademoiselle Carson, ne vous inquiétez pas. Tout ira bien, mon papa est là. Cette tempête va bien finir par s'arrêter. Elle ne peut pas durer pour toujours ! »

Mlle Carson ne prit pas la petite main, mais elle sourit. Un sourire timide : elle ressemblait un peu à un lapin, maintenant qu'Ollie y songeait, avec son nez rougi et son menton tremblant. Enfin, elle acquiesça.

Ollie souffla longuement. Il avait la sensation d'avoir retenu sa respiration pendant tout ce temps, depuis qu'il avait quitté le Lily, à vrai dire. D'abord l'effort physique de s'être confronté aux éléments, puis le numéro de funambule qu'il avait dû accomplir une fois arrivé à destination. À présent, il pouvait respirer.

Tout irait bien pour eux, ils survivraient. Même cette femme-enfant antipathique et effrayée, là uniquement par charité chrétienne.

Mais pour sûr, il aurait une conversation avec Alma le lendemain, dès que le ciel se dégagerait et qu'ils pourraient retourner à leur cocon douillet au-dessus du bar. Il refusait que ses enfants soient instruits par pitié. Non, merci. Ils méritaient d'apprendre avec quelqu'un qui leur ressemblait et qui pensait comme eux. Ils méritaient d'être traités comme des êtres humains, pas comme de simples barreaux sur l'échelle du paradis. La communauté devait pouvoir faire quelque chose, aider davantage de jeunes Noires à devenir enseignantes ou mieux faire savoir qu'on en cherchait. Quelque chose, en tout cas.

Peut-être que ce blizzard avait eu le mérite de lui

remettre les idées en place, admit Ollie. Il ne pouvait plus se cacher derrière son comptoir, et refuser obstinément de voir que la bonne société était en train de se transformer aussi radicalement que le vent transformait le paysage en ce moment. Des arbres seraient arrachés, des clôtures emportées, des toits effondrés.

Et des villes comme Omaha continueraient d'être divisées, chacun dans son entre-soi, les langues ne se mélangeant surtout pas. Les frontières bien gardées.

Les enfants recevant un enseignement différent selon leur couleur de peau.

# Chapitre 13

« Anette ! »

Elle sursauta, paniquée. Chose incroyable, elle avait failli s'endormir alors qu'elle marchait à grand-peine dans un vortex de vent et de neige qui lui cinglait les joues. Une neige qui n'était pas de la neige, mais des cailloux. Un vent qui n'était pas du vent, mais un cyclone.

Fredrik lui tenait la main. Elle le voyait mais ne le sentait pas. Dans l'autre elle tenait la gamelle, et il lui semblait que l'ardoise était encore plaquée contre sa poitrine, sans doute parce qu'elle y avait gelé. Fredrik la tirait pour la faire avancer, pleurant et l'appelant dans l'espoir de la sortir de sa torpeur.

Elle grelottait. Elle avait chaud. Elle tombait. Se relevait. Elle avait envie de faire pipi. C'était même urgent, elle sentit sa vessie gonfler et sut qu'elle s'était relâchée, un liquide chaud coulait entre ses jambes, trempait ses bas et son jupon, dégoulinait dans ses chaussures. Elle rêvait de cette chaleur, en réalité. Mais rien ne vint.

Fredrik s'arrêta, et une curieuse expression se lut sur son visage. Il baissa la tête vers son pantalon. En regardant, Anette vit une tache sombre. Ils s'observèrent un moment. Jamais ils ne l'avaient fait l'un devant l'autre. Ils partagèrent ce sentiment de gêne. Ils pleurèrent, mais toujours ensemble, leurs mains entrelacées. Et ils se remirent en route.

Ils devaient forcément être proches de la ferme des Pedersen. Non ? Anette avait l'impression qu'ils marchaient depuis des heures. Il lui vint à l'esprit qu'elle n'avait jamais passé autant de temps avec Fredrik. Leurs moments ensemble étaient toujours si éphémères : cinq minutes avant la classe le matin, pendant les récréations, quand ils rentraient le soir en courant. Ils étaient toujours en mouvement, ne s'asseyaient jamais, même quand ils parlaient – pour être exact, c'était lui qui faisait la majeure partie de la conversation. Anette était simplement contente qu'on lui parle vraiment, au lieu de subir un monologue. Et puis, comme elle ne pouvait pas évoquer sa vie chez les Pedersen, elle n'avait pas grand-chose à raconter. Elle avait honte de lui avouer qu'elle n'était même pas rémunérée en tant que domestique. Que personne ne voulait d'elle.

Tandis que Fredrik avait une grande famille heureuse, dont il se plaignait tout le temps. Tor le taquinait sans merci, mettait des grenouilles dans ses bottes, glissait des serpents dans sa chemise. À son tour, Fredrik embêtait ses petits frères et sa sœur, mais il jurait que cela lui valait des punitions comme Tor n'en avait jamais reçu ; son père prenait un air grave, se disait déçu et lui donnait une bonne correction. Et sa mère séchait ses larmes avec des baisers, tout en le privant de dessert.

« Tu dois être un exemple, Fredrik », disait-elle.

Pourtant jamais, jamais, elle ne punissait Tor. Ses parents pensaient que le soleil se levait et se couchait sur *lui*. La fois où Fredrik avait remporté le prix d'orthographe, sa mère avait-elle pleuré de fierté, comme elle l'avait fait quand Tor avait annoncé que Mlle Olsen prétendait n'avoir plus grand-chose à lui enseigner vu qu'il apprenait si vite ?

Non. Maman l'avait récompensé avec son dessert préféré, c'est vrai – du *stollen* aux raisins secs –, et dispensé d'aller chercher le seau d'eau pour la vaisselle. Mais elle n'avait versé aucune larme de joie.

Ah, les malheurs du pauvre Fredrik ! Anette ne lui avait jamais révélé à quel point elle l'enviait et trouvait ses mésaventures bien bêtes, en vérité. À quel point ses confidences venaient lui rappeler tout ce qu'elle n'avait pas dans sa vie. Des parents assez affectueux pour la punir quitte à ce qu'elle en pleure, un grand frère l'estimant assez pour lui faire des farces. Une famille la considérant comme une *personne*, pas un problème ou une aide malvenue, rabaissée au rang de bête de somme.

Une famille aimante.

Mais jamais elle ne laisserait entrevoir ce qu'elle ressentait. Car Fredrik Halvorsan, avec ses taches de rousseur, son air polisson et en même temps innocent, ignorant de tout le mal qui pouvait exister, avait choisi Anette. Il était le seul au monde à la chercher des yeux dans la cour, elle et personne d'autre. Le seul à avoir envie de s'asseoir à côté d'elle, et non de lui échapper. Le seul à la voir comme une alliée, et non une ennemie ou un âne stupide accomplissant les besognes dont personne ne voulait.

Le seul à dire son prénom avec bonheur, et non réticence ou colère.

« Anette ! »

Il la tira douloureusement par la manche. De son pouce engourdi, elle se frotta les yeux, une fois de plus refermés par une pellicule de glace. Ses tremblements étaient omniprésents, elle ne savait plus comment c'était de ne pas grelotter. Son châle trop fin, son jupon en coton, rien ne la réchauffait. Peut-être n'aurait-elle plus jamais chaud. Pourtant, elle avançait. Les jambes musclées et le cœur solide qui la propulsaient joyeusement vers l'école le matin lui étaient d'une aide précieuse maintenant. Agrippée à Fredrik, elle continuait, pas après pas. Tête baissée, cette neige comme des grains de sable lui cuisant le visage. Eux deux, seuls dans la tempête assourdissante qui étouffait à la fois les bruits – elle ne s'entendait pas marcher, communiquait difficilement – et lui agressait les oreilles.

Elle inspira profondément puis cria : « Je crois qu'on va dans la mauvaise direction ! »

Elle n'en savait rien en réalité, mais cela faisait des heures qu'ils erraient sans tomber sur quoi que ce soit de familier.

« Non », contesta-t-il. Qu'est-ce qu'il pouvait être exaspérant ! Tout ça parce que c'était un garçon et pas elle. Il n'hésitait pas à lui donner des ordres, et le plus souvent elle le laissait faire.

Eh bien, pas cette fois. Il ne lui dirait pas quoi penser ! « Si. C'est mon trajet, je le connais !

– Tu ne vois pas qu'on est perdus, idiote ? » s'énerva-t-il, la voix rauque.

Ils se crièrent dessus, les larmes coulant et gelant

aussitôt sur leurs joues. Elle n'avait jamais vu un garçon aussi bête ! Elle en avait marre d'être maltraitée et menée à la baguette. Oui, elle était terrifiée, et ce vent infernal s'évertuait à la repousser, mais ce n'était pas un garçon qui allait lui dire comment rentrer chez elle ! L'espace d'un instant elle oublia que c'était Fredrik, son seul ami au monde : il représentait tous les gens qui un jour lui avaient dit comment faire son travail, plus vite ou plus lentement, comment vivre, quoi penser.

Il les incarnait *tous*. Sans réfléchir, elle le gifla.

« Espèce d'idiote ! » Fredrik serra les poings mais ne rendit pas le coup. « Espèce… de boniche ! T'es qu'une servante. Pire, même ! Tu sais ce qu'on dit à l'école ? Que ta propre mère t'a vendue contre un porc. T'es tellement moche, tu vaux pas plus de toute façon !

– Retire ça tout de suite ! » Anette était en pleurs, mais plus furieuse qu'elle ne l'avait jamais été. Elle ne s'était pas autorisée à l'être contre sa mère ni Mère Pedersen, car jusque-là, en son for intérieur, elle en pensait autant : elle *était* idiote, elle *était* moche. Mais maintenant, coincée dans ce volcan de neige avec ce garçon stupide, elle se sentait plus enragée qu'un essaim d'abeilles. Elle lui sauta dessus, le secoua par les épaules, et il se défendit en la faisant tomber. Elle se releva et éclata :

« C'est faux. On ne m'a pas vendue ! C'est faux, faux, faux ! »

Elle rejeta en arrière le bras tenant la gamelle, prête à l'assommer. Fredrik le vit, les yeux écarquillés, et tourna les talons pour s'enfuir dans la direction opposée, disparaissant dans cette maudite neige.

Laissant Anette seule, une fois de plus.

Elle resta un moment le bras en l'air, prête à frapper. Elle aurait aimé avoir quelque chose, *quelqu'un* à bourrer de coups. Elle hurla à pleins poumons, un long cri perçant qui se termina en geignement enroué. Elle haleta, c'était trop dur de respirer dans ce froid polaire, et pourtant de nouveau elle laissa libre cours à sa rage, une rage qui vint se heurter contre celle du ciel, sans le moindre effet. Elle était trop petite, trop insignifiante. Personne ne l'entendait.

Personne ne s'en souciait.

Tombant à genoux, elle pleura à gros sanglots. Et trembla, se consuma de colère, se ratatina de peur, et elle sut qu'elle allait mourir là et que personne ne s'en inquiéterait. Prendrait-on la peine d'avertir sa mère ? Viendrait-elle chercher son corps pour l'enterrer près de la hutte, l'espèce de grotte qu'ils habitaient au bord de la rivière ? Elle avait dû être aménagée par les Indiens, peut-être était-ce même une cachette du temps des guerres indiennes, avait dit son beau-père un jour. « La vache, ça pue le Peau-Rouge par ici, vous sentez pas ? » Il y avait des pointes de flèches partout, on en trouvait plein en été avec le métal qui brillait au soleil.

Anette avait beau n'avoir jamais connu d'autre maison jusqu'à ce que sa mère la donne aux Pedersen, elle savait que leur hutte était misérable et que la majorité des gens ne vivaient pas ainsi, tels des rongeurs dans un terrier. Au printemps ils étaient inondés, en été les serpents s'infiltraient par les murs, en automne les sangliers les terrorisaient, et en hiver ils restaient tous assis dedans à se regarder en chiens de faïence : il faisait trop froid pour faire autre chose, et c'est à cette saison-là que son beau-père était le pire. Quand, tour à tour, il se moquait d'Anette et s'approchait trop d'elle. « Pour me réchauffer », expliquait-il avec un sourire sinistre, tandis que sa mère observait la scène sans mot dire et que ses petits frères ricanaient.

Sa propre famille ne la trouvait pas assez bien pour une grotte et l'avait congédiée.

Les Pedersen se ficheraient sûrement qu'elle meure de froid. Ils trouveraient son corps sans vie avec l'ardoise et la gamelle à côté, les seules choses qui intéressaient Mère Pedersen. Elle pousserait un soupir de soulagement, puis laisserait son mari s'en occuper. Il enterrerait sans doute Anette quelque part, parce que c'était un homme bien. Mais dès la dernière pelletée de terre jetée il l'oublierait, ne mettrait rien de particulier pour marquer l'endroit, et bientôt l'herbe la recouvrirait et elle resterait dans la terre froide pour l'éternité, seule et oubliée de tous.

Même Fredrik ne la pleurerait pas – elle s'en était assurée, l'avait chassé, lui avait rappelé, à lui qui était le seul à ne pas l'avoir encore compris, qu'elle ne méritait pas d'être aimée.

« Fredrik ! » Paniquée, sa colère évaporée, elle se ressaisit et se leva comme elle put. Elle n'était plus une furie enrageant contre son sort, juste une imbécile perdue et incapable d'agir. « Fredrik ! »

Elle se mit à courir dans la direction où elle croyait l'avoir vu partir, l'appela sans relâche, et elle finit par entendre un bruit. Elle écouta de toutes ses forces et oui, c'étaient bien des pleurs, un enfant en train de pleurer. L'espoir fit battre son cœur et mit ses jambes en action.

« Fredrik ! »

Elle le trouva dans un petit fossé, recouvert de congères – en réalité elle ne le vit pas, elle trébucha sur lui. Il avait les jambes ramenées contre sa poitrine et sanglotait. Il leva les yeux vers elle ; ses sourcils avaient gelé, ses cils étaient collés et le froid mordant avait rendu ses joues anormalement rouges, comme brûlées par la neige. Mais c'était bien Fredrik.

« Je suis dé-dé-désolé », dit-il d'une voix sifflante, puis il se leva et serra fort Anette, qui en eut le souffle coupé de surprise. Il ne l'avait jamais serrée dans ses bras. Ni lui ni personne. Elle était si choquée qu'elle en oublia de lui rendre son étreinte, ou peut-être ne savait-elle pas comment procéder. Peu importe, car l'instant d'après il lui prenait la main et la suivait docilement dans la direction dont Anette était si certaine qu'elle avait failli perdre le seul être sur terre capable de pleurer sa mort.

Or, elle n'était plus si sûre d'elle à présent. À vrai dire, elle ne savait pas par où aller. Mais Fredrik semblait incapable de l'aider. Il marmonnait dans sa barbe, tenait sagement sa main et la suivait.

Alors Anette fit mine de reconnaître le chemin, bien qu'elle n'ait qu'une certitude : ils étaient condamnés à bouger s'ils voulaient s'en sortir. Par conséquent, ils marchèrent.

Ensemble.

# Chapitre 14

« Il faut partir. »

Raina fut étonnée d'entendre sa voix, une voix posée et rationnelle, prononcer des mots qu'elle croyait avoir seulement pensés. Or, une fois dits, ils lui parurent évidents. Son cerveau prenait enfin les commandes. La neige continuait à s'engouffrer par la fenêtre cassée, refroidissant la pièce de seconde en seconde, et elle était certaine d'une chose : c'était sa décision. Personne ne viendrait la sauver. Ni sa sœur ni son père. Ni Gunner Pedersen.

« Les enfants ! » cria-t-elle par-dessus le vent, les reniflements, les geignements. Elle fit un comptage rapide, par acquit de conscience. Ils étaient dix, plus Tor. Sofia Nyquist était la plus jeune, six ans seulement, et elle pleurait après sa mère ; sa sœur Enid était à peine plus âgée, sept ans. Les jumelles Rosa et Eva Larsen en avaient huit ; Albert Blickenstaff, neuf ; Clara Hagen et Tana Berg, dix ; le grand frère d'Albert, Walter, et son meilleur ami Daniel Hagen, onze. Arvid Dahl, dégingandé et maigre comme un clou, en avait treize. Il était le plus grand avec Tor, mais frêle d'avoir été en mauvaise santé toute sa vie, et il respirait déjà mal à cause de son asthme.

En les observant, inexplicablement, Raina se sentit touchée par des détails insignifiants. Daniel et ses cheveux hirsutes – elle l'imagina se rebellant contre la raie que sa mère voulait lui faire, en arguant qu'il n'était plus un bébé et qu'il pourrait s'en occuper. La manie qu'avaient Clara et Tana de se tenir la main, toujours, qu'elles soient sur le banc ou dans la cour à gambader. Le sourire édenté d'Enid : il lui manquait une dent devant et cela ne la gênait pas du tout, au contraire, son sourire assuré magnifique défiait quiconque de se moquer. La façon qu'avait Walter de remonter ses bretelles, comme un homme, un petit geste inconscient mais fier. On aurait dit qu'il passait en revue un champ fertile et calculait dans sa tête ce qu'il allait pouvoir en tirer. Pourtant, c'était un petit gabarit, davantage fait pour travailler dans une épicerie que dans la ferme à laquelle on le destinait depuis sa naissance.

Raina se rendit compte qu'elle n'avait jamais pris le temps d'apprendre à les connaître. Elle avait été si distraite, d'abord par l'émoi de quitter sa famille, puis par l'ambiance oppressante chez les Pedersen et sa peur d'Anna, enfin par le cyclone de confusion et de désir que Gunner avait déclenché en elle. Un instrument de torture, pour être honnête. Ses élèves avaient été le cadet de ses soucis ; ils avaient occupé la plus petite place dans son esprit et son cœur, et elle se sermonna. Enseigner était son *travail*, ces enfants étaient sa responsabilité. Il avait fallu une tempête monstre pour qu'elle en prenne conscience. Pour qu'elle les voie comme des êtres à part entière.

« Mademoiselle Olsen, s'il vous plaît, avant qu'on parte… Laissez-moi sortir une minute pour voir si je trouve Fredrik et Anette. » Tor osa lui prendre la main – une entorse considérable aux bonnes manières, mais il était désespéré. Il serra jusqu'à lui faire mal. « S'il vous plaît, Fredrik est si petit, maman et papa m'ont toujours dit que je devais m'en occuper. S'il vous plaît ! »

Raina brûlait d'envie d'accepter, car elle pensait à Anette. De tous ses élèves, c'était la seule qu'elle connaissait vraiment. Anette la mal-aimée ; c'était si rare de voir une lueur dans ses yeux bleu pâle, sauf quand elle était avec Fredrik. Anette, qui était terrifiée à l'idée de contrarier Anna Pedersen. C'est pour cette raison qu'elle avait fui, Raina en était certaine. Combien de fois cette horrible femme lui avait dit de ne pas traîner après l'école, qu'elle serait sévèrement punie sinon ? Anna n'était pas du genre à menacer à la légère. Anette le savait mieux que quiconque. Rien d'étonnant à ce qu'elle soit rentrée en courant.

« Tor, je ne peux pas t'en empêcher, tu le sais. Je dois compter sur toi pour prendre la bonne décision. » Raina n'avait jamais été aussi honnête qu'en cet instant-là. L'instant où Tor Halvorsan se libéra des derniers fragments de son enfance, redressa les épaules, la regarda d'égal à égal et promit de rester.

Raina fut émue d'assister à cette transformation. Vite elle détourna la tête, avant qu'il ne voie ses yeux s'embuer.

« Bon », dit-elle, en étreignant brièvement chaque enfant pour leur redonner du courage. Elle-même avait l'impression de ne pas en avoir une miette, mais feignait le contraire par égard pour eux. « Les filles, vos tabliers, s'il vous plaît. »

Une fois la surprise passée, les intéressées obéirent. Clara contempla le sien – adorable mais tout sauf pratique, avec son tissu fantaisie et ses broderies colorées à l'ourlet et à la taille. Elle poussa un soupir, puis le dénoua.

« Bien. » Raina ajouta son propre tablier au tas, puis leur ordonna de se mettre en rang du plus grand à la plus petite, d'Arvid à Sofia. Ils s'exécutèrent en battant des pieds dans le froid glacial qui entrait par la fenêtre cassée. Aucun d'eux n'était vêtu assez chaudement, pas plus que Raina. Elle eut une pensée pour son épais manteau en laine, qu'elle avait imprudemment mis à aérer. Au moins elle avait un jupon, et une jupe longue ; celles des petites filles leur arrivaient au genou. Clara et Sofia avaient des bonnets en laine, et Tana était emmitouflée jusqu'aux yeux dans une écharpe. Arvid aussi. Mais seule la moitié d'entre eux portaient des mitaines ou des gants.

« Maintenant, on va s'attacher ensemble, d'accord ? Comme une chaîne, une chaîne humaine. » Sans s'en rendre compte, Raina s'était mise à parler en norvégien, et bien qu'Albert et Walter soient allemands ils paraissaient comprendre.

Elle tendit les tabliers aux enfants, qui en mirent chacun un puis nouèrent fermement le lien au suivant, se transformant bientôt en un long insecte à dix têtes, vingt jambes et aux couleurs gaies grâce à celui de Clara au milieu. Quand Albert gloussa, d'autres l'imitèrent, charmés par cette fantaisie impromptue.

« Chut ! » les gronda Raina. Ils devaient conserver leur énergie. Elle fit signe à Tor de la rejoindre où elle s'était postée pour scruter au-dehors : le paysage n'était pas juste lugubre, c'était un océan écumant et déchaîné. Les terres plates du Nebraska, objet de toutes les plaisanteries, ne l'étaient plus vraiment. Il y avait des tas d'obstacles prêts à vous faire tomber si vous n'y preniez pas garde. Des terriers de rongeurs, des touffes d'herbe s'obstinant à survivre en hiver, des cours d'eau, des ravins, sans parler des clôtures en barbelé. Et avec ce nuage qui se répandait sur le sol, il n'y aurait aucun moyen de les voir avant d'être dessus. Et de s'y empêtrer.

« Tor, c'est ta maison la plus proche, il me semble ? » Elle n'en était pas sûre ; elle avait été si obnubilée par ses histoires qu'elle n'avait pas pris la peine de se familiariser avec son environnement. Son père aurait été déçu. Il lui avait toujours dit que c'était la première chose à faire, et de s'inquiéter du reste ensuite. « La terre est plus cruelle que tout », disait-il toujours.

*Faux, il y a plus cruel encore*, songea Raina, même s'il n'était pas là pour l'entendre.

« Oui, mademoiselle Olsen. À environ huit cents mètres au sud-ouest. »

Le sud-ouest : c'était une bonne nouvelle, cela signifiait qu'ils n'auraient pas à marcher contre le vent diabolique. « Donc en partant d'ici, il suffit d'aller à droite en diagonale ? »

Il acquiesça.

« Est-ce qu'il y a des points de repère, étables, clôtures, arbres ou même une meule de foin qui nous aideraient à rester dans la bonne direction ? »

Il réfléchit, ses sourcils épais froncés. « Il y a un cours

d'eau juste à côté de notre grange, avec une planche en guise de passerelle.

– Rien avant ?

– Non, je ne crois pas.

– Très bien. »

Le vent se mit à souffler plus fort, arrachant le couvercle du poêle qui vola au plafond. Les enfants paniquèrent et partirent tous dans une direction différente, si bien qu'ils se retrouvèrent emberlificotés dans les tabliers. Raina se dépêcha de les libérer, et comprit qu'ils ne pouvaient plus repousser leur départ ne serait-ce que d'une minute. Ils allaient mourir de froid s'ils restaient là.

Ils mourraient de froid aussi dehors, mais si le Seigneur lui accordait Sa miséricorde, elle réussirait à les emmener chez les Halvorsan avant. Il faudrait marcher vite ; elle regarda les plus petites.

« Tor, tu vas devoir porter Sofia. Je prends Enid avec moi devant. » Elle sourit à ce visage aux grands yeux gris et aux lèvres tremblantes – de froid, d'excitation, de peur ? – et passa une main dans les tresses cuivrées. « Tu as de bien jolis rubans, Enid.

– M-merci, m-mademoiselle Olsen. » En voyant les efforts qu'elle faisait pour sourire vaillamment en retour, Raina sentit son cœur se fendre. L'innocence, la confiance qu'ils plaçaient entre ses mains. Le courage de ces fils et filles d'immigrants.

« Allez, les enfants ! On y va, mais on reste ensemble. Rien ne peut nous arriver tant qu'on reste ensemble. On va chez les parents de Tor, et je parie qu'il y aura des biscuits et du lait chaud là-bas, et on jouera jusqu'à ce que vos parents viennent vous chercher. On va bien s'amuser, non ? »

Il y eut quelques cris enthousiastes, mais dans l'ensemble ils gardèrent le silence. Prenant Enid dans ses bras, Raina fit signe à Tor, qui tenait Rosa Larsen par la main et portait Sofia sur son dos.

« On y va », répéta-t-elle. Tablier noué, tête baissée, elle se dirigea vers la sortie. Elle marqua une pause sur le seuil, le temps de s'orienter vers le sud-ouest. Elle sentait onze corps tirer derrière elle, tous solidement attachés, et trop hébétés pour réagir vraiment.

Sur ce, elle s'engouffra dans le vide fracassant.

# Chapitre 15

Les oiseaux et les bêtes de la prairie s'abritèrent où ils purent.

Ils l'avaient perçu en premier, bien avant les humains ; le changement dans l'atmosphère et dans la direction du vent, du sud au nord-ouest, telles les aiguilles d'une horloge. Ils avaient flairé le parfum subtilement âcre de l'électricité. La neige n'avait pas la même odeur que la pluie : elle était plus sèche, moins moussue. Ils avaient senti le froid arriver avant même que les températures ne chutent.

Les serpents à sonnette, crapauds et salamandres ne sentirent rien de tout cela ; ils hibernaient loin sous la terre, leur cœur battant juste assez pour les maintenir en vie jusqu'au printemps. Jamais ils ne surent qu'un blizzard avait fait rage au-dessus d'eux.

Les chiens de prairie, avec leur réserve de graisse pour l'hiver, somnolaient eux aussi dans les terriers de leurs villes souterraines. Ils remarquèrent sans doute des variations dans l'air, mais cela leur était égal. Ils attendraient que cela passe, en famille, pelotonnés dans leurs nids d'herbe. Une fois le danger passé, ces petits curieux s'aventureraient dehors pour voir ce qu'il en était, mais d'ici là ils avaient prévu de faire un somme.

Même les renards, malgré leur épaisse fourrure, restèrent tapis dans les tanières qu'ils avaient creusées aux abords des maisons à l'abandon, renonçant temporairement au bonheur de dormir sous les étoiles. Il n'y avait pas moyen de chasser par un temps pareil ; ils n'avaient guère d'occasions en hiver de toute façon, ce qui les obligeait à se rabattre sur les œufs de poules si prisés des fermiers. Ce jour-là, même le poulailler n'était pas tentant. Les parents se blottirent contre leurs petits, nés récemment. On était en pleine saison de la reproduction.

Les coyotes cherchèrent refuge dans des maisons inhabitées, contre le peu d'arbres qui poussaient, dans des ravins, sur les berges des rivières. La chasse était difficile en hiver ; avec les rongeurs qui se terraient, il ne restait plus que les cervidés à tuer, se partager ou garder en réserve, et ils étaient aussi maigres qu'eux après l'exubérance de leurs festins d'automne.

Ce furent les gros animaux, ceux qui n'avaient aucun endroit où se mettre à couvert, qui firent les frais du blizzard. Les cerfs, élans et antilopes d'Amérique durent endurer la violence de la nature, recroquevillés les uns contre les autres dans cette prairie cruelle, qui les rendait vulnérables en leur proposant si peu d'arbres, de collines et de cavités comme protection. Dès qu'ils sentirent le temps changer, ils se regroupèrent au plus proche du sol pour conserver la chaleur, tête baissée, yeux fermés, les plus faibles et les plus jeunes au milieu. Beaucoup n'en réchappèrent pas ; tout comme la majorité des lapins qui, même rassemblés, se retrouvèrent piégés trop loin de leurs terriers.

Les plus touchées furent les vaches. Ou du moins le peu qui restait dans les plaines, car en cette année 1888 la plupart des éleveurs, comme ce jeune New-Yorkais enthousiaste du nom de Theodore Roosevelt, avaient appris à leurs dépens qu'elles représentaient un très mauvais investissement dans la région. Le climat était trop rigoureux. Chaque année les blizzards en emportaient des centaines d'un coup. Celui-ci frappait de manière particulièrement impitoyable mais ne faisait pas exception. Certaines vaches perturbées, moins expertes que les cerfs et les élans pour se regrouper, se trouvèrent isolées dans un cocon de glace – leur souffle humide gelant autour d'elles et les suffoquant sur place –, avant de mourir ainsi, debout.

La majorité des oiseaux migrateurs du Canada (la buse pattue, quelques chouettes harfangs) furent sains et saufs, bien que sonnés par la férocité des éléments. Ils avaient leurs nids sur le toit de granges à l'abandon, ou dans les cimes des rares arbres. Habitués au grand froid, ils se contentèrent de baisser la tête et d'attendre ; plus tard, le ciel bleu vif et le paysage d'un blanc éblouissant leur fourniraient un cadre parfait pour chasser.

Quant aux chevaux, ils souffrirent, car dans leur confusion certains s'éloignèrent au lieu de rentrer à l'écurie. Ils finirent par renoncer et s'allonger, pour se faire couvrir de neige et, finalement, succomber à la chute brutale des températures.

Un cheval en particulier, qui tirait un traîneau vide, avait cessé de faire la course avec ce monstre qui hurlait sur ses talons. Il bougeait à peine à présent, tanguant à cause du lourd poids derrière lui, dont il essayait de temps à autre de se débarrasser par une ruade. Cela lui demandait trop de force, et il finit par se résigner à son fardeau, alors que son cœur battait de plus en plus lentement pour conserver son énergie. Rendu aveugle par la glace qui lui recouvrait totalement les yeux, il continua à avancer par intermittence, tout en ralentissant à chaque pas.

Il ralentissait tant qu'on aurait pu l'attraper. Et le petit cheval se demandait pourquoi son maître ne le faisait pas ; pourquoi il avait cessé de l'appeler d'une voix épuisée, depuis si longtemps.

*

Comme le cheval qu'elle maudissait, Gerda continuait à avancer contre le vent, laborieusement. Elle chancelait à chaque pas, les yeux fermés contre les javelots de glace qui tombaient du ciel, tirant fermement la petite Ingrid d'une main pour qu'elle ne s'écroule pas. Minna avait cessé de pleurer et n'était plus qu'un poids silencieux sur le dos de Gerda qui, à intervalles réguliers, sentait un bref souffle d'air chaud à son oreille, signe que la petite était encore en vie, et elle en remerciait Dieu. Car désormais Gerda savait, comprenait pleinement qu'elles n'allaient peut-être pas s'en sortir ; elle avait déjà tiré un trait sur Tiny, du moins se le disait-elle. Elle n'était pas du genre à espérer bêtement, oh non, pas elle. Pas Gerda la pragmatique. N'était-ce pas ainsi que papa l'appelait ? Son petit soldat, son roc. Il aurait tant voulu avoir un fils, lui avait dit maman un jour, dans un accès de désespoir si rare et décousu que, des années après, Gerda ne se l'expliquait toujours pas.

Maman était en train d'aérer le lit conjugal, un matin. Soudain elle s'était affalée dessus comme si ses jambes la lâchaient, et un torrent de mots – de mots norvégiens – avait jailli. Maman s'adressait à *elle*, à Gerda, qui du haut de ses dix ans était occupée à laver la vaisselle du petit déjeuner dans un seau ; parallèlement elle gardait un œil sur Raina, dehors, qui confectionnait une couverture d'herbe violacée à sa poupée, passant une tige dessus, une dessous, tout en chantonnant. C'était une belle journée de printemps, douce, ainsi que maman qualifiait ces moments rares et bénis où tout – soleil, brise, température – était modéré. Enjôleur, presque.

« Oui, je sais, ton papa, mon Steffen, il voulait absolument un fils pour l'aider à la ferme, et aussi perpétuer son nom, mais il vous aime, Gerda. Il vous aime de tout son cœur. »

Gerda avait regardé sa mère, décontenancée. Elle n'avait jamais douté de l'amour de son père, constant comme le bruissement des herbes dans la prairie, éternel comme le cri d'une chouette effraie dans la nuit, réconfortant comme le crépitement d'une averse printanière.

« Oh oui, il vous aime, avait-elle répété, se méprenant sur l'expression de sa fille. Surtout toi, Gerda. Il te considère comme son bras droit parfois, et je ne sais pas si c'est juste, mais c'est comme ça. Tu as le meilleur papa du monde, mais un fils, un garçon, ça aurait aidé. Il est fort mais cet endroit est trop dur, même pour lui, il finira par se tuer à la tâche. C'est le sort des hommes ici, et malgré tout c'est ce qu'il voulait. Chez nous, ça ne suffisait pas, les fermes sont divisées entre tous les fils, qui se retrouvent avec trop peu chacun. Ce ne sont pas des grands terrains comme ici, non, alors il a fallu qu'il parte, et nous emmène. Ma mère, ma pauvre mère, elle me manque tellement ! Mes sœurs, ma Breena et ma Maja, les lettres mettent si longtemps à traverser l'océan, peut-être qu'elles ne sont plus là, tu comprends ? Plus là… Un accident, une maladie, ça arrive, et ma mère, elle est si vieille ! » L'air abasourdi, la bouche entrouverte de surprise, elle avait levé les mains avant de les laisser brutalement retomber sur ses cuisses. « Elles ne sont peut-être plus là, Gerda, et je ne le saurai pas, tu comprends ? Pas avant des mois.

– Maman ! » Gerda avait laissé tomber la tasse en fer-blanc dans l'eau de vaisselle pour aller étreindre sa mère, dont les joues restaient sèches. Celle-ci avait souri, repris son sang-froid et poursuivi cette étrange conversation qui semblait surgie d'un puits secret et dont Gerda ne faisait pas partie jusque-là, une conversation comme on en imagine entre son père et sa mère la nuit, après qu'ils vous ont bordée avec votre sœur mais qu'eux restent devant la cheminée à chuchoter, tête baissée. C'était tranquillisant de savoir quelqu'un encore debout et veillant sur vous alors qu'il y avait des loups dehors – vous étiez certaine de les avoir entendus, même si papa vous riait au nez et parlait d'un coyote. Tant qu'ils discutaient, vous pouviez dormir en sachant qu'ils ne laisseraient pas les loups entrer.

Ce matin-là, pour la première fois, Gerda avait songé que ces discussions n'étaient peut-être pas si réconfortantes, portaient peut-être sur des problèmes urgents, tristes. Déchirants.

« Mais je vous ai, toi et Raina, pas vrai ? Je vous ai, et donc je me sens moins seule que papa. C'est presque comme si j'étais avec mes sœurs, presque. Papa, lui, il n'a pas d'hommes autour de lui et c'est une forme de solitude, Gerda, même s'il nous aime. Tu crois que je l'ai déçu en ne lui donnant pas de fils ? Oh, il y en a eu un avant toi, oui, mais il est mort si petit, si vite, qu'il m'arrive d'oublier. Évidemment je n'oublierai jamais complètement, mais les journées sont bien chargées, et je vous ai toutes les deux, alors il m'arrive de ne pas penser à lui pendant quelques heures. Peter, c'est comme ça qu'on l'avait baptisé, du moins papa avec notre bible, mais il avait à peine fini que le bébé était mort. Il a frémi et gémi, et puis il s'est figé dans mes bras et papa l'a emmené. Il l'a enveloppé dans un drap, et plus tard on a fait une cérémonie mais c'était il y a longtemps, chez nous en Norvège. Je ne reverrai jamais sa tombe et j'en ai pleuré, c'est vrai, quand on est partis. Et peut-être que j'étais même en colère contre papa de nous séparer de lui, mais je ne pouvais pas lui dire bien sûr. Et maintenant on est ici, si loin de lui, de maman et de mes sœurs, et qui sait si elles ne sont pas mortes, mais c'était la volonté du Seigneur et il faut l'accepter. »

Gerda était trop stupéfaite pour réagir : elle n'avait jamais entendu parler d'un frère, ni remarqué aucun signe de mélancolie ou de tristesse chez ses parents. Elle ne s'expliquait pas pourquoi d'un coup sa mère s'inquiétait de ne pas avoir de fils. Avait-elle ces pensées tout le temps ? Devait-elle les cacher, les enfouir jusqu'à ce qu'elles fusent, comme en ce moment ? Gerda sentait que ce n'était pas le genre de discussions nocturnes qu'avaient ses parents. Elle savait que c'était une discussion de femmes, et se souvenait à quel point maman avait été triste quand son amie Lydia Gunderson, de la ferme voisine, était morte en couches. D'un fils, justement. Ni lui ni elle n'avaient survécu, et Gerda prenait conscience que maman devait se sentir très seule depuis. Certes, ils ne voyaient pas souvent les voisins, surtout en hiver, mais Mme Gunderson et maman devaient être le genre d'amies à évoquer ces choses. Et maintenant, maman n'avait plus qu'elle et Raina.

Brusquement, maman s'était levée et remise à secouer la housse du matelas. Se penchant pour embrasser Gerda dans les cheveux, elle lui avait gentiment demandé de finir la vaisselle, et le moment était passé. Maman était redevenue maman, celle qui chantait des hymnes en s'affairant, et l'étrange lueur fébrile avait disparu de ses yeux. Ce soir-là, elle avait accueilli papa à son retour comme d'habitude, avec un repas copieux sur la table et l'ordre de laisser ses bottes dehors. Comme s'il avait déjà osé les garder à l'intérieur !

Plus tard, alors que Gerda était couchée près de sa sœur qui ronflait déjà, elle avait entendu les chuchotements familiers entre ses parents – et senti aussitôt ses membres se détendre, ses paupières s'alourdir. Pour la première fois, en revanche, elle comprenait qu'une discussion n'apporte pas forcément de solution. Que tous les gens avaient en eux des idées, des pensées, une tristesse qu'on ne pouvait pas chasser juste en en parlant.

Mais que ces gens – les femmes surtout, peut-être – devaient bien essayer. Sinon… si on gardait des pensées tristes en soi pour toujours, on pourrait finir par en mourir ?

Les lèvres de Gerda étaient gercées ; elle avait envie de les lécher mais n'osait pas de peur que sa langue reste collée. Elle se rendit compte qu'elle parlait toute seule.

Comme maman par cet étrange matin – et après, aussi. Seulement, à mesure que Raina grandissait, ce fut sur elle que maman déversa ces flots de sentiments et de souvenirs refoulés. À ce stade Gerda passait déjà trop de temps aux champs ou dans l'étable avec papa, faisant de son mieux pour le suivre, tout en sachant que c'était impossible. Ils le savaient tous les deux, et en voyant ses soupirs et les regards qu'il lui lançait, Gerda comprenait ce que sa mère avait voulu dire. À quel point papa aurait aimé avoir un fils.

Voilà qu'elle recommençait ! Elle parlait toute seule, son esprit bizarrement lointain quand son corps continuait à se mouvoir. Elle traînait péniblement des pieds maintenant, comme Ingrid, et n'avait pas senti Minna bouger du tout depuis un moment. Soudain son cœur s'arrêta puis s'emballa, ou du moins tenta, car elle avait le sang trop froid. Mais la panique qui la submergeait avait propulsé ses jambes en avant, ces jambes qui auraient pu être des briques tant elle ne les sentait plus. Même si son pas restait hésitant, elle ne traînait plus, gardant la tête penchée contre cette neige agressive qui pénétrait partout : dans ses yeux, son nez, sa bouche, ses poumons, à se demander si elle n'allait pas s'étouffer. Et si ce n'était pas ce qui était arrivé à Minna.

« Allez, viens ! » hurla-t-elle comme une démente à la pauvre Ingrid, qui leva la tête vers elle. À travers les flocons tourbillonnants, Gerda vit l'horreur – une peau à vif, des yeux collés par la glace. Des lèvres bleues tremblantes. Ingrid poussa un geignement pitoyable.

« Allez ! » Gerda n'avait qu'une main pour tirer la

fillette, son autre bras soutenant les jambes inertes de Minna. « Allez, Ingrid, viens ! »

Et Gerda replongea dans ce cauchemar éveillé. Il faisait de plus en plus sombre, la nuit n'allait pas tarder à tomber. Mais jamais elles ne verraient de lumière à une fenêtre dans ces conditions dantesques.

Elle persévéra, une enfant sur le dos, l'autre tenant à peine debout et pleurant sans cesse maintenant, jusqu'à ce que soudain elle sente une odeur. Une odeur vaguement doucereuse. Elle marcha droit devant elle, puis tourna d'instinct à gauche et lâcha la main d'Ingrid pour tâtonner devant elle. Encore quelques pas, bras tendu, et elle ressentit une onde de choc dans tout le corps quand, par miracle, elle toucha une surface dure, froide, lisse par endroits, piquante à d'autres.

Une meule de foin.

« Ingrid ! » Elle se tourna pour poser Minna tout contre. L'enfant ne bougea pas, elle était aussi inerte qu'une poupée. Vite, elle revint sur ses pas. Elle entendit pleurer, empoigna une chose vivante qui était – second miracle ! – la petite Nillssen. Elle la ramena, et avec acharnement se mit à creuser dans le foin gelé et coupant, qui se rebellait et la mordait. À la fois en nage et transie de froid, elle réussit après un temps infini à percer une minuscule ouverture, une grotte juste assez grande pour pousser les sœurs à l'intérieur et y pénétrer elle-même en se tortillant. Au moins c'était un abri, et elle rampa aussi loin qu'elle put puis s'allongea sur le dos, les yeux ouverts dans le noir. Tout était calme maintenant, et elle sentit ses oreilles se déboucher brutalement. Hormis le bruit étouffé du vent, elle entendait sa respiration ainsi qu'un léger souffle, entrecoupé, à côté d'elle. En revanche, aucun son ne lui parvenait du tas de vêtements gelés au-dessus de sa tête.

« Minna ! » appela-t-elle d'une voix rauque quand l'épuisement la gagna. Elle était en train de sombrer, dans cet espace confiné, du foin lui chatouillant le nez. Il faisait encore froid – davantage à ses pieds qu'à sa tête, bien qu'elle ait du mal à juger – mais elles étaient en sécurité et avaient évité le pire. Elles resteraient là jusqu'à la fin du blizzard. Minna s'était sûrement endormie, voilà tout ; Ingrid ne pleurait plus, elle aussi avait dû s'assoupir.

Tout était si calme. Gerda n'entendait que sa respiration et elle venait de loin, très loin. C'était comme si elle se noyait, même si elle n'avait jamais vu personne se noyer, n'en avait entendu parler que dans les romans. Ses poumons se remplirent d'autre chose en plus de l'air et elle sentit ses yeux se fermer, son corps se relâcher.

Luttant pour ne pas dormir, elle se mit à compter à l'envers depuis cent. Quatre-vingt-dix-neuf, quatre-vingt-dix-huit, quatre-vingt-dix-sept, quatre-vingt-seize, quatre-vingt-quinze.

« Ingrid, murmura-t-elle, les lèvres si engourdies qu'elle avait du mal à les bouger. Ingrid, à toi maintenant, continue de compter, allez… Raina, pourquoi tu ne lui dis pas ? »

Ingrid ne répondit pas. Minna non plus. Et Raina resta curieusement silencieuse elle aussi.

Gerda n'avait plus la force de s'en préoccuper. Elle céda, et les vagues commencèrent à s'écraser sur elle, les unes après les autres, la plaquant encore et toujours plus contre la terre froide.

# Chapitre 16

Raina resserra l'écharpe autour de sa tête, tentant de mieux couvrir ses oreilles, puis rabattit vite le bras pour tenir Enid en place, bien que les jambes de la petite soient fermement enroulées autour de sa taille. De l'autre main elle empoigna Arvid, dont la respiration sifflante rivalisait presque avec le rugissement du blizzard.

Elle se retourna. Ses yeux se fermèrent au contact du vent cinglant et de la neige dure comme du petit plomb. Elle se força à les rouvrir. Espérant de toutes ses forces être entendue, elle cria : « Les enfants, on fait l'appel ! »

Tendant l'oreille, elle perçut les voix enfantines, plus faibles que la dernière fois. Tor en premier – c'était rassurant de le savoir à l'autre bout de cette procession baroque – suivi de Sofia, Rosa, Eva, Albert, Clara, Tana, Walter, Daniel, Arvid.

« Enid », chuchota la fillette à son oreille, et Raina se permit de fermer les yeux, reconnaissante de les savoir encore tous en vie, tous ensemble, pendant un moment fugace. Puis elle se força à ne plus y penser et à se projeter vers le suivant.

Et c'est ainsi, mètre après mètre, en s'arrêtant régulièrement pour faire l'appel, que Raina guida son groupe d'élèves vers ce qu'elle priait pour être la ferme des Halvorsan.

Elle ne pouvait pas compter sur Tor pour l'orienter, même si elle savait qu'il la préviendrait en cas de trop grande méprise. Mais il était là, Tor était là, dans son dos : fort, sérieux, honnête. Sa culpabilité à l'idée de l'avoir empêché de partir à la recherche de Fredrik ne la lâchait pas, lui murmurant à l'oreille quand Enid ne le faisait pas. Elle l'avait vraiment trahi, et il lui en voudrait pour le restant de ses jours s'il arrivait malheur à son frère. Mais Raina se sentait coupable de tant de choses, ces derniers temps ; quelle différence, une goutte de plus dans un seau déjà plein ?

Parfois, tout en luttant contre une neige comme elle n'en avait jamais connu, faite de boulettes granuleuses capables d'obstruer les moindres orifices, Raina s'inquiétait pour Anette et Fredrik. Alors elle se forçait à réciter à voix haute le prénom des enfants qui marchaient vaillamment derrière elle, retenus par de simples tabliers, la chance et leur courage. Et son cœur se gonflait de fierté : aucun ne se plaignait, même les plus jeunes, alors qu'ils avançaient difficilement, tête baissée comme elle. Ils étaient un unique bloc vivant, respirant. Et elle en était la tête. Le cœur.

Encore un pas. Encore un. Encore un. Ses cuisses palpitaient, en feu, mais elle n'avait aucune sensation dans ses mollets ni ses pieds. Le vent l'agressait tantôt à gauche, tantôt à droite, la frappait au visage, puis à l'arrière du crâne. Sa respiration était superficielle, rapide ; elle n'osait pas inspirer profondément, de peur d'inhaler la neige collante. De peur que l'air polaire ne lui brûle les poumons.

Le reste du temps, elle pensait à Gunner. Était-il venu les chercher finalement ? Avait-il débarqué à l'école, vu la fenêtre cassée, le chaos de papiers éparpillés, manuels, gamelles, et couru au vestiaire pour le trouver vide ? Qu'avait-il ressenti en constatant qu'elle n'était plus là, que personne n'était là ? De l'inquiétude ? De l'effroi ? Un vide ?

Ou bien était-il toujours chez lui, au chaud et en sécurité, tenant compagnie à Anna, jouant avec ses enfants ? Durant ces longues semaines enfiévrées, avait-il jamais eu une pensée pour Raina en son absence ? Désormais elle en doutait. Avant, elle aurait cru passionnément qu'il consacrait chaque heure de sa journée à ne songer qu'à elle. Mais quelque chose avait changé en Raina. Peut-être cela avait-il commencé cette nuit-là, quand il s'était si vite détourné d'elle pour aller vers Anna. Anna, sa flamboyante chevelure flottant sur ses épaules, sa chemise de nuit blanche brodée d'extravagantes fleurs bleues. Anna, un couteau dans la main.

Gunner n'avait pas tenté de maîtriser sa femme. Il s'était recroquevillé de peur au lieu de la défier. Se jetant à ses pieds, il l'avait exhortée à se calmer, jusqu'à ce que le couteau tombe avec fracas et qu'il la soulève dans ses bras, la transporte dans leur chambre et ferme la porte derrière lui. Laissant Raina seule avec les pensées et les émotions bourdonnantes qu'il lui avait mises de force dans la tête. Il avait envahi sa chambre et osé s'agenouiller devant son lit, poser une main sur son épaule, évoquer ses projets à l'oreille. Embraser son désir en lui disant qu'ils allaient partir. Pas en le lui demandant. En le lui disant.

Car pour Gunner, elle n'était qu'une sotte à mener par

le bout du nez. Pour lui, elle n'était qu'un jouet. Il n'y avait rien de noble dans son dévouement. C'était pure vanité. Raina était un miroir rassurant, prouvant à Gunner qu'il était encore capable de tourner la tête aux femmes. Lui rappelant qu'en tant qu'homme il avait le droit de prendre ce qu'il voulait.

Raina avait un goût amer en bouche, aigre.

Tout à coup, elle sentit son tablier tirer. Elle s'arrêta.

Tor se tenait à côté d'elle, Sofia dans les bras, les autres enfants attachés en demi-cercle autour d'eux. Sofia n'avait plus que les yeux visibles ; Tor avait enlevé sa propre écharpe pour la protéger. Il avait les joues rougies et les oreilles violacées. Mais son regard était franc. Et inquiet.

« Mademoiselle Olsen, les petits n'iront pas beaucoup plus loin. Rosa, Eva et Albert tiennent à peine debout. »

Raina regarda Arvid, derrière elle, qui tentait bravement de dissimuler à quel point il respirait mal. Ses lèvres bleuissaient.

« Je sais. À ton avis, on est encore loin de ta ferme ?

– Quelques dizaines de mètres, je dirais. Si on accélère un peu, c'est faisable. Méfiez-vous du cours d'eau, il n'est pas profond mais il ne faudrait pas tomber dedans, on est déjà trempés.

– Oui. Tu peux porter Rosa aussi ? Détache Eva et amène-la-moi. Je vais voir si je peux prendre les deux.

– Mademoiselle Olsen, je peux marcher », chuchota Enid, et Raina faillit bien en pleurer. Elle secoua la tête.

« Non ma chérie, ça ira. Tu es si courageuse, Enid ! Si courageuse !

– Mademoiselle Olsen… », commença Tor, mais Raina posa une main sur son bras.

« Raina », dit-elle simplement en le regardant dans les yeux. Il avait gagné le droit de l'appeler par son prénom. Quoi qu'il arrive par la suite, ils ne seraient plus jamais professeure et élève. Ils étaient égaux désormais.

Tor aurait pu rougir si son visage n'avait pas été brûlé par la neige et le vent glacés. En tout cas, il parut gêné.

« Rai… Raina. Je ne sais pas si vous arriverez à en porter deux.

– Mais si. Et toi aussi. » Il n'y avait rien d'autre à ajouter. Tor détacha Eva et dut la tirer à moitié. Raina lui sourit et dit : « On est presque arrivés, ce n'est plus très loin. » Puis, avec Enid sur le dos, les bras de la petite autour de son cou, elle souleva Eva, la serra le temps de retrouver l'équilibre et se remit en marche.

C'était bien plus dur de rester droite avec deux enfants agrippées à elle, mais le gros avantage était leur chaleur corporelle, même minime. Raina avait moins froid, au niveau du buste en tout cas, car elle avait toujours la sensation d'avoir deux blocs de glace à la place des pieds, et ses doigts commençaient à s'engourdir.

Elle marcha, et derrière cela suivit. Encore un pas. Encore un. Quelqu'un tomba au milieu, il y eut des cris confus, puis il ou elle se releva tant bien que mal et la chaîne humaine reprit sa progression, en avant, en avant, toujours en avant.

Pour combien de temps ? Combien de temps encore allaient-ils le supporter ? Les enfants pleuraient. Raina aurait voulu leur dire de cesser, de conserver leur énergie, leurs fluides, mais elle ne pouvait pas stopper maintenant. Elle n'osa même pas faire l'appel, de peur de ne plus pouvoir repartir. Enid et Eva étaient silencieuses, trop. Il leur arrivait de bouger, mais Raina sentait presque les battements de leur cœur ralentir, telles des horloges qui auraient besoin d'être remontées. Elles étaient fragiles, délicates. Papa disait toujours que le corps humain était robuste, mais il se trompait. Les corps ne faisaient pas le poids face à cet acharnement de la nature. Il n'y avait aucun répit. Si seulement la neige s'arrêtait de tomber, rien qu'un instant, pour que Raina y voie. Si seulement Dieu la faisait…

S'arrêter.

Pendant un instant miraculeux, tout se figea ; le blizzard fit une pause, comme si les cieux eux-mêmes prenaient une inspiration. Consciente que l'expiration ne serait pas longue à venir, Raina scruta désespérément le paysage autour d'elle. Rien ne lui était familier. Elle ne remarquait aucun détail intéressant, tout était gris, et elle était sur le point d'éclater de frustration quand elle entendit crier.

« Là ! » C'était Tor, et dans sa voix transparaissait de la joie pure. « Là… Regardez ! À droite ! On y est presque ! »

Plissant les yeux dans la direction indiquée, Raina regarda et regarda – et enfin la vit. Une lumière. Jaune pâle, faible, mais une lumière, et elle distingua la masse informe autour, et sut que c'était une maison. Puis elle vit d'autres lumières, une à chaque fenêtre.

« C'est chez nous ! Juste là… On va y arriver ! »

Elle aurait juré qu'ils se trouvaient à des kilomètres, mais une fois ses yeux habitués elle constata qu'ils étaient tout près. Ils avaient bifurqué légèrement à gauche, au sud de la ferme ; s'ils avaient continué par là, ils l'auraient complètement ratée. C'était un miracle pur et simple. Un miracle que les nuages se soient écartés pour leur montrer le chemin.

Raina eut juste le temps de voir la passerelle au-dessus du cours d'eau. Elle se décala légèrement pour pointer droit dessus et se remit en route au moment où les nuages se refermaient, masquant à nouveau tout autour d'eux. Seulement cette fois elle savait qu'elle allait dans la bonne direction et n'avait qu'une trentaine de pas à faire pour y être. Elle compta à voix haute, un, deux, trois.

Elle en était à vingt et un lorsque son pied entra en contact avec le bois rugueux. Elle s'arrêta, sentit les corps se cogner derrière elle, entendit Arvid exhaler bruyamment de surprise. Elle se tourna pour informer Tor, même si elle ne le voyait plus : le temps de faire vingt et un pas, la tempête avait redoublé de fureur.

« La passerelle ! hurla-t-elle à pleins poumons. On est à la passerelle ! »

Lentement, elle s'accroupit et posa Eva dans la neige. Ses cils étaient collés, et quand Raina frotta doucement dessus avec son pouce gelé, un peu de peau partit avec. Eva finit par ouvrir les yeux ; elle avait l'air hébétée, abrutie. Puis Raina aida Enid à descendre. « Tu vois la passerelle, Enid ? »

La petite fille, qui avait les traits tirés, confirma d'un signe de tête.

« On doit la traverser, et c'est toi qui vas passer en premier ! Je vais vous faire traverser en premier au cas où le bois ne tiendrait pas pour nous tous, et moi je me débrouillerai pour enjamber, et après on courra jusque chez Tor, où il y aura à manger et un bon feu de cheminée ! Tu n'as pas envie d'être la première là-bas ? »

Enid hocha à nouveau la tête, mais elle paraissait terrifiée. Dans ce blizzard, la passerelle… En été elle méritait à peine ce nom, car les enfants la franchissaient d'un bond ou sautaient directement par-dessus l'eau, pour s'amuser. Mais là, on aurait dit une passerelle infinie, comme si la destination s'évaporait dans le ciel démonté.

« Avance lentement, Enid. Un pas après l'autre. »

La fillette inspira et posa un pied minuscule sur le bois. Une rafale manqua de la renverser ; Raina la rattrapa in extremis. Elle ne pouvait pas leur demander cela, ils n'y arriveraient pas. Elle allait devoir les porter l'un après l'autre, avec l'aide de Tor.

Elle défit son tablier et cria aux enfants d'en faire autant. Tor arriva essoufflé, Sofia sur le dos, Rosa dans les bras. Il les posa par terre.

« Combien de mètres après la passerelle ? » demanda Raina en luttant pour respirer. Brusquement, elle n'avait plus assez d'oxygène dans les poumons. Elle se sentait prise de vertiges dans un environnement déjà étourdissant. Elle tendit la main pour s'accrocher à quelque chose, et Tor lui saisit le bras pour l'empêcher de tomber.

Ils restèrent cramponnés, à bout de souffle, pendant un moment à la fois trop bref et trop long. Il n'y avait pas une seconde à perdre. Le froid paralysant, la neige mauvaise, les efforts qu'ils avaient dû fournir pour arriver jusque-là, tout sapait leurs forces. Surtout celle des enfants.

« Vingt environ, répondit Tor. Mais attention, il y a un espace entre la grange et la maison, et si on va par là on retourne dans la prairie.

– J'ai vu des lumières à toutes les fenêtres. Avec un peu de chance on les distinguera quand on sera plus près. Par contre il faut porter les petits, ils sont trop faibles pour traverser seuls. »

Tor souleva Sofia, qui mit aussitôt les bras autour de son cou et enfouit le visage contre son épaule. « Je commence. »

Il s'avança sur la planche, la tâtant prudemment du pied. Il n'y avait qu'un mètre cinquante à traverser, mais arrivé au milieu il fut surpris par une violente bourrasque, qui le fit tanguer. Raina cria.

Tor baissa la tête, se redressa vaillamment et repartit ; derrière le rideau de neige, Raina distingua à peine qu'il atteignait l'autre rive et déposait Sofia en lui ordonnant de rester là, de ne pas bouger d'un pouce. Aussitôt il retraversa et voulut prendre Rosa, qui secoua la tête et se mit à pleurer.

« Non, non, non ! » cria-t-elle, et la pauvre était si épuisée et désorientée qu'elle chercha à le repousser. Tor la prit patiemment dans ses bras et retraversa sur des jambes flageolantes. Raina retint son souffle, mais au même moment le vent vicieux souleva la neige et le dissimula ; impossible de voir s'il était passé, il fallait attendre. Elle eut la sensation de ne pas respirer du tout jusqu'à son retour. Il avait les yeux qui pleuraient et devait les frotter sans cesse pour qu'ils ne gèlent pas. Ses oreilles – exposées depuis qu'il avait donné son écharpe à Sofia – étaient devenues dangereusement violettes et Raina s'alarma à l'idée qu'il garde des séquelles permanentes. Elle l'arrêta en le voyant se pencher vers Enid. Il devait se reposer.

« Je l'emmène. » Elle souleva l'enfant, qui s'accrocha à son cou.

Aussitôt, Raina prit conscience de ses vêtements. Lourds de neige, ils lui donnaient l'impression d'être une ancre glacée pesant sur ses jambes. Dans la prairie, sur la terre ferme, elle s'était réjouie de la protection qu'ils lui offraient. Maintenant qu'elle avait le pied sur une planche de vingt-cinq centimètres de large enjambant une fosse dangereuse, elle paniquait. Même s'il n'y avait qu'un mètre de vide. Comme elle aurait aimé s'en remettre à Tor… Mais elle devait faire sa part, s'en sortir avec lui. Il ne pouvait pas tout faire.

« Papa, papa, j'ai besoin de toi », murmura-t-elle. Car c'était son père qui l'avait toujours encouragée à travailler plus dur, courir plus vite, faire davantage d'efforts, tester ses limites. Maman trouvait qu'il poussait trop ses filles, et peut-être avait-elle raison. Mais il n'avait pas le choix.

Raina aurait donné cher pour qu'il soit là en ce moment, à regarder sa fille avec fierté, l'encourager d'un sourire, n'envisageant pas une seconde qu'elle échoue. Elle n'avait pas le droit de le décevoir. Ni elle ni Gerda : elles avaient fait un pacte dans leur jeunesse. Jamais elles ne devaient décevoir leur papa.

Alors Raina fit un premier pas sur la planche. Elle se crispa devant l'assaut du vent, Enid la surprit en bougeant, et elle chancela. La jupe s'enroula autour de ses chevilles en une masse glaciale trempée. Mais elle se battit, fit un autre pas, les yeux ouverts autant que possible, désespérant de voir un point de repère pour l'aider à garder l'équilibre, à rester sur la bonne voie.

Encore un pas. Encore un. Elle entendit sangloter juste devant elle et sut que les fillettes attendaient là, malheureuses, comme Tor le leur avait dit. Elle y était presque. Un dernier pas, et elle posait Enid lorsqu'elle entendit un cri étouffé et un bruit spongieux en contrebas.

L'eau. Quelqu'un était dans l'eau.

« Enid ? Sofia ? Rosa ?
– C'est Rosa. Elle est tombée !
– Tor ? Tor ! cria Raina, sans savoir s'il l'entendait.
– Maîtresse, maîtresse ! appela Rosa faiblement.
– Reste où tu es ! Ne bouge pas, je viens te chercher. »
Raina souleva ses jupons, pria pour ne pas tomber sur Rosa et sauta.

# Chapitre 17

Chaque pas était une victoire. Avait-elle vraiment couru, libre comme l'air, dans cette prairie sans fin ? Elle n'arrivait plus à s'en souvenir maintenant qu'une seule enjambée lui prenait toute sa concentration et vidait ses poumons au point qu'elle devait se reposer avant d'envisager la prochaine.

Fredrik, toujours agrippé à elle, avait cessé de pleurer. Il ne réussissait plus qu'à dire « J'ai peur », et de moins en moins souvent. Parfois il appelait sa mère en geignant.

« J'ai peur aussi », avoua Anette une fois où son cerveau s'anima, l'espace d'une seconde, avant d'être submergé par ce brouillard de confusion qui ne faisait qu'épaissir. Une autre fois, elle parvint à rassembler ses idées éparpillées, tels des épis de blé pendant la moisson, le temps de dire : « On doit juste trouver le ravin, le pont, et on est à la maison. »

Fredrik pleurnicha, mais opina.

Et ils firent un autre pas.

À un moment elle se rendit compte qu'elle fredonnait un air, oublié depuis longtemps – du temps de sa maman, dans la hutte, quand Anette était bébé. Il était sans paroles, sommaire avec ces notes qui montaient et descendaient, montaient et descendaient, et même pas beau. Pas mélodieux. C'était le genre d'air qu'une simple d'esprit aurait chanté pour se réconforter. Peut-être que son beau-père avait raison depuis le début en fin de compte, qu'elle *était* stupide. Parfois elle se disait que non, pas vraiment ; elle se sentait simplement en permanence fatiguée et seule, piégée dans un corps robuste qui trompait les gens. Une fille faite pour trimer, rien de plus, et ça la rendait si triste qu'elle se fichait de ce que les gens pensaient le plus souvent. Elle se fichait d'à peu près tout.

Peut-être aussi qu'elle emmenait Fredrik à l'opposé de la maison, et qu'il n'aurait pas dû lui faire confiance, mais il avait abandonné. Elle le voyait. Elle le sentait, même, avec cette main qui mollissait dans la sienne. Il continuait uniquement parce qu'il se cramponnait à elle. Et qu'elle était trop bête pour renoncer.

Peut-être que ça avait du bon d'être stupide, finalement. Elle faillit en rire.

Et puis d'un coup elle tomba, tomba, Fredrik à sa suite, et le peu de souffle qui lui restait la déserta. Ils plongèrent dans un océan de neige, sur le dos, et elle vit les nuages bouillonnants déverser leur contenu sur eux. Enfin ils s'immobilisèrent : ils avaient atteint le fond.

Le fond du ravin, comprit-elle, trop sonnée et paniquée pour crier. Ils avaient trouvé le ravin. Elle avait raison ; ils marchaient dans la bonne direction finalement. Mais la victoire semblait bien dérisoire.

À ses côtés, Fredrik se redressa sur un coude en gémissant. Il regarda vers le haut – impossible de dire où étaient le ciel et la terre, tout avait la même couleur, la même substance. Gris glacier strié de blanc. Il la fit asseoir et ils retirèrent la neige qu'ils avaient sur les épaules, le visage, la tête. Puis il se leva et regarda autour de lui, en quête d'une prise qui lui permettrait de se hisser sur la paroi. Tout était verglacé. Pas une touffe d'herbe, un bâton ou une racine d'arbre ne dépassait. Ils ne pouvaient pas être au fond du ravin, avec son minuscule ruisseau de la taille d'un serpent, car la neige de toutes les tempêtes précédentes s'était accumulée dessus. Mais ils étaient quand même assez bas pour être dissimulés à la vue de quiconque.

Tant bien que mal, Anette se leva. Elle tenta de grimper à la paroi, mais elle ne sentait plus ses mains ni aucun de ses muscles. Elle revint à son point de départ en glissant, et recommença. Fredrik l'imita. Ils se mirent à quatre pattes, tels deux bébés incapables de tenir debout, et avancèrent de quelques centimètres avant de glisser à nouveau. Ils étaient à bout de force. Elle avait l'impression d'être une poupée de chiffon, et ne sentait plus ses pieds, quand elle réalisa qu'elle avait de la neige fondue jusqu'aux cuisses. Si celle de la prairie était dure et tassée, ici, à l'abri du vent glacial, elle était traîtresse. Anette appela à l'aide, Fredrik en fit autant ; ils n'avaient plus qu'un filet de voix rauque. La frustration à l'idée de se trouver à cinquante petits mètres de la maison et de l'écurie des Pedersen faillit anéantir Anette. Finalement, lessivée et tremblant trop violemment pour pouvoir respirer normalement, elle retomba dos dans la neige. Ses jambes refusaient de lui obéir.

Fredrik s'écroula à son tour.

Puis il s'approcha tout près d'elle, et de son bras l'attira contre lui. Et malgré le froid et la pénombre, malgré cette impression que la nuit était tombée au milieu du jour, en cet instant Anette se sentit heureuse.

Elle n'était plus seule.

Le blizzard avait beau faire rage au-dessus d'eux, ses hurlements étaient étouffés. En bas, dans cette grotte glacée, le froid était moins saisissant. Il envahissait lentement Anette, et c'en était presque apaisant. Fredrik murmura quelque chose en la serrant plus fort. Anette n'eut pas la force de lui faire répéter, et elle constata que cela lui était égal. Ça n'avait pas d'importance. La seule chose importante, c'est qu'il était là.

Anette se laissa aller dans les bras de Fredrik, ferma les yeux. Et s'endormit.

# Chapitre 18

Le choc causé par l'eau glaciale lui montant aux genoux fit crier Raina. Au moins elle n'était pas tombée sur Rosa, dont elle percevait les sanglots pitoyables, de moins en moins fort. Elle se mit à tâtonner dans la neige fondue. Cela parut durer une éternité, consumer ses dernières et précieuses réserves de pensées conscientes, de battements de cœur, d'air dans ses poumons, mais elle finit par toucher les épaules transies de la fillette. Elle pataugea jusqu'à elle, la souleva. Rosa s'exclama faiblement :

« Mes chaussures ! Mes chaussures, maman !

– Ce n'est rien », répondit Raina, tout en tentant de réchauffer les bas trempés en frottant énergiquement avec ses mains. Les chaussures avaient bien disparu, et une croûte de glace se formait déjà sur les petits pieds vulnérables. « Il faut sortir de là. »

Mais comment ? Elle appela Tor, Arvid, n'importe qui. Debout dans cinquante centimètres de neige fondue, elle n'avait pas les mots face à l'atrocité du froid, ni les moyens de l'empêcher de remonter le long de ses jambes, puis de son buste, pour lui dévorer le cœur. Elle songea qu'elle allait geler sur place, se transformer en statue avec Rosa, et que personne ne les trouverait avant le printemps.

« Donnez-la-moi ! » C'était Tor. Elle le distinguait, étonnamment, couché sur le ventre au bord du talus, bras tendus.

« Je n'y arrive pas. » Raina se mit à pleurer. Elle hissait Rosa aussi haut qu'elle pouvait, inquiète de sentir son corps immobile et silencieux, mais ne réussissait pas tout à fait à atteindre Tor. Elle avait les bras en coton, comme s'il n'y avait plus d'os à l'intérieur. Elle était prise de tremblements incontrôlables.

« Essaie encore, Raina, essaie ! » On aurait dit la voix de papa, mais c'était forcément Tor. Elle imagina le garçon l'encourager du regard, certain qu'elle ne le décevrait pas. Alors elle essaya encore. Avec un cri étranglé elle se mit sur la pointe des pieds, poussa pour soulever ce poids mort et sentit enfin les bras de Tor toucher les siens. Avec un grognement, il hissa la fillette sur le talus.

Raina était si soulagée, submergée par l'émotion et l'effort, qu'elle fut tentée de rester là. Tor ferait traverser les autres et les emmènerait chez lui, aussi sûr que le soleil se lèverait le lendemain. Elle pouvait se coucher sur ce lit glacé, laisser la neige la recouvrir, fermer les yeux et dormir. Chaque nerf, chaque muscle l'en implorait. Ses paupières commencèrent à se fermer ; elle se sentait partir…

Jusqu'à ce qu'une main l'empoigne fermement et qu'une voix farouche envahisse sa torpeur.

« Raina, il faut continuer. J'ai besoin de vous, Raina. »

Elle tenta d'abord de calmer ses tremblements, en vain. Puis elle se cramponna à Tor, se laissa hisser avec ses blocs de glace aux pieds et s'écroula sur le talus tel un poisson hors de l'eau, devant Rosa, Enid et Sofia. Hébétée, elle le regarda s'éloigner d'un pas toujours moins assuré sur la passerelle, et revenir avec Clara.

Alors elle se leva, et en fit autant – c'est à peine si elle remarqua le poids de sa jupe cette fois, car elle ne sentait plus ses membres inférieurs. Elle attrapa Eva sans cérémonie, la fit traverser à pas prudents, la posa et repartit. Sans savoir comment. Son cerveau avait cessé de fonctionner. Et Dieu merci, car il allait cesser de poser des questions aussi. Elle agissait par pur instinct désormais.

Les plus grands traversèrent seuls, avec Raina à un bout et Tor à l'autre pour les encourager. Et, enfin, ils eurent tous passé le cours d'eau.

Rosa ne bougeait pas du tout, mais les autres tenaient encore debout. Ils n'avaient plus le temps de les rattacher par les tabliers. Tor prit Rosa dans ses bras et les guida vers ce qu'il pensait être sa maison. À chaque traînement de pied, chaque miaulement pitoyable de la part d'enfants exténués qui étaient venus à l'école ce matin-là heureux, forts et en bonne santé, Raina priait pour que ce soit la bonne direction. Mais elle n'en savait tout simplement rien.

Jusqu'à ce qu'elle entende sonner… À peine d'abord, puis plus fort. Une cloche. Quelqu'un sonnait une cloche, éperdument.

« C'est maman, s'écria Tor, joyeux. C'est maman qui sonne la cloche ! »

Raina se mit à pleurer, même s'il n'y avait bizarrement plus de larmes en elle, plus rien d'humide à l'intérieur. Le vortex d'air polaire avait tout asséché. Elle pressa les enfants de suivre la faible lueur, tantôt voilée, tantôt visible puis se voilant à nouveau, jusqu'à une ferme grise avec des lampes allumées à chaque fenêtre. Une femme à l'air hagard, portant un manteau d'homme et une grande casquette à oreillettes, se tenait à la porte ouverte et agitait le bras de toutes ses forces. Quand elle vit le groupe échevelé se matérialiser devant elle tels des fantômes ahuris, elle cria de joie, fit tomber sa cloche et se rua pour attraper Sofia, qui allait s'écrouler.

« Seigneur ! Oh, Seigneur ! Vous êtes là. Papa, ils sont là, ils sont là ! Tor, Fredrik et les enfants, ils sont là ! »

Tor tendit Rosa, dangereusement inerte, à son père qui était grand et imposant, et rappelait tant à Raina son propre papa que ses yeux s'embuèrent. Quand tous les enfants furent entrés, Raina se laissa entraîner par Mme Halvorsan dans le refuge béni de la maison.

Elle resta un instant pétrifiée devant le chaos qui régnait, les Halvorsan criant et s'affairant pour enlever les couches de vêtements gelés sur les camarades de leurs fils. Puis elle s'effondra contre un mur, et s'arma de courage pour ce qui allait venir.

« Mais… Fredrik ? Où est Fredrik ? bredouilla Mme Halvorsan, prise de panique.

– Tor, où est ton frère ? » La voix tonitruante de M. Halvorsan aurait pu faire voler les vitres en éclats. « Dis-moi, fils, où est Fredrik ? »

Raina ferma les yeux et sentit son corps trembler encore plus violemment que lorsqu'elle était dehors. Elle était frigorifiée. Mais pas assez pour que son cœur n'éclate pas de culpabilité.

Rouvrant les yeux, elle vit que Tor la fixait d'un air accusateur. L'équipe qui avait emmené ces enfants en sécurité n'existait plus. Il ne restait plus qu'à prier, et aussi pour Rosa, qui respirait à peine pendant que Mme Halvorsan tentait d'ôter délicatement les bas qui collaient à ses pieds. Raina était redevenue le monstre qui avait empêché Tor d'aller chercher son petit frère dans le blizzard.

« Fredrik a suivi Anette, commença-t-elle à expliquer, la voix râpeuse. Anette Pedersen. Elle s'est enfuie. Fredrik l'a suivie, et Tor a voulu partir à sa recherche, mais je l'en ai empêché. C'est ma faute. J'avais besoin de votre fils pour sauver les enfants. Je n'y serais pas arrivée sans lui. »

Les parents échangèrent un regard dévasté. Mme Halvorsan enfouit son visage dans les mains pour pleurer. M. Halvorsan alla sans un mot à l'entrée et commença à s'habiller – manteau, écharpe, gants.

« Papa ! cria Tor en se précipitant. Laisse-moi y aller, c'est mon erreur, laisse... » Mais il était faible, trop faible. Raina le fit reculer. Il voulut la repousser ; il avait encore la force de se battre, mollement, même si du venin sortait de sa bouche.

« Vous ! » Il la frappa à l'épaule, les yeux brillants de rage. « Vous m'avez retenu ! S'il lui est arrivé malheur, je ne vous le pardonnerai jamais ! Papa... N'y va pas ! Non... Lâchez-moi ! »

Il se dégagea de l'étreinte de Raina et se jeta sur son père, qui souleva le grand gaillard comme si c'était un bébé. Tor se débattit, et finit par fondre en larmes avec un cri déchirant. Le père fit asseoir son aîné dans un fauteuil d'un geste sans réplique, et lui donna un baiser sur le front.

« Je vous déteste. Je vous déteste ! » Tor cracha ces

mots à la tête de Raina, où ils atterrirent avec une force surprenante. « Je ne vous pardonnerai jamais, jamais.

– Je le sais », murmura-t-elle, mais personne ne l'entendit, hormis Tor. Les enfants geignaient et M. Halvorsan avait rejoint sa femme, qui tordait fébrilement son tablier dans ses mains.

« Je vais le chercher », dit-il, et elle lança un regard désespéré par la fenêtre en se mordant la lèvre. Elle ne pouvait pas dire à son mari de rester – et elle ne pouvait pas non plus lui dire d'y aller.

Raina, si.

Plus faible que jamais, tanguant sur ses pieds, elle suivit le père de Fredrik à la porte d'entrée.

« C'est de la folie. Regardez, il fait déjà nuit. Vous n'arriverez à rien dans le noir. Ils sont sûrement chez les Pedersen maintenant. C'est du suicide de sortir !

– Je dois retrouver mon fils », dit calmement M. Halvorsan. Dans son regard elle lut toute la détermination et l'honneur de Tor, et comprit qu'elle ne réussirait pas à stopper ce géant de père. Pas comme elle avait stoppé son fils.

« Peter, je… » Mme Halvorsan sanglotait en s'occupant de Tor, qui poussait des gémissements fiévreux dans son fauteuil, ayant enfin cédé à l'épuisement. « Je ne sais pas, mon Dieu, il faut penser aux autres. S'il leur arrive quoi que ce soit… Mais Fredrik !

– N'y allez pas, implora Raina une dernière fois. Et s'il vous plaît, n'en voulez pas à Tor… Tout est ma faute ! »

Peter Halvorsan marqua une pause alors qu'il s'emmitouflait dans une autre écharpe, pour ne plus laisser visible que ses yeux, et la regarda avec gentillesse.

« Je n'en veux à personne, sauf à cette terre maudite et à la folie qui m'a pris de venir ici », déclara-t-il, et il partit en claquant la porte.

Raina se tourna vers la scène cauchemardesque qui se déroulait sous ses yeux : des enfants partout, grelottant, appelant leurs parents. Mme Halvorsan attrapant une casserole sur le poêle, se précipitant dehors pour la remplir de neige et plonger les pieds de Rosa dedans. Arvid, voûté devant la cheminée, respirant difficilement, ses frêles épaules se soulevant de manière alarmante. Rosa ne bougeant toujours pas. Raina jeta un coup d'œil à ses pieds : ils étaient violets. Violets comme le ciel obscurci par le blizzard qui secouait la frêle bâtisse et martelait les fenêtres.

Tor dormait profondément, il avait dû perdre connaissance. Raina alla le voir en se frayant un chemin parmi les corps allongés dans la pièce tels des soldats tombés, trop fatigués pour se déshabiller. Un bref instant, elle s'autorisa à ressentir une légère satisfaction : elle avait réussi à les emmener ici en fin de compte. Qui pouvait prédire la suite ? Des gelures étaient à redouter, et Raina repensa aux pieds de Rosa en train de noircir : une fois réchauffée, elle allait souffrir le martyre. Mais ils étaient tous là, et non perdus dans la prairie.

Tous, sauf Fredrik et Anette.

Raina s'accroupit devant Tor et mit la main sur son front en nage.

« Je suis sincèrement désolée, je n'y serais pas arrivée sans toi. »

C'est alors qu'elle fut prise de vertige, des points noirs envahirent son champ de vision. Assise sur les talons, elle jeta un dernier regard aux traits troublés du garçon. Ses paupières se fermèrent toutes seules, elle se sentit tomber et accueillit avec joie l'épuisement venu briser sa détermination.

Raina dormait enfin.

# Chapitre 19

Le blizzard, créé lorsqu'une immense dépression descendue de l'Arctique avait rencontré un flux tout aussi gigantesque d'air chaud et humide venu du golfe du Mexique, engloutit tout sur son passage. La collision libéra une énergie comme personne n'en avait vu de sa vie, et que tous évoqueraient avec fascination jusqu'à leur mort. Avec une force pareille, la tempête continua à pilonner la terre jusqu'à atteindre le Texas, tout au sud.

Et à mesure qu'elle avançait, un second phénomène se mit en place : un système de hautes pressions refroidissant l'air au point que toute chair exposée gelait en quelques minutes.

*

À un moment donné, Anette sentit qu'on l'arrachait au sommeil le plus profond qu'elle eût jamais connu. Ce n'était pas un bruit, mais l'absence de bruit – le vent avait cessé de gémir. Tout en résonnant encore du son disparu, ses oreilles s'efforçaient d'appréhender le silence surnaturel qui l'avait remplacé.

Impossible de bouger pour voir ce qui se passait. Quelque chose de lourd lui encombrait la poitrine, la plaquait au sol. Tout le haut de son corps en était couvert, hormis sa main gauche, qu'elle voulut remuer. Sans succès. Elle ne pouvait pas tâtonner pour tenter de deviner ce qui la couvrait.

Tout ce qu'elle savait, c'était que la tempête était terminée, mais qu'il faisait encore très sombre. C'était la nuit.

Et le froid était insupportable, mais ses yeux se refermèrent quand même. Elle était trop fatiguée et frigorifiée pour prendre acte d'autre chose. Elle renonça ; elle voulut appeler Fredrik, et puis sa volonté s'envola.

Elle se rendormit.

*

Gerda, elle aussi, prit vaguement conscience que le vent ne soufflait plus. Mais elle ne se réveilla pas. Elle était en train de rêver de Tiny à cheval dans la prairie, qui faisait la course avec une locomotive rugissante. Le train s'arrêtait brutalement, comme s'il n'avait plus de vapeur, et Tiny faisait de grands gestes avec son chapeau de cowboy en poussant des cris de triomphe. Il tirait sur les rênes de Poco, se dressait sur les étriers et faisait un clin d'œil à Gerda. Puis il plantait ses éperons dans les flancs de la bête et s'éloignait au galop. Elle le regardait jusqu'à ce qu'il ne soit plus qu'un point à l'horizon.

Elle frissonna dans son sommeil et songea que quelqu'un avait dû laisser la porte ouverte car elle avait froid aux pieds. Elle tendit un bras, qui toucha quelque chose, une chose recouverte d'habits mais inanimée, alors elle retira son bras et le plaqua sur elle pour se réchauffer.

Elle murmura le nom de Tiny sans le savoir. Et se rendormit dans l'espoir de reprendre son rêve, de lui courir après avant qu'il ne disparaisse pour toujours.

*

Raina ouvrit les yeux. Ses vêtements étaient en train de dégeler, ils étaient mouillés. Elle tourna la tête vers le feu qui ronflait dans la cheminée. Mme Halvorsan était assise devant, contemplant les flammes. Si la pièce était trop fraîche pour être douillette, elle restait rassurante avec tous ces enfants dormant à poings fermés. Quand Raina entendit un couinement (on aurait dit une souris), elle se redressa sur ses coudes.

La petite Rosa battait des jambes. Elle dormait, mais de toute évidence souffrait.

« Comment va-t-elle ? » demanda Raina, et Mme Halvorsan tressaillit de surprise. C'était une grande femme maigre, aux cheveux châtains soyeux qui, malgré l'agitation, restaient résolument dans un chignon sur la nuque. Ses yeux étaient du même bleu que ceux de Tor, et angoissés. Même lorsqu'elle sourit, Raina y lut de l'inquiétude.

« La pauvre, elle va perdre ses pieds. Il n'y a pas moyen de les sauver, et je n'ai rien pour la soulager à part le whisky qu'on garde en cas de douleur. Je vais lui en redonner.

– Est-ce que M. Halvorsan est rentré ? » Raina se leva, jambes tremblantes. Elle n'avait pas encore chassé tout le froid en elle mais il n'était plus aussi violent, et elle put marcher jusqu'à la table de cuisine où Mme Halvorsan versait l'alcool dans une tasse en fer-blanc.

« Non, répondit-elle sobrement, coupant court aux conjectures.

– La tempête s'est arrêtée, s'étonna Raina, constatant que la maison ne vibrait plus sous l'effet du vent.

– Oui, et les températures ont chuté. Il doit faire moins trente. »

Raina se tut, sachant ce que cela signifiait. Toute personne restée dans la prairie…

Non, elle refusait d'y penser. Chassant Fredrik, Anette et M. Halvorsan de son esprit, elle se demanda pour la première fois comment allait sa famille. Ses parents avaient-ils eu la présence d'esprit de rester calfeutrés ? Ou avaient-ils été pris de court en s'occupant comme d'habitude du bétail, en laissant les chevaux sortir par ce beau temps, si clément ce matin… Non, hier matin ? Il était trois heures maintenant, comme elle le vit à l'horloge de la cheminée.

Et Gerda ? Elle aussi avait dû gérer la situation seule. Avec un peu de chance le blizzard n'avait pas touché le Dakota mais Raina, qui avait connu intimement sa férocité, n'y croyait guère. Elle ne savait pas dans quel genre d'école Gerda enseignait, si c'était une hutte en terre, une cabane en planches ou une bâtisse en bois plus grande mais mal isolée, comme celle de Raina. Sa grande sœur était raisonnable, et forte. Elle avait sûrement réussi à se mettre à l'abri et ses élèves aussi. À moins que, bien sûr, il n'y ait eu un événement indépendant de sa volonté, comme c'était arrivé à Raina.

Elle bâilla à plusieurs reprises, incapable de se retenir. Elle savait qu'elle aurait dû tenir compagnie à Mme Halvorsan jusqu'au retour de son mari, et que c'était à son tour de veiller Rosa. Mais elle était encore si harassée qu'elle eut l'impression de marcher dans des sables mouvants lorsqu'elle retourna d'un air penaud près des enfants et se pelotonna entre Clara et Enid. Elle tendit la main pour leur tapoter le ventre, satisfaite de voir qu'elles dormaient ; qu'elles étaient en vie.

Le seul à qui elle ne pensa pas, ce fut Gunner Pedersen.

Puis elle sombra dans des bras enveloppants, qui la gardaient bien au chaud et l'immobilisaient contre sa volonté.

13 janvier 1888, 00 : 15
Service des transmissions,
ministère de la Guerre, Saint Paul

Prévisions pour 24 h à compter de 7 h ce matin.

POUR SAINT PAUL ET MINNEAPOLIS :
Neige, chute des températures due à une vague de froid, vent du nord frais.

POUR LE MINNESOTA :
Chute des températures due à une vague de froid et neige, suivies dans le nord d'un temps dégagé, vent du nord frais.

POUR LE DAKOTA :
Neige localement, chute des températures due à une vague de froid, vent du nord frais et variable.

# Chapitre 20

Le soleil se leva ce matin-là comme toujours, en commençant par poindre à l'horizon, prit le temps de repeindre le ciel noir en pourpre, puis en rose, puis en filaments pâles qui s'employèrent à effacer les restes de nuit. Il poursuivit sa montée jusqu'à ce qu'un dôme du bleu le plus vif domine la prairie couverte de neige fraîche, les cristaux accrochant la lumière et la réfléchissant par grandes salves aveuglantes.

Un faucon, qui avait trouvé refuge dans un nid au faîte d'un jeune chêne près d'un ruisseau, agita paresseusement les ailes et se mit en quête d'un courant ascendant. L'air était si calme qu'il dut voler plus haut que d'habitude, mais il finit par trouver. Il fit de grands cercles en battant des ailes lentement, et inspecta son coin de prairie à la recherche de nourriture.

De son poste d'observation dans le ciel, le paysage semblait intact, tel un immense manteau blanc immaculé à perte de vue, hormis quelques maisons et granges isolées. Les clôtures étant enfouies sous la neige, on aurait dit une seule et unique parcelle, un panorama infini de diamants chatoyants.

Cependant, le faucon connaissait son environnement. Les zones à éviter où les proies se faisaient rares, ces terres appauvries par l'excès de chasse – celles de la Grande Réserve Sioux, délimitée par les Black Hills à l'ouest et le fleuve Missouri à l'est. Là, même les écureuils chétifs et les lapins moribonds étaient précieux. Les points noirs étaient des tipis en peau de bison, que le gouvernement avait regroupés en villages, les tribus trop proches les unes des autres mais forcées de vivre ensemble. La misère stagnait au-dessus de ce lieu comme un nuage, même les jours de grand soleil.

Alors le rapace resta au sud, descendit en piqué, et enfin la plaine à l'apparence paisible dévoila quelques secrets. Un pieu de clôture ici, des buissons là, un chariot renversé, des meules de foin.

À mesure que sa vue s'adapta, d'autres secrets se révélèrent. Ce qui ressemblait à une rangée de petites meules s'avéra être, de plus près, des vaches. Des vaches pétrifiées comme des statues ; certaines sur le flanc, d'autres debout, toutes gelées sur place.

Indifférent, il changea de cap pour aller examiner d'autres formes sombres qui ressortaient sur le blanc aveuglant : des chevaux, leurs jambes écrasées sous eux, leurs yeux clos pour toujours.

Le faucon remonta, fit de plus grands cercles et redescendit en piqué, résolu à trouver de quoi manger.

Mais rien ne bougeait. Pas un lapin ni autres rongeurs. Ni même un oiseau distrait.

Là-bas, une tache – le rapace affamé alla voir, plein

d'espoir. Il fut déçu : la tache ne bougeait pas. C'était un bras qui sortait de la neige, attaché à un corps enfoui en dessous.

Une autre tache inanimée, puis une autre, et encore une autre – le faucon vit tout depuis le ciel. Un chapeau jaune sur une tête grise, aux yeux scellés par la glace. Une main surgie d'une congère ; une main d'enfant, petite, blanche, d'un blanc de mort plus pâle encore que la neige. Un chariot, les pans d'une robe bleu ciel pris dans les rayons d'une roue, et dans cette robe une femme sans vie.

Des habits qui voletaient, et firent maintes fois croire au faucon qu'il avait trouvé son petit déjeuner. Des habits arrachés à des corps se retrouvant exposés aux éléments, tel celui-ci, bouleversant, à quelques pas seulement d'une grange.

Encore des petites mains, des pieds, des visages tournés vers le ciel, les yeux fermés. Et cette pâleur cadavérique, d'un gris bleuté contre la neige éblouissante.

Le faucon vira au nord en espérant avoir plus de chance.

Mais en cette matinée froide et ensoleillée, il était condamné à être déçu.

# Chapitre 21

Lorsque le soleil se leva, ses rayons remplirent la maison des Halvorsan d'un souvenir cruel. Celui du matin précédent, quand la vie semblait pleine d'espoir et de promesses. Et malgré la lumière aveuglante, il n'y faisait pas plus chaud que la veille au soir. Les vitres étaient couvertes de glace à cause de l'humidité dégagée par les vêtements qui avaient dégelé durant la nuit.

Les enfants commencèrent à remuer, se redresser, crier leur faim, réclamer leurs parents. Raina se frotta les yeux pour chasser le sommeil et se regarda, surprise : ses habits trempés avaient été remplacés par une robe appartenant à Mme Halvorsan. Tous ses muscles étaient endoloris – ils palpitaient de douleur, pour être juste. Ses articulations protestaient au moindre mouvement, et elle avait une atroce migraine. Mais elle se leva et alla machinalement au poêle, où la mère de Tor remuait du porridge d'une main apathique tandis que l'autre serrait un torchon si fort que les articulations étaient blanches.

Tor n'était plus là, et Raina en déduisit qu'à un moment

il était monté dans la chambre où ses frères et sa sœur dormaient.

« Est-ce que monsieur…

– Non, la coupa sèchement Mme Halvorsan. Peter n'est pas rentré. Tor s'habille, il va aller voir, maintenant que c'est dégagé.

– Comment va-t-il ? Je m'inquiétais pour ses oreilles, elles ont gelé ?

– Légèrement. Il va y laisser de la peau mais pas de cartilage. Il s'en remettra.

– Madame Halvorsan, je… je ne sais pas quoi dire pour Fredrik. Il a suivi Anette si vite, je n'avais même pas vu qu'il était parti.

– Anette, c'est la fille qui aide chez les Pedersen ? »

Mme Halvorsan posa la cuillère en bois et se tourna vers Raina.

« Oui. Ils sont très bons amis, vous savez.

– Je l'ignorais. Fredrik parle d'elle de temps en temps, mais j'ignorais qu'il l'aimait bien.

– Elle n'a pas d'amis à part lui. Les autres enfants ne savent pas comment se comporter depuis qu'ils ont appris que… c'est la bonne à tout faire des Pedersen. Ils sont gênés.

– C'est bien chez eux que vous logez ? »

Raina rougit en la voyant hausser les sourcils, comme si elle était au courant des événements des dernières semaines.

« En effet.

– Paraît-il que cette femme, Anna Pedersen, est difficile à vivre. On a essayé de se comporter en bons voisins avec elle, mais elle n'a pas voulu de nous, ni de personne.

Je parie qu'elle se croit trop bien pour nous, renifla Mme Halvorsan avant de reprendre la cuillère et de retourner à son porridge, le torchon oublié par terre.

– C'est vrai qu'il y a une ambiance… particulière dans cette maison. Et ils ne traitent pas bien Anette, mais il faut dire que sa propre mère l'a abandonnée.

– Vendue, à ce qu'on m'a raconté.

– Ça, je n'en sais rien. Mais personne ne l'aime, c'est certain. À part Fredrik. Je vous en supplie, ne lui en voulez pas de l'avoir suivie. Votre fils a bon cœur.

– Oui. » Le menton de Mme Halvorsan se mit à trembler, et elle s'essuya les yeux du revers de la main. « Oui, c'est vrai, il a bon cœur.

– Tor aussi. Si vous l'aviez vu, il était déterminé à retrouver son frère, mais je ne pouvais pas le laisser faire. C'est ma faute, pas la sienne. » Raina brûlait d'envie d'entendre Sara Halvorsan lui dire que ce n'était la faute de personne, mais elle n'en fit rien. Elle se contenta d'aller à la fenêtre et de contempler la prairie implacable. Accumulée contre la grange et sous le porche, la neige étincelait comme du sucre. Quiconque resté dehors, piégé par la nuit, perdu dans le blizzard… Comment survivre à ce froid ? En particulier les plus petits et les plus vulnérables. Comme Anette et Fredrik.

Tor descendit d'un pas lourd l'escalier sommaire. Ici, dans sa maison, il était le plus grand et avait l'air d'un homme. Dans son manteau en peau de bison, avec sa casquette à oreillettes, ses grosses bottes, ses gants en cuir et le cache-col qui lui protégeait le visage, il paraissait immense. De la taille d'un ours. Seul son regard, soucieux, encore ensommeillé, trahissait sa jeunesse.

Sa mère alla le voir et posa la main sur son bras.

« Tâche de retrouver la trace de papa, mais si tu n'y arrives pas, va chez les Pedersen. Et essaie de prévenir le docteur. Cette petite, Rosa… Je crois qu'elle va perdre son pied. Je lui ai donné tout le whisky que j'ai pu, mais je n'en ai plus.

– D'accord, maman, dit-il d'une voix étouffée. Ne t'inquiète pas, je vais les trouver.

– Je sais que tu feras de ton mieux », le rassura-t-elle, avant de libérer son fils pour qu'il aille faire son devoir. Raina se racla la gorge. Elle aurait voulu ajouter quelque chose – ne serait-ce que « bonne chance » – mais elle savait que plus jamais Tor ne tiendrait compte d'elle. Ils n'étaient plus alliés, et ne pouvaient pas redevenir professeure et élève.

Ils étaient des étrangers, en conclut-elle avec une déception qui la surprit. Pire, des adversaires.

Tor ne lui jeta pas un regard. Il sortit, et Raina le vit avancer péniblement dans une neige qui par endroits lui montait à la taille : cette neige avait eu des constructions contre lesquelles s'entasser, ici. Mais une fois dans la prairie ce serait différent, peut-être plus facile ; moins profond, comme si un balai géant l'avait balayée d'un côté, puis de l'autre. Raina allait quitter son poste à la fenêtre quand elle vit Tor s'arrêter brutalement. Il mit les mains en coupe autour de sa bouche, comme s'il appelait une personne qui n'était pas visible de la cuisine. Il se mit à courir maladroitement, tomba, se releva tant bien que mal et disparut au coin de la grange.

Dix secondes plus tard, toute la maisonnée entendit son cri étranglé – ainsi que le bruit incongru de clochettes tintinnabulant et d'un cheval hennissant. C'était un traîneau, qui débarquait en fanfare. Raina ouvrit la porte de la maison, indifférente au froid, et regarda dans les yeux l'homme qui tenait les rênes, emmitouflé sous des couvertures. Elle ressentit la bouffée familière de confusion et de colère, de désir et de haine…

C'est alors que Tor courut vers elle avec de grands signes, en criant : « Papa ! Papa ! Mademoiselle Olsen, maman, venez voir, c'est papa ! »

Raina n'eut pas le temps d'adresser la parole à Gunner Pedersen, Tor l'entraînait dans la neige glaciale, et le choc d'être replongée dans le froid raviva de mauvais souvenirs. Derrière elle, Mme Halvorsan appelait son mari. Au même moment, Gunner sautait du traîneau et s'exclamait : « Raina ? Raina, Dieu merci ! » Mais en tournant au coin de la grange, tous se figèrent, transis d'horreur.

Car devant eux se trouvait le corps pétrifié de Peter Halvorsan, telle une statue de dieu nordique. Il semblait être assis, seules ses larges épaules et sa tête étaient visibles. Sa peau était d'un gris maladif, ses cheveux blancs de neige, et des stalactites pendaient à ses yeux clos, ses cheveux, sa barbe.

Il n'était qu'à trois mètres de sa grange.

« Papa ! » cria Tor d'une voix rauque en tentant frénétiquement de déterrer son père de la tombe creusée pour lui par la nature. Il alla chercher une pelle et entreprit de déblayer la neige, mais il pleurait trop. Gunner l'écarta doucement et tenta de ranimer Peter Halvorsan en le secouant. Mais c'était trop tard.

« Peter ! » Mme Halvorsan tapota le visage sans vie pour le réchauffer. Désespérée, elle tenta d'écarter ses lèvres pour lui faire du bouche-à-bouche. Mais c'était trop tard.

« Raina… » Enfin, Gunner se tournait vers elle. « Je croyais… Je ne savais pas… J'étais mort d'inquiétude en ne voyant personne rentrer. Venez avec moi, maintenant. Je vais vous ramener. »

Mais c'était trop tard.

« Non », souffla Raina farouchement. Elle recula, les yeux rivés sur la scène tragique. « Je ne retournerai pas dans cette maison. Je n'y retournerai pas. »

Gunner la dévisagea, perplexe, puis alla aider Tor à extraire son père. Il avait bien gelé en position assise, ce qui rendait la manœuvre difficile. Ils eurent le plus grand mal à porter le corps de géant à l'intérieur. Mme Halvorsan appelait toujours son mari en pleurant, et les larmes de Tor gelaient sur ses joues. Enfin, ils ramenèrent Peter Halvorsan dans la cuisine et le déposèrent près du poêle. La présence de cette silhouette couchée sur le côté, genoux remontés, réduisit les enfants larmoyants au silence.

« Peter, murmura Mme Halvorsan, s'agenouillant près de lui, le couvrant délicatement avec son châle. Mon mari, mon fils… Fredrik, oh, où est Fredrik ? »

Raina regarda Gunner, mais il haussa les épaules et fit non de la tête. Ils n'étaient pas arrivés à la maison. Elle s'habilla et sortit en courant, Gunner sur ses talons.

« Il faut retrouver Anette et Fredrik », dit-elle par-dessus son épaule. Elle monta dans le traîneau, rejetant l'aide de Gunner d'un geste agacé. « Oh, dépêchez-vous ! Ne restez pas planté là ! »

Il fut si choqué par ce ton qu'il ravala la remarque

galante qu'il avait sur la langue. Il s'exécuta, mais ensuite resta paralysé. Alors Raina s'empara des rênes et fouetta le cheval pour le faire avancer, puis orienta le traîneau vers la prairie.

En priant pour qu'il ne soit pas trop tard.

# Chapitre 22

Le changement dans l'air réveilla enfin Gerda de son état comateux. Elle tenta d'ouvrir les yeux, en vain. Ils étaient fermés par le gel, comme si on lui avait cousu la bordure des cils. Elle parvint à bouger son bras gauche, lentement, plaça une main – froide, un poids mort – sur ses paupières et entreprit de les écarter. Elle réussit – même si elle savait qu'elle avait déchiré un peu de peau, car elle sentit le froid l'agresser au coin des yeux.

Elle resta sur le dos et attendit que sa vue s'adapte pour comprendre où elle se trouvait. Au début tout était noir, puis elle prit conscience d'une lueur à ses pieds, celle des faibles rayons de soleil s'infiltrant à l'intérieur, ensuite elle vit que le toit au-dessus de sa tête avait l'air d'être en paille, et elle devina qu'elle était allongée sur du foin gelé, qui lui rentrait dans les côtes. Elle regarda ses mains : elles étaient rouge violacé et couvertes de traces de piqûre.

Quant à ses pieds, elle ne les sentait pas du tout.

Le silence était assourdissant – il n'y avait pas d'autre mot pour le décrire. Ses oreilles bourdonnaient alors qu'il n'y avait pas un bruit, et quand elle chercha à se redresser elles se débouchèrent avec une violence qui lui arracha un cri ; elle plaqua ses mains dessus, puis les ôta d'un geste craintif, terrifiée à l'idée de ne plus entendre. Le silence angoissant lui paralysa le cœur, et elle eut la certitude d'être sourde. Jusqu'à ce que, au-dehors, elle perçoive le cri d'un faucon.

Au prix de douloureux efforts, elle réussit à s'asseoir. Tout le bas de son corps semblait avoir gelé. Elle s'efforça de bouger ses genoux bloqués, de les plier. Ses pieds, en revanche… Elle les observa avec détachement, comme s'ils ne faisaient plus partie d'elle : ils dépassaient de la meule de foin. C'étaient bien des pieds, ils étaient chaussés des bottines qu'elle avait mises la veille, mais étaient-ce vraiment les siens ? Elle les ramena douloureusement à l'intérieur, constata qu'elle n'avait aucune sensation en dessous des genoux et se demanda comment elle allait faire pour amener Minna et Ingrid en lieu sûr, ce qui ne devait pas être loin. Si elles avaient trouvé une meule, c'est qu'il y avait une grange à proximité. Donc une maison.

« Minna, Ingrid, mes chéries, réveillez-vous. » Sa voix était rauque, et elle avait affreusement soif. Elle ne se rappelait plus la dernière fois qu'elle avait bu de l'eau, ni mangé. Mais elle devait s'en sortir pour les fillettes, qui dormaient encore, petits tas d'habits recroquevillés dans le sommeil. Elle décida de les laisser dormir. C'était encore le mieux, vu leur état de faiblesse extrême.

À présent que le vent s'était calmé, elle allait pouvoir s'orienter. C'était à elle, seule, de s'aventurer hors de la meule. À elle, seule, de trouver de l'aide.

Où était Tiny ? Où avait-il passé la nuit ? Cette pensée la transperça, comme un éclair dans le ciel. Dans le même temps elle le revit fuyant, appelant son cheval, lui courant après dans le blizzard. Il les avait laissées se débrouiller seules. Il avait abandonné Gerda, comme elle avait toujours su, en son for intérieur, qu'il le ferait un jour. Que ce soit pour un animal ou pour une aventure, il aurait fini par la quitter. Gerda prit acte de son absence – car s'il avait survécu elle ne pourrait plus jamais le regarder de la même manière, dans tous les cas elle l'avait perdu pour de bon – et ce fut un choc. Il avait été tous ses rêves, ces derniers mois ; elle l'avait inclus dans tous ses projets d'avenir. Elle allait devoir repartir de zéro. S'inventer de nouvelles chimères.

Un mauvais pressentiment lui oppressait la poitrine : qu'étaient devenus les enfants qu'elle avait renvoyés chez eux avec une telle désinvolture ?

La possibilité d'une catastrophe, au-delà de l'imaginable et qu'elle aurait provoquée par ses actes, lui coupa le souffle. Elle ferma son esprit, de peur d'être submergée. Elle devait se concentrer sur Minna et Ingrid, si immobiles dans leur sommeil. L'épreuve de la veille les avait sérieusement ébranlées, pas étonnant qu'elles dorment à poings fermés.

Se retourner fut atroce – elle cria, mais les sœurs ne parurent pas entendre. On aurait dit qu'on lui enfonçait des poignards dans les genoux. Elle craignit qu'ils cèdent et s'interrogea : une rotule pouvait-elle casser comme une brindille ? Elle n'en savait rien, mais chaque centimètre carré de son corps semblait aussi fragile que du verre. Pour autant elle n'avait pas le choix, elle devait sortir.

À force de gestes lents et maladroits elle se retrouva à quatre pattes et sortit de la meule en rampant, ses pieds traînant derrière elle comme des patins de traîneau. L'air pur la saisit, lui contracta les bronches, lui bloqua les narines. Elle haleta, tentant de faire pénétrer un peu de ce souffle polaire dans ses poumons. Le soleil aveuglant, la neige éblouissante : ses yeux commencèrent à pleurer, et elle les ferma vite en sentant les larmes geler sur ses joues. Ses oreilles la brûlaient. Elle parcourut quelques mètres avant d'oser rouvrir les yeux, s'arma de courage contre la lumière éclatante…

La maison. Elle voyait la maison, à une vingtaine de mètres à peine, et elle cria de toutes ses forces en se traînant pitoyablement. C'était la maison des Nillssen, bon sang ! Depuis tout ce temps elles n'étaient qu'à vingt mètres d'un refuge, et elles ne le savaient pas. Depuis tout ce temps les parents étaient morts d'inquiétude, et leurs filles attendaient juste là. Si l'ironie n'avait pas déserté Gerda, elle aurait pu en rire. Tout ce qu'elle pouvait faire, c'était ramper tel un animal blessé, les mains engourdies, les pieds réduits à l'état d'objets morts rattachés à ses jambes, hurlant à pleins poumons tout en sachant que sa voix ne portait pas, même dans cet air qui amplifiait tout le reste – les cris du faucon volant en cercle au-dessus d'elle, le bruissement des boules d'amarante roulant sur la neige, le couinement faible d'une souris sortant à contrecœur de son nid.

« À l'aide, à l'aide ! » continua à crier Gerda, et enfin une porte s'ouvrit. Un homme et une femme jetèrent un regard angoissé dehors, furent frappés d'horreur, s'emmitouflèrent dans un manteau et accoururent. Avec ses toutes dernières forces Gerda indiqua la meule, marmonna : « Minna, Ingrid », et se sentit perdre connaissance. Au même moment des bras forts la saisirent, la portèrent à l'intérieur et la déposèrent à la hâte devant le poêle de la cuisine. La source de chaleur pourtant faible saisit son corps transi, qui protesta en envoyant des décharges de douleur pure. Gustav Nillssen, son sauveur, repartit en appelant ses filles, ses cris mêlés à ceux de sa femme.

Puis le silence. Plus d'appels ; tout était calme. Gerda les imagina en train de porter leurs filles, et dans un instant ils seraient de retour au chaud. Mais les secondes passèrent, et le silence continua.

Battant des cils, Gerda retomba dans ce qui passait pour du sommeil vu son degré d'épuisement. Son pouls faible la berçait… C'était si tentant de céder et de se reposer, enfin ; elle pourrait dormir pour toujours et à jamais…

Des cris la réveillèrent en sursaut, forçant son cœur à battre plus fort, à se remémorer le rôle qui était le sien.

Les cris continuèrent, s'amplifièrent, se rapprochèrent. La porte fut ouverte à la volée et les parents entrèrent avec deux tas inertes dans les bras, puis poussèrent Gerda du pied pour les poser devant le poêle, les frotter éperdument, les appeler – Ingrid ! Minna !

Mais les tas ne bougèrent pas, même vaguement.

Gerda se redressa sur les coudes, déroutée ; elle aussi appela. Aucune réponse ne vint, et elle comprit en voyant Minna, son visage pâle comme la mort, ses lèvres bleues, ses mains bleues de poupée. L'immobilité que Gerda avait notée mais n'avait pas su reconnaître chez un être si jeune, l'immobilité du cadavre prêt pour la tombe.

Gerda se rallongea et ferma les yeux avant de croiser le regard des Nillssen. Elle ne le supporterait pas, pas maintenant. Pas avec le souvenir encore frais de Minna sur son dos, alors qu'elle marchait contre le vent impitoyable en se disant à chaque pas qu'elle était plus proche de les sauver. En se persuadant que Minna était en vie. Et là, Gerda s'interrogea. Quand était-elle morte ? Était-ce avant même de trouver la meule de foin dans laquelle Gerda avait creusé un tunnel de ses propres mains ?

Avait-elle porté un cadavre durant tout ce temps ? La relique d'une enfant – de *tous* les enfants – dont elle avait la charge ?

Où étaient-ils ? Où était le reste de ses élèves ? Dans un délire fiévreux, elle se mit à scander leurs prénoms, comme chaque matin lorsqu'elle faisait l'appel : « Minna, Ingrid, Hardus, Johnny, Johannes, Karl, Walter, Sebastian, Lydia. Minna, Ingrid, Hardus, Johnny, Johannes, Karl, Walter, Sebastian, Lydia…

– La ferme, la ferme ! » Quelqu'un la secouait par les épaules, la forçait à rouvrir les yeux, à voir…

Une tristesse toute neuve était en passe de se graver sur la peau tannée des parents. Le chagrin allait endurcir la mère, songea Gerda bizarrement, comme si elle cherchait un sens à leur tragédie. Mme Nillssen se fabriquerait une carapace, deviendrait taiseuse, mais elle endurerait. M. Nillssen, en revanche, allait se faire labourer par le deuil tels les champs où il trimait chaque jour. C'était peut-être cela, en définitive, qui forçait cette terre à produire sa maigre récolte : l'insoutenable poids de la peine des hommes.

Gerda ferma les yeux et repoussa Mme Nillssen, prête à tout pour que le sommeil l'emporte. Au lieu de quoi, ses pieds se réveillèrent. Au début ils l'élancèrent, puis la brûlèrent, puis la démangèrent, et bientôt ce fut comme si une armée de fourmis enragées grouillaient et lui arrachaient la peau avec leurs mandibules. Gerda gémit, s'assit, hurla, tenta d'arracher ses bottines, et supplia Mme Nillssen de l'aider à les enlever, car en dégelant les lacets avaient rétréci.

Et lorsqu'enfin les bottines eurent été découpées – emportant leur lot de chair au passage –, Gerda découvrit une peau d'un violet presque noir. Sa propre peau était mourante, et la métaphore lui parut si appropriée qu'elle eut envie de rire.

Mais ensuite les fourmis revinrent à l'assaut, et elle en fut réduite à mordre dans le torchon que Mme Nillssen lui fourra dans la bouche pour la faire taire.

« Chut, chut. Il ne faut pas déranger les filles », murmura la femme, tandis que Gerda se tordait de douleur.

# Chapitre 23

Ce matin-là à l'aube, Anna vit son mari atteler le cheval, sangler une couverture sur son dos, monter dans le traîneau et s'en aller, rapide comme l'éclair, sur le pont en rondins enjambant le ravin, puis dans la prairie. Elle ne réussit pas à le suivre des yeux longtemps. Le soleil levant était déjà éblouissant, et les cristaux de glace se réfléchissaient partout. Une lueur dansante près du ravin attira son attention, mais elle se couvrit les yeux tant la lumière était forte.

Quel idiot de sortir par ce froid. Mais son mari se prenait pour un pilier de la communauté, alors bien sûr il devait aller secourir l'Institutrice, et les enfants qui avaient passé la nuit en classe. Le grand Gunner Pedersen, Héros du blizzard. Ah, quel imbécile orgueilleux ! Au moins la tempête était finie ; il ne se perdrait pas, ne périrait pas. Elle avait beau souhaiter sa mort cinq fois par jour, le pragmatisme avait pris le dessus. Anna ne pouvait pas risquer de perdre Gunner en plein hiver. Elle n'arriverait pas à s'occuper des chevaux, de la maison et des enfants toute seule. Au printemps, elle pourrait le quitter – elle le savait, maintenant. Mais tant qu'ils n'auraient pas passé l'hiver, elle avait besoin de lui.

Alors, elle l'avait tenu en joue toute la nuit. Quel souvenir ! Elle avait visé son mari en plein cœur avec le revolver que sa sœur lui avait donné avant leur départ pour ces terres abandonnées de Dieu – « En cas de force majeure, ma chérie », avait chuchoté Margit d'un ton féroce à l'oreille d'Anna. Une nuit entière, elle avait retenu son mari en otage. Elle, Anna Pedersen, qui pleurait dès qu'on tuait une souris avant, quand elle était jeune et délicate. Quand elle était innocente.

Elle maudissait la prairie. Elle maudissait Gunner. Ce ne serait pas sa faute à elle.

Il pouvait bien s'en aller sur son destrier maintenant ; il ne lui arriverait rien. Elle était certaine qu'ils étaient tous en sécurité (peut-être un peu frissonnants et affamés) à l'école. L'Institutrice était quelqu'un de sensé ; elle n'aurait pas risqué la vie des enfants. Gunner était un nigaud. Il ne comprenait rien aux femmes. Il les voyait uniquement comme des héroïnes de roman sentimental, à sauver, à protéger. Leur force le terrifiait littéralement, comme Anna l'avait constaté d'innombrables fois. Alors bien sûr, à la minute où avait débarqué un nouveau spécimen de la gent féminine dans sa vie, en apparence timide et fragile, il s'était comporté en benêt romantique. Oh, pauvre petite chose, la jeune Raina Olsen qui quittait ses parents pour la première fois et se sentait si seule ! Gunner devait la protéger, la rassurer – exactement comme il avait cru devoir le faire avec Anna quand il la courtisait.

Mais Anna ne s'était pas laissé avoir par l'Institutrice. Elle voyait bien que celle-ci était plus forte qu'elle ne paraissait, même si Gunner lui avait fait tourner la tête par son comportement ridicule. Et ce qu'elle avait craint, c'est que la jeune femme se serve de cette force pour le convaincre de s'enfuir, chose que son mari n'aurait jamais faite de lui-même, malgré tous ses efforts de séduction.

À présent, les craintes d'Anna s'étaient envolées. Il s'était passé quelque chose durant cette longue nuit, alors que le vent fouettait les vitres et que Gunner s'était transformé en otage par la magie du revolver qu'elle tenait en main. Elle avait vu qui il était vraiment. Un mètre quatre-vingt-huit, et terrifié par une femme de trente centimètres de moins. Un garçon passant pour un homme. Elle s'était rendu compte qu'elle aurait pu tirer à n'importe quel moment et n'aurait pas eu de remords, que des raisons valables.

C'était un sentiment puissant, qui lui redonnait le contrôle sur sa vie.

S'affairant en cuisine, elle mit à cuire la miche de pain qu'elle avait fait lever la veille. Quiconque l'observant aurait reconnu l'Anna d'antan : l'ange, la très belle femme, l'icône de la féminité. Il n'y avait qu'elle et les enfants. Elle fredonnait un petit air satisfait lorsqu'elle entendit un cheval hennir. Elle alla voir à la fenêtre, surprise. Gunner ne pouvait quand même pas être de retour si vite…

C'était le traîneau de Doc Eriksen, l'unique médecin des environs. Il avait fait sa carrière au pays, et dépassé l'âge où un homme devrait pouvoir prendre sa retraite. Mais la prairie, évidemment, l'avait forcé à reprendre du service ; la prairie implacable, avec ses dangers innombrables pour des gens qui avaient toujours vécu proches les uns des autres, et pouvaient compter sur leurs voisins, avant. Avoir un médecin dans cet endroit tenait du miracle, même si Eriksen donnait l'impression d'avoir lui-même besoin d'en consulter un. Il fit de grands signes à Anna, cria. Elle jeta un coup d'œil aux enfants – ils étaient assis près du poêle, trop peut-être, et d'un ton sec elle leur ordonna de reculer. Puis elle mit un châle sur ses épaules et sortit.

Le froid lui fit l'effet d'une gifle. Elle tangua, haleta, essuya ses yeux larmoyants. Elle n'imaginait pas comment quiconque tiendrait par une température pareille, et elle pensa à Gunner. Puis, à contrecœur, à l'Institutrice. Enfin, à Anette.

« Madame Pedersen, votre mari est là ? » Doc Eriksen resta dans son traîneau, même après qu'elle lui eut proposé de se réchauffer à l'intérieur. Il était tellement emmitouflé que seuls ses yeux étaient visibles. Ses sourcils étaient couverts de givre.

« Non, il est allé chercher les enfants à l'école.

– Ah. Je viens de chez les Blickenstaff, et leurs fils ne sont pas rentrés. Donc je vais à l'école aussi. Tout va bien chez vous ? Il vous manque quelqu'un ?

– Non. Enfin… » Elle était bien obligée de lui dire. « À part l'institutrice. Et Anette, bien sûr. Mais elles sont sûrement ensemble, avec les autres. Gunner, les enfants et moi, on est restés bien au chaud toute la nuit.

– Tant mieux. J'ai bien peur que beaucoup de gens n'aient pas eu cette chance. Je vous laisse. » Le médecin prit les rênes, fit faire demi-tour à son cheval et repartit par le pont en rondins, comme Gunner avant lui. Les traces restaient dans la neige maintenant que le vent était tombé.

Anna s'apprêtait à rentrer – qui voudrait rester dans ce froid une minute de plus ? – lorsque la lumière dansante attira de nouveau son attention, à dix mètres du pont, derrière le ravin. Elle s'abrita du soleil avec une main et marcha dans cette direction, tentant de deviner ce que c'était. Le froid la saisit, s'infiltra sous son jupon, l'enveloppa dans son étreinte glacée, mais oui, enfin, elle voyait… C'était argenté, un objet en fer-blanc peut-être. C'était…

Ça ne pouvait quand même pas être la gamelle d'Anette ?

Anna se raidit, une main sur le cœur, la respiration saccadée. Non, non, impossible, ce devait être autre chose ; elle secoua la tête, cligna les yeux dans le soleil éclatant, regarda encore. Et elle la vit, de façon nette et précise – la gamelle, qui brillait dans la neige.

« Anette ? Anette ! » cria-t-elle, les mains en coupe, puis elle écouta. Elle eut beau se concentrer, elle n'entendit que le doux froufrou des flocons sur le sol. Elle cria encore.

Cette fois, elle perçut quelque chose : un geignement. Comme un chaton, ou un nouveau-né.

« Anette ? »

Le geignement s'amplifia, il semblait venir de sous la terre…

Il venait du ravin.

Les pieds d'Anna la propulsèrent jusqu'à la maison. Elle entra en trombe, et en un rien de temps elle avait enfilé son manteau, ses gants, et son écharpe lui recouvrait le visage et les oreilles. Elle hurla aux enfants de s'écarter du poêle, prit toutes les couvertures qu'elle put trouver et repartit en ployant sous son chargement. Arrivée au ravin, elle s'arrêta juste à temps – elle aurait pu dégringoler dedans. Elle avait les poumons en feu d'avoir couru dans l'air polaire.

Tombant à genoux, elle s'avança pour regarder en contrebas, mais au départ ne vit rien. Il faisait sombre et elle était aveuglée par le soleil et la neige. La cécité des neiges – ça s'appelait comme ça, pensa-t-elle irrationnellement.

« Anette ? dit-elle doucement, redoutant presque une réponse.

– Oui… »

C'était elle, c'était bien elle ! Anna s'avança un peu plus. Le ravin ne faisait qu'un mètre cinquante de hauteur, mais avec ces parois verglacées elle savait que, si elle tombait, elle ne pourrait peut-être pas remonter. Elle scruta et scruta la pénombre, et finit par distinguer une forme. Non, deux.

« Anette, c'est toi ?

– Oui, madame », fit la voix minuscule, effrayée. Empreinte de fatigue et de larmes. « Je suis désolée, j'ai essayé… Je suis partie de l'école, pour rentrer… Je suis désolée.

– Ne… ne bouge pas, j'arrive. » *Ne sois pas désolée*, voilà ce qu'Anna avait failli lâcher. *Ne t'excuse pas.*

Car la gamelle lui disait tout ce qu'elle n'avait pas envie de savoir. Posée là, tel un regard accusateur. C'était à cause d'*elle* – toutes ces fois où elle lui avait dit de ne pas traîner ni de perdre ses affaires – qu'Anette avait passé une nuit atroce dans un ravin. Seule.

Non. En regardant mieux, Anna vit qu'Anette n'avait

que la tête et les mains exposées. Elle était enfouie sous un tas d'habits. Qui ne lui appartenaient pas tous. Un manteau gris qu'Anna ne reconnaissait pas, un pantalon de garçon marron, une chemise rouge.

Et à côté d'elle un corps à moitié nu, d'un gris bleuté contre la blancheur de la neige.

PARTIE 2

# LA JEUNE FILLE DE LA PRAIRIE

# Chapitre 24

Le cheval avançait avec peine, poussant de temps à autre un petit hennissement. Sa tête se balançait en rythme, et en soufflant il créait des nuages d'humidité aussitôt figés en cristaux de glace qui se répandaient dans l'air comme de la poussière de diamant ; l'effet était superbe. Si on omettait le fait qu'il s'agissait de morve de cheval. Les anneaux de la bride tintaient, le harnais et les rênes en cuir craquaient, et les patins glissaient en faisant *chut, chut, chut*, telle une remontrance permanente.

L'homme aussi ployait. Il était massif, et rendu plus massif encore par le grand manteau en peau de bison qui l'enrobait de la tête aux pieds et avait connu des jours meilleurs, avec ses poils acajou emmêlés. Comme si la bête venait de se réveiller. Perché sur ce traîneau d'un raffinement comique – un traîneau plutôt fait pour transporter une élégante invitée à boire le thé –, il était encore plus imposant que d'habitude. Avec ses couvertures constellées de poils de cheval sur les genoux, il ressemblait à rien de moins qu'un ours humilié dans un cirque, forcé de porter des habits humains et de parader dans une carriole d'enfant tirée par un poney.

Il était seul. Aussi loin que l'œil pouvait voir, il n'y avait que ceci : un tapis mouvant de nuances de blanc aussi pures que la robe d'un ange ; un soleil jaune cireux qui diffusait une méchante lumière crue et transformait la neige en dangereux tessons de verre visant pile les yeux ; des poteaux télégraphiques ; et l'ours dans sa carriole d'enfant.

Le glissement des patins, le craquement du harnais, les tintements de la bride, ses propres marmonnements intermittents ; ce furent les seuls sons que Gavin entendit pendant très longtemps, lui qui restait tête baissée contre la morsure du froid. Pour l'itinéraire il se fiait au cheval, ainsi qu'au Dieu qui aurait du temps à perdre en aidant une pauvre âme comme lui, embarquée dans une mission dérisoire pour une raison dérisoire qu'il aurait eu du mal à expliquer.

Gavin Woodson, éternel novice, risée de l'humanité, avait mis le cap sur les Grandes Plaines seul, dans un traîneau loué, tiré par un cheval loué, avec quelques musettes d'avoine à ses pieds et un sac bourré de papier, de porte-plumes et d'encre, plus un caleçon long de rechange.

Il était facile de se convaincre que son cheval et lui étaient les derniers êtres vivants sur terre. Il ne croisait personne, n'entendait aucun bruit hormis ceux déjà évoqués.

Il ne s'était jamais senti aussi minable.

Gavin était un citadin, à l'aise dans les lieux clos sentant la sueur et donnant sur des rues bruyantes bordées d'immeubles qui bloquaient l'horizon. Les rares occasions où ses poumons réclamaient de l'air frais, il s'accommodait d'un tour au parc ou au coin de la rue. Sauf qu'à Omaha l'air frais était une denrée rare : les conserveries et les parcs à bestiaux saturaient l'atmosphère d'odeurs sur la provenance desquelles il valait mieux ne pas s'interroger. Qu'il ait ressenti l'envie soudaine d'aller dans la prairie après le blizzard l'interpellait. Qu'il ait été à ce point fasciné par cette fille l'inquiétait.

Qu'il n'arrive pas à se l'ôter de la tête malgré tous les whiskys, les parties de poker et les machinations du journal… C'était bien pour cette raison qu'il se retrouvait à errer dans ce Trou Paumé de la Grande Prairie.

Car oui, il était parti la retrouver.

C'était une mission perdue d'avance, et il le savait. Mais Gavin Woodson était un spécialiste de ce genre de mission. C'était ce qui lui avait coûté son poste au *World*, son entêtement à ne pas vouloir reculer dans une histoire impliquant un ami de Pulitzer. « Vous allez me trouver buté, mais… », disait-il à quiconque voulait bien l'écouter, avant d'enchaîner les gaffes, et pour quoi au final ? Pour rien. Il avait fini par comprendre qu'annoncer d'emblée sa stupidité était superflu.

Dans les jours qui avaient suivi le blizzard, quand les télégrammes qui commençaient à arriver du nord et de l'ouest parlaient de drames dépassant l'entendement – des classes entières gelées sur les bancs de leur école ! des passagers de train réduits au cannibalisme ! –, Gavin était devenu fébrile. Comme si une angoisse montait en lui, un besoin. Bien sûr, certains de ces télégrammes étaient ridicules et mieux valait en rire, mais ils lui fournirent l'occasion qu'il attendait – celle de partir en quête de la fille tout en témoignant au plus près de la catastrophe et de ses répercussions. *Histoire de remettre les pendules à l'heure,* avait-il expliqué à Rosewater et ses copains, qui lui payaient son salaire. *Il ne faudrait pas que les journaux de la côte Est dramatisent, n'est-ce pas ? Tous leurs articles reposent sur des rumeurs. Alors que nous, on a la chance de pouvoir agir de façon responsable, à savoir aller sur le terrain et interroger directement ces pauvres couillons – les fermiers, je veux dire. Et calmer le jeu avant que nos concurrents montent ça en épingle.*

Ses patrons étaient d'accord, et en son for intérieur Gavin s'était réjoui, bien qu'en apparence il soit resté l'habituel type blasé. Il avait honte de leur révéler pourquoi il voulait réellement y aller. Pour un homme qui avait bâti sa carrière en disant tout ce qui lui passait par la tête, même les pires sottises, il manifestait une étonnante réserve.

Soyons franc : il était gêné.

Même avant le départ, au moment du dernier verre avec Forsythe, il avait veillé à boire moins qu'à l'ordinaire, de peur que la vérité enfouie au fond de son cœur ne jaillisse de ses lèvres. C'était encore tout nouveau pour Gavin de se souvenir qu'il *avait* un cœur. Il n'était pas certain de savoir quoi faire avec, honnêtement. L'apaiser ? Conclure un marché ? Pour l'instant, il valait sans doute mieux l'arroser d'une quantité modérée d'alcool en espérant le rendormir.

Au Lily, Forsythe, qui avait passé la tempête à l'abri dans une maison de Council Bluffs avec les gens de la sortie en traîneau – tout le monde en était sorti indemne –, s'était lamenté d'avoir eu une piètre histoire à raconter en définitive.

« Moi qui étais en odeur de sainteté avec Rosewater, c'est fini. Cet homme a de l'encre à la place du sang et une rotative à la place du cœur. Il s'attendait à du sensationnel, au minimum du cannibalisme. Comme au temps de l'expédition Donner. Vous ne l'avez jamais entendu parler avec envie des journaux qui ont sorti cette histoire, à l'époque ? Du pactole qu'ils se sont fait avec ?

– C'est un enfoiré, mais sa marge est étroite. Tout ce qu'il veut, c'est entretenir l'intérêt du lecteur pour vendre – tragédie dans les Grandes Plaines, blablabla. C'est bon pour les affaires. Jusqu'à ce que ça ne soit plus bon pour les affaires, si vous voyez ce que je veux dire. Les promoteurs rôdent déjà, parce que personne, ni les trains, ni l'État, ni Rosewater si on va par là, ne peut se permettre de faire trop peur aux pauvres bougres qui voudraient venir. Je te parie qu'il va y avoir un exode au printemps, ils vont tous retraverser l'océan dans l'autre sens. Les terres seront encore moins chères… Hé, tu devrais peut-être y penser ! » Gavin avait adressé cette dernière remarque à Old Lieutenant, qui s'était arraché à sa lecture du moment (*La Maison d'Âpre-Vent* de Dickens) en haussant un sourcil. « Au fait, pourquoi t'étais pas ouvert l'autre jour ? J'avais désespérément besoin d'un verre. »

À la surprise de Gavin, Old Lieutenant avait soutenu son regard un long moment, puis délibérément fermé et placé son livre entre eux sur le comptoir.

Les deux journalistes avaient échangé un regard.

« J'ai des gamins comme tout le monde. J'ai dû aller les chercher. D'ailleurs, les gars, vous pouvez me féliciter. Je vends le Lily, et pas pour devenir fermier. » Sur ce, il avait fait l'impensable : il s'était versé un whisky et penché tout près de Forsythe et Gavin. Ce dernier ne savait pas comment réagir à l'idée de partager un verre avec un Noir. C'était déjà bien qu'il soit derrière le comptoir, à les servir. Mais là, c'était embarrassant. Forsythe s'était même reculé un peu. Gavin avait souri mollement et trinqué avec Old Lieutenant avant de boire une lampée.

« Pendant la tempête, j'ai dû rester avec les enfants à leur école de North Side – et j'ai sacrément bien fait, mais du coup j'ai laissé Alma ici… » Old Lieutenant avait fixé le plafond, vers le premier étage où à l'évidence il habitait, et Gavin avait compris qu'Alma était sa femme. Il n'avait jamais entendu son prénom. Ou peut-être que si, et qu'il n'avait pas pris la peine de le retenir ?

« Elle a passé la nuit toute seule. Bien sûr je lui avais laissé de quoi se chauffer, mais personne ne savait, personne n'est venu voir si elle allait bien, même s'il y a des tas de gens – des Blancs – qui vivent dans le quartier. Du coup, je m'installe à North Side. Il n'y a plus de place pour un homme comme moi de ce côté-ci de la ville. On n'a pas le choix, on doit vivre avec nos congénères, veiller sur nous et nos enfants. Le blizzard n'a fait que renforcer ma conviction. »

Forsythe avait paru agacé par ce discours, et avait bu une gorgée.

« Ça a été pour elle ? Ta femme ? » Gavin s'était senti rougir. Bizarrement, il avait peur de dire « Alma » à voix haute. Comme si ce n'était pas bien, trop familier, alors qu'il venait d'apprendre qu'Old Lieutenant avait une épouse, qu'elle avait un nom, et qu'en plus ils avaient des enfants. Il s'était surpris à s'interroger sur le prénom d'Old Lieutenant, son vrai prénom : était-ce Marvin, Coleson, Harry, Sam ?

Bon Dieu, cette histoire de cœur allait bien lui casser les pieds, on dirait.

« Ouais, ça va. Elle est secouée, elle s'est inquiétée pour moi et les enfants toute la nuit, mais elle va bien. Par contre, j'ai compris pourquoi elle voulait déménager. Du coup, c'est les derniers verres que vous buvez au Lily, messieurs. Profitez-en ! » Sur ce, Old Lieutenant avait servi tout le monde en souriant, lui-même compris, et repris son livre au grand soulagement des journalistes.

« En tout cas j'aurais jamais cru qu'un bleu comme vous, Woodson, irait là-bas en hiver. Rosewater aura beau me faire tout ce qu'il veut, je reste en ville.

– C'était mon idée, vous savez.

– Tu parles. Enfin, un conseil…

– En votre qualité de grand aventurier, bien sûr ? » Gavin n'avait pas pu s'empêcher.

« Je ne suis pas Adolphus Greely, j'ai pas exploré le Groenland, mais j'ai accompagné du bétail. Une fois. Sur une partie de la route. Bon d'accord, c'était juste une journée, j'en avais besoin pour planter le décor d'un article. Mais quand même… Restez toujours près de la voie ferrée pour ne pas vous perdre. Et vous dégoterez la majorité des infos en ville : ils savent tout ce qui se passe dans leur secteur, même dans les fermes les plus isolées. Ne me demandez pas comment, c'est comme si ces Suédois et ces Norvégiens avaient leur propre système de télégramme. Mais surtout, ne vous éloignez pas des rails sans quelqu'un pour vous guider. Vous vous perdrez, et avec ces grosses fesses les loups feront un festin.

– Merci. » En temps normal ce genre d'insulte aurait vexé Gavin, mais son collègue n'avait pas tort. Une fois son whisky fini – sans doute le dernier qu'il buvait avant un moment, car il n'imaginait pas les pauvres couillons dans leurs huttes en terre avoir assez de temps ou d'argent pour ça –, il avait salué Old Lieutenant en inclinant son chapeau.

« Au revoir, euh… monsieur. » Pour une raison obscure, il ne pouvait se résoudre à l'appeler par son surnom habituel, celui que tous, Gavin comme les autres, lui avaient donné sans réfléchir. « Bonne chance dans ta nouvelle vie à North Side. Promis, je passerai à ton nouveau bar quand tu auras ouvert.

– Bien sûr. » Old Lieutenant était visiblement amusé, et Gavin avait eu honte de faire des promesses en l'air. « Sinon, vous voulez bien me rendre un service, monsieur Woodson ?

– Quoi ?

– Quand vous serez là-bas à chercher des histoires à raconter, faites en sorte de parler des gens de couleur aussi. Il y a un hameau à l'ouest de Yankton, dans le comté de Sully, où il n'y a quasiment que des Noirs. Vous pourriez peut-être aller dans ce coin ? Beaucoup de gens ici aimeraient avoir de leurs nouvelles, savoir s'ils s'en sont sortis.

– Je ferai de mon mieux. » Gavin ignorait totalement qu'il existait des fermiers noirs, mais de fait l'Homestead Act ne l'interdisait pas. La récente loi agraire ne précisait pas les races concernées, même si, bien entendu, elle excluait les Indiens. Alors comme ça, eux aussi il les avait attirés ici ? Eh merde. Ressentant un curieux tiraillement, il avait deviné avec une grimace que c'était sa conscience : la partie agaçante, qui ne lâchait rien, de son cœur retrouvé. Comme il ne savait pas jusqu'où il devrait aller pour trouver ce qu'il cherchait – *qui* il cherchait – il n'avait pas fait de promesse, cette fois. Mais il s'était dit qu'Old Lieutenant comprenait, à son hochement de tête.

Sans réfléchir, Gavin avait tendu la main par-dessus le comptoir pour lui serrer la main, et il n'était pas sûr de savoir comment interpréter le regard du barman noir devant ce geste spontané. Puis il avait salué Forsythe et était allé à l'écurie, où son cheval douteux et son traîneau raffiné l'attendaient.

Et à présent il se sentait plus seul et plus petit que jamais, alors qu'il débordait de son siège. Pour la première fois il faisait l'expérience de la cruauté terrible des Grandes Plaines, ces mêmes plaines qu'il avait vendues à des milliers de bonnes poires.

*Avez-vous rêvé de la magie d'un hiver dans la prairie, d'une neige douce mais fournie qui nourrit la terre, d'un temps ni trop froid ni trop chaud, juste parfait ?*

Au souvenir de ses propres mots, son estomac se noua. Tout seul sous le grand dôme céleste, il était piégé tel un insecte, incapable d'échapper aux preuves flagrantes de son mensonge. Point de « neige douce » ici : la voie ferrée à sa droite était enfouie, ne lui laissant comme points de repère que les poteaux télégraphiques, certains penchés, d'autres cassés. Les jurons des cheminots résonnaient encore à ses oreilles quand il avait quitté le dépôt de l'Union Pacific : des trains étaient bloqués, ils devaient monter des équipes en urgence pour aller briser la glace, puis les dégager des voies et permettre aux grands chasse-neige, tirés par plusieurs locomotives, de tout déblayer. En hiver, la neige était un fléau pour les compagnies ferroviaires ; au printemps, les grandes inondations l'étaient presque autant. En été c'étaient les sauterelles, attirées par l'acier chaud, qui encrassaient les roues de leurs cadavres. C'était à se demander pourquoi des hommes avaient investi autant d'argent et de temps dans cette industrie.

Mais bien sûr Gavin connaissait la réponse, et elle se trouvait tout autour de lui : la terre. Trop, à son humble avis, une quantité ahurissante même. Comment pourrait-on la dompter et la répartir en lots, même avec l'aide des hordes qui émigraient pour cela ? Il n'osait pas trop regarder, par peur de la cécité des neiges. On lui avait recommandé de baisser la tête et de se fier à son cheval, dont les œillères bloquaient la lumière vive. Il la levait quand même à intervalles réguliers, et laissait ses yeux larmoyer un instant dans le froid, histoire de contempler un paysage qu'il n'avait jamais vraiment compris – ni cherché à comprendre.

Tout le monde disait que la prairie était plate, or c'était faux. Le manteau de neige ondulait malgré la ligne droite de l'horizon. C'était le manque total de points de repère naturels, l'aspect ininterrompu du panorama, qui donnait cette impression. Et l'air ce jour-là, si calme après la tempête, se prêtait aussi à l'idée que Gavin et son traîneau avançaient sur une immense table recouverte d'une nappe, au-dessus du monde. Pourtant, s'ils n'y prenaient pas garde, viendrait un moment où ils tomberaient de la table et se perdraient pour toujours.

Parfois, au loin, il apercevait de minuscules points noirs. Des maisons qui, en dépit de la fumée sortant des cheminées en volutes timides, semblaient totalement désertes, abandonnées. Les fameux fermiers. Malgré son envie de changer de direction pour aller leur parler, Gavin restait le long de la voie ferrée, comme Forsythe l'avait conseillé.

En réalité il se demandait – il savait déjà qu'il allait avoir des discussions entières avec lui-même et son canasson avant d'en avoir terminé avec cette affaire – ce qui se passerait s'il décidait d'aller affronter la prairie, avec ses pièges enfouis sous la neige. Que dirait-il s'il frappait à la porte d'une de ces cabanes ?

*Excusez-moi, je cherche une jeune fille. Vous la connaissez, peut-être ? Si ça se trouve elle vit ici… Elle est jeune, cheveux blonds tirant vers le roux, gorge désirante, je ne sais pas son nom, ni elle le mien. Mais je dois la trouver parce que…*

Parce que quoi, exactement ?

C'était bien ça le problème. Pourquoi s'était-il embarqué dans une expédition vouée à l'échec ? Se pourrait-il qu'il soit amoureux ? D'une fille qu'il avait vue deux minutes et qui avait la moitié de son âge ?

Sondant ses sentiments (un exercice déplaisant, qu'il avait évité autant que possible jusqu'à récemment), il se dit que non, il n'était pas amoureux. Il ne ressentait pas l'envie irrésistible de la prendre dans ses bras et de l'emmener dans sa propre ferme pour fonder un foyer. Pas du tout, même.

Gavin avait eu des histoires romantiques sur la côte Est, il avait même failli se fiancer une fois, et la sœur d'un imprimeur du *Daily Bee* l'invitait régulièrement à dîner le dimanche soir, ce à quoi il avait toujours opposé un refus poli, laissant pourrir la situation. Mais il connaissait aussi la douceur du corps féminin – cette douceur qu'il allait chercher de temps à autre, pour se rassurer sur sa vigueur, son statut d'homme de chair et d'os malgré toutes les preuves du contraire. Oh, pour ça, il connaissait le corps féminin, les coussins de chair, les tétons ultrasensibles, les jambes passionnées s'enroulant autour de lui jusqu'à ce qu'il se perde complètement, un moment toujours trop bref, suivi de la brusque transaction d'argent, de la reconduite à la porte, et alors il se retrouvait dans ce Trou Paumé d'Omaha, la déception faite homme. Jusque-là, cette transaction lui allait. Le simple contact physique lui suffisait. Les émotions, les envies, le réconfort, la compagnie, avoir un but dans la vie, être utile à quelqu'un, se sentir moins seul dans ce marécage de pensées et d'actes déplorables, tout cela, il pensait l'avoir dépassé avec l'âge. Ou n'en avoir jamais eu besoin.

Donc non, il ne voulait pas l'*épouser*, ce n'était pas ça. Il ne voulait pas se marier du tout, à vrai dire. Alors épouser la fille d'un fermier suédois ou allemand – il frissonna à l'idée d'être entraîné dans une famille à moitié coincée dans l'ancien monde, et forcée de se battre contre le nouveau avec des résultats plus que décourageants. Il s'imagina vivre là, sur cette plaine coriace, s'efforçant de la faire céder (il sentait la surface dure sous les patins du traîneau), s'efforçant de l'amadouer pour qu'elle lui donne de quoi vivre, de quoi continuer, refaire la même chose année après année, jusqu'à en perdre son âme. Les gestes répétitifs et abrutissants, comme Sisyphe mais avec une charrue à la place du rocher. Il s'imagina habiter dans une de ces huttes sordides, entouré de personnes lui réclamant toutes quelque chose : un peu de ses pensées, de son repas, de sa sueur, de ses rêves, de son souffle. Il ne pourrait plus jamais jouir totalement de quoi que ce soit. Et tout ça pour quoi ? Soixante-cinq hectares de terres ayant si peu de valeur que le gouvernement américain en faisait pratiquement cadeau.

Mon Dieu, jamais de la vie.

En revanche il voulait bien admettre que la prairie, ce désert se faisant passer pour des prés, possédait une certaine beauté. Une beauté cruelle, telle celle d'une femme époustouflante qui ne se rappellera jamais votre nom. Le manteau de neige vierge, sans aucune trace dessus, pas même celle d'une feuille, lui donnait la sensation d'être le premier à marcher sur une planète inexplorée. L'horizon était si lointain qu'on aurait dit une fresque murale. Le ciel, si bleu qu'on aurait dit un rêve ; les couleurs ne devraient pas être aussi vives dans la vraie vie.

Le froid, si perturbant qu'il n'avait pas conscience de grelotter, et Dieu sait depuis combien de temps – fichu endroit ! À quoi bon la splendeur si c'était pour congeler les testicules d'un homme ? Fichu Trou Paumé !

Sentant le cheval ralentir, Gavin tira sur les rênes, actionna le frein et descendit avec une musette. Il ôta la bride, accrocha la musette à la grande tête laide, mais tint fermement le harnais au cas où le canasson aurait l'idée lui aussi de filer vers une ferme. D'après ses calculs, ils devaient être à une dizaine de kilomètres de la prochaine gare. Même par un temps pareil il aurait cru pouvoir la distinguer mais il n'y avait rien au loin, alors il se trompait peut-être.

L'animal mangeant sans interruption, Gavin lâcha le harnais pour répondre à l'appel de la nature. À la perspective de déboutonner son pantalon, cependant, il s'interrompit. Bon sang, avec ce froid capable de vous ratatiner les parties… Devrait-il renoncer à exposer son anatomie et simplement laisser couler ? Non, il ne pouvait pas faire ça, l'urine allait geler sur lui. Alors, par la plus petite ouverture possible et d'un geste hésitant il se soulagea, en jurant avec une telle véhémence que le canasson cessa de manger pour le regarder, puis il se reboutonna à la hâte et retourna au traîneau dans une neige qui lui montait au-dessus des genoux. Il remit le mors au cheval, posa la musette à moitié vide à côté de lui et fit claquer les rênes, moins timidement cette fois.

Il retourna à ses réflexions sur la fille. Qu'est-ce qui l'attirait en elle ? Ce n'était pas physique ; il enterra fermement cette idée. Non, elle représentait un concept abstrait. Une idée. Une prière. Une chanson. Quelque chose de spirituel, voire de spectral. Quelque chose en tout cas.

Il n'avait pas d'autre choix que de la trouver. Pour soulager sa conscience, l'absoudre de ses péchés. Elle était son église, cette jeune fille de la prairie. Et Gavin désirait l'absolution. Il n'en avait pas eu conscience jusqu'à ce jour où il l'avait vue, juste avant le blizzard.

Il avait besoin qu'un peu de bon naisse de cet endroit, cet endroit que dans ses pires moments il croyait presque avoir créé de ses propres mains. Le Grand Dieu Gavin Woodson. Oui, voilà, peut-être commençait-il à penser qu'il avait peuplé les Grandes Plaines à lui seul, sans l'aide du gouvernement, des promoteurs, des compagnies ferroviaires, des arnaqueurs. Il était capable d'oublier le rôle qu'ils avaient tous joué, surtout quand il avait trop bu, ou qu'il restait assis trop longtemps à un bureau taché d'encre, sans rien d'autre à faire que broyer du noir. Il était capable de se convaincre que c'était *lui* qui l'avait fait, qui avait créé ces fermiers, qu'ils n'existeraient pas sans sa plume.

Même Dieu avait besoin d'un jardin d'Eden, d'un Adam et d'une Ève.

Partant de là, Gavin Woodson avait besoin de sa jeune fille, mais au contraire de Dieu il n'avait aucune envie de la punir. La prise de conscience s'accentuait à chaque pas que faisait la bête essoufflée : il voulait la *sauver*. Tel un preux chevalier débauché et rondouillard sillonnant la prairie sur son noble destrier pour l'arracher à sa destinée.

Et s'il ne la sauvait pas elle, eh bien il en sauverait une autre. Parce qu'il fallait qu'un peu de bon sorte de cette affolante tragédie, ce blizzard qui avait frappé avec plus de férocité et fait plus de victimes que tous les blizzards répertoriés dans la courte histoire de la prairie depuis l'arrivée des fermiers. Même l'hiver 1880-1881, encore évoqué à voix feutrées, n'avait pas surpris autant.

À présent, les vieux auraient de nouvelles histoires à raconter. Le bois pour les cercueils allait être pris d'assaut, avait-il entendu dire en louant son traîneau. Il n'y avait tout simplement pas assez d'arbres ici pour enterrer les leurs.

En toute franchise, Gavin se demandait comment ils allaient s'y prendre pour creuser des tombes dans ce sol gelé. Que faire des morts, sinon ? Les garder dans les étables et les granges ? Les loups seraient sûrement intéressés.

Fichu Trou Paumé, qui tuait ces pauvres couillons, puis refusait d'accueillir leurs cadavres avec dignité.

Le cheval continuait à avancer. Gavin se rendit compte qu'ils allaient en direction du nord, donc qu'ils suivaient la mauvaise voie ferrée, bon sang : la fille était partie plein ouest avec sa famille. Du Gavin tout craché, se maudit-il. Finalement, loin devant, il repéra un groupe de maisons s'étalant des deux côtés de la voie sur une centaine de mètres.

Il y avait des gens dans ces maisons. *Ses* gens, comme il s'était mis à penser à eux.

Peut-être qu'ils sauraient où elle était.

# Chapitre 25

Raina avait envie de fuir la pièce étouffante où flottait une odeur de sang frais et de corps en putréfaction. Se forçant à ne pas fixer le seau où gisait la petite main noircie, elle plaqua un mouchoir sur sa bouche et Doc Eriksen, occupé à recoudre les chairs déchiquetées, lui jeta un regard. Elle se raidit, posa le mouchoir sur le front moite d'Anette. La pauvre gémissait, mais ne bougeait pas et n'ouvrait pas les yeux non plus.

Anna Pedersen était en sueur elle aussi. Elle n'avait pas quitté le médecin d'une semelle et lui tendait les instruments de torture dont il avait besoin : scie à os, pinces, seringues. C'était l'enfer, décida Raina. Mutiler une enfant dans le but de lui sauver la vie – l'enfer sur terre.

Combien de temps s'était écoulé depuis le blizzard ? Trois, quatre jours ? Une éternité. Et pourtant il restait encore tant de gens portés disparus, de cadavres dissimulés sous les congères, attendant la fonte des neiges en silence. C'était un miracle qu'ils aient trouvé le père de Fredrik ce matin-là…

Ce matin-là constituait le pire moment de la vie de

Raina. Le trop-plein d'émotions la transperçait. Le chagrin ; l'envie de réconforter Tor et sa mère ; la culpabilité à l'idée d'être la cause de tout ; le soulagement à l'arrivée de Gunner, aussitôt chassé par une affreuse déception ; le désespoir en apprenant qu'il était sans nouvelles d'Anette et Fredrik. Raina avait grandi, ce matin-là. Elle avait grandi, était sortie de l'enfance, des incertitudes, des idées fantasques, de ce romantisme idiot. Elle sentait qu'elle se tenait plus droite, que ses muscles s'étaient endurcis, qu'elle avait un goût amer dans la bouche. La vie, dans toute sa beauté et sa tragédie – c'était à cela qu'elle venait de goûter. Elle connaîtrait peut-être un jour l'amour à nouveau, la douceur, l'espoir, le bonheur. Mais elle ne connaîtrait plus jamais un monde où maman et papa (et plus encore Gerda) avaient le pouvoir de tout arranger.

Ce matin-là, c'est une Raina adulte qui avait réquisitionné le traîneau à la ferme des Halvorsan et s'en était allée avec Gunner, muet à ses côtés, le paysage alentour si ravissant après la tempête. Elle avait brièvement remarqué sa beauté, les faux soleils dans le ciel (un de chaque côté du vrai), le faucon solitaire volant bas.

En route vers la ferme des Pedersen, elle longea l'école par le sud. Elle l'atteignit en quelques minutes, et elle ferma les yeux en pensant aux heures qu'ils avaient mis pour arriver à destination. S'ils avaient eu un traîneau… S'il était venu les chercher…

Mais il n'était pas venu. Et elle avait fait de son mieux. Elle avait essayé.

Malgré son vœu de ne jamais retourner chez les Pedersen, cela paraissait logique de se rendre là-bas : Anette avait fait ce trajet quand elle s'était sauvée. Raina mit le cheval au pas et ils cherchèrent des signes du passage des deux enfants. Gunner avait été trop pressé à l'aller pour remarquer quoi que ce soit, d'autant qu'il ne savait pas qu'ils avaient disparu. Raina était soulagée qu'il fasse trop froid pour parler, qu'ils soient emmitouflés jusqu'au nez. Gunner lui semblait si bizarre à présent, timide peut-être ? Elle voyait bien qu'il était incapable de la regarder dans les yeux : un aveu d'échec, ou de honte. Il s'était manifestement passé quelque chose durant cette longue nuit de tempête. Raina ne pouvait que tenter de deviner ; jusqu'à ce qu'elle constate qu'elle s'en fichait totalement, et cette prise de conscience marqua à la fois la fin d'un rêve et une libération spectaculaire. Elle se moquait de ce qui pouvait arriver à Gunner Pedersen.

Le cheval avançait lentement dans la neige, qui lui montait parfois aux genoux, mais avait un pas plus assuré quand elle avait été balayée par le vent. La ferme des Pedersen grossissait à vue d'œil. Raina se concentrait sur son environnement immédiat, cherchant une mitaine, un bout de châle, une ardoise. Il n'y avait pas d'empreintes de pas, ce qui était logique après un blizzard. Juste avant leur arrivée, elle remarqua quelque chose : une boîte en fer-blanc. La gamelle d'Anette qui dépassait à moitié, comme un appel.

« Là ! » Elle pointa du doigt, puis tourna le traîneau dans cette direction.

« Je n'ai rien vu à l'aller », grommela Gunner.

Ils s'arrêtèrent devant le ravin. Le pont en rondins, assez large pour un chariot, était juste à gauche ; à cet endroit la neige était un peu tassée, conséquence du passage de Gunner une heure plus tôt. Mais il y avait d'autres empreintes de sabots de cheval. Et des empreintes de bottes. Vite, ils descendirent et s'approchèrent. De l'autre côté du ravin, au bord, la neige était meuble : quelqu'un avait descendu tant bien que mal la paroi.

Raina sentit ses pieds l'emmener tout au bord, le cœur serré à la fois de peur et d'espoir. Elle se força à regarder en bas.

Le petit corps gris, presque bleu, comme son père. Couché en chien de fusil, les yeux fermés, tel l'enfant qu'il était. Ses vêtements en tas à côté de lui. Il ne portait qu'un caleçon long et distendu, comme s'il avait tiré dessus. Raina s'agenouilla dans la neige et se laissa emporter par une vague de tristesse. Pauvre petit Fredrik… Mourir ainsi, loin de chez lui.

Où était Anette ? Raina s'attendait à les trouver ensemble. Scrutant les alentours, elle vit Anna Pedersen courir vers eux en faisant des gestes frénétiques.

« Je l'ai ! J'ai Anette. Je l'ai tirée du ravin et portée au chaud, vous savez où est le médecin ? Doc Eriksen, il était là et je lui ai dit que je n'avais pas besoin d'aide, mais c'était avant de les trouver ! »

Les tresses d'Anna étaient défaites, ses jupons mouillés, ses mains rougies. Et ses yeux curieusement hagards.

« C'est ma faute, vous voyez la gamelle ? Je lui avais dit de toujours la ramener, et elle avait l'ardoise sur elle aussi d'ailleurs, mais elle s'est cassée et… oh… oh… le petit garçon ! Il lui a donné tous ses habits, vous voyez ? Il s'est déshabillé et il a recouvert Anette, c'est comme ça que je l'ai trouvée, et elle est en vie. Pour l'instant… Elle est inconsciente, et je ne sais pas quoi faire pour sa main, vous comprenez ? » Anna saisit Raina par les épaules, désespérée. « Des engelures. Vous savez comment soigner ça, vous ? »

Raina hocha la tête vivement. Anna l'empoigna aussitôt par la main, tandis que Gunner restait devant le ravin, comme hypnotisé par ce qu'il voyait en contrebas.

« Bon sang, ramenez-le à l'intérieur ! » cria Raina, car Gunner donnait l'impression d'avoir oublié qu'il avait deux bras et deux jambes. Il se contentait de rester planté là, l'air ahuri.

Enfin il leva la tête, acquiesça et descendit dans le ravin tandis qu'Anna et Raina atteignaient la maison. Anette était vivante ! Vivante ! Raina sentit un barrage céder en elle. Elle n'était pas loin de pleurer, mais il fallait se retenir. Se concentrer sur Anette.

Et curieusement, elle savait qu'elle avait une alliée en cette femme dont la présence était de la pure torture, avant. Car le comportement d'Anna Pedersen était inédit : elle gloussait et s'affairait comme d'habitude, mais pour une fois au service d'une autre. De la pauvre Anette, le fardeau, qu'elle avait maltraitée et rejetée.

Anna l'avait emmitouflée dans des couvertures et déposée aussi près du poêle que possible sans risquer un incendie. Seul le visage d'Anette était découvert et deux taches noires étaient visibles, une sur le nez, l'autre sur la joue. Des engelures.

« Sa main », chuchota Anna comme si elle craignait de la réveiller, alors que Raina se demandait si elles ne devraient pas le faire, justement.

« Elle dort depuis tout ce temps ?

– À peu près. Elle pleurait quand je l'ai trouvée, mais elle était à moitié endormie, et elle a gémi quand j'ai dû la porter… C'est fou, elle ne pèse rien ! » Anna écarquillait les yeux d'étonnement, comme si elle se rendait enfin compte que sa bête de somme n'était qu'une enfant. « Depuis elle dort, même si elle souffre.

– Très bien. » Raina sortit le temps de remplir un seau de neige puis, délicatement, défit les couvertures avec l'aide d'Anna. En voyant la main violette elle étouffa un petit cri, puis la plongea résolument dans le seau.

Ensuite elles la déshabillèrent et la mirent en chemise de nuit. Anna insista pour la coucher dans son lit, au rez-de-chaussée, et la veiller. En revenant au salon Raina s'aperçut qu'elle grelottait de la tête aux pieds à cause de ses habits trempés. Malheureusement, elle n'avait pas le temps de se changer.

Parce qu'elle devait ramener Fredrik chez lui maintenant.

Tendrement, elle enveloppa le corps frêle et sentit les omoplates d'enfant, telles des ailes d'oiseau, les joues rondes, les jambes maigres. Il était si petit, si calme… Fredrik, calme ! Ce garçon ne tenait pas en place, même assis : il tapait du pied par terre, pianotait sur le pupitre, remuait, se tortillait, regardait derrière lui. Et dans la cour il courait avec Anette, tous deux engagés dans une partie de chat incessante qui avait connu la plus tragique des fins. Raina dut fermer les yeux. Qu'allait-elle dire à sa mère ? Et à Tor ?

Derrière elle, Gunner s'éclaircit la voix. « Raina », commença-t-il de ce ton suave et fascinant, et elle rouvrit les yeux brusquement, comme pour se mettre en garde. « Ma chère, vous êtes épuisée. Je vais le ramener, restez ici. Laissez-moi m'occuper de vous…

– Assez ! » cria Raina. Elle avait envie de bourrer de coups cet homme qui était vivant quand d'autres, comme Peter et Fredrik, ne l'étaient plus. « J'ai attendu que vous veniez nous chercher à l'école. Quelle sotte, quelle sotte j'ai été de croire que vous alliez vraiment venir !

– Je… C'est Anna, c'est elle. Je vais tout vous expliquer, bafouilla-t-il, la voix basse et l'air conspirateur. C'est Anna… Elle m'a convaincu… Je ne pouvais pas la laisser seule avec les enfants. Je devais penser à ma famille…

– Oh, ne lui faites pas porter le chapeau ! Vous êtes un homme, c'était votre décision. Mais elle a raison, vous auriez dû penser à votre famille dès le départ. Et moi aussi. Je ne serai plus jamais aussi bête, aussi égoïste. Je n'ai plus besoin d'être sauvée, Gunner, et à bien y réfléchir je n'en ai jamais eu besoin. Je vais ramener Fredrik moi-même. Il était sous ma responsabilité.

– Mais Raina chérie, vous êtes…

– Écoute-la, espèce d'imbécile ! » Anna avait surgi de la chambre de la malade, un seau d'eau sale à la main. « Comment on a pu croire qu'on avait besoin de toi, c'est un mystère. Au moins, l'une de nous deux a retrouvé la raison. Allez-y ! dit-elle à l'intention de Raina. Je me charge de lui. Mais revenez vite… Et tâchez de ramener le docteur. » L'angoisse se lut dans ses yeux quand elle désigna la cloison derrière laquelle Anette geignait.

« D'accord. Et… je regrette, Anna, ce que j'ai pu…

– Moi-même j'ai bien des regrets », l'interrompit Anna. Elles se regardèrent. Il y avait de la méfiance, mais aussi un respect nouveau entre elles. Raina se demanda combien de temps cela durerait.

Elle partit juste après, avec Fredrik dans le traîneau.

Comme à chaque fois depuis le début du blizzard, elle avait l'impression de devoir faire la chose la plus difficile de sa vie, chaque tâche plus ardue que la précédente et l'éloignant davantage de l'enfance. Mais ramener Fredrik à sa mère et à son frère était de loin le plus déchirant. Elle avait les mains tremblantes, la gorge sèche, et elle se demandait si elle n'allait pas s'écrouler sous le poids du malheur. Elle réussit à guider le cheval en se concentrant sur ses flancs puissants et les cristaux de glace dans sa crinière. Lui aussi devait être fatigué.

Quand elle arriva à la ferme qu'elle avait quittée quelques heures plus tôt, Tor et Sara Halvorsan se précipitèrent dehors, le visage empreint d'espoir.

« On les a retrouvés. » Raina descendit du traîneau, gardant les rênes en main pour se calmer avant d'asséner le coup fatal. « Fredrik est mort, mais Anette est vivante. Grâce à lui, grâce à votre fils. Il lui a sauvé la vie. »

Quand Tor enfouit le visage dans ses mains, Raina fut incapable de le regarder. À la place elle observa attentivement Sara Halvorsan, prête à la rattraper si elle tombait. La pauvre femme semblait avoir vieilli du jour au lendemain : des rides profondes encadraient sa bouche, et le chagrin se gravait de façon permanente autour de ses yeux. Mais elle tint bon.

En réalité, ce fut la colère qui la fit passer d'un pas énergique devant Raina et marcher jusqu'à la prairie, juste après la grange – juste après l'endroit où son mari était tombé. Elle leva un poing rageur en direction du ciel et poussa un cri qui signifiait : maudite soit cette terre.

Puis elle revint au traîneau et attendit patiemment que Tor prenne Fredrik – le corps raidi par le froid comme son père, mais si petit – et le lui donne avec des gestes tendres. Elle prit son fils dans ses bras et le porta à l'intérieur, avec autant de douceur qu'elle avait dû le faire à sa naissance.

Tor regarda Raina, enfin. Elle s'arma de courage. Peu importe ce qu'il allait dire, elle l'accepterait, lui offrirait ce soulagement.

Il n'avait plus de larmes. Il était triste – oh, si triste ! La peine le paralysait, et malgré tout il restait lui-même. Fini, l'adolescent ; il serait pour toujours un homme maintenant, de la même manière que Raina serait une femme. Un homme déjà bien trop éprouvé. Il la fixa d'un air déchirant, et partagea ce moment avec elle comme si c'était le pain de vie. En retour, elle l'accepta aussi solennellement que si c'était sa première communion.

Puis la tristesse fut remplacée par du dégoût, suivi de la flamme vacillante de la haine. Il se détourna, comme s'il la congédiait.

« S'il te plaît, Tor, je suis désolée…

– Allez-vous-en. Laissez-nous tranquilles », dit-il d'une voix étranglée, le bras tendu comme s'il voulait repousser une sorcière.

Elle était incapable d'imaginer les mots qui pourraient soulager cette famille brisée. Alors elle partit, pour aller chercher le médecin, parce qu'il restait Anette – la seule qu'elle pouvait encore aider.

Raina savait qu'elle ne reverrait plus jamais Tor dans sa classe.

*

À présent, dans la salle d'opération improvisée, Doc Eriksen bandait le moignon d'Anette et mettait en garde les deux femmes concernant les jours à venir.

« Elle aura l'impression d'avoir encore sa main au début. On appelle ça une douleur fantôme. Ça va la gratter et la brûler. Elle peut avoir de la fièvre ; impossible à prévoir. Elle peut encore mourir, bien sûr, si l'infection est à un stade trop avancé. On ne peut pas le savoir, et je ne peux rien faire de plus pour elle. Surveillez-la. Si elle a l'air de se remettre vite, c'est souvent pire qu'on ne croit en réalité, et le signe d'une rechute. C'est le temps de tous les dangers.

– Comment… comment va-t-elle se débrouiller sans sa main ? chuchota Anna d'une voix émue.

– Elle apprendra. Comme tout le monde. Elle est plus jeune que la plupart des estropiés – même si je n'ai jamais eu autant d'enfants à amputer que ces deux derniers jours. » Le pauvre homme, pendant un court instant, laissa tomber le masque du professionnel et montra son vrai visage, défait et abattu. « L'avantage, c'est qu'ils apprennent vite. Et il existe des mains en bois maintenant, peut-être qu'elle aura les moyens de s'en payer une un jour. C'est juste pour l'effet, elles ne fonctionnent pas.

– Mais pour trouver un mari… Avec une main en moins… Comment va-t-elle faire ? Qui voudrait d'une invalide ? insista Anna.

– Vous seriez étonnée, répondit le médecin d'un air détaché en rangeant ses instruments dans sa sacoche en cuir usé. On n'est pas à la grande ville. Anette vient de la prairie, et je n'ai jamais vu autant d'infirmes qu'ici. Cet endroit, il dévore les gens et les recrache avec des membres en moins. J'ai bien peur qu'il y en ait beaucoup comme elle maintenant. Cette tempête… » Il secoua la tête, préférant ne pas terminer sa pensée.

« Et Rosa, ça va aller ? » demanda Raina en le raccompagnant. Doc Eriksen donnait l'impression de ne plus tenir debout. Elle lui proposa un café, qu'il refusa.

« Elle s'en remettra. Elle n'a pas perdu ses pieds, juste quelques orteils. Elle fait partie des chanceux.

– Oui, vous avez raison.

– Je n'exagère pas quand je dis que cette terre avale les gens et les recrache en morceaux. Même les enfants.

– Pourquoi… pourquoi être venu, dans ce cas ? » Raina posait la question qu'elle n'avait jamais osé poser à ses parents, alors qu'elle lui brûlait les lèvres. Pourquoi quitter ce qu'on connaît, son pays, sa famille, ses amis, des problèmes familiers qu'on sait affronter ? Pourquoi tout recommencer dans un désert où rien ne pousse ? Pourquoi imposer cela à vos enfants, et de surcroît en faire naître d'autres dans ce monde ?

Pourquoi les hommes étaient-ils persuadés que la terre en valait la peine, malgré le prix à payer en vies humaines ?

« Vous êtes née ici ? demanda-t-il en mettant son cache-col avec un grognement, car ses mains étaient ankylosées.

– Non, mais j'étais si petite que je ne me souviens pas de mon pays natal.

– Alors vous ne pouvez pas comprendre. Je ne dis pas que c'était horrible, mais il y avait peu de perspectives de s'élever. Ici, il y en a. Pour beaucoup d'hommes, c'est suffisant.

– Et vous ? Vous étiez médecin là-bas, vous êtes médecin ici.

– Et fermier. Un fermier merdique – désolé, Raina. Mais je possède des terres, ce que je n'aurais jamais eu en Norvège. Même si ce sont de mauvaises terres, oh ça oui. Je repense souvent à ces articles qui fleurissaient dans les journaux et nous promettaient la lune et les étoiles. Il n'y avait pas une once de vérité dedans, alors pourquoi avait-on tant envie d'y croire ? La réponse est en nous. Mais on est là, maintenant. Et certains repartiront après ça. Chaque année, ils sont beaucoup à repartir. Quant à ceux qui restent… Les vieux imbéciles bornés comme moi…

– Et papa, l'interrompit Raina.

– Je n'ai jamais rencontré votre père mais je l'imagine bien entêté, parce que sa fille tient sûrement de lui. » Doc Eriksen rit d'un air contrit qui ne fit qu'accentuer sa fatigue et sa vieillesse : il avait les dents jaunes, les joues creuses, les yeux cernés. « Nous autres, hommes bornés, si on tient bon, si on se débrouille pour que cette terre fasse ce qu'elle *devrait* faire et pas ce qu'elle a *envie* de faire… Vous n'imaginez pas la récompense. Pas en argent, mais en satisfaction, parce que, alors, on peut mourir en sachant qu'on a dompté la nature elle-même. Que grâce à nous, nos enfants posséderont plus que tout ce dont on a pu rêver », conclut-il en posant une main affectueuse sur l'épaule de Raina.

Elle sourit, posa la joue sur la main noueuse du vieil homme, puis le raccompagna. Pourtant elle n'était pas d'accord avec lui, car elle ne s'imaginait pas posséder plus que ses parents du temps de la Norvège. Combien d'anecdotes amusantes lui avaient-ils racontées sur leur vie, entourés de leur famille et des autres fermes si proches, et non séparées par soixante-cinq hectares comme ici ? Là-bas, ils ne manquaient de rien ; il y avait toujours à manger sur la table, et les habits passaient de cousin en cousin. Ils n'étaient pas riches, c'est sûr – pas riches des choses qui ont de la valeur pour les hommes. Mais Raina savait que sa mère était plus heureuse, car elle était riche des choses qui ont de la valeur pour les femmes : la compassion, la conversation, la proximité. Malheureusement, une femme mariée ne choisissait pas. Son avenir était celui de son mari.

Et maintenant, quel avenir pour Raina ?

Le rêve de maman – d'envoyer ses filles à l'université afin qu'elles aient accès à des postes ailleurs que dans une école de campagne pour enfants pauvres n'aspirant qu'à une instruction sommaire – était en train de s'éclipser comme le soleil au-dehors. Au printemps il y aurait les sempiternelles inondations, donc du retard dans les plantations, et ensuite ce serait la course pour récolter avant l'hiver. Il n'y aurait jamais assez d'argent pour étudier, surtout avec Gerda qui…

Oh, comment pouvait-elle penser à l'université après un tel désastre ? Elle sentait la lettre dans sa poche de tablier, celle qui lui avait apporté des nouvelles impensables de sa sœur ; elle n'y croyait toujours pas. D'abord, elle avait voulu rentrer chez ses parents pour les consoler et se faire consoler. Maintenant, elle avait peur.

Peur que ses parents voient dans son cœur qu'elle n'était plus la même. Peur d'ajouter à leur chagrin. Peur d'affronter la réalité, le fait que sa famille n'était plus pareille, et ne le serait plus jamais.

Raina n'arrivait plus à tenir sa tristesse à distance. Elle se laissa tomber sur le canapé et pleura, sur sa sœur et sur elle-même. Pourquoi ses parents n'étaient-ils pas allés dans une ville comme Omaha ou Saint Paul ? En ville, Gerda et elle auraient pu travailler dans une épicerie, prendre des cours de secrétariat, ou enseigner dans une école où les élèves ne tombaient pas d'épuisement.

Où une mauvaise décision ne provoquait pas une tragédie indicible.

Soudain elle entendit la voix de Gerda, taquine. *Pauvre Raina*, disait-elle, mais avec chaleur et amour. *Quel bébé, quelle princesse !* Alors Raina sécha ses larmes, se moucha et se mit à rire.

Quoi qu'il arrive, Gerda serait toujours avec elle. Leur lien était éternel. Cette lettre n'était que du papier et de l'encre, rien de plus ; dans son cœur, Raina connaissait la vérité de sa sœur. Les mots n'y changeaient rien.

Anna l'appela depuis la chambre. Raina se leva en soupirant, glissa la main dans sa poche. Elle prit la lettre – soigneusement pliée, inutile de la relire –, se rendit à la cuisine et la jeta dans le poêle. Elle ne resta pas pour voir les flammes la consumer.

À la place, elle alla d'un pas résolu s'occuper d'Anette.

# Chapitre 26

Anette était en train de rêver, encore, toujours. Pour quelqu'un qui n'avait pas l'habitude (comment laisser place à l'imagination alors qu'elle se couchait éreintée et dormait comme une brute ?), elle était empêtrée dans tant de rêves qu'ils n'avaient plus de sens.

Il y eut celui où quelqu'un la sortait d'une glacière et la portait dans ses bras, des bras de femme, mais pas ceux de maman. Et en ouvrant les yeux brièvement, elle vit que c'était Mère Pedersen, chose impossible parce que… eh bien c'était impossible, tout simplement. Sans compter que Mère Pedersen pleurait et s'excusait, et ça non plus ce n'était pas possible. Ensuite il y eut le cauchemar du feu qui lui léchait les mains et les avalait dans sa gueule béante, et Anette pleura et cria, et on lui maintint sans doute les bras car elle avait envie de poignarder le monstre de flammes dans les yeux mais ne pouvait pas bouger.

Une autre bribe de rêve, passé, présent, futur, comment savoir : Fredrik qui l'embêtait, lui ordonnait de se lever, elle n'était qu'un bébé, une fille, une idiote, pourquoi ne se levait-elle pas pour le suivre ? La sensation récurrente de tomber du ciel et de s'enfoncer dans la terre, le sol venant à sa rencontre pour la rattraper, moelleux comme un matelas en plume. La chute était longue et elle avait peur de se faire mal à l'atterrissage, mais cela n'arrivait jamais, elle se contentait de tomber dans cette douce étreinte d'oreiller. Maîtresse qui l'appelait, encore et encore, d'un ton sévère, comme si Anette avait fait une bêtise. Et son ardoise ! Sa gamelle ! Où étaient-elles ? Elle se tâta le buste – n'avait-elle pas calé l'ardoise sous son châle ?

Mme Halvorsan, Tor Halvorsan, eux aussi vinrent frapper à la porte de son esprit agité, crièrent le prénom de Fredrik, l'observèrent, lui mirent quelque chose dans les bras, crièrent encore, partirent, revinrent. C'étaient des impressions, pas des vraies gens, bien sûr. Les vraies gens ne venaient pas voir Anette, ils n'étaient pas gentils avec elle. Sauf Fredrik, qui n'arrêtait pas de passer en courant dans ses rêves, comme quand ils jouaient à chat ; il disparaissait au coin de l'école, puis réapparaissait derrière elle tel un démon. Elle riait, refusait la main qu'il lui tendait, et Fredrik l'appelait. Il l'appelait en ce moment même. C'était sa voix qu'Anette entendait le plus, s'élevant par-dessus toutes celles qu'elle aurait pu connaître, et par-dessus ce brouhaha constant qu'il y avait autour d'elle, de prières, de larmes, de discussions, un brouhaha qui ne la laissait pas dormir comme elle aurait voulu.

Et puis ils cessèrent. Les rêves. Quand les voix se turent aussi, elle sut qu'elle ne les avait pas vraiment rêvées, que c'étaient de vraies personnes qui discutaient. Pour l'heure, tout était silencieux. Et elle crut qu'elle était morte. Car la mort n'était-elle pas le silence de toute chose ?

« Je me demande comment on va lui annoncer », dit une voix. Ainsi, elle n'était pas morte. Elle aurait voulu voir qui parlait, mais c'était trop d'efforts ; elle resta allongée sans bouger, une ruse pour ne pas se faire remarquer, donc n'offenser personne.

« Peut-être qu'elle sait déjà, quelque part », chuchota une autre, et ce fut plus fort qu'Anette, elle ouvrit – douloureusement – les yeux car il s'agissait de Mère Pedersen et de Maîtresse, et elles donnaient l'impression d'être… si ce n'est amies, en tout cas unies.

Dans cette chambre inconnue, la lumière, même tamisée, l'éblouit. Elle nota que le cadre du lit était en laiton, donc, chose incroyable, elle se trouvait dans la chambre des Pedersen. Ses cils étaient lourds. Des larmes lui obscurcissaient la vue. Elle se demanda depuis combien de temps elle était dans ce lit, et ce qui était arrivé au sien. Ne devrait-elle pas être à l'étage ? Elle se mit à grelotter, à claquer des dents, à gémir. Les voix se turent.

« Elle est réveillée ! » Mère Pedersen regarda Maîtresse avec ce qui semblait être de la joie, sauf qu'Anette n'avait jamais vu cette femme avec de la joie dans le regard. Clignant les yeux pour chasser les larmes, elle s'efforça de se remémorer la dernière chose qu'elle avait vue avant de dormir.

Fredrik ! Où était-il ? Où… Ils étaient dehors, dans la tempête, la tempête, oh ! Le vent hurlant, la neige tourbillonnante, le froid glacial – elle se mit à trembler violemment, comme si elle n'était pas au chaud à l'intérieur. Ils étaient tombés, oui… tombés dans le ravin.

C'était tout ce qui lui revenait.

Quand elle voulut s'asseoir en s'aidant de ses mains elle

ressentit une douleur fulgurante à gauche qui la fit retomber sur le côté, comme si sa main s'était dérobée sous elle ; comme si elle n'arrivait plus à faire levier avec. Elle se remit sur le dos et fixa le plafond.

« Ne bouge pas, Anette, tu es encore trop faible. Reste tranquille, *kjaereste* », chuchota Maîtresse, et Anette sentit sa tête tourner. Personne ne l'avait jamais appelée ainsi. Puis elle réalisa qu'on lui parlait dans sa langue natale et se détendit un peu.

« Mais Fredrik... » Elle tourna la tête pour regarder Maîtresse à son chevet. Mère Pedersen rôdait derrière, se tordant les mains. Elles avaient l'air fatiguées – même les beaux cheveux de Mère Pedersen pendouillaient. Maîtresse était plus mince qu'avant, plus pâle aussi, et elle avait des cloques sur le nez, comme après un coup de soleil.

À l'évocation de Fredrik, elles détournèrent le regard.

« Je ne crois pas... », chuchota Maîtresse à Mère Pedersen. Mais cette dernière secoua fermement la tête.

« Il faut lui dire la vérité, elle le mérite. » Mère Pedersen fit le tour du lit, s'agenouilla. Elle prit la main droite d'Anette dans la sienne et cette dernière s'étonna qu'elle soit calleuse, comme celles de sa maman. Les ongles de Mère Pedersen étaient toujours si jolis, roses et bien limés. Jamais Anette n'aurait soupçonné qu'elle aussi avait les paumes rêches à force de trimer.

« Où est Fredrik ? » insista-t-elle à mi-voix. Elle mourait de soif, aurait tout donné pour un verre d'eau.

« Fredrik est mort, Anette, dit Mère Pedersen d'un ton factuel, mais pas méchant. Il est mort dans la tempête. Je vous ai retrouvés ensemble le lendemain matin. Il y a plus d'une semaine maintenant. Vous étiez tombés dans le ravin. Il avait... » Elle dut regarder ailleurs, et Anette – malgré la tristesse abyssale qui s'évertuait à la ramener dans le cauchemar qu'elle venait de quitter – fut stupéfaite de voir des larmes rouler sur ses joues.

Mère Pedersen prit une inspiration et s'obligea à la regarder. « Il avait enlevé tous ses habits, Anette. Pour te couvrir. Il t'a sauvé la vie. »

Juste avant de reperdre connaissance, Anette fut prise d'une colère indicible ; elle aurait voulu gifler Fredrik, lui dire à quel point il avait été bête et imprudent.

Ne savait-il donc pas que sa vie ne méritait pas d'être sauvée ?

*

Lorsqu'elle rouvrit les yeux, la lumière était différente. C'était la fin de l'après-midi, et il y avait tant de lampes allumées autour d'elle qu'elle se demanda si quelqu'un était mort, puis elle se souvint que oui, et que c'était Fredrik, et elle se tourna pour étouffer un cri en sentant une autre vague de tristesse l'emporter. Sa colère à l'idée qu'il se soit sacrifié pour elle avait disparu, remplacée par un sentiment de perte. Un sentiment plus pur et moins compliqué que tous ceux qu'elle avait connus jusque-là. Dans son ancienne vie, la perte de sa vraie famille s'était diluée dans les eaux troubles des questions sans réponse, de la stupeur devant ce changement brutal d'environnement, et de la charge accablante que Mère Pedersen lui avait aussitôt imposée. Sa maman était encore en vie quelque part, ce qui n'aidait pas à faire son deuil non plus.

La perte de Fredrik, elle, était différente : plus jamais Anette ne verrait son visage taché de rousseur, ne pourrait le taquiner sur ses oreilles décollées et ne verrait ses yeux briller de bonheur.

Elle n'avait plus d'ami, songea-t-elle, malheureuse. Désormais, elle était vraiment seule au monde.

Elle pleurait à chaudes larmes et leva la main gauche pour s'essuyer, mais rien ne toucha sa joue. Comme si elle avait raté son visage ! Perplexe, elle recommença, et de nouveau il ne se passa rien. Alors elle regarda sa main…

Sa main n'était plus là. Son bras, couvert par une chemise de nuit inconnue qui était douce et sentait bon, se terminait par un moignon enveloppé dans un bandage.

Anette se redressa avec l'aide de sa main droite, elle aussi bandée mais bien là, et tendit le bras gauche, le bougea d'un côté, de l'autre, en haut, en bas, puis remua les doigts : elle les sentait ! Ils remuaient vraiment ! Elle avait même un peu mal au poignet.

Sauf qu'il n'y avait pas de main, ni de doigts.

Où étaient-ils ? Quelqu'un les avait-il pris sans sa permission – est-ce que *rien* ne lui appartenait vraiment, même sa propre chair ? Elle se mit à baragouiner en norvégien, enragée à l'idée de ce qui était arrivé, Fredrik mort et maintenant sa main, non décidément c'en était trop. Tous ces longs mois où on l'avait traitée au mieux comme un vieux chien, au pire avec mépris… Elle en avait assez, c'était trop absurde ! Elle devait partir d'ici, aller quelque part. Chez Fredrik… non, il n'y serait pas. Le cœur d'Anette se serra bizarrement, puis palpita. Elle posa sa main gauche dessus. Et, baissant le regard, elle la revit :

cette extrémité de bras bandée, comme si… comme si… on lui avait scié la main ?

Elle tomba, et dans un bruit sourd elle se cogna au sol, entendit des cris alarmés, sentit des bras forts la soulever, des mains fraîches sur son front chaud, puis elle retourna à sa terre moelleuse et rêva.

*

Lorsque Anette se réveilla la troisième fois, c'était le matin et les lampes étaient éteintes. Les voix habituelles discutaient dans la cuisine. Elles ne s'embêtaient plus à chuchoter. Cette conversation durait depuis longtemps, Anette le devinait à la fatigue dans le ton, aux sujets qui revenaient.

Entendant grogner au pied de son lit, elle leva la tête, puis se redressa sur sa main droite, ce qui lui rappela inutilement l'absence de la gauche.

Il y avait un inconnu dans la chambre. Assis sur une chaise trop petite pour lui. Il était imposant, mais dégageait une mollesse comme elle n'en avait jamais vu chez un homme. Le peu d'hommes qu'Anette connaissait étaient solidement charpentés. Celui-ci, au contraire, donnait l'impression de n'avoir jamais tenu une pelle ou une binette de sa vie. Il grogna encore, et sa respiration était laborieuse, comme si le simple fait de rester assis le fatiguait.

Mais il ne se contentait pas d'être assis. Il écrivait, griffonnait frénétiquement avec un crayon sur du papier.

Enfin, il leva la tête et vit qu'elle le regardait.

Il lui sourit – un sourire comique, qui la chatouilla à

l'intérieur, chose qu'elle n'avait ressentie qu'avec Fredrik. Elle se surprit à le lui rendre. Puis il parla en anglais, et à sa stupéfaction elle comprit :

« Ah, enfin, la voilà réveillée ! Notre grande fille courageuse ! »

La conversation cessa dans la cuisine. Anette entendit des bruits de pas précipités et se retrouva soudain entourée de Mère et Père Pedersen, Maîtresse, Doc Eriksen. Tous la dévisageaient bouche bée, comme si elle était la réponse à une question. Elle rougit en voyant tant d'yeux sur elle, et reporta son attention sur le monsieur. Qui rayonnait de joie, comme si elle était un trophée, une personne gagnant à être connue.

Qui la regardait de la même manière que Fredrik, avec un bonheur sans mélange.

# Chapitre 27

Les deux premiers jours que Gavin Woodson passa dans ce Trou Paumé de la Grande Prairie ne donnèrent rien, si ce n'est de l'horreur en continu.

Dans tous les hameaux qu'il traversait – on ne pouvait pas parler de villages, il n'y avait qu'une poignée de bâtiments se résumant parfois à d'anciens wagons transformés –, les tragédies affluaient sur les pages de son calepin avec une facilité déconcertante. Comme s'il avait donné la permission à ces gens de délaisser leur stoïcisme légendaire pour déverser leurs malheurs sur lui, et il y en avait tant que son crayon peinait à garder le rythme. Au bout d'un moment, tous les récits commencèrent à se ressembler, mais il continua à les écrire. Il n'avait pas le choix. Il était leur témoin.

Il y avait des hommes qui s'étaient perdus dans le blizzard pour être allés s'occuper du bétail. Le bétail, perdu lui aussi ; une énième année catastrophique pour l'élevage, et quel être doué de raison s'entêterait dans cette folie ?

Il y avait des gens qui avaient survécu par miracle à la nuit passée dehors, pour mourir brutalement le matin en se levant pour rentrer – un problème de pression du cœur, apparemment. Gavin allait devoir interroger un médecin à son retour à Omaha, car c'était un mystère pour lui et cela paraissait au minimum improbable, mais trop de personnes lui avaient raconté une scène identique : en regardant par la fenêtre ils avaient vu quelqu'un se lever, faire un pas ou deux dans la neige et tomber raide mort.

Il y avait des hommes qui étaient rentrés vivants pour trouver leur femme et leurs enfants morts de froid près du poêle vide, les vitres soufflées parfois, le blizzard n'ayant pas davantage de pitié pour les maisons. D'autres avaient découvert leurs épouses à dix mètres de la porte d'entrée, presque entièrement enfouies sous la neige. Elles avaient été désorientées, s'étaient égarées en revenant de l'étable, faute de corde préalablement nouée pour se guider. C'était hélas arrivé souvent.

Des familles entières s'étaient fait surprendre sur le chemin du retour, après avoir fait des provisions en ville par ce beau temps qui régnait alors. Comme la famille de la fille ; Gavin ne le savait que trop bien.

Mais c'étaient les enfants dont tout le monde lui parlait.

Dans le nord-est du Nebraska et le sud-est du Dakota, le blizzard avait frappé au pire moment, à l'heure où les écoles venaient de libérer les élèves ou s'apprêtaient à le faire. Plus tôt, on ne se serait pas posé la question de rester confiné ou pas.

Gavin allait de village en village, de maison en maison, suivant les miettes de pain comme dans les contes pour enfants. Mais là, les miettes de pain *étaient* des enfants : leurs corps figés dans la glace. Il s'arrêtait dans un hameau, écoutait les malheurs, puis quelqu'un disait quelque chose comme : «J'ai entendu parler d'une institutrice, là-haut dans le comté de Holt, qui les a laissés rentrer tout seuls.» Et de retour dans son ridicule traîneau – qui lui valait fréquemment des ricanements –, il se demandait où était ce fichu comté de Holt et comment il allait bien pouvoir le trouver. La plupart du temps, les gens avaient pitié de lui. Ils avaient de la famille dans ce coin-là de toute façon, et devaient s'y rendre pour s'assurer que tout le monde allait bien. Alors ils faisaient le trajet avec Gavin. Ces hommes étaient si maigres qu'ils donnaient l'impression de mourir de faim, et de fait certains présentaient tous les signes de la malnutrition : le ventre distendu, les joues creuses, l'œil hagard. Ils ne disaient pas un mot, se contentant de guider leurs chevaux dans la neige. Et puis soudain, ils montraient du doigt une direction et s'éloignaient dans l'autre, et Gavin n'avait d'autre choix que d'orienter son canasson vers la zone indiquée, tout en s'armant de courage devant l'inévitable.

Un inconnu frappant à la porte suscitait moins d'étonnement qu'il ne l'aurait cru. Peut-être était-ce le chagrin, palpable dans chaque hutte mal isolée où Gavin pénétrait avec son calepin, qui submergeait tout autre sentiment. Dans ces maisons l'air semblait avoir tourné, comme du lait. Il était rare que les adultes parlent anglais, mais en général il y avait un enfant ou deux pour traduire.

«Excusez-moi de vous déranger, je suis venu parce qu'on m'a dit…» Gavin n'avait qu'à commencer et l'enfant, qui par la grâce d'un dieu quelconque était resté chez lui le jour fatidique ou avait pu rentrer sans encombre, se mettait à baragouiner dans un mélange d'anglais et de norvégien. Ensuite les histoires étaient racontées. Le fils, envoyé dehors afin de ramener le cheval du pré. Le père, mort en allant à l'étable au pire de la tempête pour vérifier le fourrage et casser la glace dans les auges. La mère, qui avait tenu à aller voir ses poules, si fragiles qu'elle se demandait si elle n'allait pas les rentrer.

Et tous ceux qui restaient portés disparus. Beaucoup de familles s'étaient résignées à ne connaître la vérité qu'à la fonte des neiges.

À plusieurs reprises, il arriva juste à temps pour assister à un sobre enterrement norvégien. Au mieux, une caisse en pin ; bien souvent, une simple couverture autour du corps. Quelques hymnes chantés dans une langue qu'il ne comprenait pas, une prière, puis le défunt était emmené, en général non loin de l'étable, jusqu'à un carré déjà parsemé de pierres tombales rudimentaires. Ce n'était jamais le premier mort de la famille. Malgré le froid, les vivants réussissaient à creuser suffisamment la terre pour y déposer le cercueil, et ainsi décourager les prédateurs.

Tous ces petits cercueils. Un mètre, un mètre vingt.

Chaque fois, juste avant de frapper chez quelqu'un, Gavin espérait trouver le visage qu'il cherchait. Il en avait déjà eu quelques aperçus, pièces éparses d'un puzzle inachevé – ici de beaux yeux bleus, là une tresse de la bonne nuance de blond, et même des gorges désirantes, bon sang. Mais jamais l'image complète.

Gavin notait tout dans son calepin, puis se rendait à la gare la plus proche pour télégraphier les histoires les plus sensationnelles au *Bee*. Celles que Rosewater lui réclamait maintenant, après avoir constaté que les lecteurs en redemandaient. Il passa bien des nuits à dormir par terre dans une petite gare. Les hôtels et pensions étaient rares dans cet endroit loin de tout.

Mais bon Dieu, qu'est-ce qu'il n'aurait pas donné pour boire des coups au Lily ; enchaîner les whiskys jusqu'à se brûler la gorge, s'engourdir les sens, oublier ce qu'on le forçait à consigner. Car ces drames commençaient à se transformer en un grand linceul de souffrance, dont il se demandait s'il parviendrait à se défaire un jour. Oh, bien sûr, il y avait des fins heureuses : le chien resté dehors toute la nuit avec son jeune maître, et dont les aboiements avaient guidé les sauveteurs jusqu'au garçon inconscient. Les miraculés qui s'en étaient sortis avec seulement des doigts gourds ou une engelure au nez. Ces survivants entretiendraient le souvenir du blizzard, le transmettraient de génération en génération.

Les autres histoires hantaient les rêves de Gavin et le faisaient se questionner sur la folie de l'homme ; pas juste la sienne, mais celle de l'homme en général. La grande époque à laquelle il vivait – celle de la conquête de l'Ouest et des usines crachant de la fumée noire et des torrents de boue, celle des voies ferrées balafrant le paysage et des grandes inventions, comme le télégraphe, le téléphone, la machine à écrire, l'ampoule électrique, le moteur à vapeur –, cette époque avait réussi à leur faire croire qu'il n'y avait rien que l'homme ne puisse soumettre à sa volonté.

Pas même la météo.

*Nombre de morts pas exagéré*, télégraphia-t-il à Rosewater. *Dur d'obtenir un chiffre exact. Encore beaucoup de disparus.*

*Bon travail*, envoya Rosewater en réponse. Et puis un jour, ceci : *Grand intérêt dans l'ensemble mais les histoires commencent à se mélanger. Trouver nouvel angle.*

Le désir de témoigner ne faiblissait pas, et Gavin continuait à prendre des notes : *Olaf Gustoffsen, dix ans, retourné à l'école après la fin de la classe parce qu'il avait oublié son manuel; retrouvé mort de froid le lendemain matin. Maria Jorgensen, treize ans, et sa sœur Helga, mortes dans les bras l'une de l'autre, dans la prairie.* Mais il avait aussi le journalisme chevillé au corps, et il comprenait la demande de Rosewater. Il n'y avait aucun moyen de délayer ces récits pour en tirer du « mignon » ; il fallait trouver un angle nouveau pour relancer l'intérêt des lecteurs – et leur vendre des journaux.

Ce fut donc providentiel lorsqu'il tomba par hasard sur un certain Doc Eriksen dans un hameau du nord-est du Nebraska, à quelques comtés de la frontière avec le Dakota. Le toubib était vieux, voûté, fatigué ; Gavin le rencontra dans une ferme où la famille avait perdu un père et un fils qui était mort en sauvant sa camarade. Il l'avait recouverte de ses vêtements au cours de la nuit.

Eriksen était venu soigner la mère, qui s'était effondrée après le double enterrement. Un grand adolescent poli, quinze ans peut-être, cheveux blond-roux, s'occupait de ses deux frères et de sa petite sœur en attendant que la mère se remette.

« Mais est-ce qu'elle se remettra ? » demanda Gavin. Car c'était le genre de drame dont on pouvait ne jamais se relever.

« Oh, oui. Vous ne connaissez pas ces gens comme moi. Elle a des enfants à nourrir, une ferme à faire tourner, elle ne restera pas longtemps alitée. Elle avait juste besoin d'une dose de laudanum pour se reposer, parce qu'elle ne dormait plus. »

L'adolescent, du nom de Tor, scrutait Gavin d'un air méfiant tout en restant affreusement bien élevé. Il n'avait visiblement pas aimé le laisser entrer, mais la présence du docteur semblait le rassurer sur le fait que l'intrus ne lui volerait rien, hormis la tristesse des siens. Gavin sortit son calepin et se tourna vers lui.

« Alors comme ça, ton frère est un héros ? Il a sauvé son amie ? »

Tor acquiesça vivement. « Fredrik, c'est… c'était son nom. Ils sont sortis dans la tempête, et Mlle Olsen n'a pas pu les empêcher. J'aurais dû… j'aurais dû… » Il se tourna vers sa sœur, qui marchait à peine, et lui donna une cuillère en bois pour jouer.

« Soit dit entre nous, intervint Eriksen dans un anglais étonnamment précis pour un immigrant de son âge, je me pose des questions sur les histoires comme celle de Fredrik. Il a vraiment été retrouvé avec la plupart de ses habits empilés sur sa camarade. Or, j'en ai vu qui sont morts seuls dans la plaine, et eux aussi avaient arraché leurs vêtements. Je ne crois pas que ce soient des animaux qui l'aient fait, mais j'ai du mal à comprendre. C'est comme si, au moment de perdre connaissance, ils brûlaient de fièvre au lieu de mourir de froid. Peut-être qu'un froid aussi intense dérègle quelque chose dans le cerveau. Je ne sais pas, je me dis…

– Fredrik est un héros », le coupa Tor. Ses yeux lançaient de dangereux éclairs. « Il a sauvé Anette.

– Espérons-le, fiston, parce qu'elle n'est pas sortie

d'affaire. J'y vais de ce pas. Vous m'accompagnez, monsieur Woodson ?

– Oui, si ça ne vous dérange pas », répondit Gavin, soulagé. Il commençait à se sentir claustrophobe dans cette cuisine, avec le poêle chauffant trop fort et les piles d'assiettes sales sur la table. Tor faisait de son mieux, mais il était visiblement dépassé par toute l'attention que nécessitaient ses frères et sœurs. La maison était petite, une cuisine et une chambre en bas, et à l'étage une seconde chambre sans doute. L'enterrement était passé, il ne restait plus qu'à vivre maintenant. À en croire le toubib, la mère était forte. Le fils était presque un homme physiquement, bien que son émotivité trahisse sa jeunesse. Si cette famille était dévastée par le deuil, elle trouverait le moyen de continuer. C'était ce que Gavin avait découvert à propos des « péquenauds » qu'il avait tant dénigrés : ils avaient la force de continuer. Malgré la nature âpre, les meilleurs trouveraient le moyen de persévérer, au lieu de retourner dans les pays plus cléments d'où ils venaient. La terre dure comme la pierre s'était infiltrée en eux, ils l'avaient dans la peau.

« Je raconterai l'histoire de ton frère, ne t'inquiète pas », dit-il à Tor, qui rougit, des larmes gênantes lui montant aux yeux. Le garçon tendit la main à Gavin.

« Merci, dit-il en la serrant fermement. *Tusen takk.* »

Sur ce, il alla mettre des bûches dans le poêle, puis empoigna une casserole de pommes de terre qu'il entreprit de peler.

« Allons voir Anette, dit le toubib. Il y aura peut-être un article intéressant pour votre journal, là-bas.

– Je ne fais qu'en écrire des tristes, je ne peux pas

continuer comme ça », dit Gavin en se frottant les yeux, qui s'étaient voilés bizarrement. La chaleur du poêle, sans doute.

« Dans ce cas, vous devez vraiment rencontrer les Pedersen. »

Ils s'emmitouflèrent. L'écharpe en laine mouillée, le manteau en peau de bison, tout commençait à sentir mauvais, Gavin aussi – il allait devoir trouver vite un lieu où prendre un bain. Puis ils s'aventurèrent dans la toundra, ainsi qu'il s'était mis à appeler cette contrée glaciale battue par les vents.

# Chapitre 28

Quand la jeune femme leur ouvrit, le cœur de Gavin fit un bond. Impossible… Se pouvait-il que ce soit elle ? La fille de la prairie, en chair et en os ?

Elle avait la même chevelure blond foncé qui devait se parsemer de mèches dorées tirant vers le roux en été. Elle était menue mais pas fragile, et dégageait un air de patience. Elle avait un joli visage ; joli mais pas tape-à-l'œil, pas comme la femme qu'il apercevait derrière, et dont la beauté détonnait dans ce décor. Sa beauté à elle était reposante, et Gavin se dit qu'il pourrait passer le reste de sa vie à la regarder.

Puis elle croisa les bras et planta fermement les pieds sur le seuil, visiblement rétive à l'idée de faire pénétrer un étranger dans la maison, et Gavin dut admettre son erreur. Cette jeune femme compétente n'avait pas du tout besoin d'être sauvée.

Doc Eriksen fit les présentations.

« Mademoiselle Olsen, madame Pedersen, voici monsieur Woodson. C'est un journaliste, venu exprès d'Omaha pour faire un reportage sur la tempête. »

La jeune femme haussa un sourcil et le toisa des pieds à la tête, sceptique.

« Mlle Olsen est l'institutrice du coin », précisa Eriksen.

Gavin fut stupéfait : elle enseignait ? Il l'aurait crue encore élève. Elle ne devait être guère plus âgée que le fils Halvorsan.

« Mademoiselle », dit-il en ôtant son chapeau, et pour une raison inexplicable elle trouva ce geste drôle. Elle sourit, se détendit et le laissa entrer.

« Comment va la petite aujourd'hui ? » s'inquiéta le docteur tout en enlevant son manteau, son écharpe et ses gants à la hâte. Sans attendre de réponse, il disparut dans la chambre du fond.

Le visage de Mlle Olsen s'assombrit, l'angoisse creusant des rides sur son front lisse. « Pareil. »

Mme Pedersen prit le manteau de Gavin, le renifla sans vergogne, grimaça. Elle alla l'entreposer dans une pièce attenante à la cuisine. À son retour, elle arborait un sourire très comme il faut.

« Bienvenue chez moi. Mon mari est dehors, avec ses chevaux. Je vous en prie, entrez. Je crains de n'avoir rien de convenable à vous offrir, mais si vous n'êtes pas contre un gâteau tout simple, je peux vous en proposer. » Elle débita ce petit discours dans un anglais clair bien qu'hésitant, et d'un ton si charmant que Gavin fut déstabilisé. C'était une citadine, et il connaissait son genre. Une femme habituée à recevoir dans son salon, pour le thé ou une soirée musicale. Une femme habituée à la compagnie de ses semblables, car ce laïus était fait pour impressionner d'autres femmes, pas un homme.

Gavin opina du chef et elle s'empressa d'aller lui

couper une part. En s'installant à la cuisine pour la manger il se retrouva face à un minuscule salon, occupé par trois bambins qui le regardaient avec des yeux ronds, comme s'il débarquait du paradis sur une échelle en bonbon. Mme Pedersen passa au norvégien, un flot de paroles que Mlle Olsen traduisit posément.

« Veuillez m'excuser pour le désordre. La maison est sens dessus dessous, mais le plus important, c'est Anette. Je suis désolée, je dois aller la voir, mais Raina va vous tenir compagnie. Mon mari est un bon à rien, sauf avec ses chevaux. » Cette dernière phrase fut dite avec une telle franchise, et Mlle Olsen retranscrivit si bien le ton que Gavin manqua d'avaler de travers. Il avait beau ne pas être un expert, il n'avait jamais entendu une Norvégienne parler de son époux ainsi.

Raina était gênée, elle aussi. Elle s'assit, tête baissée, tandis que Gavin sortait son crayon et son calepin. Soudain, elle le regarda avec un vif intérêt. « Vous venez d'Omaha ? Quelle grande ville ! Et vous écrivez pour un journal ? Vous avez la chance de voir vos mots imprimés ?

– En effet », répondit-il, amusé. D'ordinaire les femmes n'étaient pas impressionnées par ce qu'il faisait dans la vie, encore moins celles d'Omaha.

« Ce doit être un tel honneur d'exercer ce métier. Vous devez être un homme très respecté. »

Gavin étouffa une quinte de toux qui montait.

« Eh bien, oui, peut-être… Alors dites-moi, mademoiselle Olsen, vous êtes institutrice ? Quel âge avez-vous, si ce n'est pas indiscret ? Vous avez l'air si jeune. Et qu'avez-vous fait quand le blizzard a frappé ? Racontez-moi tout.

– J'ai seize ans, dit Raina en rougissant. Et j'ai simplement fait mon travail.

– C'est faux. C'est une héroïne », l'interrompit une voix masculine, et Gavin leva le nez de ses notes. C'était un homme grand et beau, moins tanné et voûté que les Norvégiens rencontrés jusque-là. Il se tenait à l'entrée de la cuisine, une bride à la main. Sans doute le mari bon à rien.

Raina se mit à fixer ses mains, croisées sur sa jupe ; elle n'était ni contente, ni flattée. Pourtant l'homme insista, de façon franchement maladroite. Même Gavin vit qu'il mettait les pieds dans le plat, mais Raina et Mme Pedersen – qui n'arrêtait pas d'aller et venir, suivant les instructions d'Eriksen – ne semblaient pas lui accorder la moindre importance.

« Cette jolie demoiselle ici présente, elle a su mettre ses élèves en sécurité. Elle les a attachés par leur tablier, vous imaginez ? Et elle les a tous emmenés chez les Halvorsan en pleine tempête.

– Pas tous, objecta Raina avec douceur. Et Tor m'a aidée.

– *Ja, ja*, le garçon a aidé. Et la pauvre Anette, ajouta M. Pedersen avec un signe de tête vers la chambre, elle et Fredrik, ils ont tenté de revenir ici.

– Je n'ai pas pu les retenir, dit Raina, la voix teintée d'amertume. J'ai essayé. Mais je n'ai pas pu. Anette a cru…

– Anette est rentrée à cause de moi, intervint Mme Pedersen, du linge plein les bras. Elle savait que je serais fâchée si elle ne revenait pas à temps pour ses corvées. C'est ma faute si elle va rester infirme toute sa vie.

– Anette, c'est votre fille ? » Gavin n'y comprenait rien.

Aucune de ces personnes ne semblait avoir de lien entre elles. Il n'arrivait pas à l'expliquer, c'était comme s'ils étaient tous à cran et méfiants. Point de trace ici de la tendre affection ou de la rancœur stoïque qu'on sent chez les êtres de même nom ou de même sang.

« Non, non, c'est juste une... Vous savez..., balbutia Mme Pedersen frustrée par son manque de vocabulaire en anglais.

– Sa mère l'a abandonnée, dit l'homme à un Gavin interloqué.

– Elle vit ici, comme moi, expliqua Raina. Nous sommes en pension. En tant qu'institutrice, je n'avais pas le choix. Je ne vis pas dans ce secteur. Anette est... une sorte de domestique.

– Je vais la voir », dit Mme Pedersen brusquement, tournant les talons. Raina la regarda partir, perplexe.

« Au moins elle essaie », souffla-t-elle, sans que Gavin comprenne de quoi il retournait.

« Je ne... J'aimerais écrire un article sur vous, avec votre permission. Parce que... »

Une idée était en train de germer dans son esprit. Tout à coup, le mot employé par M. Pedersen, *héroïne*, lui paraissait utile. Extrêmement utile, même – mais oui, bien sûr ! Il y avait forcément eu des héros dans cette catastrophe. Des récits de triomphe, qui enthousiasmeraient le public au lieu de donner le cafard. Une bonne histoire fait toujours vendre. Gavin connaissait les lecteurs, et s'ils aimaient les héros, ils seraient encore plus charmés par une héroïne : une jolie jeune femme comme Raina, qui contre toute attente avait réussi à sauver ses élèves. Sans compter l'enfant qui se battait maintenant pour vivre –

encore une histoire capable d'embarquer les gens. Un témoignage d'espoir, quelqu'un à qui ils pourraient s'identifier et qui leur donnerait envie de continuer à acheter le journal. C'était vraiment étonnant, à bien y réfléchir, cette fille abandonnée toute jeune par sa mère et sauvée par l'altruisme de son seul ami au monde, un garçon innocent…

Bon sang, ce n'était pas une histoire, c'était une fichue mine d'or. Pas de doute, Pulitzer en entendrait parler à New York.

« Est-ce que tous les enseignants sont comme vous ici ?

– Comme moi ? On doit tous obtenir un diplôme, oui, et passer un examen.

– Non, non. » L'état d'excitation de Gavin était tel qu'il en oubliait ses bonnes manières et son statut d'invité. Il s'extirpa de l'étroite chaise, faisant craquer le bois dangereusement, et se mit à arpenter la pièce. « Je voulais dire, est-ce que ce sont toutes des filles comme vous ? Jolies ? J'ai toujours cru que les professeurs étaient des hommes, bizarrement. C'est comme ça sur la côte Est, en tout cas.

– Ce n'est pas facile de convaincre les enseignants de la côte Est de venir ici, intervint Gunner. De la même manière qu'on prend soin des nôtres, on leur fait l'école.

– Mais vous êtes si jeune ! » C'était plus fort que lui, et Raina semblait fort gênée. « Regardez-vous, à peine adulte et vous sauvez des enfants ! Combien, au fait ?

– Dix. Onze en comptant Tor, mais il m'a aidée… »

Gavin se moquait bien de Tor.

« Dix enfants ! Dix vies sauvées ! C'est merveilleux ! Je veux tout savoir. Mon chef va adorer ! » Gavin se maudissait de ne pas y avoir pensé plus tôt. « Il y en a forcément d'autres, vous connaissez d'autres institutrices ? »

Raina se leva, tremblante ; elle avait les joues écarlates et le regard baissé, comme si elle avait honte. Puis elle se laissa retomber sur la chaise et enfouit le visage dans ses mains.

« Oui, dit-elle après un moment en fixant Gavin de son air inquiet. Oui, je connais une autre institutrice. »

Elle n'en dit pas plus, malgré les efforts de Gavin pour lui tirer les vers du nez. Peu importe, il les trouverait. En attendant il y avait cette enfant ici qui souffrait de quelque chose, personne n'avait dit quoi.

« Je peux la voir ? » demanda-t-il en indiquant la chambre. Raina acquiesça avec lassitude et le précéda jusqu'au seuil. Elle paraissait réticente à l'idée de le franchir.

La pièce était encombrée de meubles sophistiqués : lit en laiton, commode en acajou sculpté, fauteuil en poil de cheval. Ce genre de mobilier n'avait pas sa place dans les plaines : il appartenait à la ville. Il faisait chaud à l'intérieur, et cela sentait la maladie. Le vomi, les excréments, l'odeur aigre de la fièvre. Mme Pedersen et le toubib étaient postés de part et d'autre du lit, au milieu duquel on devinait, sous la couverture, une minuscule silhouette. Elle était calée contre deux oreillers et avait les bras pardessus la courtepointe. Le gauche se terminait par un moignon, à première vue récent : le bandage était taché de marron.

La petite silhouette geignait, et Gavin n'osa pas s'approcher. Il avait peur d'attraper la fièvre qui semblait l'avoir prise dans son étau. Le voyant, Eriksen dit : « Non, c'est l'infection, à cause de l'amputation. Ce n'est pas contagieux.

– C'est bien elle que le garçon a recouverte de ses habits ? »

Eriksen confirma.

Et Gavin s'approcha.

Elle avait le teint rouge et les lèvres blanches. Son front luisait de sueur, ses yeux fermés étaient gonflés. Elle avait les joues grêlées, la mâchoire carrée, les sourcils épais. Sous l'éclat donné par la fièvre, on devinait des cheveux châtain terne.

Mais dès qu'il la vit, Gavin sut que c'était elle. Au milieu de tant de souffrance, chez des gens à bout de nerfs, il l'avait trouvée : la fille qu'il allait sauver – et qui allait le sauver, par la même occasion, de l'homme qu'il était dans sa vie d'avant.

Gavin Woodson avait trouvé sa jeune fille de la prairie.

# Chapitre 29

Comment vieillit-on dans la prairie ?

On se voûte à force de trimer, de ramasser les mauvaises récoltes plus souvent qu'à son tour. On se marie, on a des enfants, qui eux-mêmes ont des enfants. Il y a des fêtes : des noces, des naissances, une moisson abondante, un nouveau toit. Il y a des deuils, aussi. La mort, cette ombre qui plane sur toutes les célébrations, les rendant encore plus nécessaires et désespérément gaies : la musique plus forte, les danses plus rythmées, les rires plus bruyants, tout pour ignorer sa présence. On apprend à compartimenter son cœur, par prudence, car on sait qu'un jour un bout en sera arraché pour toujours. On parle moins et on se fait plus sévère, à cause de cette même prudence. Mais on survit, on accomplit les tâches, on voit ses enfants partir pour répéter le cycle, et peut-être que cette fois ce sera différent – qu'ils auront de bonnes années, de meilleures récoltes, que l'un d'eux trouvera le moyen de posséder plus de terres ou d'acheter une batteuse. De construire une maison avec cinq pièces au lieu de trois. De tenir la promesse qui nous a attirés là au départ.

Et puis un jour, notre cœur incomplet – à cause de ces petits bouts qu'on lui a arrachés, pendant tant d'années – faiblit. Le travail devient trop dur pour nos os frêles et notre peau parcheminée. Tout ce qu'on peut faire, c'est vivre avec ses souvenirs dans la chambre du fond chez un des enfants et aider quand on peut, à faire la cuisine ou la couture, jusqu'au jour où on nous enlève même cela. Alors on passe le temps dans un fauteuil au coin du feu et on somnole, en se rappelant tout, quand on a de la chance. Ou au contraire en oubliant – et c'est peut-être une plus grande chance encore, finalement. On se demande qui sont ces inconnus qui rôdent dans la maison, nous font manger à la cuillère, nous donnent un bain une fois par semaine. Mais on n'est pas seule. Même si on ne reconnaît plus les personnes qu'on a mises au monde, ou le mari qui nous tient encore la main avec tendresse, on n'est pas seule.

C'était ainsi qu'on vieillissait dans la prairie, quand on était une femme.

La seule célibataire endurcie que Gerda avait connue, la fermière chez qui elle logeait un an plus tôt, n'imaginait absolument pas finir sa vie là. Elle allait bonifier ses terres en embauchant des ouvriers pour faire le travail, puis revendre à profit et rentrer à Chicago, d'où elle était originaire. Elle n'évoquait jamais le mariage, mais peut-être avait-elle un prétendant là-bas, ou au moins de la famille. Dans tous les cas, son projet n'était pas de vieillir seule dans la prairie.

Ce n'était pas celui de Gerda non plus. À supposer que Tiny soit parti dans l'Ouest sans elle, il y en aurait eu d'autres. Moins séduisants, certes, mais jamais elle n'aurait encore été célibataire à vingt et un ans. Ça n'avait pas de sens. Trop d'hommes avaient besoin d'épouses, ici.

Seulement, qui voudrait d'elle maintenant ?

Malgré le choc causé par les nouvelles qui lui tombaient dessus tels des marteaux pleuvant du ciel et s'insinuaient dans son corps martyrisé par l'amputation d'un pied, malgré la culpabilité qui la rongeait et les regards fuyants de ceux qui s'occupaient d'elle par charité chrétienne, c'était *la* pensée, dévastatrice et accablante, qui dominait tout le reste.

Qui voudrait d'elle maintenant ?

Ce n'était pas un pied en moins qui faisait d'elle une indésirable. Une épouse unijambiste restait utile : elle pouvait encore faire la cuisine, le ménage, le potager, et des enfants.

Gerda n'avait jamais connu de criminel. Elle ne se rappelait même pas quelque chose d'approchant, comme un voleur de chevaux ou de poules. Un homme avait bien tiré sur le chien de son voisin un jour, causant une certaine rancœur, mais ce chien était connu pour manger les œufs de cet homme, et la plupart des gens avaient trouvé son geste légitime.

Quant aux romans à quatre sous de Tiny, s'ils regorgeaient de bandits audacieux comme Jesse James et Belle Starr, l'auteur en faisait une description si partiale que ces bandits avaient forcément votre sympathie. Leurs aventures étaient extravagantes, de la pure fiction, quand bien même elles avaient été inspirées par la réalité. Et puis ces histoires étaient trop éloignées de la prairie : elles se déroulaient dans d'autres régions, comme le Texas ou le Territoire de l'Arizona, dans des paysages fantastiques de canyons et d'arroyos, de broussailles et de cactus, des lieux qui pour Gerda auraient aussi bien pu être sur d'autres planètes. Rien là-dedans – bandits comme paysages – n'était tangible.

Mais désormais, Gerda connaissait intimement un criminel. Ou plutôt une criminelle. Une *meurtrière*.

Elle-même.

Le premier jour, quand elle avait rampé jusqu'à la maison des Nillssen, elle était encore l'institutrice, une victime du blizzard parmi d'autres. Certes, Minna et Ingrid étaient mortes sous sa garde mais elle les avait portées sur son dos, leur avait confectionné un abri dans une meule de foin, et ce faisant avait failli s'abîmer les mains définitivement. Elle avait *essayé*. Elle était courageuse. Cette tempête était hors normes ; personne n'aurait pu faire davantage, ni mieux. Elle était trop paralysée par la douleur de son pied à l'agonie pour penser à autre chose que cela. Cette douleur qui dévorait tout, chassait toutes les autres sensations. Gerda ne savait plus comment respirer tant elle rôtissait dans les flammes de l'enfer. Quand elle avait succombé, cela avait été une délivrance.

Lorsqu'elle revint à elle, enfin libérée de son supplice, elle n'était plus dans la cuisine des Nillssen. Elle était de retour chez ses logeurs, les Anderson. Et ses parents étaient là, maman assise à son chevet, lui tenant la main et fredonnant l'hymne « Gloire à celui qui entend la parole de Dieu ».

Papa était debout au pied du lit, mais bizarrement il évitait de la regarder dans les yeux, même lorsqu'elle l'appela péniblement – son premier mot depuis des jours sans doute, car elle avait la bouche sèche, la voix râpeuse.

« Papa ? »

Il se tourna vers elle, parut brièvement soulagé, puis se détourna aussitôt.

« Maman ?

– Chut, on est là, on est là », répondit-elle, mais elle aussi paraissait tourmentée. Le pied gauche de Gerda se mit à la gratter, la brûler, et quand elle voulut le toucher avec l'autre elle ne sentit rien. Elle fixa sa mère, abasourdie.

« Ils ont dû l'amputer, chérie. Oh, je suis désolée, Gerda… Mon enfant, ma pauvre enfant ! » Elle étouffa un sanglot et caressa tendrement la chevelure poisseuse de sa fille. Gerda vit qu'un seul pied, le droit, faisait une bosse sous la couverture ; en lieu et place du gauche, il n'y avait rien.

« Le blizzard… » Elle s'efforçait de digérer la nouvelle. Pourrait-elle remarcher ? Enseigner à nouveau ? « Je me souviens… Il faisait si froid…

– Oui, chérie, oui. Ne parle pas. » Maman lui donna un verre d'eau, que Gerda but avec avidité, avant de sentir qu'elle allait vomir. Elle se pencha sur le côté. Quand la nausée passa, elle se rallongea.

« Papa, papa… » Elle tendit la main vers son père, qui s'écarta pour aller regarder par la fenêtre. Sa femme lui parla sèchement, en norvégien. « Cesse de te conduire ainsi, c'est toujours notre fille.

– Quoi, maman ? » Gerda eut toutes les peines du monde à se redresser – son pied l'élançait alors qu'il n'était plus là. Comment était-ce possible ?

Maman dut lire dans ses pensées, car en l'aidant à

s'asseoir, elle expliqua : « Tu vas encore le sentir, le docteur a dit. C'est normal, la sensation finira par s'en aller.

– Oh. »

Gerda ferma les yeux, trop fatiguée pour poser d'autres questions. Son cerveau ressassait cette information comme un enfant tourne et retourne des galets dans sa main, en quête de celui qui sera son préféré : le plus lisse, le plus frais au toucher. Elle ne trouva rien de positif à en tirer, cependant. Elle était estropiée à vie. Jamais elle n'aurait imaginé cela – elle voyait plutôt des belles robes, des rubans colorés dans les cheveux, une maison à elle, avec Tiny…

« Tiny ! » Ses yeux s'ouvrirent brutalement, et pendant un instant elle oublia son pied. « Où est Tiny ? Est-ce qu'il a… Il est… ?

– On a retrouvé son corps il y a deux jours, annonça froidement papa qui regardait toujours par la fenêtre, ses grosses mains calleuses dans le dos.

– Non, non ! » Le choc frappa Gerda au plexus et lui coupa le souffle. Pas Tiny ! Évidemment, elle se doutait qu'elle l'avait perdu à jamais en ne le voyant pas revenir, mais c'était au pire de la tempête, quand elle mobilisait toutes ses forces et sa volonté pour survivre. À présent, elle ressentait une peine extraordinaire, presque viscérale. Elle lutta pour se contrôler, car elle ne voulait pas la partager. C'était *sa* peine, à elle seule, ses parents ne comprendraient jamais. Ils ne comprendraient jamais l'idée de Gerda et Tiny, car ils n'avaient pas été jeunes et amoureux, ni eu d'espoirs et de rêves…

Sauf que ce n'étaient pas ceux de Tiny, c'étaient ses espoirs et rêves à elle. Si seulement ils avaient pu passer cette journée-là ensemble, comme prévu : eux deux seuls chez les Anderson, à jouer aux adultes, pour que Gerda lui montre ce qu'il raterait en partant, le persuade par ses talents de maîtresse de maison – par ses lèvres, si nécessaire –, lui montre tout ce qu'une épouse pourrait lui donner et dont une vie d'aventures le priverait... Si seulement...

Les joues baignées de larmes, le cœur battant, elle sentit les fourmillements revenir dans son pied. Son estomac vide l'étourdissait et la rendait malade en même temps, mais elle ravala la bile qui menaçait. Car il y avait autre chose, comme une angoisse qui bourdonnait dans son cerveau douloureux. Elle se rappela. Elle regarda papa. Et se mit à trembler de peur – elle comprenait enfin pourquoi il se comportait si bizarrement. Mais elle devait demander. Elle devait savoir.

« Les autres enfants ? implora-t-elle. Les autres... Que leur est-il arrivé ?

– Enfin tu poses la question que tu aurais dû poser à ton réveil ? » La voix de son père retentit dans toute la pièce, écorchant les oreilles et le cœur de Gerda. « Enfin tu veux savoir ce qui est arrivé à tes élèves, et pas à ton petit ami ? »

Gerda hocha la tête, lentement.

« Ils sont morts, Gerda. Emportés par le blizzard, tous. Trois garçons retrouvés dans les bras l'un de l'autre, figés par la glace – les fils Gerber. Un frère et une sœur, les Borstad, retrouvés à vingt mètres seulement de l'école. Et deux petits, Hardus Hummel et Johnny Rolstad, retrouvés ensemble près de la ferme des Rolstad. »

Les noms, elle ne supporta pas d'entendre les noms.

Elle se sentit rapetisser, fuir la chambre et la voix paternelle accusatrice, et se mit à scander, comme pendant la tempête : « Minna, Ingrid, Hardus, Johnny, Johannes, Karl, Walter, Sebastian, Lydia… Minna, Ingrid, Hardus, Johnny, Johannes, Karl, Walter, Sebastian, Lydia. »

« Assez ! » Papa fut auprès d'elle en une enjambée. Gerda scandait toujours à voix basse, les petits visages tournoyaient dans sa tête, elle était coincée dans un manège de mort…

Une douleur cuisante, un cri de surprise. Papa l'avait giflée.

« Steffen ! » Maman se leva de toute sa terrible hauteur et l'écarta. Gerda était abasourdie, pas parce qu'elle avait mal mais parce que, pour la première fois de sa vie, papa avait porté la main sur elle.

Et elle le méritait, plus qu'il ne le savait. Plus qu'il ne *pourrait* le savoir, jamais.

« Pourquoi, Gerda… pourquoi ? » La voix de papa s'enroua. Il se laissa tomber dans un fauteuil, et ses épaules s'affaissèrent au point qu'on aurait dit un vieil homme. Puis il se redressa et la regarda enfin dans les yeux. « À quoi pensais-tu pour les abandonner à leur sort et partir avec Tiny ? »

Ce fut à elle de ne pas arriver à soutenir son regard. Elle ne pouvait pas lui répondre non plus – jamais il ne devait savoir à quoi elle pensait ce jour-là. Alors elle se tut.

« Nous devons te ramener chez nous », dit-il en se levant pour faire les cent pas. Gerda n'entendait pas Mère Anderson s'affairer en cuisine. Où étaient ses logeurs ? « Tu n'es pas en sécurité ici.

– Comment ça ? » Gerda avait l'impression d'avoir la

tête dans un étau. Elle se frotta les tempes, et écarta la main de sa mère quand la brave femme voulut l'aider. Elle ne méritait pas d'être touchée ni réconfortée – pas par des gens bien comme ses parents. Des gens qui seraient morts d'affliction et de déception s'ils avaient pu voir dans son cœur noir de pécheresse.

« Ils veulent te tuer, grommela papa. Et je ne leur en veux pas.

– Steffen ! redit maman d'une voix tonitruante.

– C'est la vérité, elle a le droit de savoir. Le père des trois garçons est venu, fou de chagrin. Il avait un fusil de chasse. Il t'aurait tiré dessus si je ne m'étais pas interposé.

– Tu exagères… Papa exagère, tempéra maman gaiement. Cet homme est venu, c'est vrai, mais il n'aurait pas fait ça ! Envisager de tuer une institutrice à cause… d'un blizzard ? Toute personne douée de raison sait que ce n'était pas ta faute, et qu'on ne pouvait pas le prévoir. N'y pense plus. »

Mais Gerda se sentait agacée par l'amour de sa mère, son désir de protection, et elle continua à la repousser comme si c'était une mouche. Elle préférait la manière dont papa la traitait, sans prendre la peine de cacher son dégoût. Il lui parlait comme à une criminelle. Ce qu'elle était, à perpétuité.

« Tu vas devoir revenir à la ferme, et tu ne pourras plus enseigner. Pas dans la région en tout cas. Je ne sais pas ce qu'on va faire de toi. Ni comment on va pouvoir regarder les gens en face. »

Une fois de plus la colère parut le vider, il laissa ses épaules et sa tête pendre, et le supplice de Gerda fut à son comble. C'était elle qui lui avait fait cela. Elle qui avait terni son nom pour toujours dans la communauté.

« La seule richesse d'un homme, c'est son nom, Gerda », lui avait-il dit un jour qu'ils étaient à l'étable en train de récurer les stalles. Il avait souri fièrement en la voyant tituber sous une pelletée de fumier sans sourciller. Ce sourire, Gerda avait appris à le garder en réserve, persuadée qu'il était pour elle seule et que Raina n'y avait pas droit. Ce sourire disait : *Je sais que tu n'es pas un fils, mais un père n'aurait pas pu rêver d'avoir meilleure fille.*

« La seule richesse d'un homme est son nom, et c'est pour cette raison qu'il veut avoir des fils. Et même sans fils, il garde ce nom jusqu'à sa mort, donc il doit s'assurer de ne rien faire pour le salir. Il doit veiller à ce que les siens se comportent bien en toutes circonstances. Tu comprends, ma fille ? »

Elle devait avoir dans les treize ou quatorze ans au moment de cette discussion. Sous peu elle serait une femme, avec tant d'écueils à éviter, et elle avait rougi en devinant ce qu'il n'osait pas dire. Mais elle avait aussi acquiescé – bien sûr qu'elle comprenait ! C'était si facile. Gerda était incapable d'imaginer un scénario où elle déshonorerait son père. Le monde était simple en ce temps-là : il y avait le bien et le mal. On ne tue pas, on ne ment pas, on ne blesse personne, on accomplit les tâches qui nous incombent, on ne répond pas à ses parents. On ne convoite pas le mouchoir fantaisie que sa sœur a reçu d'une tante de Norvège pour Noël ; on ne se plaint pas d'avoir un sort pire que son prochain. On ne désire pas plus que sa part…

Ah, voilà ce qui l'avait piégée au final, n'est-ce pas ? Elle avait désiré *plus*. Demandé *plus*. Plus de temps avec Tiny.

Plus qu'il n'était prêt à lui donner. Ce désir l'avait poussée à prendre la pire décision possible, à penser à elle en premier et à ses élèves en dernier.

Il l'avait poussée au meurtre.

Risquait-elle d'être jugée pour ses actes ? Son cœur s'emballa, sa gorge se serra. Elle demanda un autre verre d'eau à sa mère, incapable de lui poser cette question. Papa saurait…

Mais papa refusait de la regarder.

Ainsi, elle allait devoir attendre avant de connaître pleinement les conséquences de ses actes. Quoi qu'il en soit, cela ne pouvait pas être pire que la culpabilité à porter en secret. Ses parents ne devaient jamais savoir à quel point elle avait mal agi, c'était déjà assez dur pour eux. Car c'était bien son égoïsme qui avait provoqué un drame inimaginable, la mort de jeunes innocents, de l'innocence même. Elle porterait le poids de son indignité, seule, jusqu'à la fin de ses jours. Personne ne le saurait hormis elle, et elle ne pourrait jamais se confier à quiconque, pas un seul instant.

Elle resta trois longs jours de plus dans la chambre sombre, les rideaux tirés pour chasser les regards inquisiteurs, soignée par sa mère pendant que son père rôdait tel un tigre en cage dans la maison des Anderson. Elle essaya de dormir, de se reposer au moins physiquement. Mais en pleine nuit elle se réveillait brusquement, terrorisée par des décharges de peur et de honte, s'imaginant en cellule, à quelques heures d'être menée à la potence. Impossible de faire cesser ce cauchemar, cette torture.

Elle se mit à haïr sa mère de la chérir et de la veiller jour et nuit. Cette bonne âme. Elle avait perdu un fils dans son pays natal, et voilà qu'elle perdait une fille maintenant. Une mère a toujours hâte de voir sa fille se marier. Maman ne constituait-elle pas un trousseau depuis des années pour Gerda et Raina ? Dès qu'elle avait du temps libre, elle tricotait des châles et des couvertures, mettait des fleurs de la prairie sous verre, confectionnait des sachets d'herbe séchée, récupérait les rubans des cadeaux et paquets. Tout pour aider ses filles à s'installer un jour. Ensuite, bien sûr, viendraient les petits-enfants tant attendus, la génération suivante, l'espoir pour l'avenir.

De cela, Gerda l'avait privée. Au moins, il lui restait Raina.

Les Anderson finirent par demander à maman et papa de partir. Gerda les entendit en discuter un soir, à la fin d'un dîner triste. « On ne peut plus la garder, il faut penser à notre place dans la communauté, dit Père Anderson, sans daigner baisser la voix. C'était une fille bien, c'est vrai, à première vue. Mais maintenant… »

Alors le lendemain, malgré le fait que Gerda était encore fiévreuse et incapable d'avaler autre chose que du bouillon, on fourra ses affaires dans un sac et on l'emmitoufla sans cérémonie. C'était très curieux, elle sentait le poids des couvertures sur son pied manquant, elle en était certaine. Tout comme elle était certaine de n'avoir boutonné qu'une chaussure, non deux. Le voyage long de quatre jours fut un supplice, elle dut se mordre la lèvre pour étouffer ses cris et sentit le goût du sang mêlé à celui des larmes durant tout le trajet. C'est à ce moment-là qu'elle se mit à haïr papa aussi. Il semblait faire exprès de rouler sur les ornières et les parties les plus cahoteuses de la route.

Mais jamais elle ne haït quelqu'un davantage qu'elle-même.

Encore et encore, elle s'obligeait à se remémorer la joie de ses élèves quand elle les avait libérés plus tôt que prévu. Johannes Gerber avait même jeté sa casquette en l'air et pris son petit frère sous les aisselles pour le faire tourner, jusqu'à ce que Gerda lui dise d'arrêter en riant. Minna et Ingrid avaient souri de leur sourire secret, parce qu'elles seules rentreraient en traîneau avec Maîtresse et son fiancé, et Gerda savait que c'était un honneur pour elles, et qu'à chaque récréation ou presque elles racontaient tout à un cercle d'admirateurs bouche bée.

Ensuite elle s'obligeait à imaginer combien ils avaient dû se sentir perdus, seuls, abandonnés par l'adulte censée s'occuper d'eux en dehors de la maison. Abandonnés par Maîtresse, qui était trop absorbée par ses projets pour se rendre compte que la menace arrivait du ciel à grands pas. Il ne restait plus à Gerda que cette dernière vision d'eux avalés par le nuage vorace. Après, ce n'étaient que suppositions. Avaient-ils crié et pleuré ? S'étaient-ils disputés, les trois frères qui se chamaillaient à longueur de journée ? Les grands avaient-ils passé un bras protecteur autour des petits ? Avaient-ils appelé leurs parents ?

L'avaient-ils appelée, elle ? *Mademoiselle Olsen, qu'est-ce qu'on fait ? Où êtes-vous ? Pourquoi vous nous avez dit de partir ?*

Enfin elle fut chez elle, retrouva son ancien lit et poursuivit sa convalescence. Ce serait long, prévint le médecin de famille. Mais elle se remettrait, elle était forte, elle apprendrait à marcher avec une béquille ou une jambe en bois.

À la maison, depuis sa petite chambre qui avec les années allait devenir de plus en plus oppressante, elle entendit ses parents vaquer à leurs occupations. Il y eut d'autres tempêtes, et la première fois qu'une bourrasque souffla derrière la cloison, elle se dressa d'un coup et se mit à trembler, son corps réagissant instinctivement à la simple idée d'être dehors, dans le vent déchaîné. Elle avait beau avoir un tas de couvertures sur elle, elle se demandait si elle aurait un jour à nouveau chaud.

Le bétail était toujours source d'inquiétude en hiver : y aurait-il assez de fourrage jusqu'à ce qu'il puisse retourner paître dans les prés ? Maman dut mettre les poussins dans la cuisine, pour les garder près du poêle. Les réserves de nourriture diminuèrent. Elles diminuèrent même beaucoup, Gerda ne pouvant plus aider avec son salaire d'enseignante, et une bouche supplémentaire à nourrir n'étant pas prévue. Elle n'avait guère d'appétit, de toute façon.

Papa ne chantait plus à tue-tête en travaillant. Maintenant, quand ses parents la croyaient endormie et discutaient devant l'âtre, Gerda savait qu'ils parlaient d'elle. Elle entendait des sanglots étouffés. Des bribes de prières. Des questions : « Oh, pourquoi a-t-elle fait ça ? Que va-t-elle devenir ? »

*Comment vieillit-on dans la prairie ?*

Voir ses parents se décomposer un peu chaque soir puis tenter vaillamment de se ressaisir le lendemain, mais toujours plus difficilement, au point de ressembler moins à des humains qu'à des poupées de chiffon. Se terrer dans sa chambre, rideaux tirés, par honte de se montrer au grand jour. Par peur de tomber sur quelqu'un, de devoir supporter le regard d'autrui : *C'est elle dont je te parlais. Tu te souviens ? Gerda Olsen. Qu'est-ce qu'elle était fière celle-là ! Remarque, on était fiers d'elle aussi. Un modèle pour tout le monde, une bonne institutrice.*

*Tu savais qu'elle a assassiné neuf enfants ?*

Et puis un jour, les journaux d'Omaha commencèrent à arriver. Et au moment où Gerda ne pensait pas pouvoir en endurer davantage…

Elle dut lire les articles à propos de sa sœur.

# Chapitre 30

## L'Héroïne de la Prairie

Dans cette horreur insensée, où les mots nous manquent parfois, l'histoire remarquable d'une femme glorieuse a été portée à l'attention de votre humble journaliste. Raina Olsen, jeune institutrice d'à peine seize ans, s'est comportée comme l'une de ces ingénieuses pionnières dont on loue les exploits dans les chants et les poèmes. Ne pouvant garder ses élèves au chaud quand la Tempête Monstre a montré les dents et soufflé la fenêtre de l'unique salle de classe de son école de campagne, elle a pris la lourde responsabilité de les emmener en sécurité, traversant le cœur du Plus Féroce Blizzard qu'ait connu le Nebraska. La téméraire Raina a attaché les enfants ensemble à l'aide des tabliers des écolières, et les a guidés jusqu'au refuge d'une ferme voisine. Leur route a été semée de dangers, notamment quand ils ont dû franchir un pont précaire enjambant une rivière déchaînée et ont cru tous périr. Mais cette brave fille de pionniers n'a jamais failli à sa mission. Le courage et le bon sens dont la jolie jeune femme a fait preuve sont allés droit au cœur des parents concernés, et la petite communauté de Newman Grove, où elle a sauvé tant de jeunes vies, lui témoigne depuis une gratitude sans borne. Son ambition, déclare-t-elle modestement, est de reprendre les cours dès que l'école sera réparée. Cependant, peut-être que la poursuite d'études, à l'université de Lincoln, est une perspective qui pourrait l'intéresser. Interrogée sur un éventuel mariage, la sage demoiselle rougit et proteste, bien qu'ils soient nombreux les jeunes hommes des environs à avoir perdu la tête pour cette véritable Héroïne de la Prairie.

*

« Excellent article, Woodson », dit Rosewater avec un air surpris légèrement vexant. Il tenait la dernière édition ouverte devant lui et la baissa pour regarder Gavin, qui pour une fois était assis dans le bureau du grand patron alors que Dan Forsythe poireautait dehors. « On commençait à désespérer, mon vieux. Il fallait bien maintenir le tirage mais bon sang, tragédie sur tragédie, ça devenait glauque. Elles finissent toutes par se ressembler, non ? Les amputations, les bébés morts de froid, les trains coincés pendant des jours sans rien à manger, les cadavres de fermiers, tous ces enfants, jour après jour. Le lecteur se lasse quand il n'y a que des mauvaises nouvelles, au bout d'un moment il se ferme, il se blinde. Il faut de l'inédit pour le passionner et lui donner envie de racheter le journal. Et vous avez réussi, nom d'un chien ! C'est magnifique. Il va falloir me trouver d'autres femmes comme cette petite Olsen, et plus elles seront jolies, mieux ce sera.

– Il va aussi falloir trouver un moyen de ne pas faire fuir les immigrants de notre État, dit gravement Jonas

Munchin, un des promoteurs de la ville et donc le réel patron de Gavin. Les journaux de la côte Est continuent d'évoquer un grand nombre de victimes. Il y en a même un qui parle d'un millier de morts. Ces chiffres ne nous aident pas du tout, et ce sont des gens d'ici qui leur donnent ces informations. Un charlatan a même affirmé qu'il y a eu cent morts rien que dans le sud du Territoire du Dakota. Comment peut-il le savoir ? Ça me dépasse. Il est allé les compter lui-même ? Il a inclus les Indiens de la réserve ? Et si oui, franchement, qui se soucie d'eux ? Seulement voilà, les rédactions de l'Est reprennent ces chiffres. On ne peut pas laisser passer ça, il faut contre-attaquer.

– On pourrait publier des tribunes, suggéra Rosewater tout en pianotant sur le bureau de ses doigts tachés d'encre. Contredire les mauvais chiffres et mettre en avant les bienfaits de la tempête – comme l'intérêt d'avoir une grosse quantité de neige cet hiver, ce qui est l'assurance d'une bonne récolte l'été prochain. Quelque chose dans ce genre. Parler de la pureté de l'air après le blizzard, en comparaison des villes de l'Est polluées par les fumées d'usines, et broder à partir de là. Vous savez quoi faire, Woodson. C'est pour ça qu'on vous paie. Concentrez-vous sur ces histoires distrayantes qui donnent envie d'y croire, comme ces héroïnes, et vous aurez tout à y gagner, n'est-ce pas Munchin ?

– Bien entendu. » Le promoteur ouvrit chaleureusement les bras, comme si les coffres de l'État lui appartenaient et qu'il pouvait y piocher à sa guise, ce qui était probablement vrai, ironisa Gavin en son for intérieur. « Tous ces drames ont eu du bon pendant un temps, mais nous devons être prudents. Quel que soit le nombre réel de victimes, minorez-le de deux tiers, et encore, si vous êtes obligé de le mentionner. Mieux vaut peut-être oublier complètement les faits et ne publier que des tribunes, à compter de maintenant. Du moment que c'est imprimé, les lecteurs prennent ça pour des informations, de toute façon. Vos concurrents de la côte Est auront tôt fait de passer à autre chose. Ces gens-là nous jugent, ils critiquent l'Ouest dès qu'ils peuvent, ils se moquent de nous, mais qu'en savent-ils vraiment ? Ils envoient un journaliste ici uniquement quand il est en disgrâce. » L'homme jeta un regard lourd de sens à Gavin. « On est le bout de la route, l'asile de pauvres, pour ces élites de New York. Il faut un blizzard titanesque pour qu'ils s'intéressent un tant soit peu à nous, et encore ils en profitent à nos dépens. »

Gavin en pensait autant, à vrai dire. C'est juste qu'il n'aimait pas ce Munchin et sa manie de le dénigrer, même s'il n'avait pas tort. Gavin le méritait, du moins avant sa rencontre avec *elle*. Sa jeune fille de la prairie.

Il se leva, serra la main aux deux hommes et quitta ce bureau qui sentait autant le tabac froid que l'autosatisfaction. Ignorant le regard interrogateur de Forsythe, il alla humer l'air frais dehors – même si l'air d'Omaha n'était pas frais, pas comme celui de la prairie, si pur qu'il vous picotait les narines et éveillait tous vos sens. En ville, même l'hiver, l'odeur des parcs à bestiaux restait nauséabonde, sans compter celle des humains et des animaux de compagnie. Voilà ce qui arrivait quand hommes, femmes, chevaux, chiens et cochons cohabitaient dans une zone délimitée, quand bien même prospère et grandissant sans cesse.

Gavin se mit en marche, direction la gare. La circulation des trains avait repris jusqu'à la prochaine tempête. Le canasson et lui avaient eu leur dernière communion : il ne louerait pas de traîneau cette fois. Il y avait des personnes dans la prairie qui l'emmèneraient où il avait besoin de se rendre.

Des personnes, pas des chiffres. Certaines plus importantes que d'autres pour lui.

*

Une nouvelle Héroïne

La jeune Minnie Freeman est une autre demoiselle intrépide qui, contre toute attente, a réussi à sauver ses élèves durant la Pire Épreuve Imaginée par Dame Nature. Quand la cabane servant d'école a vu son toit s'envoler dans la Fureur du Blizzard, Mlle Freeman a agi avec courage et détermination. Pour parer à une Mort Certaine, elle a – à l'instar de notre chère Raina Olsen – attaché ses élèves grâce à une corde trouvée dans la classe et les a courageusement emmenés en sécurité. La rédaction du *Bee* est convaincue que Raina Olsen et Minnie Freeman devraient recevoir une médaille pour leur héroïsme. Sans leurs actes de bravoure, il y aurait eu davantage de morts. Grâce à elles, la liste des victimes est bien moins longue que ne le prétendent certains journaux de la côte Est. Nous devrions honorer ces jeunes femmes, et leur assurer un avenir. Des dons peuvent être envoyés à l'*Omaha Daily Bee*.

*

(Courriers envoyés à l'*Omaha Daily Bee*)

*Cher Monsieur,*

*Je souhaite faire don de la somme de trois dollars à Mlle Olsen, afin qu'elle réalise son rêve d'étudier. Son histoire m'a touchée. Nous avons besoin de femmes comme elle.*

*Cher Monsieur,*

*Veuillez accepter le don d'une vache, à l'intention de Mlle Raina Olsen, pour son courage. C'est une bonne laitière, elle peut en disposer à sa guise.*

*Cher Monsieur,*

*J'aimerais faire don de deux dollars à Minnie Freeman et deux dollars à Raina Olsen, en reconnaissance de leur bravoure.*

*

La Cagnotte des Héroïnes

La rédaction du *Bee* a été inondée de courriers concernant les héroïnes Minnie Freeman et Raina Olsen. On leur a écrit des chansons et des poèmes. Nous avons également reçu de généreux dons, en biens matériels comme en argent, et nous incitons tous ceux qui le peuvent à contribuer à leur avenir. Nous en avons d'ailleurs reçu tellement que nous avons pris la liberté de créer une cagnotte au nom de nos braves demoiselles. Et nous publierons chaque jour, en bonne et due forme, le nom du donneur et le don proposé dans une rubrique intitulée « La Cagnotte des Héroïnes ». Tous les dons peuvent être envoyés à l'*Omaha Daily Bee*.

*

« Encore du très bon boulot, Woodson, dit Rosewater avec un sourire sincère, une dizaine de jours plus tard. La Cagnotte des Héroïnes… Génial ! Si on avait juste une fille ou deux en plus, pour capter définitivement l'imagination et renouveler l'intérêt qui tombe un peu… Les gens donnent parce qu'ils veulent voir leur nom imprimé – une sacrément bonne idée, mon salaud ! Une dernière grande histoire, non ? Une histoire triste, dans laquelle le lecteur se reconnaît. Oui, c'est pile ce qu'il nous faut. »

Gavin sourit. C'était précisément ce qu'il espérait entendre. Il était temps de dégainer sa botte secrète.

*

L'incroyable et déchirant destin d'une petite fille

Il a été porté à notre attention les Grandes Souffrances endurées par une autre victime du blizzard, une fillette prénommée Anette Pedersen. La pauvre malheureuse n'a eu la vie sauve que grâce à l'altruisme de son meilleur ami, Fredrik Halvorsan. Le petit Fredrik est mort tragiquement, en héros, dans son désir de protéger sa camarade. Au pire de la tempête, il l'a galamment recouverte de ses propres vêtements, et c'est ce sacrifice ultime qui l'a sauvée. À onze ans à peine, Anette Pedersen a été abandonnée par sa propre mère et vit désormais dans la famille Pedersen qui n'a eu d'autre choix que de l'accueillir. La pauvre enfant a dû être Amputée d'une Main à cause de terribles gelures et souffre encore énormément, mais a bon espoir de s'en remettre. Nous vous tiendrons au courant de son état de santé dès que possible.

*

*Cher Monsieur,*

*Je serais heureuse de recueillir la petite fille dont vous parlez dans le journal, Anette Pedersen. Je lui donnerai un bon foyer et toute l'affection possible. Veuve au cœur tendre, je suis assez fortunée pour l'aider et je possède une belle maison à Lincoln où elle n'aurait pas à faire la moindre tâche, la pauvre.*

*Cher Monsieur,*

*Je vous envoie un dollar pour Anette Pedersen, la petite qui a perdu une main. En comptant sur vous pour faire le nécessaire.*

*

Note au Lecteur

Nous avons décidé d'ajouter Anette Pedersen à la Cagnotte des Héroïnes. Tous les dons envoyés à son nom lui parviendront, et elle partagera avec Raina Olsen et Minnie Freeman ceux pour lesquels aucun bénéficiaire n'a été désigné.

*

La Cagnotte des Héroïnes

Nous avons le plaisir d'annoncer que les Bons et Généreux Citoyens mentionnés ci-dessous ont contribué à la Cagnotte des Héroïnes, créée par la rédaction du *Bee* :

– Mme Charles Wentworth fait don de 5 $ à Raina Olsen.
– Mme Reed Garner fait don de 7 $ à Minnie Freeman.
– M. et Mme James Farmer font don de 2 $ à Raina Olsen.
– Le pensionnat Bastable (Lincoln) propose une place à Anette Pedersen jusqu'à la fin de sa scolarité.
– M. Jacob Pendergrast fait don de 2 $ à Raina Olsen et 2 $ à Minnie Freeman, plus 5 $ en réserve pour l'instruction d'Anette Pedersen.
– La congrégation presbytérienne de Grunby (Nebraska) a organisé une collecte dont le montant (10 $) sera divisé en trois parts égales.
– Un ancien médecin militaire de la Grande Armée de la République, qui souhaite rester anonyme, fait don d'une main en bois sur mesure à Anette Pedersen dès qu'elle sera guérie.

*

Des nouvelles de la Cagnotte des Héroïnes

À ce jour, elle s'élève à près de 15 000 dollars, partagés de façon presque équitable entre nos trois héroïnes.

*

Raina Olsen et ses élèves

Aujourd'hui, lundi 5 février, Raina Olsen a rouvert sa classe, témoin de toutes les horreurs durant le Grand Blizzard. Le *Bee* a envoyé un photographe pour immortaliser ce moment. Photographie ci-dessous : Mlle Olsen en compagnie de ses élèves, pratiquement au complet. Depuis la création de la Cagnotte, Mlle Olsen a reçu d'innombrables demandes en mariage, bien que notre jeune innocente proteste, se disant trop accaparée par ses élèves pour songer à autre chose.

*

Les exploits des héroïnes furent repris par les agences de presse et diffusés aux quatre coins du pays, mais ce fut le *Daily Bee* qui connut le plus gros tirage car les habitants du Nebraska les considéraient comme les leurs. Tous les gens de la prairie étaient fiers des deux institutrices ; tout le monde était touché par la détresse d'Anette. Les dernières informations sur sa santé, qui continuait à s'améliorer, étaient suivies avec autant d'appréhension que si elle avait été l'infortunée protagoniste d'un roman de gare.

Une femme, en particulier, suivait ces informations, bien que personne ne saurait dire plus tard comment elle apprit l'événement au départ. Cette femme ne savait pas lire l'anglais, et de toute façon elle n'aurait pas pu se payer le journal. Ni avoir accès à un exemplaire. Peut-être un voisin avait-il bravé la météo pour l'alerter. Peut-être quelqu'un avait-il reconnu son nom, oublié par la majorité, si ce n'est par tous, jusqu'à ce qu'Anette devienne célèbre du jour au lendemain.

Toujours est-il qu'aux dires de son mari, la femme grimpa un beau matin sur une mule, en annonçant qu'elle serait de retour dans une semaine, peut-être – elle resta vague sur ce point, se souviendrait-il. À vrai dire, certains détails avaient fait se demander au mari si elle comptait vraiment revenir. Elle emporta toute sa maigre garde-robe, le seul peigne de la maison à posséder encore quelques dents, et une cuillère en argent terni qui lui venait de sa terre natale. Elle dit à son mari de tâcher de donner à manger aux garçons, pour l'amour du ciel. Et elle s'en alla.

Ce que personne ne savait, c'est qu'elle avait aperçu un objet brillant, et peut-être très beau, à l'horizon. Elle n'avait jamais possédé quoi que ce soit de brillant ou de beau – à part cette cuillère en argent, qu'en vérité elle avait volée. Elle n'avait connu que la misère, la pauvreté, la faim. Elle ne se rappelait plus pourquoi elle était venue en Amérique au départ. La pauvreté était la pauvreté, où qu'on vive. Peut-être s'était-elle fait happer par la grande vague qui avait emporté les immigrants. Ce n'était pas son genre de faire preuve d'initiative. La vie était courte et cruelle ; tout était écrit, et il fallait être idiot pour tenter de jouer au plus futé.

Mais là, c'était différent. C'était la providence. Et il aurait fallu qu'elle soit idiote pour ne *rien* tenter.

La femme prit la même direction qu'un an et demi plus tôt. Avait-elle honte en repensant à ce précédent voyage ? Avait-elle des remords en se rappelant les questions de sa fille, son regard dérouté – ses larmes pitoyables ?

Il n'y avait aucun remords, aucune honte. Elle avait

simplement fait le nécessaire pour se rendre la vie plus facile.

Elle s'étrangla de rire en songeant combien la situation était similaire. Elle avait des problèmes – sur ce point ça n'avait guère changé, même avec une bouche en moins à nourrir – et une fois de plus une solution se présentait à elle. Tout ce qu'elle avait à faire, c'était retourner chez ces gens. En attachant la mule devant la belle maison à étage, elle prit conscience que, si tout se passait comme prévu, elle n'avait laissé aucun moyen de transport à son mari et à ses fils. Bah, peut-être que si elle se sentait particulièrement généreuse elle ramènerait la bête derrière sa nouvelle calèche, un cadeau d'adieu à sa famille avant de tourner le dos pour de bon à cette hutte de misère et d'aller vivre dans une maison cossue avec domestiques, meubles astiqués, tapis épais et vaisselle en porcelaine, une maison qui ne sentirait pas la merde, la transpiration et les patates bouillies. Qui ne sentirait pas l'odeur de son mari, ni de ces sales gosses incapables de se retenir cinq minutes avant de se pisser dessus. Ils n'avaient pas de latrines, seulement des trous au fond du jardin.

Mais à bien y réfléchir, elle ne ferait sans doute pas ça. Son mari lui ressemblait beaucoup. Ce ne serait pas très malin de lui montrer qu'elle roulait tout à coup sur l'or.

Si tout se passait comme prévu…

Arrivée à la porte, elle frappa. Et lorsque la femme dont elle se souvenait lui ouvrit – cette belle femme qui la toisait avec dégoût, la dernière fois aussi –, elle expliqua calmement la raison de sa venue.

« Je suis la mère d'Anette. J'ai su ce qui lui était arrivé par les journaux. Je suis là pour la ramener à la maison. »

# Chapitre 31

Anette s'était habituée au monsieur rigolo qui venait tout le temps la voir. Il lui lisait des lettres d'inconnus qui s'inquiétaient pour elle, priaient pour elle, lui envoyaient des poupées ou des livres en cadeau. L'anglais d'Anette s'améliorait depuis que Mère Pedersen avait autorisé Maîtresse à lui donner des leçons. Le monsieur rigolo – M. Woodson – ne parlait pas norvégien.

Ce M. Woodson l'aimait bien, de toute évidence. Mais la douleur d'avoir perdu Fredrik ne la quittait jamais ; elle revoyait sans cesse ses yeux rieurs, ses jambes rapides comme l'éclair, la manie qu'il avait de repousser sa mèche sur son front jusqu'à ce qu'elle tienne toute seule. Tor et sa mère vinrent la voir, un jour – ils étaient déjà venus, lui apprit-on, quand elle était malade –, et ils lui rappelèrent tant son ami qu'Anette eut mal dedans, comme si son cœur avait été piqué par des abeilles. Tor ressemblait beaucoup à son frère, hormis sa présence apaisante qui contrastait avec Fredrik la tornade. Sa mère était si triste, elle avait pris les mains d'Anette dans les siennes et lui avait demandé avec insistance : « Mais il t'a sauvée, n'est-ce pas, mon Fredrik ? Il t'a sauvé la vie, mon garçon ? »

Anette acquiesça, ce qui arracha enfin un sourire à Mme Halvorsan, qui passa l'après-midi à lui raconter des anecdotes sur son fils. La fois, quand il avait trois ans, où ils avaient cru l'avoir perdu dans les hautes herbes de la prairie, alors qu'il faisait la sieste dans la grange et n'avait pas entendu leurs cris. La fois où il avait failli tomber dans le puits mais s'était empêtré dans la corde du seau, ce qui le sauva. La fois où il avait trouvé un crapaud et l'avait caché dans la commode où sa mère rangeait son beau linge, parce qu'il pensait que c'était la plus jolie maison au monde pour lui. Anette adora ces histoires et aurait pu les écouter pendant mille ans, mais Tor ne semblait pas apprécier. Il regardait sa mère d'un air anxieux et Anette ne sut pas ce qui l'inquiétait, seulement qu'il se détendit quand elle arrêta et décréta qu'il était temps de rentrer. Alors elle s'anima et ressembla, eh bien, à une mère, et Tor redevint presque comme avant.

Anette ne l'avait jamais vraiment remarqué à l'école, hormis pour prendre parti contre lui quand il se chamaillait avec Fredrik. C'était juste un grand, en dehors de son monde. Il était gentil, il aidait bien Maîtresse, mais il était plus âgé et plus intelligent et il ne viendrait bientôt plus en classe, de toute façon.

Depuis, tout avait changé. Ils avaient quelque chose en commun, Anette le sentait. Il ne lui dit pas grand-chose – en réalité il ne s'intéressa guère à elle, n'ayant d'yeux que pour sa mère. Mais lorsqu'il la salua d'un ton bourru, Anette sut que ce n'était pas dans son imagination : il existait une sorte de lien entre eux, et le regard qu'il lui portait était différent. Comme s'il voyait en elle, touchait du doigt sa peine. Et ce regard nouveau fit que Fredrik manqua un peu moins à Anette ce soir-là.

Pour autant, elle ne reverrait pas Tor avant très longtemps. Elle ne retournerait pas en classe pendant un moment, pas avec cette plaie qui, bien qu'en voie de guérison, ne l'autorisait pas encore à sortir. Le temps qu'Anette soit en état d'aller à l'école, Tor en serait parti pour travailler aux champs. Pour prendre la place de son père.

Anette commençait à s'agiter, à force de rester alitée. Maintenant qu'elle était bien réveillée, elle se sentait très mal à l'aise d'être soignée par Mère Pedersen. Il n'y avait pas plus gênant que de voir cette femme, qui n'avait jamais eu un mot gentil pour elle, lui donner le bain. Anette aurait préféré se laver elle-même mais n'y arrivait pas encore d'une seule main, bien que Doc Eriksen l'ait assurée qu'avec le temps elle serait capable de faire presque tout ce qu'elle faisait avec deux jusque-là. En attendant, elle fermait les yeux pour ne pas voir la tête de Mère Pedersen quand elle la déshabillait, l'aidait à grimper dans la baignoire et la frottait doucement avec une grosse éponge et du savon à la lavande. Anette aimait bien le savon, en revanche ; elle n'en avait jamais vu de tel, il n'irritait pas la peau et était si parfumé qu'elle sentait bon pendant des jours, après. Parfois Mère Pedersen lui mettait une goutte d'eau de Cologne dans le cou et sur les poignets, et Anette gloussait et se sentait vraiment grande. Mais c'était si bizarre ! Cette affection nouvelle qu'on lui prodiguait, comme à une invitée de marque, était presque plus déstabilisante que rassurante.

Et puis elle commença à s'inquiéter, malgré les visites de

M. Woodson et ces lettres qui lui promettaient des choses dépassant l'imagination, comme de l'argent et de l'instruction (ce qui, en toute franchise, la terrifiait). Si Anette n'était plus utile pour personne, si elle ne pouvait pas travailler, qui voudrait d'elle ? Tous ces gens qui lui écrivaient, ils attendaient forcément quelque chose en retour, qu'elle leur fasse la cuisine, le ménage ou la couture… Et comment s'y prendre d'une main ? Ces deux dernières années lui avaient appris bien des choses, que pour la plupart elle aurait préféré ne pas savoir. Mais elles lui avaient surtout appris qu'à l'exception de Fredrik, les gens appréciaient sa capacité à travailler dur sans se plaindre. C'était son unique valeur. Et encore, pas pour sa mère. Anette trimait tout autant quand elle vivait à la hutte, et ça n'avait pas suffi. Et Mère Pedersen, avant… avant…

Anette devinait qu'il était arrivé quelque chose à sa mère de substitution durant le blizzard. Comme si elle aussi s'était perdue dedans et fait secouer en tous sens jusqu'à ne plus savoir où étaient la terre et le ciel. Quelque chose s'était passé, qui l'avait changée. C'est ce qui lui embuait les yeux quand elle apercevait le moignon à vif d'Anette, avec les points de suture encore noirs. Et c'est ce qui la poussa, un soir où elle la croyait endormie, à entrer discrètement dans la chambre, s'agenouiller près du lit, poser sa tête angoissée dessus et chuchoter : « Si tu savais comme je suis désolée, ma pauvre petite. Me pardonneras-tu un jour ? Moi je ne me pardonnerai jamais. » S'ensuivirent de bruyants sanglots, comme si elle venait de découvrir un puits de larmes amères en elle.

Anette ne savait pas ce qu'elle était censée lui pardonner. Si en un sens elle la plaignait, elle n'oubliait pas non plus les méchancetés, ni les corvées. L'ambiance bizarre à la maison avait disparu mais elle sentait que c'était temporaire, aussi inévitable que la prochaine tempête. Tout comme elle sentait que Mère Pedersen n'avait pas radicalement changé : elle avait plutôt remplacé une obsession par une autre. De la même manière qu'elle était furieusement contrariée avant, elle était désolée maintenant. Et furieusement aimante : sa sollicitude de chaque instant devenait oppressante.

Pourtant, tout le monde traitait Anette comme si c'était *elle* qui avait changé. Maîtresse aussi faisait l'objet de toutes les attentions. Des inconnus parcouraient des kilomètres pour leur apporter des cadeaux, serrer la main de Mlle Olsen et venir voir Anette dans sa chambre comme si elle était un cochon primé dans un concours agricole. Anette ne comprenait tout simplement pas, malgré les tentatives de M. Woodson pour lui expliquer : ces gens avaient lu des articles sur elles dans le journal. M. Woodson avait raconté leur histoire, parce qu'il les aimait beaucoup et pensait qu'elles méritaient d'être récompensées pour ce qu'elles avaient enduré. Il lui montra même un de ces journaux, où elle lut son propre nom en petits caractères noirs. Malgré tout, cela la dépassait.

Il était si gentil, ce M. Woodson ! Plus gentil qu'on ne l'avait jamais été avec elle. Dès qu'il la voyait, il lui faisait un immense sourire. Il était content de voir Maîtresse, raisonnablement poli avec les Pedersen, mais il n'y avait que lorsqu'il tenait la main d'Anette qu'il riait aux éclats, comme si elle lui apportait… de la joie ?

Il venait souvent, faisant des allers-retours entre la ferme et la ville d'Omaha, qu'il tentait de décrire à Anette bien qu'elle eût du mal à l'imaginer. Des immeubles de six étages ! Un engin baptisé tramway pour transporter les habitants ! Des magasins débordant de marchandises et de trésors innombrables ! Un magasin rien que pour les chaussures, un autre rien que pour les chapeaux ! Des églises pour toutes les religions, des juifs, Bohêmiens, Italiens, avec des langues, des traditions, des cuisines et des modes de vie différents, mais tous vivant dans la même ville ! Puis il se mit à lui parler d'un endroit qui s'appelait New York et faisait peut-être cent fois la taille d'Omaha, avec encore plus de tramways et un bâtiment, Wall Street, d'où provenait tout l'argent des États-Unis d'Amérique, et Anette crut qu'on y fabriquait les dollars et les pièces par un tour de magie quelconque. Ça alors ! C'en était trop, et elle le supplia d'arrêter parce que son cerveau était trop petit pour contenir toutes ces informations, ce qui le fit rire de bon cœur, sans qu'elle comprenne pourquoi.

À chaque visite il apportait des sacs de lettres et des paniers de fruits. La première fois qu'Anette vit un ananas, elle rit si fort qu'elle en eut les larmes aux yeux. Qui pouvait bien manger un fruit aussi piquant qu'un hérisson ? Et puis M. Woodson montra à Mère Pedersen comment trancher les feuilles vertes au sommet, enlever la peau de hérisson et extraire le cœur juteux. Et quand ils goûtèrent, Anette se dit qu'elle n'avait jamais rien mangé d'aussi divin. Il avait le goût de tous les rêves qu'elle avait pu faire dans sa courte vie.

Mais parfois, quand il la croyait occupée à autre chose, M. Woodson l'observait d'un air inquiet. Ensuite il regardait Mère Pedersen, secouait la tête et devenait songeur. Comme s'il se méfiait de la situation sous ses yeux. Comme s'il avait le pouvoir de voir dans le passé, de voir comment c'était avant le blizzard.

Vint le jour où Anette eut le droit de rester dans un fauteuil tout l'après-midi, et même de s'habiller. Elle s'attendait à remettre ses vieux vêtements, mais à la place on lui présenta une robe vichy bleu franc, avec des boutons dans le dos que Mère Pedersen ferma pour elle. Elle avait aussi des nouveaux dessous – des dessous blancs, très jolis, avec des volants. Et des nouvelles mules noires ornées de nœuds rouges – Anette ne les quittait pas des yeux. Assise dans son fauteuil, elle tendait les jambes et pointait les pieds, les admirant sous toutes les coutures. On lui avait lavé et brossé les cheveux. C'était comme un jour de vacances, même si elle ne savait pas de quoi il s'agissait, n'en ayant jamais eu. En tout cas c'est ce que M. Woodson lui dit en ce jour où elle se leva pour la première fois.

Anette entendit Mère Pedersen s'affairer comme d'habitude avant le dîner, et elle sortit de la chambre à pas chancelants, marchant lentement dans ses belles mules et prenant appui pour ne pas tomber. Elle n'avait aucune idée du temps qu'elle avait passé alitée, n'avait pas pensé à demander, mais ses jambes lui donnaient l'impression d'être de la gelée qui n'aurait pas pris. Pour autant, maintenant qu'elle était là, elle savait qu'elle devrait aider à préparer le repas.

« Anette ! Qu'est-ce que tu fais ? » s'exclama Mère Pedersen, atterrée, en la voyant prendre un seau. Elle pouvait au moins ramener de la neige à faire fondre sur le poêle.

« J'aide.

– Rassieds-toi immédiatement ! Tu es trop faible. Laisse-moi faire. » Elle lui arracha le seau des mains avec un soupçon de son ancienne colère, sortit d'un pas décidé et revint avec le récipient rempli.

« Je ne… sais pas… » Anette se demandait quoi dire, comment poser la question qui lui brûlait les lèvres : allait-elle pouvoir rester maintenant qu'elle ne pouvait plus travailler autant ? Et sinon, où irait-elle, qui allait la prendre ? Elle aurait aimé qu'on lui explique. M. Woodson aurait sans doute pu mais il n'était pas là, et Maîtresse n'était pas encore rentrée de l'école.

« Tu ne sais pas quoi ? » rétorqua sèchement Mère Pedersen, qui était visiblement tendue. Aussitôt elle se reprit, se rafraîchit le front rouge du dos de la main et lui fit un sourire forcé mais pas méchant. Anette devina qu'elle non plus ne savait pas au juste comment se comporter avec cette nouvelle… douceur ? qu'il y avait entre elles.

« Je ne… »

On frappa. Mère Pedersen fronça les sourcils, posa le pain de maïs qu'elle s'apprêtait à enfourner et alla ouvrir avec un : « Quoi encore ? » Visiblement, tous ces visiteurs commençaient à l'épuiser.

Anette entendit du remue-ménage puis une voix, surgie de ses souvenirs, ou d'un rêve peut-être. Débarqua dans la cuisine une femme exsudant d'émotion et d'une odeur familière – mélange de pommes de terre, de cheval et de transpiration. Tout à coup, elle sentit des bras lui enserrer le cou et pendant un instant le monde plongea dans le noir, tandis que l'étreignaient ces bras qui l'avaient peut-être bercée un jour, mais sans doute pas. Pourtant c'était une sensation qui la ramenait à une époque très lointaine, d'avant sa naissance. Une sensation à la fois connue et d'une étrangeté saisissante.

Mais son cœur savait, et il lui fit crier « Maman ! » avant que son cerveau n'ait le temps de reconstituer les faits. Anette fut stupéfaite de sentir ses joues inondées de larmes. La nostalgie, refoulée depuis un an et demi, pour des liens d'affection qui n'avaient pas vraiment existé, faillit faire éclater sa poitrine. Elle pleura de pur soulagement, car l'étreinte d'une mère était aussi élémentaire que respirer, aussi naturelle que voir.

D'autres émotions – la colère, la douleur – l'interpellaient sur cette filiation à géométrie variable, mais elle les chassa. N'était-ce pas ce qu'elle désirait ? Ce pour quoi elle s'était interdit de pleurer, sachant que cela n'arriverait jamais ? Pourtant elle était là !

« Maman !

– Mon Anette ! Ma pauvre enfant ! Oh, quel bonheur de te revoir, ma chère petite ! Mais qu'est-ce qu'ils t'ont fait ? »

Mère Pedersen en fut indignée, mais à peine eut-elle le temps de réagir que la femme prenait Anette sur ses genoux et la berçait, sans grande douceur. Anette grimaça en sentant son moignon malmené, mais se lova contre l'épaule maternelle et s'autorisa à être de nouveau la fille de quelqu'un. Ou peut-être était-ce la première fois ?

Car alors même qu'elle s'abandonnait à ces tendres caresses, elle ne put s'empêcher de penser que jamais, pas une seule fois dans ses souvenirs, elle n'avait été câlinée. Ni aimée.

Alors pourquoi sa mère était-elle si gentille maintenant ?

# Chapitre 32

Lorsque Gavin Woodson arriva de la gare de Newman Grove sur un cheval emprunté, trimballant les courriers et les cadeaux assez petits pour être portés (la vache, cette bonne action lui avait peut-être fait gagner une conscience, une âme et un cœur, mais elle allait finir par lui casser le dos), la dernière personne qu'il s'attendait à trouver chez les Pedersen était la mère d'Anette, trônant dans la cuisine comme une reine avec son enfant blottie contre elle.

*Dieu que cette femme est laide*, fut sa première et peu charitable pensée. Il tressaillit littéralement en la voyant. Sa petite Anette – oui, c'est ainsi qu'il pensait à elle maintenant, et sans aucune gêne – était loin d'être jolie. Mais elle n'était pas laide, et il n'aurait jamais laissé quiconque la décrire ainsi. Elle n'était pas encore formée ; elle avait le temps de devenir belle, se disait Gavin, qui avait une foi aussi bête que désarmante dans le pouvoir de transformation de l'adolescence. Même si, pour la première fois, il eut des doutes.

La femme n'avait pas pris de bain depuis des semaines. Elle avait des cheveux gras ramassés en chignon, un nez rond et tavelé, des sourcils épais, et pratiquement plus de dents. À l'évidence, elle n'avait pas mis ses beaux habits pour les retrouvailles – et puis, à sa grande horreur, il se dit que peut-être *c'étaient* ses beaux habits. La misère lui collait à la peau, autant que son châle élimé, son tablier sale et sa robe froissée. Gavin n'avait jamais vu une créature plus pitoyable.

Mais il y avait aussi une lueur dans ses yeux, qu'elle avait petits et rusés. Elle avait flairé une aubaine, c'était flagrant même pour un mauvais joueur de poker comme Gavin. Une aubaine en la personne de sa fille, qu'elle avait vendue un an et demi plus tôt.

« Vendue contre deux poules et un cochon », confirma Gunner à son retour de l'écurie quelques minutes après. Les deux hommes étaient au salon pendant que la mère léchait les bottes d'Anette à la cuisine. « Cette femme m'a vendu la chair de sa chair contre des animaux. C'est un voisin au départ qui m'avait parlé de cette famille qui vivait dans un taudis, à un jour de cheval d'ici. Je peux vous dire qu'elle était pressée de s'en débarrasser, elle ne supportait pas sa vue. Elle n'a pas versé une larme en partant. Et n'a jamais demandé de nouvelles depuis.

– Pourquoi avez-vous fait cela ? Pourquoi vous êtes-vous rendu complice de… » Gavin ne trouvait même pas le mot tant il était dégoûté par la transaction.

Gunner rougit et fit diversion en se servant du café. « Pour mon épouse… Anna… Ce n'est pas facile. Vous êtes de la ville. Vous ne savez pas comment c'est ici.

– Non, j'imagine que non », dit Gavin sans cacher son dédain. Il ne révéla pas que Raina lui avait déjà raconté l'histoire en partie, comment les Pedersen avaient surchargé Anette de travail, jusqu'à la maltraitance.

Et maintenant, que faire de cette femme qui envisageait clairement d'empocher l'argent déposé au nom de sa fille sur un compte en banque à Omaha ? Ou pire, qui songeait à la ramener dans cet horrible endroit d'où elles venaient, ce qui était hors de question pour Gavin.

Il faudrait lui passer sur le corps avant que quiconque fasse du mal à Anette.

Anette, qui était l'unique raison de ses visites récurrentes chez les Pedersen. Anette, qui dans sa tête avait tout d'une orpheline de Dickens. Cette petite fille, si mignonne et amusante – elle n'avait pas conscience d'avoir le sens de l'humour, ce qui était l'une de ses qualités les plus attachantes. Elle avait les réactions les plus drôles, comme le jour où il lui avait offert un seul gant, pour la main droite bien sûr ; par délicatesse, il avait enlevé le gauche de la boîte. Anette avait remarqué qu'il y avait peut-être quelqu'un quelque part avec deux mains gauches qui en aurait l'utilité. Ou la fois où un inconnu avait voulu lui offrir un piano : elle avait ri aux éclats, et observé que si elle ne savait pas y jouer avant, elle n'y arriverait certainement pas maintenant.

Cette drôle d'enfant abandonnée avait ravi son vieux cœur d'ours mal léché. Si la fille de la prairie – l'originelle – n'était plus qu'un lointain souvenir, l'idée qu'elle avait inspirée à Gavin continuait à le porter, et s'incarnait désormais en cet être qui avait souffert le martyre, et pas seulement durant le blizzard. Quand il rentrait à Omaha pour écrire ses articles, ceux qui triplaient le nombre d'abonnements et finiraient, avec un peu de chance, par le ramener dans les bonnes grâces de Pulitzer, il se tracassait pour Anette. Il se demandait si elle se couchait assez tôt. Si elle faisait des repas sains et copieux – les Pedersen ne semblaient pas être à court d'argent, mais comment savoir ? Anna Pedersen se comportait comme si elle se repentait d'un grand péché ; elle cherchait presque trop à plaire, à soigner, à choyer. Elle paraissait sincèrement triste, et prête à tout pour se racheter, mais une femme comme elle… Gavin connaissait les femmes comme elle, du moins le croyait-il. Celles qui comptent sur leur beauté depuis si longtemps qu'elles en deviennent égoïstes et gâtées. Et puis c'était une fragile fleur de serre, déracinée et replantée dans le sol gelé de la prairie. Quelque chose disait à Gavin que cela lui restait sur le cœur.

Cependant, tant que Raina était là pour veiller sur Anette, il était raisonnablement rassuré. Le problème, c'est qu'elle n'allait pas rester éternellement. Les cours s'arrêteraient au début du printemps, pour les plantations, et le monde entier s'offrait à elle désormais : argent, offres de mariage, université, elle n'avait qu'à choisir. Un jour prochain, elle quitterait les Pedersen. Et que deviendrait Anette ?

Cela lui avait bien traversé l'esprit de la recueillir et d'en faire sa pupille – encore une idée tout droit sortie de Dickens. Mais sa façon de vivre à Omaha (dans une chambre de pension étriquée) n'était pas convenable. Ce que Gavin souhaitait pour elle, c'était une vie à laquelle elle n'aurait jamais pu aspirer avant le blizzard : une vie facile, faite d'amour et de stabilité, qu'il ne pouvait pas lui donner. Il était un homme sans parents proches. Il ne connaissait rien à la vie de famille, comment découper la dinde à Noël, dire ses prières du soir ou veiller à prendre un bain régulièrement. Bon sang, il avait déjà toutes les peines du monde à y penser pour lui-même.

Mais qui *pourrait* être la famille d'Anette ? Pas les Pedersen, en tout cas. Pas des gens qui avaient acheté une enfant pour en faire leur esclave.

Anette fit signe à Gavin de venir dans la cuisine, où elle le présenta à sa mère avec son humour habituel. « Le Journaliste », annonça-t-elle, et on aurait pu croire qu'il était le seul au monde. La mère le toisa comme si elle était sur le point de lui extorquer non pas deux poules et un cochon mais une basse-cour entière, et il tressaillit derechef. Peu importe combien les retrouvailles étaient heureuses, il ne laisserait pas cette femme mettre le grappin sur Anette et son argent.

Mais comment l'en empêcher ?

« Madame Thorkelsen », fit-elle d'un air aussi digne que ridicule. Elle se tamponna les yeux avec un mouchoir sale et dit dans un mauvais anglais : « Ah, si bon, cet homme ! » Raina, qui entre-temps était rentrée, traduisit. « Vous voyez ma pauvre, pauvre enfant ? Ce qu'elle a enduré ? Sa main en moins ? Et elle a failli mourir ? Ces gens ! » Elle désigna les Pedersen d'un geste courroucé. « Je leur ai donné Anette en pensant qu'elle aurait une meilleure vie avec eux – vous voyez le sacrifice que j'ai fait ? Comment j'ai souffert, moi, la maman ? Mais pas autant que ma fille.

– Vous… vous… » Poings fermés, visage violacé, Anna Pedersen avait toutes les peines du monde à contenir sa fureur. Elle n'arrêtait pas de regarder vers le poêle, curieusement. Au final elle ravala sa colère, par égard pour Anette.

« Et maintenant, grâce à vous et tous ces gentils lecteurs, on ne souffrira plus jamais, n'est-ce pas, *min datter* ? » ajouta la mère d'un air suffisant.

Gavin recula d'un pas ; ses narines se dilatèrent devant ce sourire presque édenté, mais ô combien fourbe. « On ? Comment ça, *on* ? »

Le sourire de la mère s'évanouit. Elle poussa Anette pour se lever, mit les mains sur les hanches…

Et Gavin frissonna en voyant de la haine pure briller dans ses petits yeux rusés.

# Chapitre 33

Anna était si tendue qu'elle aurait pu exploser en mille morceaux pour peu qu'on la frôle. Sa maison avait été assez désorganisée depuis un mois, sans compter la chambre réquisitionnée pour Anette – elle ne lui en voulait pas, non, c'était le moins qu'elle puisse faire pour une enfant estropiée par sa faute. Mais il fallait quand même bien qu'ils dorment quelque part, et elle avait dû bannir Gunner au salon pendant qu'elle s'exilait dans la chambre des enfants ; Raina était toujours là-haut, à l'étage. Ajoutez à cela le Journaliste, toujours dans ses pattes, et qui rapportait de plus en plus de *choses*, sans se soucier de savoir où les ranger : des lettres, des jouets, des habits, parfois des babioles comme ces perles que les catholiques prennent pour prier, la vieille bible de la mère de quelqu'un, des cadres avec des phrases brodées. Même une vache à lait – à vrai dire, ça c'était utile, et Anna avait accepté avec plaisir. Mais la maison ne pouvait tout simplement pas contenir autant d'objets, et pourtant ils continuaient à arriver, en même temps que *lui*.

Le Journaliste. Il avait bouleversé leurs vies encore plus

sûrement que le blizzard. Les premiers jours, avec toute cette agitation, elle n'avait pas eu le temps d'anticiper la suite. Et quand bien même, jamais elle n'aurait pu imaginer ça – cette notoriété soudaine et malvenue.

Des gens (inconnus comme voisins) débarquaient sans cesse chez elle pour voir Raina et Anette, « les héroïnes » ! Comme si c'étaient des animaux au zoo de Christiania. Comme si elle, Anna Pedersen, était ravie qu'ils piétinent partout avec leurs chaussures trempées, qu'ils l'ignorent et la traitent comme la bonne de service, juste pour étancher leur soif incompréhensible de voir deux êtres ordinaires ayant survécu à un événement extraordinaire.

Pire, alors que le ressentiment lui picotait la peau – personne ne demandait jamais comment *elle* allait, ni ne louait son dévouement –, elle était aussi rongée par la culpabilité. Chaque fois qu'elle repensait à cette gamelle brillant dans la neige, elle devait s'asseoir et plaquer un mouchoir sur sa bouche pour ne pas crier. Elle l'avait remisée à l'écurie, où Gunner l'utilisait pour les ordures. Elle allait en acheter une neuve à Anette – une plus grande et plus belle – en prévision de son retour en classe. Une nouvelle ardoise aussi, et des robes, des rubans, des bas : tout pour expier ses péchés.

Mais cela ne suffirait pas. Elle sentirait encore ce trou béant et palpitant en elle, là où sa bonté, sa charité chrétienne – son âme pure – siégeaient, avant. Elle ne pourrait jamais se faire pardonner. Elle irait en enfer, et Anna croyait au bon vieil enfer qu'on lui avait appris à l'église luthérienne. Celui des démons, des flammes et des souffrances éternelles.

À moins que…

Il lui restait peut-être encore une chance.

Elle n'en avait parlé à personne (encore moins à son mari), mais elle avait décidé qu'Anette resterait avec eux malgré les options que le Journaliste faisait miroiter à chacune de ses visites : tous ces gens riches offrant d'adopter Anette, de l'instruire, sans compter les fonds mis de côté pour son avenir. Ce n'était pas l'argent qui intéressait Anna, mais l'espoir de rédemption. Sa détermination à lui donner une bonne vie, la meilleure possible, était féroce. C'était le carburant qui la poussait à soigner Anette, exactement comme sa colère envers Gunner et l'Institutrice la propulsait, avant. Elle ferait tout ce qui était en son pouvoir pour se rattraper : elle l'aiderait pour ses devoirs, lui cuisinerait les meilleurs plats, lui achèterait les plus beaux habits ; elle lui bouclerait les cheveux, masserait sa peau rugueuse avec de la crème, la transformerait en poupée vivante. N'importe quoi pour compenser le fait qu'Anette était diminuée jusqu'à la fin de ses jours.

Car à quoi pourrait-elle bien servir, une fois adulte ? Quel homme voudrait d'elle ? Anna avait été élevée dans la croyance que la valeur d'une femme se résumait à celle de son époux. Bien sûr, cela l'avait poussée à choisir un parti enviable au premier abord, et mou comme un pudding dans les faits. Mais elle ne pouvait se libérer de son éducation.

En mutilant Anette, elle lui avait gâché toutes ses chances de faire un bon mariage. Par conséquent, c'était à elle de l'aider – de la sauver. Et ce faisant, de se sauver elle-même.

À la seconde où elle avait ouvert à la mère d'Anette, son cerveau s'était mis en branle, tentant de garder un coup d'avance. Il y avait danger. Cette affreuse sorcière, cette mégère sans cœur, c'était le mal ; un mal aussi noir que celui d'Anna.

Ce qui expliquait peut-être pourquoi elle l'avait reconnu d'emblée.

« Vous voyez ma pauvre, pauvre enfant ? Ce qu'elle a enduré ? » disait Mme Thorkelsen à présent, tout en câlinant Anette. Ou plutôt en l'étranglant. Le Journaliste paraissait sceptique. « Et maintenant, grâce à vous et tous ces gentils lecteurs, on ne souffrira plus jamais, n'est-ce pas, *min datter* ?

– Comment ça, *on* ? »

Anna vit la mégère pousser Anette sans ménagement et se lever pour toiser de la tête aux pieds le Journaliste, qui recula, surpris par l'expression de dégoût qu'il lisait dans ses yeux.

*L'imbécile*, pensa Anna. Il n'était pas un adversaire digne de la femme, malgré les airs qu'il se donnait parce qu'il venait de la grande ville, et ses articles qui avaient attiré ce démon ici. Ne voyait-il donc pas que tout était sa faute ? Non, bien sûr ; c'était un homme. Seule une femme pourrait sauver Anette.

« Je présume que vous en avez après l'argent ? » lança Anna, ignorant les bégaiements du Journaliste. Raina et Gunner assistaient à la scène en silence. Comme des témoins.

« Je m'inquiète juste pour *min datter*, qui a tant souffert sous votre garde, qui a perdu sa main ! Qui a failli mourir ! Je vais l'emmener et lui offrir tout ce qu'elle veut, grâce aux gentils lecteurs. Des choses que seule une mère peut donner.

– Oh, maman ! » Le visage d'Anette rayonnait de joie. Anna ne l'avait jamais vue ainsi. Elle ne souriait jamais avant le blizzard, et riait encore moins. Mais voilà que le Journaliste, puis la sorcière, l'avaient changée. Ils avaient transformé une créature renfrognée – non, désespérément malheureuse – en vraie enfant.

Une enfant qui se réjouissait d'appartenir à quelqu'un. En se remémorant les mauvais traitements qu'elle lui avait infligés, Anna sentit son cœur coupable se serrer. Une fois de plus.

« Tu es vraiment venue pour moi, maman ? Tu veux vraiment de moi ? Et on peut rentrer à la maison ?

– Oui, ou… ça te dirait de vivre ailleurs, juste toi et moi ? Ne pas retourner dans notre ancien chez-nous, avec cette ordu… ton beau-père ? Prendre un nouveau départ, rien que nous deux ? »

Anette acquiesça vivement et alla se réfugier dans les bras maternels. Elle se mit à pleurer doucement, de joie. Anna ne supporta pas cette scène touchante : la mère donnant des tapes dans le dos, les « *min datter, min datter* » susurrés, les larmes qu'elle réussit à faire couler. Des larmes de crocodile, oui.

Oh, Anna connaissait cette femme. Et elle n'imaginait que trop bien ce qui se passerait si elle emmenait Anette. Tout cet argent lui brûlerait les doigts, elle finirait par la traîner de pension miteuse en pension miteuse, et ne veillerait jamais à l'instruire. Viendrait le jour où elle essaierait de la revendre, sauf qu'entre-temps Anette serait devenue une jeune femme. Et le genre de transaction que cela sous-entendait fit trembler Anna de rage. Elle dut prendre sur elle pour ne pas arracher les yeux de cette sorcière sur-le-champ.

Anna jeta un regard aux autres, Raina, Gunner, le Journaliste. La peur se lisait sur leurs visages – l'impuissance, aussi.

« C'est sa mère. » Raina fut la première à rompre le charme ; elle parla en anglais de façon que l'intéressée ne comprenne pas. De toute manière, celle-ci était trop occupée à glousser avec sa fille pour leur prêter attention. Elle faisait son petit numéro dans le seul but d'établir son droit, et Anette en raffolait, croyait à toutes les fausses déclarations d'amour et de dévouement. *Ach*, la pauvre ! Encore une chose qu'Anna aurait à faire : lui apprendre à ne pas être aussi naïve.

« Elle a le droit de reprendre son enfant, poursuivit Raina. Qu'est-ce qu'on peut faire ?

– On n'a rien signé, admit Gunner. Légalement, Anette n'est pas à nous. Je doute que cette femme possède un extrait de naissance ou de mariage, vu le peu de valeur qu'ont les papiers ici, à part les actes de propriété. Mais si cette affaire se retrouvait au tribunal, aucun juge ne nierait qu'une mère a le droit d'emmener sa fille.

– Que le diable l'emporte, grommela le Journaliste. Elle a vendu son propre enfant. Elle va filer avec l'oseille, et jamais on ne retrouvera Anette. Ça ne se passera pas comme ça, j'en fais la promesse. Je peux… Je peux écrire sur elle dans le journal, révéler qui elle est vraiment. » Mais sous sa colère aussi l'impuissance pointait, et Anna se retint de rire. Sa plume avait beau être redoutable, elle ne valait rien dans la prairie. Cet endroit faisait ressortir les pires bassesses. Inutile d'y chercher du raffinement, il n'y avait que les instincts les plus vils : cupidité, malfaisance, violence, loi du plus fort. Une belle plume n'était pas de taille contre une femme déterminée.

*Pfft… !*

Anna n'avait que faire de ces idiots qui ne voyaient pas le danger sous leur nez, qui se raccrochaient à d'absurdes subtilités légales et à des notions d'amour maternel idéalisé. Elle leur tourna le dos, son regard se reposa sur le poêle ; elle soupira. Vraiment, elle en avait assez de ces intrus chez elle, de cuisiner, récurer, repriser, soigner… Et cette sournoise déguisée en mère attendrissante, c'était le pompon. Anna pensait que Raina, au moins, aurait eu plus de jugeote. Mais non, elle allait devoir prendre les choses en main toute seule.

« À table », annonça-t-elle pour mettre un terme aux bavardages inutiles. Ces imbéciles lui cassaient les oreilles, lui donnaient des démangeaisons. « Anette doit manger tôt pour faire une bonne nuit de sommeil. » Elle les chassa de sa cuisine, empoigna le pain de maïs et l'enfourna.

Plus vite ils seraient nourris, plus vite ils iraient se coucher.

Et là, elle pourrait faire ce qui devait être fait.

# Chapitre 34

Les gens disparaissent dans la prairie. C'est un fait entendu, et dès la descente du train. Un seul regard au paysage qui s'étend à perte de vue, sans aucun point de repère – pas de maisons, ni de clôtures, juste du vide –, et le nouvel arrivant ne peut s'empêcher de penser que c'est l'endroit parfait pour se volatiliser, de son plein gré ou pas.

D'ailleurs, il n'était pas rare d'entendre parler de personnes parties un beau jour et qu'on n'avait jamais revues. Tous les hameaux avaient une anecdote : l'homme près de Gibbon, aperçu pour la dernière fois dans son champ de blé, inspectant les rangées d'épis racornis, une faux à la main. Envolé, malgré toutes les recherches qu'avait pu faire sa famille dévastée. La jeune mère habitant à Beatrice, qui avait couché son bébé pour la sieste, était allée chercher de l'eau au puits et n'était jamais revenue. Le père avait retrouvé le bébé le soir, rouge d'avoir hurlé pendant des heures mais sain et sauf.

Des corps, morts de froid dans un blizzard, ensevelis par la nature. Certains seraient découverts au printemps, mais pas tous, pas ceux qui s'étaient fait surprendre dans un coin isolé, piégés dans un ravin où la neige mettait plus de temps à fondre et où on ne les chercherait pas forcément. On retrouverait éventuellement des ossements un an après, dépouillés de toute chair permettant de les identifier, les vêtements désagrégés depuis longtemps ne laissant que des lambeaux de tissu, trop dégradés par les intempéries pour qu'on puisse les reconnaître. Il y avait des loups, bien sûr. Des pumas.

Les Grandes Plaines étaient assez vastes pour inspirer les rêves les plus ambitieux et les moins judicieux, mais aussi pour empêcher quiconque de les explorer de bout en bout. Certains disparaissaient par choix, parce qu'ils y voyaient une chance de refaire leur vie ailleurs en toute tranquillité. D'autres, parce qu'ils capitulaient.

Et d'autres encore, parce qu'une tierce personne l'avait décidé.

Anna Pedersen avait une chance de se racheter cette nuit-là. Une chance de se faire pardonner tout ce qu'elle avait fait à Anette. De lui assurer l'avenir qu'elle méritait, quand personne dans son entourage n'en semblait capable.

En agissant elle ne sauverait pas son âme, elle la détruirait même davantage. Mais elle était déjà damnée pour l'éternité. Qu'était un péché de plus sur ses épaules, à supporter jusqu'à la fin de sa vie dans cet endroit maudit ?

Elle était assez forte.

Ce fut facile d'attirer la mère dehors. Anna n'eut qu'à expliquer à mi-voix qu'elle voulait lui faire cadeau d'une des juments primées de Gunner ; que c'était le début de toutes les richesses qui l'attendaient. Le bourricot sur lequel elle était venue, autant l'abattre. Mais il fallait venir maintenant. Gunner était couché, Raina à l'étage, le Journaliste rentré en ville. C'était un cadeau secret, de femme à femme ! Anna veillerait à ce qu'elle ait le meilleur cheval. Si elle s'en remettait à Gunner, il tenterait de la convaincre d'en prendre un de second ordre, indigne d'elle.

Anna jeta un coup d'œil à Anette, qui dormait paisiblement tandis que sa mère inspectait la chambre, se demandant sans doute quels objets rentreraient dans son sac de voyage décrépit.

Mme Thorkelsen – elle ne leur avait pas donné son prénom, et tant mieux – accepta avec enthousiasme et suivit docilement Anna. Elle se mit à jacasser à propos de l'argent, combien elle allait avoir la belle vie maintenant. De temps à autre elle se reprenait, en disant qu'*Anette* allait avoir la belle vie. Mais pour l'essentiel elle parla des robes qu'elle s'offrirait, d'une maison, d'une calèche, d'une montagne de nourriture, gâteaux, biscuits, rôtis de bœuf. Une vie de luxe, en somme ! Et fini les hommes – elle éclata de rire et à contrecœur Anna gloussa, de femme à femme. Fini les hommes ! Plus besoin de mari !

Une fois dans l'écurie, la porte verrouillée derrière elles, Mme Thorkelsen se précipita, allant de stalle en stalle comme si elle était juge dans un concours agricole. Anna lui laissa tout le temps de choisir – celle-ci, la petite jument noire avec le diamant blanc entre les yeux. Elle irait très bien. Quelle élégance !

Anna acquiesça. Tout en avançant vers la femme ravie, elle glissa la main dans la poche de son tablier. Le métal froid du revolver l'apaisa, une fois de plus – l'hypnotisa, comme la fameuse nuit du blizzard où elle avait tenu Gunner en joue. Elle comprit que ce blizzard n'était pas qu'une tempête, il était aussi la manifestation physique des tourments de son âme, une lutte dantesque qui s'était étendue à la prairie, dehors. Elle, Anna, avait littéralement réveillé les dieux, se condamnant à l'enfer tandis qu'ils emportaient des innocents comme Fredrik et arrachaient la main d'Anette.

Elle connaissait son destin, et elle connaissait celui de Mme Thorkelsen.

La femme ne comprit jamais, en revanche. Elle n'eut pas le temps de voir l'éclat du métal, ni le doigt d'Anna sur la gâchette. Elle dut sentir le museau plaqué dans son dos, car Anna savait qu'elle devait étouffer au mieux la détonation. Mais elle tira aussitôt, et l'autre s'écroula en silence. Les animaux s'affolèrent, et Anna dut les calmer un par un, tout en priant pour que Gunner n'entende rien – quelle idiote, elle n'avait pas pensé aux réactions des chevaux !

Mais il ne vint pas, et bientôt tout fut paisible à nouveau, et Anna n'eut plus qu'à hisser le corps inerte sur le dos du bourricot, qu'ils avaient mis à l'écurie pour la nuit. Elle était plus lourde, morte. Anna eut du mal, ses muscles tremblèrent, mais elle réussit. Elle enfila le manteau, le chapeau, les gants et les bottes de Gunner qu'elle avait cachés là après dîner, et sortit.

S'arcboutant contre le léger vent – il ne faisait pas si froid, c'était juste une nuit de février dans le Nebraska –, elle mena la mule titubante et son fardeau silencieux dans la prairie. Ses pieds nageaient dans les bottes de son mari, lui compliquant la tâche. Elle leva brièvement la tête, reconnaissante d'avoir la pleine lune pour lui montrer la voie. Au bout de ce qui lui parut être des kilomètres, elle atteignit une ravine loin de toute ferme. Elle étudia les lieux un bon moment, puis creusa dans la neige, sur un peu moins d'un mètre. Ce fut plus long que prévu. Même protégées par des gants de travail ses mains s'engourdirent, et ses bras l'élançaient.

Finalement, elle obtint un puits suffisamment large pour contenir la dépouille d'une petite femme odieuse. En la jetant dedans, Anna eut la nausée. Elle revoyait le corps, bleui, de Fredrik Halvorsan dans une tombe similaire, à côté d'Anette. Alors elle ferma les yeux, et en les rouvrant elle constata qu'elle pouvait reprendre le travail. Elle s'aida de ses mains et de ses pieds, et finit par ensevelir totalement le corps sous la neige.

Elle avait chaud à présent, elle transpirait dans l'épais manteau. La longue marche qui l'attendait pour rentrer la rafraîchirait. Elle donna une tape sur la croupe de la mule, la propulsant plus loin encore dans la prairie. La bête tiendrait un jour ou deux tout au plus, puis elle aussi deviendrait un tas d'ossements le printemps venu. Elle n'avait pas de selle : Anna avait pensé à l'enlever, il n'y avait donc rien pour l'identifier.

Encore mieux, il allait se remettre à neiger. Elle le sentait dans l'air, cette odeur lourde, humide. Oh oui, il allait bientôt neiger, et toutes traces seraient effacées.

Satisfaite d'avoir sauvé Anette une bonne fois pour toutes, Anna se résigna à son sort. En revanche elle n'était pas pressée de le subir, et elle se mit en route, revolver en poche. Elle arriverait avant l'aube, dans une maisonnée encore endormie. Elle se laverait, puis irait cacher le sac de la femme en attendant de pouvoir le brûler. Enfin elle se glisserait discrètement dans le lit de ses enfants, où elle dormait depuis des semaines maintenant. Gunner ne se douterait jamais qu'elle avait passé la nuit dehors.

Il y aurait des questions au réveil – quelques-unes tout au plus. Personne ne regretterait le départ de la mère. Anna inventerait facilement une histoire, comme quoi elle l'avait renvoyée chez elle avec un peu d'argent, et on la croirait. La mule, bien sûr, aurait disparu. Anette serait peut-être triste, mais cela ne durerait pas. Après tout, elle avait déjà été abandonnée.

Et un jour prochain, tout le monde partirait : le Journaliste, l'Institutrice, Anette. Elle devait renoncer à la fille ; elle lui avait sauvé la vie deux fois maintenant, cela suffisait. Quelqu'un d'autre (quelqu'un dont l'âme n'était pas entachée d'un péché mortel) devrait s'en occuper jusqu'à ce qu'elle soit adulte. Et ainsi sa famille se réapproprierait la maison, plus d'intrus, plus de badauds. Anna sentit un poids la quitter à l'idée de ce retour à la normale, ses meubles encaustiqués, chaque chose – *chacun* – à sa place. Y compris le revolver, qui retournerait dans la brique descellée derrière le poêle et y resterait jusqu'à la prochaine fois. Elle comprenait maintenant pourquoi sa sœur le lui avait donné avant son départ de Minneapolis. En ville, il ne lui était d'aucune utilité. Ici, par contre…

Ici, une femme avait besoin d'un allié qui ne pose pas de questions. Et ne raconte pas d'histoires.

À mi-chemin, le souffle court, elle fit une pause et regarda vers le ciel. La lune brillait au point qu'elle voyait sa propre ombre portée, mais les étoiles étaient visibles, et il y en avait tant qu'elle s'extasia. Comment se faisait-il qu'elle ne les ait jamais vues avant ? Le ciel de la prairie était éblouissant de beauté, avec cet amas d'étoiles. Anna se dit que si elle était là-haut, elle ne pourrait pas faire un pas sans en frôler une. Elle les pointa du doigt et imagina combien elles devaient être froides au toucher, si loin du soleil.

Quelque part, un hibou hulula. S'arrachant au ciel illuminé, elle chercha le volatile du regard, mais ne vit rien hormis le désert qui l'encerclait. Elle était son centre, son cœur. La terre givrée s'étirait dans toutes les directions, et c'était magnifique. Élégant, même. Les rares herbes sèches pointant à travers la neige ondoyaient doucement. Il y avait des creux et des bosses, comme sur un gâteau au glaçage fantaisiste. Le murmure exalté des flocons qui dansaient au loin. La sensation d'être seule au monde – Anna adorait cette sensation, et elle se demandait pourquoi elle n'avait jamais songé à la chercher ici.

*Mon Dieu, que la prairie est belle*, se dit-elle. *Un jour, moi aussi je pourrais bien y disparaître.*

Mettant ses pas dans les traces de bottes d'homme qu'elle avait faites à l'aller, elle rentra chez elle.

# Chapitre 35

Le temps que le printemps arrive dans la prairie, en compagnie du chinook, ce vent chaud balayant les plaines blanches, remontant les rivières gelées et faisant vibrer les maisons, la nouvelle source d'inquiétude était la fonte des neiges. Et en effet, cette année-là, il y eut de grosses inondations. Des villes entières se retrouvèrent les pieds dans l'eau. Des ruisseaux débordèrent de leur lit, et les huttes en terre se trouvant sur leur passage ne furent bientôt plus qu'un souvenir. Mais cela faisait partie du printemps dans la prairie, et tout le monde y était préparé. Après le froid venaient les inondations, puis la sécheresse brutale, les incendies, les sauterelles en été, puis de nouveau les incendies en automne… C'était sans fin. C'était comme ça.

À ce stade, la vie était à peu près revenue à la normale. Les morts étaient enterrés. Il y en avait toujours à cette période de l'année : des bébés ou des personnes âgées qui ne survivaient pas. Les faibles se faisaient facilement faucher en hiver.

Cette année-là, il y eut simplement plus de personnes en bonne santé à pleurer. Et bien trop d'enfants.

Davantage de places vides à table, moins de bras pour travailler aux champs. Mais les écoles se vidaient toujours au printemps, et les enfants survivants pouvaient aider leurs parents. À ce stade, on s'était habitué aux pupitres vides.

Si la découverte de nouveaux corps sous la neige fondue raviva la peine, elle fut ravalée. Les âmes prosaïques des plaines avaient déjà fait leur deuil. Personne ne gardait l'espoir qu'un être cher se soit réfugié chez des inconnus et attende une météo plus clémente pour rentrer. Ainsi il y eut d'autres enterrements, d'autres bouchons brûlés pour noircir les cercueils, mais au moins la terre était moins dure, l'inhumation plus aisée, et tout fut accéléré afin de retourner à ce qui était important, à ce qui était la *vie* – les plantations.

Aux quelques fêtes ce printemps-là – un mariage par-ci, un baptême par-là, la messe les dimanches où on pouvait délaisser les champs –, on remarqua d'un air contrit qu'il y avait beaucoup d'invalides. Des amis et parents à qui il manquait une oreille et qui portaient leur chapeau enfoncé pour cacher la plaie à vif. Des trous grotesques à la place du nez. Quantité de doigts manquants ; on plaisantait en disant que cela devenait presque rare de voir quelqu'un qui en avait dix. Les gens s'habituèrent aux mains en bois, comme celle qu'Anette Pedersen exhibait avec fierté.

Et aux bottines en bois, comme celle que Gerda Olsen cognait d'un pas lourd, misérablement.

Mais ceux qui avaient vécu le blizzard ne l'oublieraient jamais. Ils transmettraient leurs histoires de génération en génération, sans les embellir, car ce n'était pas nécessaire. Et ce n'était pas leur genre.

La vie continuait.

Pour autant, bien des existences avaient irrémédiablement changé. Certaines, en mieux.

La majorité, en pire.

*

La famille Halvorsan continua à vivoter. Tor ne revint pas en classe, et il fut regretté. La veille de la fin des cours, Raina décida d'aller le voir. Elle devait lui parler, voir par elle-même comment la famille s'en sortait. Elle n'aurait pas su expliquer pourquoi. Sans doute les Halvorsan faisaient-ils partie de sa tournée d'adieux. Elle ressentait comme un impératif à clore cette histoire avant le retour chez ses parents et ce qui l'attendait là-bas – en tout premier lieu, Gerda.

Ainsi Raina tenait à revoir Tor et Mme Halvorsan, à saisir cette dernière chance de pouvoir leur exprimer sa sympathie. Elle ne se sentait plus responsable de la mort de Fredrik mais compatissait sincèrement pour cette famille, car elle avait été témoin des prémices de sa peine.

Par un chaud après-midi, elle libéra les enfants – et sourit en voyant les grands se disputer pour avoir le privilège de ramener Rosa chez elle, car la petite marchait encore avec une béquille. En chemin, Raina s'étonna une fois de plus de la courte distance qu'il y avait entre l'école et la ferme. Rien que de la cour, elle distinguait la maison, le puits, même la corde à linge. À pied, il y en avait pour un quart d'heure.

Alors qu'en ce jour de janvier, cela avait duré une éternité.

Mme Halvorsan étendait sa lessive quand elle la vit arriver. Aussitôt elle se rua à l'intérieur, et Raina sourit : elle connaissait ces braves femmes, savait qu'une assiette de biscuits ou une part de gâteau tiède l'attendraient, sans oublier un thé. Il leur était inconcevable de recevoir quelqu'un sans lui offrir à manger.

Le temps que Raina frappe à la porte après avoir soigneusement raclé la boue sous ses bottines, Mme Halvorsan s'était recoiffée et avait mis un tablier propre. Elle fit entrer Raina avec un sourire timide – ce même sourire que la majorité des gens de la prairie arboraient devant des invités, surtout après l'hiver, quand ils s'étaient déshabitués à avoir de la compagnie. À la fin de l'été, on se sentait plus libre de rire et de plaisanter. Mais là, les longs mois d'isolement étaient encore trop récents.

« Bien, bien, mademoiselle Olsen, c'est bien d'être venue ! On a pensé à vous !

– Ah bon ? » Raina ôta sa cape en riant, s'assit sur la chaise à barreaux qui l'attendait dans la cuisine, but un peu de thé. Deux petits Halvorsan (dont l'un ressemblait tant à Fredrik que son cœur se serra) se couraient après dans la pièce, mais il suffit que leur mère les regarde et crie « C'est la *maîtresse* ! » pour qu'ils se calment.

« Ils vont à l'école à la rentrée, dit-elle fièrement. Vous allez pouvoir leur enseigner !

– C'est l'une des raisons de ma visite, répliqua Raina en gigotant sur l'étroite chaise, mal à l'aise. Je ne serai plus là à la rentrée. J'ai donné ma démission.

– Oh, Seigneur. » Mme Halvorsan paraissait sérieusement ébranlée. Elle se mit à tortiller un coin de son tablier, ses yeux s'embuèrent ; elle se détourna, pas assez vite.

Alors elle chercha à minimiser. « Je pleure pour un rien, ces temps-ci.

– C'est normal… Moi aussi », avoua Raina, et elle tendit le bras pour serrer cette main aux doigts longs et nerveux, rouge d'avoir trop récuré, desséchée. Par endroits la peau brillait, là où des brûlures de cuisine avaient cicatrisé. Les ongles étaient courts et propres. Il y avait de la force dans cette main.

« Je suis désolée de vous voir partir. Mais de si belles choses vous attendent, ça se comprend. » Ses larmes essuyées, Mme Halvorsan se tourna résolument vers Raina. « Partez d'ici tant que vous le pouvez. Au premier coup de binette, ce sera fichu. » Elle regarda au-dehors, où Tor fouettait un bœuf pour le faire avancer.

« J'aime la prairie », dit Raina, et c'était la vérité. Elle aimait sa beauté, le grand espace, le chant des oiseaux, les fleurs sauvages, les herbes brunissant à l'automne. Les ombres formant un patchwork sur la terre quand les nuages dansaient devant le soleil. Les gens. Pourtant, si elle regardait la réalité en face, elle se sentait piégée tel un insecte sous un bocal en verre. Malgré cette immensité synonyme d'optimisme, il n'y avait pas grand-chose à y faire hormis labourer et croiser les doigts.

« J'aime la prairie, mais il me tarde d'étudier. J'ai obtenu une bourse pour la classe préparatoire au lycée de Lincoln, et dans deux ans j'entrerai à l'université. Cela me permettra d'économiser la somme que j'ai reçue de la cagnotte du journal. Et c'est ce dont je voulais vous parler… Je ne pense pas avoir mérité tout ça, votre fils a autant sauvé les enfants que moi. Madame Halvorsan, s'il vous plaît, me permettez-vous de donner un peu d'argent à Tor pour qu'il puisse étudier, lui aussi ?

– Tor ? Des études ? » Mme Halvorsan fut si surprise qu'elle se cramponna pour ne pas tomber. Elle se leva, alla à la fenêtre pour observer son fils aîné dans le champ. Elle y resta un long moment, et quand elle se tourna ses yeux brillaient de fierté. « Vous pensez qu'il pourrait y arriver ? Les examens d'entrée... Comme à votre lycée ?

– Si je lui donnais des cours, oui, et j'en serais honorée.

– Mon Tor ! À l'université... Vous imaginez ! » La lueur se remit à briller dans ses yeux fatigués et déterminés. Elle secoua la tête, bredouilla : « Je me demande ce qu'il pourrait devenir. Médecin, vous croyez ?

– Peut-être. » Raina sourit.

Et puis soudain, le rêve de Mme Halvorsan s'évanouit. Son regard balaya la maison pour revenir à la table où Raina était assise. Avant, il y avait un père à la tête de cette table. Maintenant sa chaise était vide. Avant, il y avait un deuxième garçon pour aider – il devait encore grandir et se muscler, mais cela aurait fini par arriver.

Maintenant il n'y avait plus que Tor, et pour plusieurs années. Ses frères étaient trop jeunes.

Raina comprenait la bataille qui se jouait en elle, la joie, la chance inattendue. La réalité concrète de l'argent et du temps engloutis dans cette ferme, qui était à eux désormais, en totalité ; cette ferme qui, grâce à leur travail, était viable. Si Tor partait, aurait-elle les moyens d'embaucher des ouvriers ? Raina n'en était pas certaine, mais soupçonnait que non.

« Jamais je ne me mettrais en travers du chemin de mes enfants, reprit Mme Halvorsan, comme pour elle-même.

Je serais une mauvaise mère, sinon. Mais maintenant… » Elle n'avait pas besoin d'en dire plus.

« Je ne prétends pas savoir comment vous vous en sortez sans M. Halvorsan et Fredrik. Je sais qu'ils vous manquent, pour des tas de raisons. Tout ce que je peux faire, c'est proposer cet argent à Tor.

– À lui de décider », dit Mme Halvorsan à contrecœur.

Raina elle-même se demandait si elle redoutait davantage un accord ou un refus. Car depuis l'entrée de Gavin Woodson dans sa vie, elle avait appris que choisir et saisir sa chance n'étaient pas les cadeaux simples qu'on s'imaginait souvent.

C'étaient plutôt des fardeaux, différents mais pas moins lourds que celui d'engranger une bonne récolte, d'éteindre un feu de prairie ou de ne pas avoir suffisamment de provisions et de bois pour passer l'hiver. Pour peu qu'on soit doté d'une conscience, faire le bon choix pesait vraiment.

« Comment va Anette ?

– Bien. Sa main fait très naturel, surtout quand elle porte des manches longues et des gants. Elle a appris à boutonner ses robes dans le dos avec un crochet spécial, qui lui sert aussi pour les lacets. » Raina s'émerveillait de penser à quelle vitesse Anette s'était adaptée à la situation en trouvant des petites astuces, comme remplir un bocal de maïs séché pour caler son aiguille et tricoter de la main droite. Elle parvenait ainsi à confectionner des modèles simples, maniques, écharpes. « Anette est… plus forte, en un sens. J'ai toujours cru que Fredrik lui donnait du courage. Elle n'avait pas l'air d'en posséder du tout. Mais je vois maintenant que votre fils lui a donné la clé pour libérer la force qu'elle avait en elle.

– Et sa mère ? » Mme Halvorsan prit un air désapprobateur.

Comment le voisinage avait-il entendu parler de la visite de Mme Thorkelsen ? Mystère.

Raina ne comprenait toujours pas ce qui lui était arrivé. Elle ne croyait tout simplement pas à cette histoire d'argent qu'Anna Pedersen, en puisant dans ses propres économies, lui aurait donné pour qu'elle parte. Et qu'elle disparaisse au milieu de la nuit, se privant ainsi d'une émouvante scène d'adieu devant témoins, ce n'était pas logique non plus.

« Nous n'avons plus jamais entendu parler d'elle », finit-elle par répondre, ce qui était la stricte vérité. « Et Anette va bientôt quitter les Pedersen. Elle part en vacances à Omaha avec M. Woodson ! Ensuite elle ira en pensionnat à Lincoln, mais je serai là pour l'aider à se sentir à sa place. Une connaissance de M. Woodson en ville a accepté d'être sa tutrice légale et de gérer le compte où l'argent a été placé, pour s'assurer que personne n'y touche jusqu'à la fin de sa scolarité. J'espère qu'Anette aussi étudiera un jour. Mais surtout, elle sera libre de faire ses choix. Vous vous rendez compte ! Pour une fille comme elle… C'est merveilleux.

– C'est bien. Qu'une chose pareille arrive grâce à mon Fredrik… C'est bien. » Elle avait l'air aussi satisfaite que s'il s'était agi de lui.

« J'aimerais parler à Tor maintenant, si ça ne vous dérange pas.

– Oui, d'accord. » Mme Halvorsan était prête à

affronter le dilemme qui se présentait à elle, visiblement. Quelle femme ! Avoir perdu autant en si peu de temps, traversé la nuit noire de l'âme pour en sortir grâce à son fils aîné qui refusait de la voir renoncer… Tout cela pour être forcée d'envisager son départ. Même pour son bien. Cela ne pouvait pas être facile.

Rien n'était facile ici, même quand la chance vous tombait du ciel, ce n'était pas moins déroutant qu'un blizzard.

Raina remit son châle – on était au printemps et le soleil brillait, mais le vent gardait le souvenir de l'hiver. Elle alla trouver Tor, qui en la voyant arriver cria au bœuf de s'arrêter. Il resta dans le champ, tenant patiemment les rênes, et Raina dut se frayer un passage dans la boue tout en veillant à ne pas piétiner les sillons déjà tracés, prêts à être plantés.

La terre sentait le fumier, et une promesse. La même que chaque printemps. Raina récita machinalement la prière du fermier pour avoir une bonne récolte cette année. Elle resterait toujours une fille de paysans, peu importe le destin qui l'attendait à Lincoln.

En approchant, elle se sentit brusquement intimidée. Ils ne s'étaient pas reparlé depuis la mort du père de Tor, et il était très en colère contre elle ce jour-là.

« Bonjour, Tor.

– Bonjour, mademoiselle Olsen, dit-il avec un salut respectueux.

– Tu as l'air d'aller bien… » Raina l'examina attentivement : il était plus grand, plus mince. Son cou avait épaissi. Ses mâchoires s'étaient affirmées.

Son regard…

Son regard respirait la douceur et le pardon, il était

franc et sans reproche, comme avant, et Raina dut se détourner pour cacher sa joie.

Il y eut une longue pause. Tor, tel l'homme qu'il était, fixa ses bottes en rougissant dans l'attente que Raina, telle la femme qu'elle était devenue, sèche ses larmes d'un battement de paupières et se reprenne. Elle le regarda, ils se sourirent, et Raina sentit une pièce manquante se remettre en place dans son cœur. Une petite pièce, mais étonnamment importante.

« Tor, je viens de voir ta mère. Elle a l'air d'aller beaucoup mieux !

– C'est vrai ? » En voyant son soulagement, Raina comprit à quel point il avait souffert cet hiver, pas seulement de la mort de son père et de son frère, mais d'inquiétude pour sa mère.

« Oui, elle est presque comme avant !

– J'espérais… J'avais l'impression moi aussi, mais c'est bon de l'entendre dire par quelqu'un d'autre.

– Tu nous as manqué en classe ces dernières semaines. »

Tor baissa la tête, montra le champ d'un geste. « Oui mais… Vous voyez bien. C'est moi le fermier maintenant.

– Je sais. Ce n'est pas juste, mais je sais bien.

– L'école me manque aussi. J'ai toujours les livres que vous m'avez prêtés. Je les ai lus et relus, mais vous voulez les récupérer, j'imagine ? » Il ne parvint pas à dissimuler l'avidité dans sa voix et Raina sourit, satisfaite.

« Non, tu peux les garder. En revanche, ça ne suffit pas de relire. Pas pour quelqu'un comme toi.

– Comme moi ? » Tor leva la tête, étonné. Raina savait qu'il ne s'était jamais estimé différent des autres. *Différent*, *spécial*, *méritant*, ce n'étaient pas des mots que les fermiers, en particulier norvégiens, employaient quand ils parlaient d'eux-mêmes ou d'autrui. D'ailleurs, ils parlaient rarement d'eux : l'introspection n'était pas très bien vue.

« Oui, quelqu'un qui aime apprendre. Je sais que c'est ton cas, Tor. Je l'ai vu en classe, même si je ne t'ai pas fait cours longtemps. Et c'est la raison de ma venue. Tu comprends, j'ai… tout cet argent. À cause de ces articles dans les journaux. » Ce fut au tour de Raina de rougir.

« Oui, oui, je suis au courant. C'est vrai qu'un maharadjah vous a demandée en mariage ? la taquina-t-il, le sourire jusqu'aux oreilles.

– Oh, mon Dieu, oui, et il n'était pas le seul. Qu'ils sont bêtes ! Pour qui me prennent-ils ? » Raina sentit sa peau s'enflammer sous l'effet de la colère. Il y avait tant d'aspects ridicules dans cette histoire de Cagnotte des Héroïnes : la vache laitière, les médailles en or, les inventions pures et simples à son sujet. M. Woodson n'avait rien écrit de faux mais il avait mis le phénomène en branle, et ces offres de mariage grotesques avaient vraiment été le comble. À cause d'elles, Raina s'était sentie exhibée. Elle s'était surprise à se regarder plus souvent dans le miroir, à tenter de nouvelles coiffures, à entortiller le ruban qu'elle nouait à son cou, encore une nouveauté. Elle s'était sentie spéciale – ce dont elle se méfiait doublement.

C'était ce qui lui avait apporté tant d'ennuis avec Gunner Pedersen.

« Je n'épouserai personne », rétorqua-t-elle, se concentrant sur les lombrics qui sortaient de la terre fraîchement retournée, en poussant un particulièrement dodu du pied. « En fait, je vais à l'université. C'est ce dont je voulais te parler. J'espérais te convaincre d'y aller aussi. L'argent que j'ai reçu, tu devrais en avoir la moitié. Ça me paraît juste, et j'ai demandé à ceux qui s'en occupent si je pouvais financer tes études, et ils ont dit oui. Tu pourrais sans doute obtenir une bourse, et l'argent te permettrait de payer ta pension, et peut-être même d'en renvoyer un peu à ta mère.

– Je… Une bourse ? L'université ? » Il paraissait désarçonné, bouleversé, et Raina comprit qu'il n'avait jamais osé y songer, encore moins en rêver. Aucun garçon de son âge, et dans sa situation, n'avait ce genre de rêve. Tor lâcha les rênes ; le bœuf ne bougea pas, mais lui si. Il se frotta le front, se mit à faire les cent pas dans les sillons, les saccageant au passage, et Raina voulut lui dire d'arrêter, il gâchait son travail. Elle garda le silence cependant, lui laissant le temps de résoudre le puzzle monumental qu'elle avait placé devant lui.

Tout en l'observant, elle songea à quel point le destin d'un garçon se distinguait de celui d'une fille. Il y avait un moment, aussi fugace que les battements d'ailes d'un papillon, où les femmes avaient le choix. Raina n'y croyait pas avant, mais elle avait pris conscience de ce moment précis, à la fin de la scolarité, où une fille pouvait choisir : devenir institutrice pendant un an ou deux avant de se marier, ou rester à la maison. Ce n'était pas un vrai choix, à bien y réfléchir. Mais ça restait une chance, une occasion. Une fille pouvait quitter sa famille, aller en pension, faire des rencontres.

Dans la prairie, la plupart des fils d'immigrants n'avaient même pas cette perspective. La terre attendait, toujours elle attendait, les prochaines mains puissantes, le prochain dos droit, les prochaines jambes solides. Il fallait être une exception, comme Tiny (du moins selon le peu que Gerda avait dit de lui), pour y échapper. La terre faisait grandir les garçons trop vite et vieillissait les hommes avant l'heure, par conséquent il lui en fallait toujours plus.

Peut-être était-ce différent en ville. Après tout, Raina connaissait quelqu'un d'Omaha maintenant, et il n'était pas fermier. Le simple fait d'imaginer Gavin Woodson en train de labourer un champ lui donnait envie d'éclater de rire. Si la distance géographique n'était pas démesurée entre la prairie et la ville, la possibilité même de partir semblait impossible.

« Je ne sais pas... L'université ? » Tor s'arrêta devant elle et se gratta la tempe, le visage rouge d'excitation. « Qu'en pense maman ?

– Elle dit que c'est à toi de décider.

– Je n'en suis pas si sûr. Ça ne concerne pas que moi. Il s'est passé beaucoup de choses, la mort de papa et de Fredrik, et il ne faut pas oublier les petits. Je n'imagine pas... Qu'est-ce qu'il leur arriverait si je n'étais plus là ?

– Je ne peux pas répondre à cette question, Tor, ni t'inciter à ne pas penser à eux. Ce serait mal. Mais je ne peux pas te dire non plus de ne pas penser à toi. »

Elle le laissa prendre ses mains, les serrer fort dans les siennes ; elles n'étaient pas rêches, mais encore six mois de travail et elles le deviendraient. Il la libéra, s'assit sur la charrue. Il jeta un coup d'œil au bœuf qui l'attendait benoîtement. Il regarda vers le ciel, plissa les yeux ; il baissa la tête, prit une poignée de terre. Puis il observa la maison, et Raina en fit autant. Mme Halvorsan les épiait depuis la fenêtre de la cuisine ; avec le reflet, son expression était indéchiffrable.

Autour d'eux il n'y avait aucun bruit hormis le vent frémissant, éternelle musique des plaines, qui soulevait la poussière, agitait les herbes et faisait claquer le linge en train de sécher. Pourtant, Raina aurait juré entendre des écrous tourner dans la tête de Tor. Des écrous neufs et durs, qui grinçaient en signe de protestation.

Enfin il se leva ; il s'essuya les mains sur sa salopette et se posta devant Raina.

« Je ne peux pas, dit-il en jetant un dernier coup d'œil à la maison. Je sais que c'est ingrat vis-à-vis de vous, mais je ne peux pas. Je ne peux pas les quitter, partir de la ferme maintenant qu'elle rapporte enfin. Ça ne tient à rien, le succès ou l'échec. Si on était dans une position plus confortable et que maman avait les moyens d'embaucher, peut-être. Mais même là, je pense que je serais déchiré tout le temps. Mon cerveau là-bas, mon cœur ici. En restant, je reste tout entier. Il ne me manque rien. Vous voyez ? »

Il semblait tant désirer sa compréhension, son absolution peut-être, que Raina ne se sentit pas le droit de montrer à quel point elle était déçue. Pas surprise, mais quand même déçue. Elle aurait aimé que ce semestre passé à enseigner ait signifié quelque chose pour quelqu'un – comme dans ces histoires édifiantes où un instituteur inspire son meilleur élève à accomplir de grandes choses une fois adulte. Cependant, la décision de Tor n'avait rien à voir avec elle, et elle pouvait bien faire pour lui cet effort de cacher sa déception.

« Bien sûr, Tor, je comprends. Je m'en serais voulu de ne pas te le proposer, voilà tout.

– Alors tout va bien entre nous ? » Il lui reprit les mains.

« Oui, Tor, tout va bien entre nous. » Elle sourit et sentit son cœur se serrer un peu. Elle allait partir, et il lui arriverait de retourner chez ses parents, mais elle ne se voyait pas revenir dans ce hameau – les Pedersen, les Halvorsan, l'école. Et c'était dommage, car il y avait là un homme bien qui lui manquerait toujours, même lorsqu'elle aurait rempli sa vie d'autres choses, d'autres gens. D'autres bontés.

« Tu m'écriras ? »

Il acquiesça vivement. « J'aimerais bien avoir une carte postale de Lincoln, demanda-t-il timidement. C'est possible ? Je n'ai jamais reçu de carte postale.

– Bien sûr ! Je t'en enverrai autant que tu veux, aussi longtemps que tu veux. J'aurais aimé… Adieu, Tor.

– Adieu, mademoiselle… Raina. » Il la salua d'un geste et elle souleva ses jupons pour retraverser le champ encore meuble après la fonte des neiges. Pas pour longtemps : bientôt la terre serait dure comme du macadam, grillée par le soleil. Elle mit le cap vers la ferme des Pedersen, où ses bagages étaient déjà faits, et demain matin papa viendrait la chercher. Se retournant une dernière fois vers Tor, elle le vit rentrer pour annoncer sa décision à sa mère. Elle poursuivit son chemin dans la prairie. Elle se sentait bizarre, un peu comme si elle était un fantôme qui revisitait sa vie d'avant. Cependant, elle eut beau cueillir des fleurs et les mettre dans ses cheveux comme une fillette, perdre son temps à inspecter les terriers de rongeurs, passer exprès dans les herbes qui n'arrivaient pas encore à la taille mais chatouillaient déjà les genoux, elle eut aussi la sensation, venue de l'enfance, que si elle continuait à marcher elle finirait par disparaître, et que ce ne serait pas forcément une mauvaise chose.

Lorsqu'elle arriva au ravin derrière la ferme des Pedersen, elle s'avança pour regarder au fond une dernière fois, et revit le corps de Fredrik Halvorsan. Puis elle ferma résolument les yeux pour chasser les souvenirs, emprunta le pont en rondins…

Et attendit avec impatience de voir ce que l'avenir lui réservait.

# Chapitre 36

« Raina est là ! Raina est là ! » Les mots retentirent comme un joyeux carillon et maman sortit en courant pour accueillir l'enfant prodigue. Bientôt la maison se remplirait de voisins venus saluer leur héroïne, mais Gerda projetait déjà son évasion. Elle irait se réfugier à l'étable jusqu'à la fin des célébrations.

Elle n'était pas agacée ; elle n'en voulait pas à sa sœur, ni à ses parents, de festoyer. Maman et papa méritaient de savourer, enfin, le retour d'une fille qui les avait rendus fiers. Gerda n'avait pas plus le cœur à jalouser leur bonheur qu'à jalouser sa sœur. Ses émotions, émoussées ces derniers mois où elle avait été confinée et bannie, ne lui donnaient plus envie de faire du mal à quiconque hormis elle-même. Son cerveau était comme une roue à aubes qui tournait, ressassant la même culpabilité, les mêmes reproches, le désir de remonter le temps pour modifier cette décision funeste, la peur pour son avenir. C'était un mouvement perpétuel qui faisait bouillonner les eaux de son âme.

Dès que maman fut dehors, Gerda empoigna son panier

à tricot, sa béquille et s'éclipsa par la porte de derrière d'un pas pesant. La béquille continuait à la blesser sous l'aisselle. À force de frotter, la peau était à vif, malgré tout ce que sa mère avait pu fixer sur la pièce en bois (carré de tissu, peau de mouton) dans l'espoir d'adoucir les souffrances de sa fille. Rien n'aidait ; à part le temps, sans doute. De la même manière que la douleur fantôme à son moignon était passée de la décharge électrique au simple élancement, celle à son aisselle finirait par s'atténuer.

Ce que Gerda regrettait presque.

Elle entendit Raina crier sa joie de revoir maman, puis les voix baissèrent d'un ton et elle sut qu'on parlait d'*elle*. Gerda ne supportait plus cette discussion sans fin sur que-va-t-elle-devenir, discussion qui ne l'incluait jamais car, apparemment, on la pensait incapable de prendre des décisions depuis qu'elle en avait pris une aux conséquences tragiques. Elle se pressa de traverser la cour pour y échapper, dispersant les poules au passage. Sa nouvelle bottine en bois, attachée là où était sa cheville avant, lui faisait faire des mouvements décousus et laissait une empreinte profonde dans la terre quand celle de l'autre pied était à peine visible. Pire, la lourde chaussure n'était pas tout à fait à la bonne hauteur, ce qui obligeait Gerda à pencher légèrement en marchant.

Dans la maison, la béquille n'était pas nécessaire. Elle clopinait suffisamment bien pour consacrer ses bras valides au travail, elle aidait, essayait de se racheter en prenant deux fois plus de couture, en passant le balai à un rythme effréné, en frottant les habits si fort sur la planche à laver que maman les voyait déjà finir en lambeaux. Tout ce qu'elle pouvait faire avec deux bras et une jambe, elle le ferait, et mieux que tout le monde, et peut-être qu'ainsi papa la regarderait à nouveau avec fierté. Un jour.

Il n'arrivait toujours pas à croiser son regard, ce qui rendait les repas particulièrement gênants. Il était capable de lui adresser la parole et de prononcer son prénom, mais en fixant son assiette, un morceau de pain, sa tasse de café ou maman. Jamais Gerda.

Elle arriva à l'étable. Là, il y avait un coin qu'elle avait transformé en cachette. C'était idiot, comme si elle était encore petite et jouait avec Raina. Les sœurs adoraient se fabriquer des maisons partout où elles pouvaient, les aménager avec des meubles faits de branchettes et des verres tissés en brins d'herbe. Elles étaient devenues si expertes dans la confection de gobelets pour fées qu'elles pouvaient vraiment boire dedans. Ne dit-on pas que les enfants adorent les cachettes ? Et voilà qu'à dix-huit ans, dix-neuf dans un mois, Gerda se cachait toujours. Pendant l'hiver ils n'avaient pas eu de visiteurs, bien sûr. Mais une fois les inondations passées, certains voisins étaient venus, officiellement pour voir comment ils s'en sortaient, si les conserves de maman avaient duré, s'il leur restait des poules à échanger contre des graines – officieusement pour poser des questions sur Raina. Et pour observer Gerda, même si elle ne se laissait pas facilement surprendre. Sans doute espéraient-ils qu'une corne lui avait poussé sur le front, ou une verrue sur le nez, ou tout autre signe extérieur du mal. Or, elle n'avait pas changé. Et les rares personnes à la voir étaient invariablement déçues.

Lorsqu'elle entendit Raina l'appeler – « Gerda ! Gerda ? » – elle alla vite se terrer dans le coin qu'elle avait aménagé avec un tabouret à traire, une lanterne, une couverture et quelques manuels scolaires. Elle les lisait et les relisait, les apprenait par cœur. Tout pour chasser de son esprit… le reste.

Bien entendu, elle ne pouvait plus enseigner nulle part dans le Nebraska ni le Dakota. Mais elle ne se voyait pas non plus rester à la ferme éternellement. Elle ne voulait pas faire écran aux rayons de soleil qui brillaient encore sur sa famille. Elle avait reçu plusieurs courriers que maman et papa l'avaient empêchée de lire, avaient brûlés sans un mot après les avoir parcourus, mais Gerda savait bien ce qu'ils disaient. *Comment avez-vous pu ? Mon fils a disparu pour toujours, ma fille. Comment avez-vous pu leur faire ça ? Comment avez-vous pu les envoyer à la mort ?*

Les parents de Tiny n'écrivirent jamais, en revanche. Maman et papa ne parlaient pas de lui. Gerda se l'interdisait aussi, de peur de laisser échapper l'accablante vérité et de les tuer sur le coup.

Quand elle laissait libre cours à son imagination, elle se voyait de plus en plus vieille et de moins en moins à sa place ici. Les enfants inventeraient des chansons sur elle, des chansons cruelles. La nuit ils viendraient rôder, apeurés et excités, en espérant la voir en vrai. Et quand elle regarderait à la fenêtre en se demandant qui jetait des cailloux, ils hurleraient et se sauveraient à toutes jambes. Dans leur bouche, elle serait plus laide et plus folle d'année en année, jusqu'à se transformer en sorcière, en ogresse.

Mais il arrivait aussi à Gerda de se voir recroquevillée sur son lit, rapetissant à chaque saison. Faisant de son mieux pour absorber moins d'air, occuper moins d'espace. Se flétrissant jusqu'à devenir une de ces poupées sinistres que Mme Kristiansen fabriquait avec des pommes ratatinées, une poupée au visage fripé et ridé, comme si on en avait vidé toute la substance.

« Gerda ! » Raina était entrée à pas de loup dans l'étable pendant qu'elle s'installait sur le tabouret bas, ce qui n'était pas une mince affaire. « Je commence à perdre patience… Ah, te voilà ! »

Il y avait un soupçon de réprimande dans la voix de Raina. Et autre chose : émotions d'adulte, maturité, lassitude, volonté. Fini la fantaisie. Ce n'était plus la voix chantante d'il y a six mois. Gerda s'arma de courage et regarda sa petite sœur en face.

Point d'accusation. Ni de haine. Une dureté nouvelle, mais qui ne dissimulait pas l'affection qu'elle avait toujours lue dans ses yeux. Si Raina ne l'admirait plus, elle continuerait à l'aimer. Et Gerda assumerait ce fardeau comme les autres. Depuis quand l'amour de sa famille s'était-il transformé en la pire punition concevable ?

« Gerda, pourquoi tu te caches ? Oh, comme tu as maigri ! » la gronda-t-elle en gloussant telle une mère poule. Elle était couverte de poussière après son voyage, son chignon tressé était défait, et elle n'avait pas pris le temps de se rafraîchir. Mais elle avait l'air en forme ; elle était jolie – plus qu'avant, les joues moins rebondies, les pommettes plus saillantes. Elle semblait sur ses gardes, aussi. À l'évidence, ce semestre ne l'avait pas épargnée. Gerda se remémora ses curieuses lettres du début, après son départ de la maison, et s'interrogea.

En fait, Raina donnait l'impression d'avoir subi une épreuve. Et de l'avoir passée haut la main. Elles n'avaient jamais été à égalité : Gerda était la chef, Raina sa disciple fidèle. À présent les rôles s'inversaient, leur relation était redéfinie, et en toute franchise Gerda ne pensait pas avoir la force de s'adapter.

« Je ne me cache pas, je... » Gerda soupira. « Si, je me cache.

– Pas de moi, j'espère ?

– Non, des autres. Tu sais que maman a invité plusieurs voisins pour fêter ton retour.

– Pour m'exhiber, tu veux dire. »

Gerda ne put s'empêcher de rire. « C'est exactement ce que je voulais dire.

– *Ach*, je croyais en avoir fini avec ça en revenant à la maison. » Raina se laissa choir dans la paille sans se soucier d'être sale. Elle en prit même un brin qu'elle mâchonna, une habitude depuis toute petite. « J'en ai assez qu'on me regarde comme si j'étais une sainte. Alors que j'ai fait ce que n'importe qui aurait... » Elle s'interrompit, fixa un point au loin.

« Pourquoi tu les as renvoyés chez eux, Gerda ? » Raina posait enfin la question que personne n'avait osé poser. Depuis tout ce temps, les accusations, la colère, personne ne lui avait demandé *pourquoi* elle avait libéré les enfants plus tôt. Les gens supposaient que le blizzard l'avait désorientée et poussée à prendre la mauvaise décision, ce qui était déjà assez grave comme ça.

Or Gerda portait la réponse dans son ventre comme un bloc de pierre, qui la faisait ployer, lui coupait l'appétit, la condamnait à sentir sa présence permanente. Elle avait enfin l'occasion de confier ce poids à quelqu'un, ne serait-ce qu'un bref moment – et elle la saisit, pleurant presque à l'idée de s'en décharger.

« Oh, Raina… C'est à cause de Tiny ! Je voulais être seule avec lui, et je savais que les Anderson ne rentreraient pas avant le soir vu le beau temps, il faisait si bon… Tu te rappelles ? » Fermant les yeux, Gerda se remémora le cadeau surprenant du redoux ce matin-là, et des promesses qu'il apportait. Des promesses d'avenir. « Je lui ai dit que je finirais en avance, et de venir nous chercher, moi, Minna et Ingrid, et puis la tempête a frappé. C'était si soudain ! Mais les enfants avaient déjà mis leurs manteaux, pris leurs affaires… J'avais sonné la cloche. Alors je leur ai dit de courir. Comme s'ils avaient pu, les pauvres petits. J'ai sauté dans le traîneau avec les filles et Tiny, et on est partis. En riant… En riant, Raina ! À ce stade on trouvait ça excitant de faire la course avec le blizzard. Mais je me suis retournée une fois. Et en voyant que les enfants avaient déjà disparu derrière un rideau de neige, je me suis inquiétée. J'ai hésité à lui demander de faire demi-tour pour tenter de les retrouver. Et je ne l'ai pas fait. Je lui ai dit de continuer, parce que je ne voulais pas contrarier mes projets. Et c'est ce qui fait de moi une criminelle. Une meurtrière.

– Oh, Gerda. » Raina était aussi choquée qu'on pouvait l'être, et tant mieux. Gerda brûlait de se confier depuis longtemps, mais autour d'elle il n'y avait que ses parents et elle ne pouvait tout simplement plus leur faire de mal. À présent qu'elle avait avoué, elle se sentait curieusement soulagée et libre.

« Donc tu vois, Raina. Je ne suis pas comme toi, ni comme les autres. Je suis le mal incarné. Je suis perdue. Je n'ai rien dit à papa et maman… pour Tiny. Je ne l'ai dit qu'à toi. Tu es la seule à connaître la vérité. » Gerda changea de position sur le tabouret. Sa jambe la faisait souffrir, et tant mieux.

« C'est bien que tu m'aies parlé, tu en avais besoin. Tu n'es pas le mal incarné, Gerda, tu as… Tu as juste laissé un garçon te tourner la tête pendant un temps. » Pensive, Raina ramena ses genoux contre elle et serra fort. « Ça aurait pu arriver à n'importe qui.

– Pas à toi. Tu n'aurais pas mis ces enfants en danger pour un homme. »

Raina mit un temps infini à répondre. Elle ouvrit la bouche, la referma, posa sa tête sur les genoux ; puis, enfin, elle regarda sa sœur. « C'est faux. Moi-même, j'ai… J'ai failli m'enfuir avec le mari de la famille où je logeais. Crois-moi, Gerda, c'était atroce, il me prêtait trop d'attention et moi, comme une idiote, je l'ai laissé faire. Le premier à m'offrir des fleurs, tu penses, il a conquis mon cœur. Et une nuit, juste avant le blizzard… Au moment de la vague de froid, tu te souviens ? On a dû rester cloîtrés pendant des jours, et j'ai cru devenir folle. Une nuit, donc, il est venu me voir et m'a annoncé qu'on partait, juste nous deux. Et même si cet homme s'apprêtait à abandonner sa famille dans la prairie… mon Dieu, Gerda, je serais partie avec lui. J'aurais vraiment pu, je crois. Et pendant tout le temps passé dans cette maison, ces horribles semaines, je me demandais : "Que ferait Gerda ?" Parce que tu as toujours été la plus forte, et que tu m'as toujours dit quoi faire, ma sœur. » Raina lui prit la main.

« Pourquoi… Qu'est-ce qui t'en a empêché ?

– Sa femme. Elle l'a menacé avec un couteau.

– Seigneur ! J'étais loin de me douter… Tes lettres étaient bizarres, mais je ne pensais pas que c'était à ce point. » Elles restèrent un long moment main dans la main. Gerda songea à leur enfance, simple et heureuse. Comment, alors qu'on les avait aimées et choyées, en étaient-elles arrivées là ? Toutes deux rongées de remords à cause d'un homme ?

Mais comme dans les contes de fées, une sœur restait bonne tandis que l'autre serait stigmatisée à jamais.

« Tu ne t'es pas enfuie avec lui, fit-elle remarquer.

– J'aurais pu.

– Mais tu ne l'as pas fait. Quelle que soit la raison, tu ne l'as pas fait.

– Et après, quand la tempête a commencé, j'ai cru qu'il viendrait nous chercher. J'ai attendu, j'ai espéré. Et bien sûr, il n'est pas venu. » Raina leva la tête, se mit à observer le mur de l'étable, puis les mouvements d'une petite souris qui avait sorti la tête d'un trou. « Il a fallu que le vent souffle la fenêtre de ma classe pour que je réagisse. J'aurais pu l'attendre toute la nuit, et laisser mes élèves mourir de froid.

– Tu ne l'as pas fait. Au final tu as agi comme il fallait. Ne l'oublie pas, Raina. N'oublie jamais. Ce n'est pas mon cas. » Gerda remit sa culpabilité en place au creux de son ventre. Raina devrait en porter un bout, symbole de la souffrance de celui qui sait, mais le bloc de pierre lui appartenait à elle seule.

« Qu'est-ce que tu comptes faire ? demanda Raina au bout d'un moment. Enseigner ?

– Pas ici, non. Je ne peux pas. Personne ne voudra de moi.

– Tu pourrais... Je pourrais t'aider... Oh, laisse-moi t'aider ! s'exclama-t-elle, les yeux brillants. Je pourrais t'emmener à Lincoln, payer tes frais de scolarité. Toi aussi tu irais à l'université !

– Non ! » Gerda ne voulait pas crier, mais elle ne supportait pas de voir sa sœur si pressée de lui donner l'absolution. « Non, Raina, tu ne comprends pas. Je ne peux pas rester au Nebraska.

– Comment ça ?

– Je suis une exclue maintenant. Une paria. Cette communauté ne veut plus de moi, et ils ont raison. J'en suis venue à croire qu'il existe un pacte dans la prairie. Tacite, mais bien réel. Tu ne penses pas à toi en premier. Et tu ne *désires* pas trop. Les gens d'ici – des braves gens, attention –, ils obéissent à ces règles et ne demandent jamais plus que la Providence leur a donné. À part le jour où ils ont traversé un océan pour posséder un lopin de terre, ils n'ont jamais demandé plus. Ils n'ont jamais pensé à eux en premier. Et moi si, tu comprends. J'ai rompu le pacte. Je ne peux pas rester.

– Où vas-tu aller, Gerda ? Pas trop loin, quand même ?

– J'ai une idée, je crois. J'ai écrit au Bureau des affaires indiennes. Tu te rappelles l'école pour petits Indiens qu'on a visitée, il y a si longtemps ? Avec papa ?

– Quand il s'était mis en colère ?

– Il en existe d'autres. Dans l'Ouest. Je compte partir dans l'Ouest. Tiny a toujours rêvé… » Gerda sentit les larmes monter. Raina n'arrangea rien en l'enlaçant ; Gerda se raidit, tenta de repousser l'étreinte, mais sa sœur tint bon et elle finit par fondre en larmes en pensant à son amoureux, qui lui manquait tant, plus qu'elle ne l'aurait cru. Les enfants aussi, bien sûr, mais Tiny… À l'idée qu'il soit mort tout seul, Gerda réprima un cri d'angoisse. Son corps avait été découvert contre un piquet de clôture, loin de la carcasse du cheval bai ; il ne l'avait jamais retrouvé, finalement. Elle imaginait ce qu'il avait dû ressentir. Terreur, désarroi, douleur. Amour et inquiétude pour elle. Du moins l'espérait-elle.

Les deux sœurs s'étreignirent longtemps, et enfin Gerda sentit ses dernières larmes couler. Elle se sentait purifiée, même si cela ne durerait pas. Bientôt reviendraient la culpabilité, la peine et la honte, toujours la honte. Tant qu'elle devrait faire face à sa mère, et pire encore, à son père. C'est pour ça qu'elle devait partir. Et vivre seule.

*Comment vieillit-on dans la prairie ?*

Elle ne resterait pas assez longtemps pour le découvrir.

« Raina ? Raina ! » C'était maman. Les sœurs notèrent chacune de leur côté qu'elle n'appelait qu'un prénom. Gerda sourit d'un air contrit, déjà habituée à ce qu'on l'oublie. « Viens, Raina, les voisins arrivent ! »

« Oh, je ne veux pas y aller ! se lamenta l'intéressée, et Gerda s'amusa de voir la moue familière au coin de ses lèvres.

– Tu n'as pas le choix », décréta-t-elle, l'aînée sermonnant la cadette une dernière fois. Elle lui essuya le visage avec son tablier, remit en place les mèches échappées du chignon. « Maintenant lève-toi, sèche tes larmes et souris. Maman et papa t'attendent. Fais-le pour eux. Pour moi.

– D'accord, dit Raina à contrecœur. Je dois avoir l'air affreuse.

– Un peu, mais tu es affreusement jolie ! Et tout le monde s'en fichera. Ils verront ce qu'ils sont venus voir – l'héroïne de la prairie.

– Je dois quand même faire un brin de toilette. Tu viens ? »

Gerda secoua fermement la tête. Elle prit un manuel, le brandit. « Ils ne veulent pas de moi. Ils te veulent toi. Je suis très bien ici, crois-moi. Contente même, à ma façon.

– Bon… » Raina ne semblait pas convaincue.

« Raina ! » C'était la voix tonitruante de papa, remplie de ce que Gerda n'avait pas entendu depuis son retour : la fierté.

« Va… Va ! s'exclama-t-elle en chassant sa petite sœur comme si elle était une souris. Tu me verras au dîner. »

Raina hocha la tête, épousseta sa robe, regarda ses mains sales avec effroi et alla fêter son retour – se faire admirer et chouchouter. Être la joie de maman et papa.

Gerda ouvrit le livre, se réinstalla dans son coin.

Comme l'exclue qu'elle était.

# Chapitre 37

Anette ne s'était jamais sentie aussi désarçonnée. Même le jour où sa mère l'avait abandonnée chez les Pedersen elle avait été moins bouleversée.

Là, c'était différent – un cadeau, lui dit-on. Des vacances ! Anette ne savait pas ce que c'était, mais apparemment cela voulait dire prendre le train pour la première fois et… oh, comme c'était terrifiant ! Cette grande locomotive qui grondait, sifflait et crachait de la fumée noire ! Lorsqu'il fallut monter dans le ventre du monstre d'acier, elle resta transie de peur, et M. Woodson dut lui prendre la main pour l'aider. Il choisit une banquette et lui dit qu'elle pouvait s'asseoir près de la fenêtre, comme si c'était une récompense. Anette n'en avait pas vraiment envie mais elle obéit, pour lui faire plaisir.

Le train s'ébranla, il y eut encore des sifflements, de la fumée, puis un grand bruit au niveau des roues et elle sursauta en sentant la voiture tanguer. Si vite ! Trop vite ! Par la fenêtre le paysage commença à s'estomper, pour n'être plus qu'un vertigineux chaos de couleurs. Anette ne savait pas dans quelle direction ils allaient, en avant ou en arrière, et elle ferma fort les yeux. Lorsqu'elle les rouvrit le paysage se remit à défiler, à toute allure, et cette fois elle se força à regarder. Ces grands poteaux – le télégraphe, avait expliqué M. Woodson – étaient si proches qu'elle redoutait une collision. Parfois le train ralentissait, puis s'arrêtait, des voyageurs descendaient ou montaient, et bien trop tôt il repartait. Ce petit jeu dura un moment, s'arrêter et repartir, s'arrêter et repartir, jusqu'à ce qu'ils arrivent dans un endroit immense, avec d'autres trains à l'arrêt et des tas de voies partant dans toutes les directions, et M. Woodson lui annonça qu'ils étaient à Omaha.

Il prit leurs sacs (Anette n'en avait qu'un, car des vêtements l'attendaient là où elle allait vivre jusqu'à la rentrée) et l'aida à descendre. C'était bizarre de marcher sur un sol qui ne bougeait pas sous ses pieds, et pendant quelques minutes elle se sentit un peu déphasée. Ils se dirigèrent vers une grande maison – la gare, affirma-t-il – qui était pleine de gens. Tous ces gens ! Anette n'en avait jamais vu autant de sa vie.

M. Woodson s'arrêta le temps de lui montrer un groupe de familles à l'air défait, qui attendaient un train. « Des fermiers, dit-il, presque tristement. Qui abandonnent, retournent sur la côte Est ou par-delà l'océan. Il y en a beaucoup qui repartent, tu sais. »

Anette ne savait pas. Sa mère ne lui avait jamais raconté comment elle était arrivée dans ce pays, où elle-même était née. Qu'on puisse le quitter lui paraissait impossible, jusqu'à maintenant.

En sortant elle se fit bousculer, marcher sur les pieds et cogner sa main en bois, ce qui l'obligea à la plaquer contre elle. Puis ils montèrent dans ce que M. Woodson appela un tramway hippomobile. C'était comme un wagon mais doté de roues de chariot et tiré par un cheval, et qui faisait de multiples arrêts. Il était bondé et on y parlait surtout anglais, si vite qu'Anette avait du mal à suivre. Sans compter que c'était de l'anglais mélangé à d'autres langues ; elle saisit des bribes de norvégien, mais les mots prononcés avec un fort accent lui échappèrent totalement. Et tous ces passagers serrés comme des sardines ! Elle respira leur odeur. Ils sentaient surtout la nourriture, qui n'était pas toujours familière. Une odeur âcre, piquante, ou au contraire si sucrée qu'elle semblait exotique.

Soudain M. Woodson lui prit la main et ils descendirent pour monter dans un autre engin, mais celui-là était attaché par des câbles sur le toit et allait si vite ! Presque autant que le train, et elle apprit qu'il s'agissait d'un tram. C'était nouveau, Omaha en était très fière mais à New York il y en avait des tas, ajouta-t-il avec nonchalance. Comme s'il avait déjà vu chose plus miraculeuse et terrifiante ! À ce stade, les sens d'Anette étaient saturés et elle se contenta de hocher la tête, tout en espérant que cela s'arrêterait bientôt et qu'il l'emmènerait dans un lieu calme pour dormir.

C'est exactement ce qui se produisit. Ils descendirent du tram, puis marchèrent dans un quartier où les maisons étaient presque collées les unes aux autres, et Anette se sentit mal à l'aise. Allait-elle habiter là, si près des voisins qu'on pouvait voir chez eux ? Voir à quel point ils étaient heureux, tous ces gens raffinés ?

Les maisons étaient énormes, avec un, voire deux étages ! Plusieurs familles devaient y vivre ensemble. Une pièce extérieure vitrée était rattachée à certaines, et en la voyant regarder M. Woodson lui dit que c'était une véranda.

« Véranda », répéta-t-elle. Un bien joli mot ; Anette se demanda si Maîtresse le connaissait.

Ils sonnèrent à l'une de ces maisons avec une *véranda* qui semblait faire le tour ou au moins la moitié de la bâtisse. À l'intérieur, ils furent accueillis par un homme et une femme qui s'agenouilla avec beaucoup de tendresse devant Anette, sans pour autant la prendre dans ses bras, ce qu'elle apprécia. Elle sentait qu'elle ne supporterait pas une nouveauté de plus ce jour-là.

Cet homme et cette femme, les Johnson, étaient ses tuteurs, et Anette sentit de la tristesse dans la voix de M. Woodson quand il le lui annonça. Il l'avait prévenue, lorsqu'elle avait posé la question, qu'elle ne pourrait pas habiter avec lui en ville.

« Oh, tu n'aimerais pas vivre avec un vieux célibataire comme moi qui travaille trop, avait-il bredouillé même s'il avait l'air content qu'elle ait demandé. Je ne saurais pas m'occuper de toi ! » En revanche, il avait promis de rester à Omaha et de tout lui montrer avant de repartir pour New York, donc elle allait le revoir. Pendant quelques semaines.

Anette ne voulait pas envisager son départ, pas encore – il s'était passé tant de choses en si peu de temps ! Elle était trop fatiguée pour penser. Mme Johnson le remarqua et se leva avec un claquement de langue désapprobateur à l'intention des hommes bavards.

« Oh, vous deux ! Vous ne voyez pas que la petite dort debout ? Je vais l'emmener dans sa chambre pour qu'elle fasse la sieste. »

La dame la précédait dans l'escalier quand soudain Anette fut prise de panique : qui était-elle, en fait ? Où l'emmenait-elle ? Allait-elle l'enfermer quelque part ? Anette se figea et parla en norvégien à M. Woodson, oubliant qu'il ne comprenait pas : « Vous venez ? Ne me laissez pas toute seule… J'ai peur ! »

Il parut saisir quand même, car il la rejoignit et s'accroupit devant elle. « Je reviens pour le dîner. Il va y avoir une soirée, Anette, pour toi ! Une fête ! N'aie pas peur des Johnson, ils sont très gentils et Mme Johnson veut juste que tu te reposes. Je reviens tout à l'heure, promis ! »

Anette acquiesça. Son cœur se desserra et elle se laissa guider, jusqu'à pénétrer dans une chambre si magnifique qu'elle en resta bouche bée. Tous ces meubles ! Elle n'en avait jamais vu autant, des chaises, des commodes, et ce que Mme Johnson nomma une coiffeuse, plus une armoire, et un lit gigantesque, au point qu'elle s'en alarma. Il était vaste comme un océan, n'allait-elle pas se noyer dedans ?

Elle se tint immobile, n'osant pas bouger, regardant autour d'elle sans comprendre, même quand on lui répéta que c'était *sa* chambre. Elle n'avait toujours pas saisi quand la gentille dame l'aida à enlever sa tenue de voyage. C'est ainsi qu'elle la désigna, même si pour Anette ce n'étaient que des habits, mais manifestement les riches en avaient pour chaque occasion. Elle lui montra l'armoire remplie de nouvelles robes, puis la commode remplie de chemises de nuit, et Anette en enfila une avant de grimper dans le lit.

Oh, comme c'était bon ! Les draps étaient soyeux et ils sentaient la meilleure odeur du monde, un parfum de fleurs et d'eau de pluie. Elle posa la tête sur l'oreiller et ferma les yeux, pour signifier qu'on pouvait la laisser. Mais le sommeil tarda à venir.

Comment était-ce possible alors que le matin même elle disait adieu aux Pedersen ? Mère Pedersen avait pleuré et l'avait serrée fort, ce qu'Anette n'avait pas du tout aimé. Père Pedersen lui avait offert un petit bouquet de fleurs, perdu en route. Et elle avait définitivement quitté cette maison qu'on lui avait ordonné, un jour, de considérer comme la sienne.

Elle ne reverrait plus jamais son *autre* maison, cette affreuse hutte en terre. Ni sa mère, repartie aussi mystérieusement qu'elle était venue.

Anette n'avait pas été étonnée.

Plus rien ne l'étonnait vraiment. Il lui était arrivé trop de choses, de choses étranges. Elle brûlait d'une envie, sans savoir laquelle. Ce palace était sa nouvelle maison, et à la rentrée l'école en deviendrait une autre – elle n'avait pas le courage d'y penser pour l'instant. Même si Maîtresse serait aussi à Lincoln et avait promis de venir la voir souvent.

Tout cela n'empêchait pas Anette de se sentir seule la plupart du temps, alors qu'elle n'avait jamais été autant entourée que depuis le blizzard. Il lui manquait quelque chose. Quelqu'un. Ce n'était pas sa mère, plus maintenant. Oh, c'est vrai, elle avait été si heureuse de la revoir ce jour-là ! Mais bien vite elle s'était attendue à un problème, car il y en avait toujours un. Et quand on lui avait annoncé que Mme Thorkelsen était repartie de nuit sans lui dire au revoir, Anette avait eu moins mal. La blessure était déjà là, ce n'était pas comme la première fois, où elle avait cru qu'on lui plantait un couteau dans le cœur.

Elle ne reverrait pas sa mère, mais la différence était qu'elle n'avait pas envie de la revoir.

Dans ce cas, ce devait être Fredrik qui lui manquait ; Fredrik à qui elle associait le mot « maison ». Maîtresse lui avait dit un jour qu'elle pouvait emporter ses souvenirs de lui partout où elle allait. Sa « maison », ce serait donc partout où elle pouvait penser à Fredrik. Seulement, son image s'effaçait déjà à un rythme alarmant. Tout ce qui lui revenait, à certains moments, c'était ce moment atroce où ils s'étaient criés dessus en plein blizzard.

À d'autres, elle ne voyait que son corps immobile quand elle avait ouvert les yeux au matin, transie de froid dans le ravin.

*

Les jours suivants, Anette vit tant de nouveautés et vécut tant de moments merveilleux qu'elle se demanda comment se souvenir de tout. Elle aurait aimé être assez intelligente pour les mettre par écrit – dans un journal intime, ça s'appelait. Mme Johnson lui en avait offert un le soir de son arrivée, mais elle n'avait pas les bons mots pour décrire les images qui défilaient dans sa tête. Elle avait beau les voir clairement, elle était incapable de les fixer sur la page. Tout arrivait si vite, un événement chassait l'autre, c'était un véritable assaut. Mais tout le monde avait de bonnes intentions et l'aimait bien, rappelait M. Woodson à Annette quand il la voyait rentrer dans sa coquille, l'air abattu.

Par exemple ce dîner en son honneur, où elle était la seule enfant présente. Il y avait une montagne de bonnes choses à manger, et à l'évidence ils s'attendaient à ce qu'elle goûte à tout et s'extasie ; pourtant, elle avait fini par ne plus rien ressentir hormis la nausée. Et tous ces visages rayonnants braqués sur elle ! Elle avait remué et gigoté, elle n'avait jamais autant désiré fuir en courant et ne plus s'arrêter. Or, elle avait découvert bien vite qu'Omaha n'était pas faite pour ça : il y avait trop de passants, de chariots, de « calèches », de voitures à cheval, de tramways, chacun allant dans une direction opposée ou traversant à tour de rôle, et Anette ne comprenait pas le fonctionnement de ce ballet savant, donc ne pouvait pas se sauver. À coup sûr, elle aurait un accident.

Elle fit beaucoup de sorties avec M. Woodson, qui s'efforça, patiemment, de lui expliquer ce phénomène de « circulation ». Il y avait des carrefours où tout devait s'arrêter, puis certains piétons et véhicules pouvaient avancer pendant que les autres attendaient, mais cela la dépassait. Elle voulait toujours traverser quand ce n'était pas son tour.

Des fêtes furent organisées en son honneur, avec d'autres enfants sur leur trente et un, comme elle. Mme Johnson lui montra quelle tenue porter pour quelle occasion, ou du moins elle tenta. Chez eux, chaque vêtement n'était mis qu'une fois avant d'être emporté et lavé ! Et par quelqu'un d'autre qu'Anette ! Mme Johnson lui précisa que ce ne serait pas pareil au pensionnat : elle devrait porter son uniforme pendant une semaine avant qu'il ne soit lavé, mais encore une fois pas par elle, et pour Anette c'était le plus beau.

À ces fêtes, elle se sentait trop timide pour participer aux jeux que les autres enfants proposaient, et dont ils semblaient connaître les règles par cœur. Anette n'avait jamais vraiment « joué », hormis aux récréations quand il y avait classe. Elle n'avait pas honte d'avoir travaillé autant pour son jeune âge (ce qui ne l'empêchait pas de s'émerveiller de la disparition des courbatures, du mal de dos et des migraines). Mais elle se sentait triste, parfois, quand elle pensait à la part d'enfance dont on l'avait privée. À en juger par celle des garçons et des filles d'Omaha.

En revanche, les enfants de la ville étaient bien plus excitables, et leurs cris lui faisaient mal aux oreilles. Anette n'imaginait pas que la ville serait si *bruyante* par rapport à la prairie. Le brouhaha des conversations dans la rue, les roues des calèches, des chariots et des tramways, les horloges au fronton des immeubles qui sonnaient, jamais en même temps, les clochettes qui tintaient dès qu'on entrait ou sortait d'un magasin, la musique stridente qui venait d'endroits où M. Woodson refusait de l'emmener, les camelots qui vendaient leur marchandise d'une voix tonitruante…

Même une Mère Pedersen au sommet de sa rage n'aurait pas pu se faire entendre dans cette cacophonie.

Un jour ils allèrent voir ce que M. Woodson appela un cirque – le cirque Barnum, ajouta-t-il fièrement, qu'il avait vu à New York dans un lieu baptisé l'Hippodrome. Cela se déroulait sous une grande tente, et Anette vit parader les personnages les plus bizarres : des géants, des nains et ce que M. Woodson lui dit être des clowns, ces bonshommes à la tête rigolote qui débarquèrent en se bousculant, sautèrent partout et se frappèrent à coups de vessies de porc et de sacs de farine. Puis ce fut au tour des animaux extraordinaires, qu'il lui désigna du doigt. Les éléphants, les tigres et les lions, les chevaux d'une beauté à couper le souffle, montés à cru par des dames élégantes qui finissaient leur numéro sur la pointe des pieds. Anette fut hypnotisée par ces silhouettes gracieuses, et crut bien pleurer devant tant de beauté. M. Woodson lui acheta des cacahouètes, du pop-corn et une friandise fort curieuse, de la barbe à papa. Elle engloutit tout et fut malade après, mais il ne la gronda pas. « C'est comme ça qu'il faut voir son premier cirque, déclara-t-il, amusé. Moi aussi j'ai été malade, à ton âge. »

Un autre jour, il l'emmena là où il travaillait avant. Un immeuble énorme, entouré d'autres encore plus grands, avec un panneau à l'entrée disant : RÉDACTION DE L'OMAHA DAILY BEE. Il rayonnait de fierté quand il la fit entrer et la présenta. Un homme en particulier, « le patron » selon M. Woodson, parut enchanté de la rencontrer. Lui serrant la main gravement, il dit : « Un grand merci pour tous ces nouveaux abonnements, jeune fille. »

Anette se demanda bien de quoi il parlait.

Son moment préféré fut lorsque M. Woodson lui montra la rotative, un monstre de machine, plus grande qu'un homme – enfin, peut-être moins qu'un géant de cirque –, avec un immense rouleau de papier qui se déroulait en continu sur des cylindres, et ce qu'il appela « les blocs et les lingots », des pièces métalliques composées de blancs et de petits caractères en relief. Le papier passait dessus pour être imprimé, puis il était plié et découpé en pages, et cela ne s'arrêtait jamais. Le bruit de la machine était celui d'un dragon, dans son imagination. Mais Anette n'eut pas peur ; elle aurait pu observer ces étapes de l'impression, du pliage et du découpage éternellement. Quand M. Woodson vit à quel point cela lui plaisait, il gloussa. « Ma parole, mais tu es la prochaine Nellie Bly ! »

Elle ne savait pas qui était cette Nellie Bly, bien sûr, et il lui apprit que c'était une journaliste, comme lui, et Anette se raidit. Les femmes qu'elle avait croisées dans les locaux accomplissaient des tâches telles que servir le café, accrocher les chapeaux aux patères et écrire sous la dictée des hommes. Qu'une femme puisse aller où elle veut, seule, comme M. Woodson, et écrire avec ses propres mots des articles lus par tout le monde, Anette n'en croyait pas ses oreilles !

M. Woodson l'emmena aussi dans une autre partie de la ville, pour voir un ami. Ce quartier-là était différent : les immeubles étaient plus récents, plus étroits et moins chics que là où les Johnson vivaient. Et les habitants avaient la peau brune, caramel, et toutes les nuances possibles entre les deux. Au début Anette eut un peu peur, ils ne ressemblaient à rien de connu, pas même aux Indiens au teint basané qu'elle avait vus, et elle se crispa en marchant parmi eux. M. Woodson serra sa main plus fort et lui ordonna à mi-voix de se tenir bien. S'il n'avait pas l'air alarmé, il était quand même un peu nerveux.

Ils entrèrent dans un saloon – « Si les Johnson l'apprenaient, ils me tueraient, alors surtout ne leur dis rien ! » – et M. Woodson la souleva pour l'asseoir sur un haut tabouret devant le long comptoir. Derrière se trouvait un autre homme à la peau brune, qu'il lui présenta comme étant « M. Ollie Tennant ».

« Ravi de faire votre connaissance, mademoiselle », dit celui-ci d'un air solennel en tendant la main.

Anette se tourna vers M. Woodson, qui l'encouragea

d'un signe de tête. Elle tendit sa main, et M. Tennant la serra poliment. Alors elle se détendit, car ce M. Tennant lui souriait gentiment, et lui servit une boisson à la salsepareille, amère à la première gorgée mais étonnamment sucrée quand elle l'avala. C'était très bon.

« J'ai une fille de ton âge, dit-il fièrement. Melissa. Elle joue avec ses amis, là.

– Elle vous ressemble ? » demanda Anette.

Cette question sembla le rendre perplexe, mais ensuite il sourit – il avait un beau sourire, qui montait jusqu'aux yeux – et confirma : « Noire comme de l'ébène. On peut dire que c'est de famille. »

M. Woodson gloussa, puis les deux hommes discutèrent, le premier demandant au second comment les affaires marchaient ici. M. Tennant répondit qu'elles allaient bien mieux qu'au Lily, et que sa femme était plus heureuse. Et lui aussi.

« Il y a une belle solidarité, ajouta-t-il avec satisfaction. On a réussi à recruter des institutrices noires, et on construit un beau lycée. Vous vous êtes toujours bien comporté envers moi, Woodson. Vous êtes le seul de mes anciens clients à être venu. J'apprécie, vraiment.

– J'ai entendu dire qu'un journal allait être créé pour les gens de couleur. Tu devrais écrire pour lui, Ollie. Je suis sincère. Tu en as dans le ciboulot, pas de doute. Et on te connaît dans l'autre partie de la ville, alors peut-être qu'on te lirait s'il y avait ton nom au bas des articles.

– Peut-être », répondit-il d'un air songeur, et Anette crut voir dans ses doux yeux noisette une lueur briller, qui était encore là quand M. Woodson et elle prirent congé.

*

À mesure que les semaines filaient, Anette fit des découvertes surprenantes. En premier lieu, qu'est-ce que la ville était sale ! Il y avait de la crasse partout, de la suie sur les immeubles, du crottin sur la chaussée. La prairie était loin d'être propre, bien sûr. Comment aurait-elle pu l'être, avec toute cette boue ! Même les murs de son ancienne hutte étaient faits avec. Mais tant que cela provenait de la terre, elle n'y voyait pas d'objection. La saleté de la ville venait du ciel et des gens, et c'était pire que la saleté de la prairie, pas de doute.

Elle découvrit aussi qu'on pouvait se lasser des bonnes choses presque autant qu'on se lassait des mauvaises. Alors qu'elle se sentait plus forte et reposée que jamais, il lui arrivait de s'épuiser quand même. À trop rire, par exemple. Ou de trop de sorties, trop de nouvelles expériences, trop d'émotions – cela pouvait être éreintant. Quand on lui avait expliqué qu'elle n'aurait plus à travailler, elle avait cru qu'elle ne serait plus jamais fatiguée. Elle se trompait.

Elle finit par s'habituer aux Johnson, de la même façon qu'elle s'était habituée aux Pedersen, et malgré le fossé qu'il y avait entre ces deux maisonnées, la constante était qu'elle ne se sentait pas à sa place. Et maintenant qu'elle avait douze ans (ils lui avaient fêté son anniversaire avec des cadeaux, de la crème glacée et un joueur d'orgue de Barbarie accompagné d'un singe), Anette commençait à penser qu'elle ne serait peut-être jamais à sa place nulle part. Qu'elle n'avait peut-être pas eu cette chance, ou n'avait pas cela en elle, et était donc destinée à se sentir perpétuellement comme une étrangère chez les autres. Cette prise de conscience la troubla.

Surtout lorsqu'elle dut dire adieu à M. Woodson, qui rentrait à New York. Il semblait heureux et triste en même temps.

La veille du jour où il devait prendre l'un de ces terrifiants trains, il l'emmena en promenade. C'était la plus longue promenade depuis son arrivée à Omaha, et Anette était contente. Ses jambes se dégourdirent, lui donnèrent de bonnes courbatures pour une fois, et quand ils arrivèrent à la périphérie de la ville et qu'elle demanda si elle pouvait courir, il éclata de rire. « Mais oui, vas-y ! »

Et elle osa ! Elle se mit à courir, et sa main en bois ne la gêna pas du tout, elle imagina que Fredrik lui courait après et pendant un instant elle le sentit réellement sur ses talons. Juste après il la dépassa, et il se retourna même une fois pour lui faire signe, puis il disparut au coin d'une rue. Alors elle s'arrêta ; ses yeux s'embuèrent, son cœur le suivit encore un peu… Et elle le laissa partir. Il l'était vraiment maintenant, parti pour toujours. Elle essuya ses larmes, déchirée par cette perte et celle, imminente, de M. Woodson, qui s'était montré si gentil, qui l'avait fait rire, qui… qui l'aimait peut-être bien, même.

Elle s'étreignit pour se consoler. Car il n'y avait plus personne pour le faire à sa place.

M. Woodson fut là en une seconde. Il ne la serra pas dans ses bras – il ne l'avait jamais fait, il semblait toujours gêné. Mais il lui tapota gentiment l'épaule et elle l'entendit renifler, puis dire d'une voix chargée d'émotion : « Allons, allons. »

Il lui prit la main et ils restèrent un long moment ainsi, comme s'ils attendaient quelqu'un. Finalement, ils se remirent en marche.

Au bout de cinq minutes, il s'arrêta pour lui montrer un magasin.

« C'est là que je l'ai vue la première fois », dit-il. Il regardait fixement la petite boutique miteuse, devant laquelle des chariots abîmés et des chevaux robustes étaient attachés. « La jeune fille. Ma jeune fille de la prairie. Je croyais que j'étais un imbécile à m'enticher d'elle comme ça. Mais au contraire, elle m'a ouvert les yeux et m'a emmené là-bas. Elle m'a guidé vers toi. » Il lui serra la main tout en continuant à regarder, à chercher quelqu'un qui n'était pas là. Anette comprit et lui serra la main en retour. Il avait vu un fantôme, lui aussi.

« Au moins, j'aurai réussi à te sauver, ajouta-t-il d'un air songeur. Au moins, j'aurai fait quelque chose de bien. » Il poussa un soupir. C'était un profond soupir, le genre qui aidait à tourner la page.

Ils se retournèrent et, main dans la main, rentrèrent en ville.

*Cinq ans plus tard*

# Chapitre 38

En ce matin ensoleillé de début août, Raina décida d'emmener Anette faire des emplettes. Il leur fallait toutes deux des tenues pour l'automne, chapeaux, foulards, quelques chemisiers peut-être. Anette avait fait le court trajet en train entre Omaha et Lincoln pour passer la journée avec elle, comme souvent le samedi en été. L'université – Raina entamait sa dernière année d'études – reprendrait bientôt, c'était le bon moment. Et le bon moment également d'évoquer avec sa protégée son avenir.

Anette avait terminé le lycée au printemps précédent. Cela n'avait pas été une mince affaire, car malgré l'amélioration radicale de sa situation, elle était restée assez lente. Raina l'avait aidée du mieux possible, comme ses camarades, qui s'étaient montrés protecteurs envers cette fille de la campagne avec une prothèse de main. Anette avait réussi ses examens, mais de justesse. Elle n'était tout simplement pas une intellectuelle. Elle avait eu cette chance de faire des études grâce à la Cagnotte des Héroïnes, et parfois Raina trouvait que c'était du gâchis, que tant d'enfants de pionniers auraient tiré meilleur profit de cette aubaine. Le hasard avait voulu que cela tombe sur elles deux, mais dans le cas d'Anette Raina craignait qu'on ne lui ait fait prendre une voie qui ne lui correspondait pas.

Et maintenant que c'était le terminus de ce voyage, que deviendrait Anette ?

La seule certitude, c'est qu'elle n'irait pas à l'université. Mais que faire d'elle, alors ? Raina avait beau ne pas vouloir de cette responsabilité, Anette n'avait personne d'autre vers qui se tourner.

Elle était restée en contact avec M. Woodson, et bien entendu les Johnson continuaient à l'accueillir pendant les vacances. Ils ne voulaient que son bien, mais ils ne la connaissaient pas autant que Raina – ils n'avaient jamais rencontré l'Anette d'avant. Raina était la seule à comprendre à quel point elle se sentait mal en ville, se repliait sur elle-même ; la seule à voir qu'en entrant dans une pièce elle retenait toujours son souffle, comme si elle cherchait quelque chose. Ou plutôt quelqu'un.

Le seul moment où elle la voyait vraiment heureuse, c'est quand elle l'emmenait voir ses parents à la ferme. Là, dans la prairie, cheveux au vent, la timide souris des villes se transformait en faucon des champs, survolant miraculeusement la terre sans jamais se tordre la cheville ni marcher dans une bouse de vache. Quant à Raina, elle serait toujours chez elle là-bas, mais elle voyait bien que d'année en année elle se sentait moins à l'aise, moins habituée aux rythmes différents et aux inconvénients (comme ces maudites bouses !), alors que ce n'était pas un problème, avant. En ville, elle se frayait facilement un passage dans une rue bondée et évitait adroitement le crottin de cheval.

Chez ses parents, il lui était arrivé de renverser un seau entier de lait par mégarde. Papa en avait ri aux larmes.

*Citadine*, l'avait-il appelée avec affection, et une pointe de regret.

La ferme se portait bien. Ils avaient construit une deuxième étable pour leurs vaches, plus nombreuses, et possédaient un vrai poulailler, avec de belles rangées de poules pondeuses. Grâce à la cagnotte, Raina avait pu embaucher deux ouvriers pour aider papa, maintenant qu'il prenait de l'âge. Il ne pouvait plus poser une clôture sans, le lendemain, peiner à plier ses doigts perclus d'arthrite. Ce n'était pas facile pour lui de déléguer le travail, mais maman, avec ses manières douces, réussissait à le convaincre.

Elle aussi avait des douleurs aux articulations et des cheveux blancs. Et une certaine tristesse dans le regard, quand elle ne se doutait pas que Raina l'observait. De la tristesse en voyant la chaise vide, la chambre vide. De la tristesse pour Gerda.

Raina chassa ces pensées et revint au problème présent, à savoir comment elle allait bien pouvoir évoquer l'avenir avec Anette. La jeune fille pouvait toujours rester à Omaha chez les Johnson ; du moins, cela paraissait possible. Avec son niveau d'instruction, elle pourrait certainement travailler dans un bureau de poste, ou comme réceptionniste. Elle pourrait peut-être même trouver un emploi dans une petite boutique comme celle-ci, une jolie mercerie destinée aux femmes, plus précisément aux étudiantes ayant des moyens limités mais un appétit sans borne pour la mode. C'était un endroit gai et vivant, avec des chapeaux à plumes en vitrine, des robes sur les mannequins de cire et des dizaines de rouleaux de tissu, en satin, soie, coton, dans toutes les couleurs de l'arc-en-ciel. Raina observa à la dérobée Anette qui admirait des rubans tressés, et tenta de l'imaginer travaillant ici.

Elle était grande, avec une poitrine généreuse (plus que celle de Raina) et des hanches larges. Malgré sa tenue élégante, son bonnet et ses gants dernier cri – dont l'un dissimulait la main en bois –, elle ne semblait pas à sa place. Ce n'était pas une beauté, même si avec le temps les aspects les plus disgracieux s'étaient estompés. Ses cicatrices de variole étaient moins prononcées, ses sourcils moins épais, et ses cheveux avaient foncé en châtain doré. Elle avait les lèvres charnues et des pommettes saillantes qui mettaient en valeur ses yeux bleus. Mais cela aurait été exagéré de dire qu'elle répondait aux critères en vogue de silhouette gracile, taille de guêpe et teint pâle. Les joues d'Anette restaient obstinément rougeaudes, alors qu'elle ne travaillait plus au grand air depuis des années.

Raina s'approcha du comptoir et toucha un très beau tissu écossais : parfait pour une robe d'hiver. Elle partait en quête d'un patron quand elle entendit une voix hésitante, une voix d'homme, l'interpeller.

« Mademoiselle Olsen ? Raina ?

– Oui ? » Elle se tourna, s'attendant à voir un élève, ancien ou actuel, car elle donnait assez souvent des cours particuliers. Malgré l'argent de la cagnotte encore disponible, elle ne pouvait s'empêcher d'en mettre de côté pour plus tard. Économe un jour, économe toujours.

C'était bien un ancien élève, mais pas un à qui elle s'attendait. À sa stupéfaction, elle se retrouva nez à nez avec Tor Halvorsan.

« Tor ! » s'exclama-t-elle sans réfléchir et avec un manque total de dignité. Elle dut résister à l'envie de se jeter à son cou.

Aussitôt après elle se sentit bizarrement intimidée, car elle était face à un homme. Il avait un an de moins qu'elle, donc cela lui faisait… vingt ans ? Il possédait tout le charme des Halvorsan : menton prononcé, cils brillants, cheveux épais, regard franc. Il portait une tenue de ville qui semblait empruntée, la veste un peu juste pour sa large carrure, le col de chemise béant au contraire sur son torse. Son pantalon trop grand était tenu par des bretelles, et aux pieds il avait des bottes poussiéreuses.

Raina se fit la réflexion qu'il avait l'air d'être aussi peu à sa place qu'Anette, et elle l'observa si longtemps qu'il se mit à rougir. L'espace d'un instant, il redevint le garçon sérieux de leur dernière rencontre. Le brave fils qui renonçait à étudier pour aider sa famille.

« Quel bon vent t'amène ici ? Et dans une boutique pareille ? C'est bien le dernier endroit sur terre où j'aurais pensé te croiser !

– Oh, je suis venu en ville pour voir les nouvelles charrues. Il y en a des ultramodernes maintenant, qui marchent à la vapeur. Plus besoin de cheval ni de bœuf, vous vous rendez compte ! » Et à la façon dont ses yeux pétillèrent, Raina comprit qu'il était désormais fermier jusqu'au bout des ongles. Qui d'autre se pâmerait devant une nouvelle charrue ?

« Comment va ta mère ? Et tes frères, ta sœur ? » Cela faisait longtemps que Raina n'avait pas eu de leurs nouvelles. Tor et elle ne s'étaient jamais vraiment écrit. Elle lui avait envoyé une carte postale en arrivant à Lincoln, à laquelle il n'avait pas répondu. Au bout de la troisième elle avait renoncé, consciente qu'il était sans doute trop occupé pour correspondre avec elle. Et trop timide.

« Bien, bien. Nous allons tous bien. Ça fait un moment que je ne suis pas venu en ville, alors j'avais envie de rapporter un cadeau à ma mère. Mon hôtel est juste en face de la mercerie. Je me suis dit qu'un chapeau lui plairait. Qu'en pensez-vous ? Même s'il y en a beaucoup trop ! » Il désigna le rayon d'un geste si désemparé que Raina en rit.

« J'en pense qu'elle adorerait, et je vais t'aider à le choisir. » Ils allèrent voir les chapeaux et en trouvèrent un certain nombre qui plaisaient beaucoup à Raina mais feraient ridicules sur une fermière. Elle finit par dénicher un joli bonnet en soie bleue, avec très peu de froufrous. « Celui-là lui irait bien… Et maintenant dis-moi, comment vas-tu ? » Elle l'obligea à soutenir son regard ; elle ne le laisserait pas s'en sortir par un simple « Bien », typique d'un Norvégien. Et à l'inciter à s'exprimer avec le cœur, elle sentit le sien commencer à s'ouvrir.

Elle n'aimait guère s'attarder sur le sujet, mais en vérité Raina se sentait seule. Malgré l'amitié qu'elle avait nouée avec un petit nombre d'étudiantes, soudées face à la ridicule supériorité numérique des garçons, elle se sentait seule. Elle avait beau avoir le même âge que ses amies, elle avait la sensation d'être bien plus vieille. À son arrivée à Lincoln elle était pleine d'espoir et d'optimisme, mais aussi sur ses gardes. Depuis, elle n'avait eu que des amourettes. Et parfois elle se demandait si c'était lié à sa bêtise de jeunesse avec Gunner Pedersen. La première fois qu'un homme s'était intéressé à elle, cela avait viré au cauchemar. Une épreuve malsaine, gothique, à laquelle seul un blizzard dévastateur avait pu mettre un terme.

Gunner Pedersen. Où était-il à présent ? La dernière fois qu'elle en avait entendu parler, il avait disparu – quitté femme et enfants, sans laisser de trace. Elle ne l'en aurait pas cru capable. Elle avait toujours pensé que ce serait Anna qui finirait par en avoir assez et rentrerait à Minneapolis. Mais c'était bel et bien Gunner qui s'était évanoui dans la nuit. Pour aller où ? En toute franchise, Raina s'en fichait. Elle n'avait pas pensé à lui depuis des années.

Pour autant, c'était peut-être bien cette expérience qui l'avait portée à se méfier. Non qu'elle se sente salie ou impure – elle avait assez de bon sens et de confiance en elle pour ne pas penser cela ! En revanche elle avait agi bêtement et, depuis, préférait se prémunir – un peu trop, même, auraient dit certaines de ses amies –, contre cette folie qui couvait en elle. Elle admettait volontiers qu'elle avait bâti une petite cage autour de son cœur, pour se préserver de tout nouveau bond intempestif.

Et peut-être aussi avait-elle gardé la cage fermée dans l'espoir qu'un homme l'attendait. Un homme dont elle avait déjà rêvé, qu'elle avait imaginé. Ou connu ? À force de s'attarder sur Tor, pour la première fois, elle s'interrogea : était-ce lui ? Ils avaient vécu l'enfer ensemble. Attendait-elle depuis tout ce temps qu'il la rattrape et devienne son égal, afin d'oublier définitivement l'élève et son institutrice ?

« Je vais très bien. Toujours à la ferme, à aider Mère », dit-il avec une fierté modeste, et elle sourit en l'entendant appeler Mme Halvorsan ainsi. Comme un adulte respectueux, mais responsable d'elle.

« As-tu… es-tu… marié ?

– Oh non, pas moi. Je ne sais pas, Mère me taquine en disant que je vais devenir un de ces fermiers célibataires dont personne ne sait quoi faire à Noël et à Thanksgiving. Elle a peut-être raison. » Il sourit, tout en rougissant, et Raina l'imita. Elle se demanda combien de temps il restait à Lincoln. L'université ne reprenait pas avant une semaine. Elle avait le temps de réapprendre à le connaître.

Oh, Raina le *connaissait*, aussi bien que la météo : sa constance, son courage, sa bonté. Mais elle ne savait pas ce qui le faisait rire, quel était son plat préféré, s'il lisait encore des romans, s'il préférait les filles châtain ou blondes, s'il rêvait d'avoir une compagne pour s'asseoir au coin du feu avec lui. Et elle ne savait pas non plus si elle-même était capable de s'asseoir au coin du feu, dans la prairie, avec lui. Toutefois, pour la première fois depuis qu'elle avait quitté ses parents, elle s'imaginait avec un homme au-delà d'un dîner au restaurant, d'une promenade au parc ou d'un pique-nique. Pour la première fois, elle s'autorisait à se demander comment ce serait d'être deux au lieu d'être seule.

Pour la première fois…

« Tor ? »

Anette les avait rejoints, une bobine de ruban à carreaux roses en main. Raina l'avait complètement oubliée.

« Oh, Anette, n'est-ce pas merveilleux de tomber sur lui ? »

L'intéressée ne répondit pas : elle en était incapable, visiblement. Raina avait l'habitude. Anette était encore embarrassée quand on attirait l'attention sur elle, et elle préférait rester en retrait plutôt que participer. Ce qui était nouveau, c'était la façon dont sa poitrine se soulevait et ses yeux brillaient, la façon dont elle regardait Tor, comme si, comme si…

Comme si elle était à la maison.

Anette dévisageait Tor d'un air émerveillé, et peut-être voyait-elle Fredrik ; Raina n'avait pas oublié à quel point ils se ressemblaient. Mais plus le moment se prolongea, et plus ses joues mates se mirent à rougir adorablement, et elle finit par se pencher vers lui de tout son être, pleine de désir – oui, de désir.

Et Tor la regardait de la même manière. Comme s'il retrouvait un objet égaré depuis si longtemps qu'il avait perdu espoir. Jusqu'à cet instant, où l'espoir était clairement revenu. Il sourit de toutes ses dents à Anette, sa timidité envolée. Il ne cachait pas son admiration pour la jeune femme qu'elle était devenue. Ses yeux s'écarquillaient au fur et à mesure. Soudain, il secoua la tête. Raina crut qu'il allait siffler, mais il se retint à temps.

« Ça alors, Anette ! Je ne t'aurais pas reconnue ! »

C'est là qu'Anette Pedersen eut la plus surprenante des réactions…

Telle une vraie fille, elle fit *un tour sur elle-même*. Avec des gestes gracieux, elle empoigna le bas de sa jupe et fit un tour sur elle-même. Et Raina se surprit à essuyer une larme. Durant toutes ces années, elle n'avait jamais vu Anette faire sa coquette – être gaie, insouciante. Et voilà que celle-ci irradiait littéralement de béatitude. Elle s'arrêta, laissa ses jupons froufrouter un peu, comme si elle flirtait, puis éclata de rire. Tor en fit autant et ils rirent à deux, ensemble.

Ils étaient parfaits. Ensemble.

Doucement, Raina referma la cage et sentit son cœur se replacer sur son perchoir. Elle s'autorisa un moment de tristesse.

Elle s'autorisa aussi à imaginer leur avenir. Tor ramènerait Anette dans la prairie, là où était sa place. La vie les avait éprouvés, mais la tristesse crée des liens aussi forts que le bonheur. Et le bonheur viendrait. Anette se montrerait dévouée envers Mme Halvorsan, et sa présence serait un rappel bienvenu que Fredrik n'était pas mort en vain. Ils passeraient d'agréables soirées sous le porche, à écouter le chant des oiseaux et à admirer le coucher de soleil derrière les champs bruissant d'espoir. Il y aurait d'autres tempêtes et d'autres inondations, bien sûr. Mais il y aurait aussi de l'amour.

Et Raina ?

Papa et maman finiraient par vendre la ferme ; ils auraient économisé assez pour s'installer à Newman Grove, ils en avaient déjà parlé. Sans fils à qui les léguer, ils ne pouvaient pas rester sur les terres qu'ils avaient sué sang et eau pour posséder. La nature circulaire de leur existence (retourner vivre dans une communauté similaire à celle qu'ils avaient quittée en Norvège), peut-être était-ce la vie même.

Il arrivait à Raina d'envisager d'aller à Chicago après son diplôme. M. Woodson, bien qu'il n'ait pas donné de nouvelles depuis un moment, continuait à l'influencer. Elle se disait qu'elle pourrait écrire pour un journal, elle aussi. L'envie lui prenait parfois de disparaître, comme sa sœur, et sans doute serait-ce plus aisé dans une grande ville.

Mais non, elle ne souhaitait pas disparaître aussi totalement. Au contraire de Gerda, Raina savait qu'elle serait toujours la bienvenue partout où elle irait. Elle serait là pour ses parents sur leurs vieux jours. Et elle rencontrerait peut-être enfin un homme capable d'ouvrir la cage de son cœur et de jeter la clé pour de bon.

Ou pas. Peut-être vivrait-elle pour son travail, ou à travers ses élèves si elle reprenait l'enseignement. Peut-être deviendrait-elle une de ces vieilles filles respectées à qui on offre une belle broche à la retraite, lors d'une cérémonie où d'anciens élèves chantent en son honneur. Après tout, elle avait été une héroïne. Un jour.

Discrètement, Raina prit son panier et se dirigea vers la caisse, pendant que Tor et Anette continuaient à bavarder gaiement, librement. Deux enfants taiseux de la prairie qui gazouillaient comme des tourtereaux. Raina sourit, malgré la douloureuse solitude qui, elle le savait, l'attendait à la sortie. Anette et Tor : c'était bien. C'était juste.

Ils baptiseraient leur premier fils Fredrik.

# Chapitre 39

*Chère Raina,*

*Je sais que tu n'as pas eu de mes nouvelles depuis longtemps. Comment vont maman et papa ? M'en veulent-ils d'être partie ? Je n'avais pas l'intention de les blesser, mais comme ils l'étaient déjà j'ai pensé qu'il valait mieux une rupture soudaine et permanente. Jamais je n'aurais pu redevenir la fille qu'ils avaient élevée. Chaque fois qu'ils me regardaient, ils souffraient. Et j'ai fait souffrir assez de gens comme ça.*

*Laisse-moi te raconter un peu où je suis allée, ma chère sœur. D'abord, j'ai pris la direction du Colorado. Tiny m'avait montré une image des Rocheuses, un jour. Il disait qu'on pouvait toucher Dieu là-bas. Alors j'ai décidé que j'irais pour lui. Que je réussirais peut-être à le toucher, Lui.*

*Les montagnes, Raina ! Ah, les montagnes ! Un endroit extraordinaire ! Elles sont si vastes et magnifiques que la première fois on en a le souffle coupé. Au départ elles ne sont qu'une tache à l'horizon. Le train qui va à l'ouest traverse tout le Nebraska, puis bifurque au sud, et partout la terre est plate, comme celle que nous connaissons. Mais pendant ce temps on a grimpé sans le savoir, et la tache à l'horizon se transforme en une forme aux bords déchiquetés, comme un dessin au crayon, et tout à coup on se retrouve au pied de monts majestueux, une longue ligne qui va du nord au sud et se répète à l'infini vers l'ouest. Je suis descendue à Colorado Springs et j'ai pris un autre train, à crémaillère cette fois. C'est comme une locomotive mais plus petite, pour pouvoir négocier le terrain accidenté. L'air sent une odeur difficile à décrire, une odeur de pin et de froid. Pas le froid auquel nous sommes habituées en hiver, plus comme de la menthe poivrée, je dirais, comme les bonbons qu'il nous arrivait de recevoir à Noël. Et il est si pur ! Je suis montée jusqu'en haut de Pike's Peak, l'un des plus hauts sommets du Colorado, et l'atmosphère se raréfie à cette altitude – au-dessus de la limite des arbres ! Rien ne pousse, la terre est nue, il y a un peu de neige et de fleurs sauvages, mais aucun arbre. Et quand la lune est pleine, on a l'impression de pouvoir marcher droit dedans tant elle est près.*

*Mais je n'ai pas vraiment touché Dieu là-bas. J'y ai cru un instant. Et je me suis vraiment sentie proche de Tiny. Alors je lui ai dit adieu là-haut.*

*Ensuite je suis allée dans le Montana, où une école indienne m'avait recrutée.*

*Et là, j'ai compris qu'il y avait pire monstre que moi. Le mal est partout ici, Raina. L'école est mal gérée, l'argent mal employé. Les élèves sont maltraités. Le directeur leur donne régulièrement la fessée et je ne peux pas m'y opposer. Je sais que des jeunes filles ont été violentées par certains enseignants et membres de l'administration. On dirait presque qu'elles sont là pour ça. Pas juste pour être instruites mais être utilisées, brisées, par des hommes qui savent qu'ils n'auront pas à répondre de leurs actes, sauf à des êtres de la même espèce. Je suis censée regarder ailleurs, comme le font mes collègues femmes. Ils ne nous embêtent pas, nous – pourquoi le feraient-ils quand ils ont accès à des jeunes filles sans défense et trop terrifiées pour résister ?*

*Parfois, quand je vois ces hommes, je suis remplie d'une telle haine que j'ai envie de leur faire du mal. Mais je ne suis que l'institutrice bizarre avec une prothèse de pied, dont personne ne veut ailleurs. Ils se moquent de moi, m'insultent dans mon dos. Je pensais que les enfants seraient cruels, mais il s'avère que ce sont les adultes.*

*La nourriture n'est pas répartie de façon équitable et certains élèves n'ont pas assez à manger. J'essaie de leur en donner discrètement, pour les consoler, mais ils ont beau ne pas se moquer de moi, ils reculent dès que je m'approche. Il en va de même pour tous ceux d'entre nous qui tentent sincèrement de les aider. Peut-être n'arrivent-ils pas à distinguer les bons des méchants ; peut-être sommes-nous tous pareils, pour eux. J'essaie de leur enseigner quelque chose, et même de les faire sourire avec des chansons et des jeux ; ils restent tristes et maussades. Des rangées entières d'yeux bruns dans des visages bruns, et ces yeux sont ternes, perdus, tout manque à ces enfants, leur famille, leur maison, leur culture. Ils ne sont pas à leur place dans nos habits. La vérité, c'est qu'ils sont aussi peu à leur place que moi ici.*

*Je crois réellement qu'eux et moi, nous partageons ce sentiment d'être exclus de la société « civilisée » comme on l'appelle, sauf qu'elle n'est pas tant civilisée que cela. Je l'ai vu de mes propres yeux. Pour autant, je suis un « visage pâle » aux cheveux blonds, alors ils se méfient de moi, et à juste titre vu la façon dont d'autres visages pâles les traitent.*

*Mon pied en bois est source de curiosité, mais je me trompais en croyant qu'il créerait un lien avec ces enfants malheureux, que cela ferait de moi un membre de leur tribu. J'ai beau avoir souffert, ces yeux me disent que je n'ai pas souffert autant qu'eux. Je continue à penser que leur apprendre à vivre en société est une noble idée : quel avenir ont-ils s'ils retournent à leur mode de vie tribal ? Ce pays n'est plus une contrée sauvage. Mais ce n'est pas la bonne manière de s'y prendre, je le sais maintenant. Et je ne peux pas les sauver, tout comme ils ne peuvent pas me sauver.*

*Je crois que je vais partir bientôt. Pour aller où, je n'ai pas encore décidé.*

*J'espère que tu vas bien, Raina. Je sais que, quoi que tu entreprennes, tu réussiras.*

*J'espère aussi que j'ai la bonne adresse à Lincoln. Et que sinon on te fera suivre ma lettre.*

*Ta sœur qui t'aime,*
*Gerda*

*

*Chère Raina,*

*Alors comme ça, te voilà à Chicago ! La grande ville ! Tu es bien plus courageuse que moi. Est-ce que tout est comme tu l'imaginais ? J'espère qu'à présent – cela fait combien, sept ans, depuis qu'on s'est quittées ? – tu as un bon mari, des enfants et un foyer aimant. Tu n'en parles pas dans tes lettres, mais je te connais, ma chère sœur. Tu essaies peut-être de ménager mes sentiments en n'étalant pas ta joie. Surtout pas, je t'en prie ! Ton bonheur sera le mien.*

*Mais pourquoi espérer que tu aies fondé une famille ? Ce*

*n'est pas le seul idéal pour une femme, même si c'est celui qu'on nous inculque, la dernière phrase du conte de fées. C'est ce que maman et papa voudraient pour toi, je le sais.*

*Je me demande ce qu'ils veulent pour moi. Je me demande s'ils pensent à moi tous les jours. Je suis sûre que maman, oui. Papa je n'en sais rien, je l'ai tant déçu.*

*Je suis toujours dans le Montana ; une bonne âme m'a fait suivre ta lettre depuis l'école indienne. Le Montana est si vaste, assez pour l'explorer toute une existence. Tu serais surprise de voir comment je vis, Raina. Je dors sous une tente. Au bord d'une rivière, près d'un camp minier. Je fais la lessive pour les hommes du coin, et j'enseigne à qui veut apprendre. Tu devrais voir mes classes : un mélange hétéroclite de paumés venus des quatre coins du pays pour faire fortune dans les mines d'argent. Mais aujourd'hui l'essentiel de l'extraction se fait par des grandes entreprises, et il n'existe plus guère de camps comme celui-ci, pour des gens simplement armés de leur pioche. Heureusement, il en reste assez pour gagner ma vie. Après tout, j'ai des besoins minimes.*

*L'hiver est rude ici, alors je le passe dans la ville de Butte, où je prends pension. C'est là qu'on a fait suivre ta lettre, et elle a mis un moment à me parvenir au camp. J'ai peu d'amis, juste une ou deux âmes à la dérive, comme moi. Je ne leur demande pas pourquoi, elles non plus, et ainsi leur compagnie reste agréable.*

*Il m'arrive d'envisager de vivre sur une réserve, avec les Indiens. Pour quelle raison, mystère. Est-ce pour enseigner à leurs enfants ? Après mon expérience dans cette école ? Je continue à penser que l'instruction a du bon et ne peut que les aider, mais ils ont besoin de grandir auprès de leur famille. Ils ont besoin d'apprendre ce que les anciens savaient, autant que d'avoir des connaissances utiles pour leur avenir. Seulement je ne sais pas s'ils voudraient de moi. Après tout pour eux je ressemble à l'ennemi, au peuple qui a volé leurs terres et tué leurs ancêtres. Ce qu'ils ne comprennent pas, c'est que cela m'attriste autant qu'eux. Mais peut-être n'ont-ils pas à me comprendre. Ni à m'aider.*

*Je me demande si je me sentirai à ma place quelque part un jour.*

*T'arrive-t-il de repenser au blizzard, Raina ? Ou bien es-tu trop loin maintenant, au chaud en ville et entourée de grands immeubles qui bloquent le vent ?*

*Moi, oui. Parfois je reste au camp bien après les premières neiges, pour ne pas oublier cette terrible nuit. Pour grelotter et trembler de froid à nouveau, et me remémorer chaque pas que j'ai fait avec Minna sur mon dos et Ingrid me tenant la main. Je me souviens que la tempête oblitérait tout dans ma tête, à part la volonté de faire un pas de plus. Encore un. Et encore un. C'était tout ce qui comptait. Un pas de plus.*

*Le soir, dans ma tente qui ploie sous le vent, je m'emmitoufle dans les couvertures et les peaux de bison, un revolver à portée de main. Une femme ne peut pas vivre dans un camp minier sans être armée. Je n'ai jamais eu à m'en servir, mais il m'aide à trouver le sommeil. Et avant de dormir, je me force à réciter leurs prénoms : Minna, Ingrid, Hardus, Johnny, Johannes, Karl, Walter, Sebastian, Lydia.*

*Crois-tu que j'irai en enfer, Raina ? D'ailleurs, y crois-tu encore ? Comme quand on était petites ? Papa nous lisait un passage de la Bible quand on ne pouvait pas aller à l'église le dimanche matin, et j'y croyais dur comme fer en ce temps-là, oh oui ! Pour moi le paradis et l'enfer étaient deux lieux séparés, un dans le ciel et l'autre sous terre, et à la fin je serais soit perdue, soit sauvée pour l'éternité.*

*Mais l'enfer est cette vie que nous menons maintenant, pas après. Alors je présume que le paradis n'existe pas non plus, n'est-ce pas ? Il n'a jamais existé, on nous a raconté un mensonge.*

*Peut-être que toi tu vis dans ton paradis. Je l'espère en tout cas.*

*Ta sœur qui t'aime,*
*Gerda*

*

*Chère Raina,*

*Tu dois être surprise d'avoir de mes nouvelles après tant d'années ! Je ne sais pas si tu es toujours à Chicago. Je ne te vois pas vivre ailleurs, car où aller après Chicago ? Cela dépasse mon imagination. Et je ne te vois pas non plus rentrer à la maison au Nebraska. Si la maison est encore là-bas.*

*En revanche, je sens que maman et papa ne sont plus là. Je le sens dans mon corps, qui est devenu anguleux et saillant depuis que j'ai moins d'appétit. Je n'ai pas de certitude, mais ça paraît probable. J'espère qu'ils étaient en paix, et heureux, au crépuscule de leur vie. Je sais, et c'est une chance, qu'ils étaient ensemble. Car comment les imaginer séparés ? Je sais aussi que maman n'a pas toujours été heureuse. Qu'elle ne voulait pas quitter la Norvège. As-tu déjà songé au fait que ce sont toujours les hommes qui partent, et emmènent les femmes avec eux ? Je n'ai jamais entendu parler d'une femme qui aurait quitté son pays natal d'elle-*

*même. Ce sont les hommes qui en veulent toujours* plus. *Je l'ai vu dans le Montana. Aucune femme ne convoite les pépites d'argent. Par contre il y en a de sacrément intelligentes, qui tirent profit des naïfs venus chercher fortune. La plupart sont des femmes légères, mais je ne les considère pas comme telles. Pitié, il y a déjà bien assez des sociétés de tempérance et des comités d'entraide pour les juger ! Pour moi, elles sont plus malignes que tout le monde, car elles savent ce que les hommes veulent et gagnent leur vie en pourvoyant à ce besoin. Je parie que je te choque, ma chère sœurette ! Ne t'inquiète pas, je ne suis pas devenue une dévergondée.*

*Parfois, je me demande si je suis même encore une femme. Si je ne suis pas un spectre. Errant sur cette terre jusqu'à ce qu'un jour tout s'arrête.*

*Minna, Ingrid, Hardus, Johnny, Johannes, Karl, Walter, Sebastian, Lydia. Je ne les ai pas oubliés, je récite encore leurs prénoms chaque soir avant le coucher, où que je sois.*

*J'ai quitté le Montana. Sans vraie raison hormis l'envie de bouger. Je connaissais trop de monde là-bas, et la compagnie d'autrui commençait à me peser. Alors j'ai refait ma vie en Idaho. Ils ont des montagnes ici aussi. Quelque chose me dit que je ne retournerai jamais dans la plaine.*

*N'as-tu jamais trouvé curieux qu'on soit toutes les deux parties ? Je viens de te dire que ce sont les hommes qui font ça, mais je me rends compte que nous l'avons fait aussi. Deux femmes, deux sœurs. Quand je pense aux gens de notre âge nés dans une ferme de parents ayant quitté la mère patrie, je me dis que le choix était déjà fait pour la plupart d'entre nous. Qu'en quittant tout ce qu'ils connaissaient, nos parents ont rendu leurs enfants esclaves de la terre, pour un simple bout de papier les faisant propriétaires. La grande majorité de notre génération est restée là-bas, j'en suis certaine. À l'époque je trouvais que les garçons n'avaient pas d'imagination, qu'ils se contentaient de bien peu. C'était injuste de ma part. Ils n'avaient pas le choix : leurs parents ont vécu et sont morts pour cette terre, puis ils l'ont léguée à la génération suivante pour perpétuer le cycle. Qu'auraient-ils pu faire, à part rester et tenter de se montrer dignes d'eux ?*

*Mais toi et moi, on s'est échappées. Je n'en reviens toujours pas. C'est grâce au blizzard, bien sûr – en soufflant, il nous a chassées de la prairie, quelque part. Toi, parce que tu as fait ce qu'il fallait ; moi, pour l'exact contraire.*

*Je ne sais plus du tout où tu en es, Raina. Je bouge trop pour recevoir tes lettres, et cela m'étonnerait que tu aies reçu la dernière que je t'ai envoyée. Cela m'étonnerait encore plus que tu reçoives celle-ci. Je suppose que je souhaitais te dire adieu, enfin. Oh, ne t'inquiète pas, je ne vais pas mourir !*

*Simplement, je me sens de moins en moins appartenir à ce monde.*

*Peut-être nous reverrons-nous, ma chère sœur. Mais je ne crois pas. Tu ne me reconnaîtrais pas, à mon avis. Tu me croiserais dans la rue sans me voir. Ou plutôt non, tu me verrais et te dirais : « Qui est donc cette pitoyable femme ? Ce fantôme en haillons, aux cheveux gris filasse, avec une peine de cœur si forte qu'elle doit se cogner la poitrine pour se soulager ? »*

*Là-haut, dans les montagnes, où un jour peut-être je toucherai Dieu –, tout le monde s'en fiche. Il y a si peu de gens ici, de toute façon. Et tous luttent contre leur propre version de l'enfer.*

*J'espère sincèrement que tu es heureuse, Raina. Tu le mérites.*

*Adieu de*
*Ta sœur qui t'aime,*
*Gerda*

*

De temps à autre, dans les années qui suivirent, Raina reçut de curieux paquets par la poste. Un sachet de plumes d'aigle. Quelques pierres de turquoise. Un chapeau de cow-boy avec de petits disques en argent cousus sur le bord. Des cailloux rendus lisses par l'eau de source.

Un article jauni à propos d'une folle vivant dans les montagnes et que personne n'avait jamais vue, mais qui envoyait des cadeaux aux écoliers de la ville la plus proche.

Le tout dernier courrier qu'elle reçut, sans adresse de retour comme toujours, était une simple liste, griffonnée au crayon d'une main frêle, sur un bout de papier marron : *Minna, Ingrid, Hardus, Johnny, Johannes, Karl, Walter, Sebastian, Lydia.*

À cette liste, Raina ajouta de son écriture précise d'institutrice :

*Gerda.*

# Note de l'autrice

Le Blizzard des enfants de 1888 – parfois appelé le Blizzard des écoliers, ou le Blizzard de l'école – fait partie de ces événements historiques que je connaissais de nom depuis longtemps, même si j'étais loin de me douter de son ampleur et de ses conséquences dramatiques. Un jour que je cherchais une idée de roman avec mon éditrice de l'époque, elle a suggéré que les enfants feraient un thème intéressant, et d'instinct j'ai répondu : « Le Blizzard des enfants ! ». Mais quand elle m'a demandé ce que c'était, j'ai bien dû admettre que je ne savais pas exactement.

J'ai commencé à faire des recherches, et presque aussitôt une histoire m'est venue.

Pour la première fois de ma carrière en tant qu'autrice de romans historiques, j'avais envie d'aborder un événement réel mais avec des protagonistes sortis de mon imagination. Tous mes précédents livres reposent sur des hommes et des femmes ayant vraiment existé : Anne Morrow Lindbergh, la vraie Alice au pays des merveilles, Truman Capote, Mary Pickford, etc. Je voulais me lancer un nouveau défi, et ce sujet, si vaste de possibilités, a enflammé mon imagination. Je m'en suis donc tenue à la chronologie établie du blizzard mais j'ai inventé la plupart des personnages, en les basant essentiellement sur les récits oraux des témoins de la tempête, ainsi que sur des articles de journaux.

Les faits sont les suivants : en 1888, aux États-Unis, il n'existait pas de service météorologique digne de ce nom. La météorologie elle-même n'existait pas vraiment en tant que science. En revanche, le corps des transmissions avait bien une équipe d'« indicateurs », des militaires de carrière formés, pour autant que les connaissances acquises à ce stade le permettaient, à établir la météo. (En ce temps-là on n'utilisait pas les mots *prévoir* et *prévisions*.) Au moment du blizzard, le corps des transmissions était commandé par le général Adolphus Greely, qui s'était rendu célèbre quatre ans plus tôt après avoir mené une tragique expédition en Arctique, connue sous le nom d'« expédition de la baie Lady Franklin » : tous ses hommes y avaient péri sauf lui et quelques chanceux. Malgré la polémique il était rentré en héros, et le président Grover Cleveland l'avait ensuite nommé officier en chef chargé des lignes télégraphiques.

À l'époque, l'indication météorologique reposait sur une batterie de stations, dont la majorité se situait dans des forts militaires et des gares. Chacune était gérée par un membre du corps des transmissions, qui avait pour tâche d'effectuer des relevés (pression atmosphérique, direction et vitesse du vent, température) à divers moments de la journée, puis de les envoyer à Washington par télégraphe. Là, des militaires les reportaient sur des cartes, puis en déduisaient la météo pour les quelques heures à venir. À cause du temps nécessaire pour recevoir les relevés, en tirer des conclusions et renvoyer le tout à plusieurs stations et journaux, ces indications parvenaient rarement à temps aux personnes concernées. Sans compter la corruption galopante dans le service : faux relevés, mauvaise gestion, stations sans personnel. En 1887, les compagnies ferroviaires ont fait pression sur Greely pour qu'il en ouvre d'autres à l'ouest du Mississippi, afin de mieux informer les trains circulant dans cette zone et, dans une bien moindre mesure, les fermiers. C'est ainsi que le service de Saint Paul (Minnesota) a été créé, sous le commandement du lieutenant Thomas Woodruff.

La loi agraire de 1862 (Homestead Act), signée par Abraham Lincoln, encourageait l'installation de nouveaux arrivants dans ce que l'on appelait encore « l'Ouest », à savoir le Nebraska, le Minnesota, le Territoire du Dakota et plus tard le Montana, le Wyoming et le Colorado. Tout homme ou femme capable de payer des frais modiques avait droit à soixante-cinq hectares de terres. Si ces personnes s'engageaient à vivre sur la propriété en continu et à l'améliorer en y bâtissant une structure habitable, au bout de cinq ans ces hectares étaient à elles. Bien entendu, tout cela s'est fait au détriment des autochtones, qui vivaient là en toute liberté depuis des siècles ; ajoutez à cela la découverte de filons d'or et d'argent, et vous obtenez les guerres indiennes qui éclatèrent après la guerre de Sécession, ce génocide perpétré par l'armée et qui eut pour conséquence le cantonnement des autochtones dans des réserves.

Les chemins de fer ont été le grand investissement et le prodige technologique de cette période, et tout comme les

Territoires et États des environs, ils avaient besoin que des gens – des Blancs – viennent s'installer. Les Territoires souhaitaient devenir des États ; les compagnies ferroviaires souhaitaient que clients et marchandises circulent sur leurs lignes. C'est ainsi qu'une intense campagne de propagande (de « fake news », si vous préférez) a été lancée pour attirer les candidats à l'émigration dans ce prétendu nouveau pays de cocagne. Concrètement, ils se sont fait rouler – le personnage de Gavin Woodson n'est basé sur personne en particulier, mais il incarne tous ceux qui ont contribué à répandre de fausses informations. Les cibles de la propagande étaient avant tout les Européens du Nord, car dans des pays comme l'Allemagne, la Norvège et la Suède, les fermes étaient souvent divisées parmi tous les enfants d'une famille, ce qui fait qu'à chaque génération il restait de moins en moins de terre à exploiter. Beaucoup d'Américains aussi sont venus des villes de l'Est surpeuplées, des taudis new-yorkais par exemple, et d'autres encore ont fui l'enrôlement de force dans l'armée. Quoi qu'il en soit, à cette époque, les immigrants étaient les bienvenus en Amérique : le pays avait besoin d'eux et de leurs corps pour augmenter la population, bonifier les terres et décupler les bénéfices des compagnies de chemins de fer.

Dans les années 1880, la météo des Grandes Plaines a été particulièrement décourageante ; cette période fait même partie de ce qu'on appelle le petit âge glaciaire. Le climat y était à la fois rude et totalement imprévisible. Et ce n'était pas vraiment le pays de cocagne promis. En réalité, c'était un désert – et cela le reste, aujourd'hui encore. Les méthodes importées par les immigrants ne pouvaient dompter la terre. Les plantes qu'ils avaient l'habitude de cultiver refusaient tout simplement de pousser. Et puis il y avait les incendies de prairie, les invasions de sauterelles, les inondations au printemps, les tornades en été. Et les terrifiants blizzards en hiver. Finalement, ceux qui s'en sortirent furent ceux qui s'adaptèrent : l'introduction de l'agriculture sèche puis la découverte de l'aquifère Ogallala finiraient par transformer la région en grenier à blé de l'Amérique.

Beaucoup d'immigrants n'ont jamais vu ces progrès, car ils sont repartis. Dans les années 1880 et 1890, plus de soixante pour cent d'entre eux ont abandonné leur propriété.

Restent donc quarante pour cent qui se sont accrochés.

L'immense majorité ne comprenait pas l'anglais, mais leurs enfants avaient obligation de le parler à l'école. Et la classe était bien souvent confiée à des enseignantes elles-mêmes adolescentes. Un des aspects qui m'ont le plus frappée dans ce drame, ce sont les questions de vie et de mort qu'ont dû trancher de très jeunes femmes, à peine sorties de l'école : des institutrices de seulement seize ans, dix-sept ans, dix-huit ans.

Lorsque le blizzard a frappé le 12 janvier 1888, personne ne l'avait prévu. L'indication météorologique de ce jour-là ne comportait pas d'avertissement, et même s'il y en avait eu un, la plupart des fermiers vivaient loin des stations qui hissaient un drapeau en cas de problème. Par ailleurs, la plupart ne recevaient pas non plus les journaux de la ville, comme l'*Omaha Daily Bee*, qui publiaient les indications. Enfin, les auraient-ils reçus qu'ils n'auraient pas su les lire.

Les blizzards n'avaient rien d'inhabituel dans la prairie,

bien sûr, surtout durant la petite ère glaciaire. Ce qui distingue celui-ci, c'est le redoux exceptionnel au matin du 12 janvier, après une longue période de froid et de températures négatives. Les gens pouvaient sortir de chez eux pour la première fois depuis des semaines, et c'est ce qu'ils ont fait. Les fermiers ont emmené leur bétail dehors, les familles sont allées se ravitailler en ville. Les enfants sont retournés à l'école.

Et bien souvent, ils étaient vêtus très peu chaudement pour un hiver dans les plaines : un châle au lieu d'un manteau, une écharpe légère au lieu d'un cache-col en laine.

La tempête s'est levée dans le centre et l'est du Nebraska, ainsi que dans le sud-est du Dakota (là où il y a eu le plus de morts), au pire moment possible : l'heure où l'école allait finir, ou venait de finir. C'est ce qui explique le nombre dramatiquement élevé de jeunes victimes, et son surnom de Blizzard des enfants.

De nombreux détails dans mon livre sont des faits attestés : le blizzard en lui-même, la chronologie des événements, la mission du corps des transmissions. Edward Rosewater et l'*Omaha Daily Bee* ont vraiment existé, et joué un rôle considérable par la suite ; ils ont par exemple réellement créé une « cagnotte des héroïnes ». Le personnage de Raina Olsen est librement inspiré de la vraie héroïne Minnie Freeman, que je mentionne aussi. Celui d'Anette Pedersen est basé sur une autre survivante, Lena Woebbecke.

Quant au bilan humain, c'est une autre histoire. Officiellement, on dénombre deux cent trente-cinq morts, les sources se contentant souvent de conclure vaguement :

« … et la plupart d'entre eux étaient des enfants. » Beaucoup pensaient que le bilan était bien plus lourd, mais les journaux et les promoteurs craignaient que la vérité ne fasse fuir les futurs aspirants. Il n'a pas non plus été aisé d'établir un décompte officiel. Un certain nombre de familles n'ont pas signalé leurs morts, ou les corps n'ont été découverts qu'au printemps. Des personnes sont décédées à la suite des maladies causées par la tempête, mais n'ont pas été comptabilisées. Enfin, il semblerait que personne n'ait pris en compte les Indiens qui ont péri dans les réserves, comme la Grande Réserve sioux dans l'actuel Dakota du Sud.

Mes sources primaires sont l'excellent livre de non-fiction de David Laskin, *The Children's Blizzard* (« Le Blizzard des enfants »), publié en 2004, ainsi qu'un recueil de souvenirs de personnes ayant survécu à la tempête, intitulé *In All Its Fury : A History of the Blizzard of January 12, 1888* (« Dans toute sa fureur : une histoire du blizzard du 12 janvier 1888 »), publié en 1947. Enfin, les archives de l'*Omaha Daily Bee* m'ont bien aidée.

Vu l'époque à laquelle nous vivons, j'ai été intriguée et émue par cette tragédie impliquant des immigrants, qui étaient les bienvenus en ce siècle-là et sans qui l'Amérique ne serait pas ce qu'elle est aujourd'hui. Et, le plus souvent, qu'on a attirés avec des mensonges éhontés. J'ai aussi été fascinée par les histoires touchantes de ces jeunes femmes – ces jeunes filles, en réalité – confrontées à des décisions impossibles. Certaines ont pris les bonnes ; d'autres non.

Autre fait avéré : l'aquifère d'Ogallala s'assèche désormais et diminue plus vite qu'il ne se remplit à cause de l'agriculture intensive ; un jour prochain les Grandes Plaines redeviendront le désert que les pionniers ont découvert à leur arrivée. À l'heure du grand défi climatique sur une planète qui continue de se dérégler par la faute de l'homme, agissons maintenant, avant de perdre d'autres vies.

# Remerciements

Mon moment préféré quand j'écris un roman est celui où je remercie toutes les personnes qui l'ont rendu possible.

Ma gratitude la plus sincère à Susan Porter, qui a été ma guide pendant ce voyage palpitant. Et à mon agente littéraire, Laura Langlie, sans qui ma carrière n'aurait jamais décollé.

J'ai l'immense chance d'avoir la meilleure équipe du monde chez Penguin Random House : Kara Welsh, Kim Hovey, Gina Wachtel, Sharon Propson, Jennifer Garza, Susan Corcoran, Quinne Rogers, Leigh Marchant, Allyson Pearl, Robbin Schiff, Benjamin Dreyer, Loren Noveck, Allison Schuster, Emily Hartley et Gina Centrello.

Merci à Kate Miciak, qui a réussi à faire sortir cette idée que je portais en moi.

Toute ma reconnaissance à l'équipe d'Authors Unbound, et aux excellents commerciaux de Penguin Random House.

Je ne pourrais pas faire ce métier sans le soutien de ma famille et en particulier de Dennis Hauser, qui sait murmurer à l'oreille des écrivains comme personne. Il est assisté en cela par Alec Hauser, Ben Hauser, Emily Curtis et Norman Miller.

Et comme toujours, un grand merci aux libraires et aux lecteurs, qui me donnent la possibilité de faire le métier que j'aime.

DE LA MÊME AUTRICE

*Aux Éditions Albin Michel*

LES CYGNES DE LA CINQUIÈME AVENUE, 2017

HOLLYWOOD BOULEVARD, 2018

LA DAME DU RITZ, 2020

*Chez un autre éditeur*

LA FEMME DE L'AVIATEUR, Michel Lafon, 2014

Retrouvez toute l'actualité des éditions Albin Michel
sur notre site albin-michel.fr
et suivez-nous sur les réseaux sociaux !
Instagram : editionsalbinmichel
Facebook : Éditions Albin Michel
Twitter : AlbinMichel

*Composition : IGS-CP*
*Impression : Imprimerie Floch, octobre 2023*
*Éditions Albin Michel*
*22, rue Huyghens, 75014 Paris*
*www.albin-michel.fr*
*ISBN : 978-2-226-47106-2*
*N° d'édition 24822/01 – N° d'impression : 103375*
*Dépôt légal : novembre 2023*
*Imprimé en France*